U0016030

少年巴比倫

路內

序

悲觀者的快樂

童偉格

我第一次聽聞路內和他的名作《少年巴比倫》（二〇〇八），是在幾年前，透過台灣青年學者黃健富的導介。當時，黃健富正從事中國七〇後小說家的作品研究，而路內，正是他特別關注的作者。我尋書來讀，覺得果然好，之後，也陸續追讀了路內的其他作品——包括《追隨她的旅程》（二〇〇九）及《天使墜落在哪裡》（二〇一四）等，與《少年巴比倫》合為「追隨三部曲」的長篇小說；直至近作《慈悲》（二〇一六）。在對這些作品有了更多瞭解後，我對路內這十年來的探索充滿敬意，也對既標誌創作起點，又將日後許多可能方向完熟統攝其中的《少年巴比倫》一書，有著個人私心的喜愛。

許多論述方法，都可幫助我們理解路內目前的寫作，或就歷史系譜定位，或以美學風格來歸類。但我猜想，一個最明快的切入點，還是動用敘事模式分析，大致上，將路內十年來的各部長篇小說，都假定為是「教育小說」，或「啟蒙小說」。在此，我們可審酌巴赫金（M. M.

Bakhtin）對這類小說的基本描述，他認為這類小說，總是以小說主角個人對痛苦的忍受程度為量尺。也就是說，這類小說無一例外，總是在描述一個帶給主角痛苦的世界：小說主角，被與自己童年切割開來、被拋進一個特定時空範疇中進行試煉，最後，達成了個人情感與智識上，無可逆轉的改變；而憑藉這無可逆轉的改變，主角得以用成人之姿，重新融入現實世界。

此即表面上，路內在《少年巴比倫》中，以整部小說為主角路小路所形構的標準程序：從上世紀九〇年代初，路小路「被迫」留鄉、進工廠當學徒，從而也就進入個人試煉場追述起，直至在見證了種種生離或死逝之後，主角終爾也完成了恆定的改變，以自言的「悲觀者無處可去」之姿，轉進他無法不重新轉進的世界。理論上，路小路在那個人試煉場中，分享了一切這類小說主角的共同痛苦：在這離童年遠矣，但又遠遠尚未真的學會世故、學會不去期盼的「過渡階段」裡，他既像是個孩童，又像是成人。意思是：他想保有童稚，保有對事理對錯的直觀；但同時，他又必須轉化自己，以便能運用成人世界的邏輯——這或是為了自我保護，或為了被慾望對象給承認為可慾對象。原則上，這種拉扯，正是痛苦之源。

然而，《少年巴比倫》卻以戀人白蘭的最終離場，以她所一併攜走的，那個曾經彼此承認的歷程，標誌了對留鄉者路小路而言，這個「過渡階段」的依舊「被迫」終結，也同時，為我們示現了一種獨特的路內詩學：說不定，我們這些讀者一開始就預設錯誤了；說不定，對被龐大現實給鎖定在原處的「被動者」如路小路而言，本質上，不是「啟蒙」可能深切在他身上發生作用，成就變化，而是，他必須目送「啟蒙」如一種罕見的贈物，某種不可再遇的偶然，像一場熱病，從他周遭襲捲而過後，再把一個冷硬人間還給他。也就是說：對路小路而言，最艱難的，恐怕根本不是「如何融入現實」，而毋寧是，如何可能使自己不時時意識到，自己已然「永遠身在現實之中」，不可能逃脫了。「悲觀者」，總是原初就理解這個基本事實。

這種對「啟蒙小說」之邏輯的內部爆破，說明了《少年巴比倫》最為人稱道的一種內在豐饒：一種反語技術；一種既幽默又銳利的「魯蛇」識見。如小說裡，當白蘭要求路小路別當「叛逆青年」，好好讀書時，路小路立即反駁道：「我不是叛逆青年。我做工人就是這個樣子，遲到早退，翻牆罵人，諸如此類的壞事，每個工人都可以去幹。假如我去寫詩，那我才是工人之中的叛逆青年。」路小路式的邏輯讓我們明瞭：他像是早就預知自己人生的全部意義，就是去親身容受一種必然的「失敗」，或切身知解一切如同宿命之事理的雙重性——如路小路明白，「成為工人」這事，同時既是父親無情的禁制，亦是父親深情的保護。

當冷硬現實被緩視出溫度，被蛻出獨特理解，與對他者之存有的情感時，人生，可能也就被「悲觀者」自己，知解為一種本無期程的漫漶，直到時間「自然地」過盡。或者說，整個人生就是一個你永遠無法定解的「過渡階段」。你不可能完成的已完成。這既是《少年巴比倫》所初始結成的路內識見，亦是在路內後續長篇小說中，不斷重複的一種感覺結構。這種奇特而執著的重複，我個人認為頗值得重視。簡單說來，一方面，路內小說反覆摹寫的，可能即是上述的「不可能完成的已完成」。另一方面，這可能亦是一種鄭重的繞路：當一切相對輕省的「融合」宣告，或現實斷言，始終被小說家截斷在小說結尾之外更遠處時，小說自身，獲贈了一種自足漫遊的可能；像始終不放棄地面向著，那另一種更讓人喜歡的生命形式。而這一切複視或繞路，就從《少年巴比倫》開始。

由此，祝福十年後，此書在台灣的出版，也祝福十年後的小說家路內。

（本文作者為小說家）

台灣版序

《少年巴比倫》是二〇〇六年完成的小說，二〇〇八年出版。此後在二〇一四年修訂再版，同年改編拍攝為電影，由大陸的青年演員董子健、李夢主演。二〇一五年由美國亞馬遜公司出版了英文版。以上是這本書的大致情況。

寫這本書的時候我三十三歲，在一家廣告公司上班。我像是一個心情不好的年輕人，然而三十三歲也不年輕了，不知道應該做什麼。在我二十多歲時曾經寫過一些短篇小說，發表在刊物上，認識了很多文學青年，然而也已經過去了十年。那十年裡我沒有寫過小說，沒有和文學界交往過，大概我覺得此生會終老於某一家公司，也沒必要多說什麼。

二〇〇六年秋天我開始寫這部小說，到年底初稿完成。我寫到了一家國營化工廠，寫到了一九九〇年代初的小城市，有一部分也寫到了自己。此後那些年，我被問起「這到底是不是真的」，也被人以「路小路」這個名字稱呼，但其實我和主人公之間有著巨大的差距。至於那要命的「真實感」，我想更多地是由於小說介於荒誕和現實之間造成的困惑吧，我曾經誇口說這些都是真事，也曾經說這些都是我胡編的。所幸，又一個十年過去了，現在沒人再問我真和假的問題。這可能是因為大家認同了我的小說家身分（不再是「那個路小路學會了寫小說」），也可能是因為小說中的時代過去得更久了，沒什麼人再關心這件事。

文學領域有兩個謊言性質的事實。其一是文學改變命運，其二是經典長存。在我看來，它就像「買彩票會中獎」一樣，對寫作者而言，無疑是誘惑，但也僅僅是誘惑。至於小說究竟在講述什麼，可能只是買彩票那一瞬間的心情，事後的描述未必是可靠的。初版十年之後，《少年巴比倫》還能夠在華語世界的另一個區域再版，顯得它還沒有過時，實在是我的榮幸。寫下這篇序言讓我覺得它更像一本歷史書，而不再是小說了。這又是一個奇怪的錯覺。

謹在此感謝我所有的編輯們。

目次

在去往終南山的路上
天色漸亮，暮色漸沉
他不知終南山的鳥兒們
四季裡只睡了這一夜

——張小尹〈終南山〉

第一章

悲觀者無處可去

張小尹和我一起坐在路邊。她說：「路小路啊，你說說你從前的故事吧。」

這一年我三十歲，我很久沒有坐在馬路牙子上了，上海人管這叫街沿石。這姿態讓我覺得自己還很年輕。我對張小尹說，你去給我買一杯奶茶，我就開始講故事。我愛喝路邊的奶茶，我也很愛上海的高尚區域，馬路牙子相對比較乾淨，奶茶的味道也很正宗。在我年輕時住過的那座城市，馬路邊全都是從陰溝裡泛出來的水，街上沒有奶茶只有帶著豆渣味的豆漿，這都不是什麼令人愉快的事情，但我照樣在那裡生活了很久。

張小尹是地下詩人，她把詩貼在網路論壇上，後面跟著一屁股的帖子。我也跟帖，誇她寫得好。我們兩個剛認識的時候，她很能走路，沿著中山西路風生水起地走，我在她後面跌跌撞撞一路小跑，覺得自己像個殘廢。等我們同居之後，她忽然又變成了一個不愛走路的人，走著走著就把手揚了起來，嗖地跳上一輛計程車。

我像她這麼大的時候，馬路上的計程車很少，口袋裡的錢也不多，坐計程車是一件很奢侈的事情。那時候和女孩子逛馬路，會用一種很溫柔的口氣說：「我們還是走走吧，一起看看月亮。」一走走出五里地去。那時候的女孩子也很自覺，沒有動不動就坐計程車的，她們通常都推著一輛女式自行車，戀愛談完了，就跳上自行車回家去，也不用我特地送她們。

那是九〇年代初的事情，那時候我二十歲，生活在一個叫戴城的地方，那裡離上海很近。九〇年代一眨眼就過去了，我的二十歲倒像是一個沒有盡頭的迷宮。有時候就是這樣的，那些實際的時間與你所經歷的時間，像是在兩個維度裡發生的事情。

我對於愛走路的女孩有一種情結，我在中山西路上對張小尹說：「我們談戀愛吧。」她就答應了。戀愛之後，她再也不願跟著我一起走路，而是愛坐各種各樣的交通工具。我這個情結算是徹底破滅，不過，事情不算很糟糕，張小尹不愛走路但她愛寫詩，寫詩的女孩是我的另一個情結。

我當然不可能要求一個女孩又能寫詩又能做菜，又聰明又漂亮，還得是個走路一族。這個要求太高了，我對女孩沒什麼要求的，人品好一點就成了。張小尹說：「我不要聽你說人品，我人品很好的。我要聽你講以前的故事。」張小尹是所謂的八〇後，她愛聽一些稀奇古怪的故事。

好吧，就像你的大學時代是在圖書館和網吧裡度過的一樣，那是二十一世紀初吧，那就是你的青春最香甜最腐爛的年代。我呢，恰好香甜腐爛在上個世紀的九〇年代初。我想，帶著果子的香味而腐爛是一件多麼開心的事情，多麼明媚，多麼鮮豔。

在這個故事的開始，我模仿莒哈絲的《情人》說：該怎麼說呢，那年我才十九歲。或者模仿馬奎斯的《百年孤獨》說：很多年以後，路小路坐在馬路上，想起自己剛進工廠的時候……

我想，我要用這種口氣來對你講故事，像面對一個睽違多年的情人。我又想，如果這些故事在我三十歲的時候還無處傾訴，它就會像一扇黑暗中的門，無聲地關上。那些經歷過的時間，就會因此平靜而深情地腐爛掉。

我對張小尹說，我二十歲那年的理想，是在工廠的宣傳科裡做個科員。張小尹一聽就樂了：宣傳科啊？那不就是畫黑板報嗎？

黑板報不用天天畫，大部分時間，宣傳科都很清閒，什麼都不用幹。出了生產事故，有人不小心死了，或是不小心被機器切下來一條胳膊，宣傳科就出點安全知識黑板報。有人生了第二胎，或是不小心未婚先孕了，宣傳科就寫點計畫生育小知識。就這麼點事情，一共有十來個科員輪流幹。

當時我的理想就是：每天早上泡好自己的茶，再幫科長泡好茶，然後，攤開一張《戴城日報》，坐在辦公桌前等著吃午飯。宣傳科的窗台上有一盆仙人球，天氣好的時候，陽光照在仙人球上，有一道影子像個日晷，上午指著我，下午指著我對面的科長，午飯時間它應該正好指著科室的大門。如果你每天都有耐心看著這個日晷，時間就會非常輕易地流逝。

這只是我的想像，我沒有在宣傳科幹過，別人說我學歷不夠，只能去做工人，而且是學徒工。這種人在廠裡的地位非常低，在食堂排隊打飯得給老師傅讓先，在廁所排隊拉屎得給老師傅讓坑，吃不上熱飯也就算了，屎要是拉在褲子裡那就糗大了。但我照樣在工廠裡生活了很久，為什麼不離開它，我自己也說不清楚。

其實，在宣傳科裡看日晷，是件非常不浪漫的事。那時候有女孩子問我：「路小路啊，你的理想是什麼啊？」我就說，我要當個詩人。我心裡想去宣傳科，嘴上說的卻是想做詩人。為此我也寫一點詩，拿給女孩子看。她們看了之後說，很有李清照的韻味，我聽了這種表揚居然還覺得高興。她們又說，路小路，你這麼有文采應該進宣傳科啊。這句話點了我的死穴，我只好說，學歷不夠，看樣子做詩人比進宣傳科容易。

我說，理想這個東西，多數時候不是用來追求的，而是用來販賣的。否則，我二十歲的時候，怎麼會對那麼多的姑娘說起我的理想呢？當時我是學徒工，幹體力活的，按理說，這種人天生沒理想，腦子像是被割掉過一塊。我當時為什麼會有理想，自己也說不清，大概割得還不夠多吧。

張小尹快活地說：「小路啊，你現在很失敗，你既沒當成詩人也沒當成科員！」說完，她把喝空的奶茶杯子放在了我的頭頂上。

我讀中學的時候，數學成績很差，解析幾何題目做不出來，看見象限上的曲線只覺得像女人的乳房和屁股。我把這個想法告訴了同學，同學嘴賤，就去告訴了數學老師。數學老師說：「路小路的人生觀有問題，只有悲觀的人才會把曲線看成人體素描。」以後他每次在黑板上畫曲線，都會意味深長地看我一眼。

對我來說，數學老師的話像個謎語。中學的政治課上講的都是主觀客觀、唯心唯物、剩餘價值之類的問題，馬列主義哲學一般不講悲觀和樂觀，所以我搞不明白。起初我以為數學老師在嘲笑我，我們那個中學是普通高中，用的課本都是乙級本，有人說讀這種課本想考上大學就像用柴油發動機想飛上月球，完全是一紙荒唐夢。我們學校的畢業生，大部分都是去工廠做工人，比較高檔的是去做營業員，當然也有在馬路牙子上販香菸的。這種學校的數學老師，你能指望他說出什麼金玉良言呢？

當時我的選擇是：第一，去參加高考，然後等著落榜；第二，不參加高考，直接到廠裡去做學徒；第三，不去做學徒，直接到馬路上去販香菸。我爸爸經常教育我：「小路，你要是不好好學習，以後只能到馬路上去販香菸了。」每逢這種時候，我就會反問他：「爸爸，我要是好好學習呢？」

我爸爸說：「那你可以去廠裡做學徒工。」

我說：「爸爸，做學徒工還得好好學習啊？」

我爸爸說：「你以為學徒工那麼好做？」

必須重點說明，我爸爸是戴城農藥廠的工程師。他一輩子跟反應釜和管道打交道，然後生產出一種叫甲胺磷的農藥，據說農村婦女喝這種農藥的死亡率非常高。我爸爸過去是個知識分子，年輕時挺清秀的，在工廠裡幹了二十多年，變成了一條鬍子拉碴、膀大腰圓的壯漢，乍一看跟工人師傅沒什麼區別。那幾年他雖然處於生理上的衰退期，但畢竟還沒跨過更年期的門檻，肌肉依然發達，脾氣卻越來越壞，打我的時候下手非常狠毒。我礙著我媽的情面，不敢和他對打，以免他自尊心受挫。

我和他講道理，說：「爸爸，關鍵是我並不想當工人。哪怕做個營業員，總比當工人強吧？」

我爸爸說：「你要是做營業員，我就幫不了你了。你要是做工人，將來還有讀大學的機會。」

我爸爸後來說到職大。你知道什麼叫職大嗎？就是職業大學。說實話，因為讀了個普高，我對一切大學的知識都不瞭解，我甚至搞不清本科和大專的區別。有一次我去問班主任，這個王八蛋居然說，這種問題我沒必要搞清楚。後來我爸爸向我解釋，戴城的化工系統有一所獨立的職業大學，稱為戴城化工職大，戴城化工系統的職工到那裡去讀書，就能拿到一張文憑。讀這所大學不用參加高考，而是各廠推薦優秀職工進去讀書，學雜費一律由廠裡報銷，讀書期間還有基本工資可拿。這就是所謂的「脫產」，脫產是所有工人的夢想。

我爸爸說，只要我到化工廠裡去做一年學徒，轉正以後就能託人把我送到化工職大去，兩年之後混一張文憑出來，回原單位，從工人轉為幹部編制，從此就能分配到科室裡去喝茶看報紙。

我聽了這話非常高興，二十年來挨他的揍，全都化成了感激。我問他：「爸爸，你搞得定嗎？送我去讀大學，一定要走後門吧？」我爸爸說：「我在化工局裡有人的。」我吃了這顆定心丸，從此不再複習功課，一頭扎進遊戲房，高考考出了全年級倒數第二的成績。按理說，應該去馬路上販香菸，但是一九九二年的暑假我仍然拿到了一張化工廠的報名表。我對我爸爸的法力深信不疑。

進了工廠之後才知道，我爸爸是徹底把我忽悠了。這家化工廠有三千個工人，其中一半是青工，這些人上三班、修機器、扛麻袋，每個人都想去化工職大碰碰運氣。後來他們指給我看，這是廠長的女兒，這是黨委書記的兒子，這是工會主席的弟弟，這是宣傳科長的兒媳婦。他們全是工人，全都想調到科室裡，全等著去化工職大混文憑呢。這時候我再回去問我爸爸，你不是說化工局有人的嗎？他捂著腮幫子說，那個人退休了。

所謂的職業大學，因此成了一張彩票，何時能中獎，誰都說不清楚。我為了買這張彩票，所付出的代價就是把自己送到了工廠裡，去做學徒工。這很正常，如果你不去買彩票，那就永遠不會有中彩的機會。我爸爸說，只要我辛勤勞動、遵守紀律、按時送禮，就能得到廠長的青睞。

我發現自己上當了，想脫身已難。家裡為了能讓我進工廠，並且謀一個好工種，送掉了不少香菸和禮券。對我爸爸來說，禮券和香菸才是買彩票的代價，至於他兒子則算不上是代價，最多只是一個沒搶到玻璃鞋的灰姑娘，雖然沒賺，但也不會賠得太厲害。我回想起數學老師的話，路小路把曲線看成屁股，因此他是一個悲觀的人。這時我開始認真反思這句話，我認為他的意思是：我不但會把曲線看成屁股，還會把屁股看成曲線。這樣的人必定悲觀得無可救藥，因為，他眼前的世界是一團漿糊，所有的選擇都沒有區別。

那年我爸爸為了一件小事揍我，他忘記我已經是工廠的學徒了，而且是一個上不了職大的學徒。在我媽的尖叫聲中，我甩開膀子和他對打了一場，打完之後，我覺得很舒服，然後發了一根香菸給我爸爸。我爸爸抽著這根菸，對我媽說：「出去買隻燒雞吧。」

我對化工廠沒好感。

那時候我們家就生活在戴城，這座城市有很多化工廠。農藥廠、橡膠廠、化肥廠、溶劑廠、造漆廠，都算化工單位。這些廠無一例外地向外噴著毒氣，好像一個個巨大的肛門。你對著肛門怎麼可能不感到厭惡呢？

我們家住在新村裡，都是八〇年代初單位裡造的公房，分配到職工手裡，交一點房租就能住進去。這些房子都是四五十平方公尺的小戶型，後來改制，成了私有財產，再後來就漲價了，成了退休工人的棺材本。這些新村的名字都是按照單位的名稱來定的，比如紡織廠的新村就叫紡織新村，農藥廠的新村就叫農藥新村。諸如肉聯新村、肥皂新村這種名字也有，反正沒什麼想像力，但很好記。

我家就住在農藥新村，離農藥廠很近。也不知道是廠裡哪個傻逼選的這塊地皮，它離農藥廠只有五百米遠，半夜裡廠裡釋放出的二氧化硫氣體，像臭雞蛋的味道，熏得樹上的麻雀一個個地掉下來。這種地方根本不能住人，但我照樣在那裡生活了很久。

農藥廠經常爆炸，有時候是砰的一聲，好像遠處放了個炮仗，有時候是轟的一聲，窗玻璃跟著發抖。通過爆炸的聲音可以分析出它的強度，家裡聽到動靜，就會打電話過去問。那時候只有公用電話，炸聲一起，雜貨店門口就排滿了職工家屬，打電話問炸的是哪個車間，死了誰傷了誰。打電話的人會轉過頭來向大家宣布傷亡情況，一般來說，不太會有人死掉。我也很奇怪，為什麼爆炸沒人死掉。我爸爸說，爆炸之前，儀表和閥門會顯示出異常反應，人就全逃光了。如果是毫無徵兆的爆炸，那就不是農藥廠了，那是兵工廠。

那年夏天，傍晚的火燒雲照得整個新村紅通通的。我家住在一樓，有個小院子供我們晾曬衣服、種葡萄、堆雜物，以及樓上人家偷偷地扔垃圾和菸頭。那天我媽在廚房燒菜，我和我爸爸在院子裡下象棋，忽然聽見遠處「轟」的一聲，一縷黑煙緩緩升起，農藥廠又炸了。我爸爸放下棋子，爬到院牆上，細細地打量遠處。我說：「爸爸，別看了，你又不在廠裡。」

我爸爸說：「看一看。」

我說：「年年都炸，我都看膩了。」

我爸爸說：「今天順風，小心點。」他以前說過，萬一廠裡炸了，有毒氣體洩漏，一定要頂風跑。毒氣是順風飄的。

我也爬到了院牆上，公房的陽台上早就趴滿了人，大家一起看爆炸。那是中班時間，人們都在捉摸誰在廠裡當班。我看到一些暗紅色的光，在圍牆深處閃爍起伏。我爸爸指著那一片說，那裡是車間區，不是倉庫，是車間炸了。他皺著眉頭，對我說：「如果發生情況，一定要頂風跑。」我說我知道了，這話聽過很多遍了，也沒跑過一次。後來我們看到樓上的阿三從那邊狂奔過來，阿三看見我爸爸，大喊：「不好啦！大路（我爸爸綽號叫大路）！炸啦！」我爸爸問他：「炸哪裡啦？」阿三狂喊：「馬上就要炸到氯氣罐啦！」

我爸爸聽了這話，一言不發，跳下牆頭，順手把我也拽了下來。他拖著我跑到廚房，伸手把煤氣爐關了，然後又拖著我媽，狂奔到車棚，打開那輛二十八吋鳳凰自行車的鎖，他就馱著我媽往東南方向狂飆而去。後來他發現我掉隊了，我自行車鑰匙沒帶，穿著一雙塑膠拖鞋跟著他們跑。我爸爸說：「來不及了，你就在後面跟著跑吧。」

阿三的一路狂喊使農藥新村炸了鍋，所有的人都從樓房裡跑了出來，這種壯觀的場面只有在地震的時候才看到過。所有人都在喊，氯氣洩漏了快他娘的跑吧。我爸爸一邊猛踩自行車，一邊大聲喊：「頂風跑啊！大家頂風跑啊！」我跟在他後面，看見對面樓裡李曉燕的奶奶披著一身肥皂泡跑了出來。老太太大概在洗澡，只來得及穿上一條褲衩，她胸口空蕩蕩的，一對乳房像兩個風雨飄搖的麻袋片在眾人眼前晃悠，麻袋片配上主人那張驚慌失措的臉，很像是一場失敗的春夢。逃命的人群根本沒有時間欣賞她，我呢，說實話，這是我有記憶以來見過的最初的乳房，雖然它是如此地狼狽，如此地多餘，但我還是忍不住多看了幾眼。我媽坐在自行車書包架上對我說：「小路，不許盯著人家看，不許耍流氓。」我心想，您真有空，這會兒還有心思關心我的思想品德，氯氣要是噴過來我就死了，我到死還沒看過女人的乳房，真是活得太不值得了，況且那根本就是麻袋片嘛。

那天傍晚，我們三個穿過了浩浩蕩蕩的人群，沿著公路往郊區逃去。我爸爸騎著自行車，馱著我媽，我在後面穿著一雙塑膠拖鞋一溜小跑，腳上都磨出了泡，但他們還是沒有停下來的意思。十幾輛消防車嗚哇亂叫著從我們身邊駛過，再後面是警車和救護車。這些車子都消失之後，馬路變得異常安靜，只有自行車鏈條發出的咯吱聲，以及拖鞋踩在柏油路上的踢踏聲。天色忽然暗下來，西方的天空中只有一絲血紅色的晚霞，路燈漸次亮起，再後來連拖鞋的踢踏聲都沒了，我把拖鞋捏在手裡，赤腳在柏油路上跑著。我爸爸就把自行車停了下來，說，不走了，氯氣要是飄到這裡，估計連市長都被熏死了。

我們在郊區一個「停車吃飯」的小飯館吃了蛋炒飯，我爸爸打電話到廠裡去，廠裡說，炸的不是氯氣，是別的東西，樓上的阿三在造謠言搞破壞，這個混蛋一貫如此，極其可惡。我媽就信了領導的話，說阿三確實不是東西，經常往我家的院子裡扔香菸屁股。我爸爸說，這不能怪阿三，氯氣啊，他媽的，歷史上又不是沒洩漏過。

我爸爸是工廠裡的老法師，他知道氯氣洩漏這種事情，寧可信其有，不可信其無，但他對阿三的寬容並沒有使之逃避懲罰，因為李曉燕的奶奶死啦。李曉燕的奶奶暴露出兩個麻袋片，全新村的人都看到了，李曉燕的媽媽說她是老不要臉的，於是老太太從六樓蹦了下來。這件事找不到罪魁禍首，必須讓阿三來頂缸。李曉燕全家到派出所去報案，李曉燕的媽媽哭成了淚人，她說是阿三的謠言造成了老太太的死亡，她拽著員警說：「你們要讓阿三這個流氓償命呀！我婆婆不能白死呀！」旁邊有不知情的聽成了強姦案。員警被她搞得很煩，到農藥廠去瞭解情況，廠裡的頭頭說，阿三這個破壞分子，早就該抓進去了。既然廠裡都推薦他去坐牢，阿三也就樂得吃皇糧了，跟出差也沒什麼區別。後來他被送到勞教所去，罪名是「破壞社會安定」。

我媽說，李曉燕的奶奶死得很冤，阿三更冤。我心想，其實我也很冤，我生平第一次見到的乳房是個麻袋片，而且，因為我看到了它，它的主人竟然就從樓上跳下來死了。這事情很詭異，讓人覺得恐懼。我對化工廠也抱有同樣的恐懼，但我說不出原因。

九二年的夏天，高考之後，我拿到成績單就挨了我爸爸一記耳光，他說這種成績連做香菸販子都沒有可能。我梗著脖子挺下這巴掌，心想，爸爸，這是我這輩子最後一次挨你打，以後沒這麼便宜的事情了。他打得真不賴，半邊臉都腫了起來。

打完之後，我爸爸說：「你等著進工廠做學徒吧。」

那是我生平最後一個暑假，我無所事事，成天遊蕩。不知為什麼，天氣似乎也和我作對，總是下些不大不小的雨，沒法到河裡去游泳，我只能獨自在遊戲房玩「街霸」。有一天我把口袋裡的零錢全都兌成了硬幣，玩了個囊空如洗，漫長而無聊的下午仍然沒有結束，於是把一個過路的小學生攔住，從他身上抄走了一塊三毛錢。小學生撒腿就跑，跑出一百米之後回頭對我喊：「我叫我哥哥來收拾你！媽了個逼！」

你知道，所有那些在暑假裡無所事事的少年都是一顆定時炸彈，他們或單獨遊蕩，或成群出動，酷暑和無聊使他們的荷爾蒙分泌旺盛。我可不想惹上這種麻煩，就用抄來的錢買了一根雪糕回家了。

到家的時候，我爸爸已經在客廳裡坐著了。他問我：「去哪兒了？」

我順嘴答道：「複習功課去了。」

我爸爸用食指關節叩了叩桌子：「你想想清楚再回答。」

經他的提醒，我想起高考已經結束了，所有的課本和複習資料都被我賣到廢品收購站去了，就改口說：「到同學家看電視去了。」我之所以撒謊，純粹習慣使然。我們家雖然是工人家庭，規矩比他媽的貴族還大，禁止抽菸，禁止去遊戲房，禁止早戀，禁止蹺課，禁止打桌球，禁止看課外書，禁止在馬路上遊蕩。受禁的只有我一個人。

我爸爸知道我最愛玩遊戲機，經常會到附近遊戲房去查崗，遊戲房的老闆是我哥們，見我爸爸遙遙地過來，就打一個呼哨：「小路，你爸來了。」我扔下遊戲機就往後門逃。我的自行車總是停在後門，騎上車子回到家，迅速攤開書本假裝複習功課。這些內幕我爸爸都不知道。

那天我爸爸沒跟我廢話，他從人造革的皮包裡掏出一張紙，上面有幾排表格。我爸爸說：「把這個填好。」

這是一張工廠招工報名表，我按項目填好之後，他從抽屜裡找出我的畢業照，黏了一點米飯，貼在了右上角。我問他：「爸爸，這是哪裡的招工表啊？」

我爸爸說：「糖精廠。」

「你不是農藥廠的嗎？怎麼把我送糖精廠去了？」

我爸爸搖了搖頭。這事情說來話長，當年我還在讀初中的時候，我堂哥也是通過我爸的關係，到農藥廠去做一個學徒工。不幸我的堂哥最後成了個黑社會，把車間主任暴打一頓之後揚長而去，被打傷的車間主任跑到我家來評理，他頭纏紗布，左臂打著石膏，耳朵上還有被咬傷的痕跡。我爸爸對他的慘狀無動於衷，我爸爸當時說：「做車間主任就是這樣，怎麼可能不挨打呢？」車間主任哭著對我爸爸說：「路大全，將來你兒子要是進了農藥廠，我就派他去掏大糞。」我爸爸是工程師，和他平級，當然不怕他威脅。但是，這個車間主任後來晉升為副廠長，專管人事和紀律。我爸爸說，要是我去農藥廠上班，最終結果，很可能真的去掏大糞，就算我樂意，我爸爸也丟不起這個人。

總之，我堂哥和我爸爸合謀斷絕了我的農藥廠之路。不過這也不算什麼壞事，和自己爸爸做同事是一場災難。

我討厭農藥廠，因為它經常爆炸，還放出二氧化硫氣體。如果你不想聞那種臭雞蛋的味道，就只能期盼著它爆炸，然後停產。如果你不想挨炸，就必須永遠忍受臭雞蛋的味道。這他媽簡直是人生的終極悲哀。

後來我知道自己要去的地方不是農藥廠，而是糖精廠，糖精是一種挺可愛的東西，小時候做爆米花都得加點糖精。農藥就不那麼可愛了，吃下去會死掉，偷回家也派不上什麼用場。我問我爸爸：「糖精就是爆米花吧？」

我爸爸說，放屁，糖精是重要的化工原料，用專業名詞來說，叫做食品添加劑，除了爆米花之外，還能摻進蛋糕、糖果、冰淇淋裡面去，用途非常廣泛。糖精廠的效益很好，如果只是做爆米花，怕是早就餓死一半工人了。後來他又說：「你知道這些都沒什麼用，你又不是搞產品開發的，老老實實做學徒吧。」我聽了覺得很沮喪，並不是因為做學徒，而是因為糖精，做一個生產糖精的工人真是太不浪漫了，一點沒有神秘感，對女孩子更是缺乏吸引力。我以前跟著堂哥出去，看那撥小青年泡妞，男的一捋袖子，露出胳膊上的刺青，說自己是跑碼頭的，非常威風。我呢？難道我的未來就是對女孩子說「我是造糖精的」？

我對我爸爸說：「我不想去糖精廠。沒勁。」

「那你想幹什麼？」

「我還是想做營業員。」

「營業員很有勁？」

「也沒勁。」

「瞧你那點出息。」

我爸爸讓我腦子放清楚點，工廠不是勞教所，招人也是要看成績的。照我的成績，無論做學徒還是做營業員都沒可能，就這張破破爛爛的招工表，還是他用一條中華菸換來的。我爸爸還說，營業員一輩子都得站著上班，工人幹活幹累了可以找個地方坐著，或者蹲著，或者躺著，這就是工人的優越性。

其實我爸爸沒明白我的意思。營業員雖然沒勁，但還能站在櫃檯後面張望那些形形色色的顧客，總比每天對著一堆機器強。我從小有個毛病，愛斜著眼睛看人，這很有快感，如果是斜著眼睛看機器就會像個十三點。

當時我姑媽在人民商場做會計，確實曾想把我安插進去，結果人民商場傳來消息：這兩年通貨膨脹結束了，商品多得賣不出去，顧客除了消費以外，還想看看美女，所以那一年人民商場招的畢業生全是美女。我高中畢業之後的第一個理想破滅了，這個理想是去做營業員。顧客就是上帝，上帝要看美女，我也沒辦法。

九二年的時候，我因為想讀那個免費的化工職大，最終到糖精廠去做學徒。當時我的高中同學們已經散落在社會的各個角落，他們有的是去肥皂廠，有的是去火柴廠，有的是去百貨店，五花八門，唯一的共同點是：這些工作全都屬於體力勞動，消耗的不是腦細胞，而是卡路里。

進廠之前，我爸爸向我詳細介紹了化工廠的工種問題。

他說，別以為進廠做學徒的待遇是一樣的，化工廠最重要的是分配到一個好工種，這得託人，送香菸，送禮券。我問他什麼是好工種。他說，在化工廠裡，生產車間的操作工就是壞工種，這些人必須倒三班，早班中班夜班，像一個生物鐘完全顛倒的神經病一樣過日子。這是壞工種，當然還有更壞的，比如搬運工和清潔工，但我既然有一張高中文憑，國家就不至於這麼浪費人才，讓我去搬磚頭刷廁所。

與此相對的是好工種，比如維修電工、維修鉗工、維修管工、廠警、值班電工、泵房管理員之類。這些人，通常都是上白班的，平時或搞維修，或搞巡邏，或坐在那裡發呆，沒有產量指標，沒有嚴格的交接班，這就是工人之中的貴族。

我爸爸說，一個好工種很重要。比如鉗工吧，平時修修廠裡的水泵，下班能在街口擺個自行車攤，替人修車打氣，把一天的飯錢掙回來；再比如電工和管工，可以順便做做裝修，時不時賺點外快。這些都是技術工種，簡稱技工。

我心想，技工，聽起來離妓女也不遠了。

我爸爸分析說，萬一去不了化工職大，做個技工也不錯啊，一個八級鉗工的待遇相當於高級工程師，或者是副教授。這麼一說，我就把技工和妓女區分開了，技工是有工資勞保的，妓女沒有，也不可能享受副教授的待遇。

我問他：「怎麼樣才能成為八級鉗工？」

他說：「至少得幹三十年吧，什麼機器都會修，還要懂英語。」

我說：「爸爸，還是換一個吧，做電工呢？八級電工？」

我爸爸想了想說：「我還從來沒見過八級電工。」

我聽了這話，就再也不想跟他討論什麼工種問題了。

夏天快要過去的時候，記不得是哪一天了，颱風挾裹著稀疏的雨點經過戴城，被打落的梧桐樹葉軟塌塌的貼在路面上。我騎了半個小時的自行車，繞過城東的公路，拐進一條沿河的石子路，來到糖精廠。街上闃無人跡，全世界像是只有我一個人在趕路，風聲竄進我耳中，然後聽見轟轟的巨嘯，把風聲蓋過了，那是化工廠的鍋爐房在放蒸汽。我看見兩扇鐵絲編成的大門，旁邊還有一扇小門供自行車出入。水泥柱子上掛著一塊慘白的木板，上有一串宋體字：戴城糖精廠。

很多年以後，我帶著張小尹去看我的化工廠。我們坐上計程車，沿著城東的公路走，在有河的地方拐彎，我讓司機停車，對張小尹說：「你陪我一起走過去吧。」

我經常會夢到那條河，寬闊的河，有很多運送化工原料的貨船在水面上航行，突突的馬達聲很像一幕搖滾音樂會的開場，但要是聽久了，會覺得這聲音很無聊。我的夢裡沒有馬達聲，只有貨船無聲地駛過。

如果你不知道化工廠在哪裡，只需要沿著河往前走，街道只能容兩輛卡車通過，往前走就是一個丁字型的河汊，有一座建造於五十年前的橋，笨拙地橫跨過河流。過了橋能看到遠處有一座高大的煙囪，這就是化工廠無字的紀念碑。它有時候冒著黑沉沉的煙，把天空塗抹成廢墟，有時候則非常安靜，肅穆地指向那些路過的浮雲。

我和張小尹去的那天是週末，工廠休息，否則在這裡能看到很多穿工作服的人走來走去，他們都是化工廠的工人。

張小尹說：「這個破廠有什麼好看的？」

我說，這可不是個破廠，這是戴城著名的國有企業，有兩三千個工人，生產糖精、甲醛、化肥和膠水。如果它倒閉了，社會上就會多出兩千多個下崗工人，他們去擺香菸攤，就會把整條馬路都堵住，他們去販水產，就會把全城的水產市場都擾亂，假如他們什麼都不幹，你也得在街道裡給他們準備五、六百桌麻將。我這還沒把退休工人計算在內，因為他們本來就在打麻將。

貨，有時候發魚，都是兩尺多長的大魚。工人們把魚掛在自行車龍頭上，一哄出廠，下班的路上就有兩千輛自行車都掛著魚，場面非常壯觀。兄弟單位的人看見了就說：「哎呀，你們糖精廠的效益真好，發這麼大的魚。」戴城是個小地方，發魚的消息很快傳遍大街小巷。廠裡的人扛著魚回家，非常自豪，這些自豪的人之中，有一個就是我。我媽把魚切了，烹炒煎炸，燒出很多味道來。這時鄰居就會讚揚我：「小路廠裡發魚了，效益真好。小路真有出息。」我媽於是也很自豪。

我和張小尹在橋上閒扯。她問我：「你是不是要到廠裡去看看啊？」

我說，我不進去了，原來的門房老頭死掉了，換了新的門房，不認得我。我就不進去了。這條路沒什麼變化，原先有一個老茶館，在工廠隔壁，現在不見了，變成了化工廠的供銷處。其他都沒什麼變化，只是路旁的香樟樹長得更茂盛了。到了秋天，這一帶會有很多黃色的野花，也沒有名字，因為開得太多了，乍看有一點驚人的美。我抬起頭，看到層層管道越過頭頂，橫跨馬路，延伸到河邊的泵房，這也和從前一樣。我站在馬路上向廠裡眺望，只能看到巨大的鍋爐房聳立在圍牆邊，至於其他車間，隱藏在更深的地方。

我對張小尹說，這就是我香甜腐爛的地方，像果子熟透了，孤零零掛在樹枝上。有個故事說，果子掛在樹枝上，等著鳥兒來啄它，這個故事後來又說了些什麼呢？可惜，張小尹並不覺得有趣。她在橋上看丁字型的河汊，那裡船隻往來頻繁。我們站在船上看兩艘拖了十來節的大船錯身，這可比二十噸的卡車錯身更艱難，像老太太過馬路。拖船上的船老大吆喝著，指揮著船隻緩緩地駛出河汊。

有時候也會發生撞船，雙方都會喊：「小心啊！要撞了！要撞了！不要再過來了！真的要撞了啊！」然後傳來一聲悶響，那就是撞船了。船沿都綁著厚厚的橡膠輪胎，所以撞不破，但是船民仍然對罵，絕不示弱。運氣好的話，還能看到打架的，用篙子捅來捅去，每當這時，化工廠的工人就不上班了，站在橋上看打架，吶喊助威，把沒掐滅的香菸屁股扔到甲板上去。這很缺德，因為船民都是赤腳在甲板上走路的。

我對張小尹說，我很喜歡站在橋上看船的，叼著香菸吹吹風，但我從來不亂扔香菸屁股。這些船都是運化工原料的，如果恰好把香菸屁股扔進了貯槽口，如果貯槽裡恰好有甲醇之類的原料，就會把這艘船炸到天上去。我也會被炸上天，落下一綹頭髮半隻鞋子。這種事情是典型的生產破壞，死了也落不下好名氣。

張小尹說：「這種事情的概率太低啦。」

我說，凡事皆有概率，懷孕是概率，吃錯藥是概率，踩上香蕉皮是概率。人皆有死，具體用什麼方法死掉，這也是概率。像我這樣在橋上抽抽菸，結果被炸死了，這個概率當然很低，但概率低的事，並不等於不會發生，比如我認識了張小尹，這也是概率很低的事情。我很愛張小尹，因此也愛著這個概率，但我不愛把自己炸上天，從年輕的時候就是這樣。

人的一生中，總有一些時候是懵頭懵腦的。通常來說，越重要的時刻越容易犯傻，日後回想起來，就有一種做夢一樣的感覺。

九二年時候，我懵頭懵腦站在廠門口，恍如夢中，那個如今已死掉的門房盯著我看。我辭職之前，他得了肺癌，在廠門口咳出了一灘血，被送到醫院之後就再也沒回來。九二年的時候他還健在，他叼著香菸問我：「學生意的？」我不知道什麼是「學生意」，他告訴我，工人就是「做生意的」，學徒就是「學生意的」。我問：「你怎麼知道我學生意？」門房說，他站了三十年的崗，要是這點眼力都沒有，這輩子算是白活了。我當時想，你一個看了三十年大門的糟老頭，可不就是白活了嗎？

我站在廠門口，看見一些工人進進出出。他們都穿著一種顏色古怪的工作服，又像藍的，又像綠的，也可能是藍綠的。看到這樣的顏色，我就懷疑自己是個色盲，最起碼是色弱。如果我真的是個色盲，就進不了工廠，只能去馬路上販香菸……我想到自己不久也要穿著這樣的衣服，穿行在工廠裡，吃飯幹活上廁所，心裡就有一點犯怵。讀高中時候，我跟在別人屁股後面去打群架，起鬨架秧子，打黑拳，掄黑磚，有一種天不怕地不怕的氣勢，帝王將相皆不入眼，但跑到工廠門口居然覺得害怕，這事情我也想不通。我只覺得，自己的卡路里不能奉獻給女孩，不能奉獻給那些挨打的人，而是要用來造糖精，就有一種末路狂花式的悲哀。

我問門房老頭，哪裡是勞資科，我得去勞資科報到。老頭指著一幢辦公樓，那樓正對著廠門，前面有個花壇，種著一棵半死的雪松，枝椏畢露，好像吃了一半的紅燒魚。老頭說，三樓就是。

我把自行車停在車庫，走上三樓，樓道裡非常暗，貼著些標語，安全生產爭創先進什麼的。勞資科靜悄悄的，只有一個女科員坐在那裡。她見我在門口探頭探腦，就說：「你是學徒工吧？進來填資料。」我走進去，發現她是一個噘著嘴的小姑娘，長得還算端正，尖尖的鼻子，淡淡的眼眉，但不知為何一直要噘嘴，後來發現她天生長成這樣，這就比較可愛了。小噘嘴問我：「你叫什麼名字啊？」我說：「我叫路小路，馬路的路，大小的小。」小噘嘴在一摞報名表裡把我找了出來，說：「耶？你這個名字好玩的，路小路。」我說：「你就叫我小路吧。」

等我填好了一份正式的報名表，小噘嘴嚴肅說：「路小路，去隔壁會議室做安全培訓。」

我說：「安全培訓是什麼東西？」

小噘嘴說：「就是給你上安全教育課。在化工廠上班，安全最重要。懂不懂？」

我說：「懂了。」

會議室裡已經坐著十來個人，後來又陸續進來了幾個人，都是學徒。我在這群人裡居然發現了一個高中同學，是我們的化學課代表。化學課代表進化工廠，似乎天經地義。我還沒來得及嘲笑他，門口走進來一個中年男人，頭髮亂成雞窩狀，戴著一副瓶底眼鏡，自稱是安全科的幹部。

進廠之前，我爸爸給我做過了些簡單的安全培訓，比如生產區禁止吸菸，不要隨便在管道下面走，聽見爆炸聲就撒腿狂奔，遇到觸電的人不能用手去拉他（得用木棍打）。他最拿手的就是讓我頂風跑，嘮叨了上百遍，農藥廠爆炸那次還實戰演習了一回。安全科幹部講的知識，和我爸爸差不多，盡是些條例，這個不許那個不許，我聽得昏昏欲睡。後來他說，要帶我們去參觀一下安全教育展覽室。我跟著十幾個學徒工稀里嘩啦站起來，一起走到四樓，進了一間黑漆漆的房間，他把電燈開關一拉，眼前的場面讓我睡意頓消，打起了十二分精神聽他講話。

這個房間裡貼著各種各樣的事故照片，呈碎片狀或半熟狀的人體，有燒死的，有摔死的，有電死的，還有被割掉一半的手，剝了皮的腿，被硫酸澆得像紅燒肉丸子一樣的臉。這不像是安全教育，倒像是個酷刑博覽會。更有趣的是，其中一張照片上什麼都沒有。我問安全科幹部：「這是怎麼回事？」

他嚴肅地說：「這是被炸死的人。」

「人呢？」

「炸沒了。」

我看著這張照片，想不出它有什麼教育意義，由於畫面上只有一堆廢磚亂瓦，因此也不具備任何想像的可能。安全科幹部看了看我，說：「你好像很喜歡看這個？」

我說：「還好。像那個什麼，抽象畫。」

安全科幹部也端著胳膊和我一起欣賞那張照片。後來他居然問我：「你覺得哪種死法比較好？」我一驚，變成了個結巴，話也說不上來。他說，炸死是很幸福的，被炸死的人，轟的一聲就沒了，不會感到痛苦。碎片是沒有痛苦可言的。被電死的人就很倒楣，尤其是三百八十伏特工業用電，人觸電的時候大腦是很清醒的，只是甩不掉那電線，這時候就會知道自己要死了，然後真的就慢慢地死了。電流會使人體處於一種神經抽搐的狀態，屍體擺出各種造型，甚至像雜技演員一樣反弓起身體，腦袋可以從褲襠裡伸出來。對於一個即將要死的人，沒有比這個更痛苦的了。還有被軋掉手的人，那種疼痛會永遠留在大腦深處，每次看到自己的殘手，就會起雞皮疙瘩。還有被硫酸澆在臉上的人，那種痛苦，叫做生不如死。

我聽了這些，身上也起了一層寒慄，但他又安慰我說：「其實，只要按規章制度操作，就不會出什麼事故。出事故的人，十有八九都是違章操作。」我們一直聽到這裡，才算聽到了一點教育意義。但他後來又說：「不過也難說，城門失火，殃及池魚。有些人違章操作，自己沒死，倒把別人給炸死了。」

這次安全教育對我意義重大，後來我去做學徒工，師傅說我縮手縮腳，一副怕累怕死的腔調。我把這個展廳的故事對師傅們說了，師傅們嘲笑我說，理他幹什麼，那安全科的傢伙是個變態，綽號叫「倒B」。我問他們什麼是「倒B」，他們說，倒B就是很混蛋很沒出息的意思，要是我也這麼混下去，就會贏得「小倒B」的綽號。我聽了，只能強迫自己把展廳的事情忘記掉，可是偏又忘不掉，此事成為我嚴重的心理陰影，直到我看見真的死人、真的斷手斷腳，才漸漸變得像師傅們一樣無畏。

我當時還問倒B，展覽室裡的照片是從哪裡搞來的。他說，不知道是哪個上級部門編的，派發到各個工礦企業，所謂前事不忘，後事之師（倒B無疑很會用成語，而且都是八個字的成語）。我不想當「前事」，成為一張扁平的照片，被掛在一個昏暗的展覽室裡供學徒工參觀。我問倒B：「這玩藝兒有肖像權嗎？」

倒B說：「我是管安全教育的，不是管法制教育的。」

倒B後來寬我的心，和我說起了概率。他說：其實沒什麼好擔心的，本廠開工以來，生產事故比美國企業還少，只有兩個電工出過人命，而那已經是十年前的事情了，我們這些沒有專業技能的普高畢業生，是沒資格去做電工的，只能做做操作工，操作工不會被電死，通常都是被炸死，目前廠裡還沒有一個人被炸死過，只有被炸掉一個耳朵的，這說明操作工的死亡概率相當低。

倒B說，本廠的工人，在馬路上被汽車撞死的有三個，罹癌死掉的有一百多個，照這個概率，化工廠的危險性還不如交通事故呢，更比不上癌症發病率，即使不到這裡來上班，也可能被撞死，或罹癌。

他說完就拍了拍我的肩膀，問我：「你知道什麼是概率嗎？」

我說：「知道，就是做除法。」

倒B說：「沒錯，你要學會做分母，別去做那個分子，就可以了。」

安全教育就這麼結束了，倒B給我們每個人發了一張證書模樣的東西，上面敲著一個藍色的圖章。我不知道此物有何用，是不是有了這個，就能杜絕事故發生，好像以前的紅寶書[1]一樣。倒B說，不是的，這張證書代表我們都受過安全教育了，將來出了事故，死了或殘了，就算我們咎由自取，與倒B本人沒有任何關係了。他把證書發到我們手裡，詭笑一通，很開心地消失了。

倒B消失之後，小嘛嘴告訴我們：明天早上八點鐘準時來勞資科報到，給我們分配工種。之後就放我們回家了。我離開化工廠的時候，還沒到下班時間，外面的颱風依舊猛烈，雨卻停了。我那個高中的化學課代表走出廠門，忽然對我說：「路小路，我想我還是去做營業員吧。」

很多年以後我站在工廠邊的橋上，我想起第一次站在那裡，就是和化學課代表告別之後。我以後再也沒看見過他，聽說他並不是去做營業員，而是去一個農機廠跑供銷了。

當年我站在橋上真是傷感極了，我的化學課代表繼承了我的遺志，去做營業員。當然，遺志是說我死了以後的志願，我當時的心情和死了也差不多。我想我真是沒什麼地方可去了，只能去化工廠製造糖精，或者像我爸爸給我規劃的那樣，做一個鉗工或者是電工。我把自行車停在橋上，走到橋欄杆邊上，像很多年後一樣探出身子，躬成九十度，面向渾濁的河流。一瞬間，河水填滿了我的視野。

1　特指《毛主席語錄》及「三合一」等袖珍、簡易的毛澤東著作選編本。

第二章

水泵之王

我爸爸說過，在工廠裡，吃得苦中苦，方為人上人（都是些很粗鄙的諺語），當然也要學會保護自己，遇到爆炸千萬別去管什麼國家財產，頂著風撒丫子就跑，跑到自己腿抽筋為止。除此以外，我必須努力工作，像驢一樣幹活，否則讀職大的理想就會泡湯。

我說：「爸爸，你一輩子做工程師，吃個屁苦。你沒資格這麼要求我。」

我爸爸說：「你知道什麼？我文化大革命的時候去做搬運工，搬了整整三年的原料桶。」

我說：「耶？這事兒你可沒跟我說過。」

我媽插進來說：「你爸那陣子倒了大楣了，而且不敢說，說出來就要被廠裡送去勞動教養。」

我說：「你現在說出來。你們廠要是敢把你送去勞教，我就弄死你們廠長。」

我爸爸還真搬過原料桶。一九七一年那會兒，我還沒出生，我爸爸當時是技術員，陪我媽去看電影，陡然看見當時的廠長和一個女科員，並且就坐在我家二老前面。我聽說那時候搞男女關係都是在電影院裡，黑漆漆的地方，便於偷偷摸摸，還有人一邊看著《紅色娘子軍》一邊手淫的。很不巧，廠長一扭頭看見了我爸爸，我爸爸沒吱聲，帶著我媽就溜了。這事情過了也就過了，我爸爸和廠長都彷彿它不存在似的，雙方近乎默契地保守著這個秘密。半個月以後，我爸爸去倉庫領材料，農藥廠的倉庫大得很，我爸爸在裡面轉悠了一圈，聽見有動靜，以為是耗子，就走過去察看，先是看見了兩雙鞋，接著看見了一條裙子，接著又看見一個奶罩耷拉在一堆角鐵上。再接著，我爸爸看見了廠長和女科員。我爸爸站在他們和一堆衣服之間，覺得這件事就像做夢一樣。如果你不想捉姦而偏偏兩次捉到了姦，就會有類似的幻覺產生，以為自己在做淫夢。可惜，淫夢之後是噩夢，我爸爸被調到了車間裡去搬原料桶，六十公斤一桶的原料，從車間這頭滾到那頭，每天得滾上一百多桶，差點把腰給廢了。

我說：「你別說了，我今天就找人去把那廠長給廢了。」

我媽說：「八百年前的事了，那個廠長後來被抓進去了。」

我爸爸說，當時要不是忍氣吞聲，就該被那廠長捏造一個罪名送去勞教啦。當時，一個廠長要整一個小技術員，易如反掌，只要在他的抽屜裡放幾塊鋼錠，就能以盜竊罪論處，嚴重的還能被判成破壞生產罪，勞教都算是輕的，可以直接被送去勞改。我爸爸做了三年的悶葫蘆，別人問他哪裡得罪了廠長，他就裝成是個白癡一樣想不起來了，這才算躲過一劫。一直到撥雲見日，那廠長被群眾檢舉，判了徒刑，我爸爸才長歎一聲，從白癡又變回了正常人。

我說：「爸爸，你真不容易，搬原料桶那會兒還順帶把我造了出來，辛苦了！」我媽聽了，順手在我脖子後面拍了一巴掌。

我爸爸埋怨我媽說：「當年，要不是你鬧著要去看電影，我怎麼會撞到廠長？」

我媽說：「你自己笨。在倉庫裡看見了裙子奶罩，還非要去看個究竟。你不會跑開啊？」

我爸爸說：「奶罩上又沒寫他們的名字，我怎麼知道又撞上了廠長？」

我爸媽要是拌起嘴來，簡直是無休無止。趁這個功夫，我做了一道簡單的算術題：假如讓我去搬一輩子的原料桶，從一九九三年一直搬到二〇三三年，在這四十年裡我每天搬一百桶原料，每桶原料重六十公斤，刨去星期天在家休息，我這一輩子就得搬動七萬多噸重的東西。距離倒不是很遠，也就幾十米。花了一輩子的時間，就是把一幢大樓挪到了街對面。這個結論無疑是很悲觀的。

我受了安全科的教育，其實並不怕自己被炸死。倒B說了，被炸死是一種概率。看了展覽室裡的死人圖片，人會產生兩種錯覺，一種是覺得自己明天就會有類似的遭遇，如我的化學課代表；另一種是覺得這事情橫豎不會降臨到自己頭上，比如我。我堅信此生不可能被炸上天，然後再一片片地落下來，我認為自己會老死在某一張病床上，身邊有我的兒子孫子重孫子，我既不可能是烈士也不可能是案例，我的照片絕無可能出現在全國的化工單位裡。但是，另一件事情像夢魘一樣纏繞著我：假如我被分配去做一個搬運工，那就沒有任何概率可言了，這七萬多噸的重量就是我的宿命。

後來我爸爸說，搬原料桶，如今都是農民工幹的事情，絕對輪不到我這個擁有正宗高中文憑的人來做，這叫人才浪費，國家對此非常重視的。我爸爸拍了拍我憂鬱的後腦勺說：「放心吧，你起碼也是個鉗工。」

其實，我爸爸還是不能理解一個悲觀者的想法。我把這件宿命的事情想明白了，就知道，即使我做了鉗工，也就是花了一輩子的時間讓幾萬個水泵起死回生。我當營業員是一輩子數人民幣，當科員是一輩子看日曆，當工程師是一輩子畫圖紙，都沒什麼意思。我這個想法不能說出來，因為實在太無趣，令人厭世。

對於工種問題，有必要再解釋一下。工廠裡分為兩種人，一種是幹部，一種是工人。在工人看來，幹部是從來不用幹活的，其實不是這樣，比如宣傳科要出黑板報，工會要安排文藝活動，財務科要做帳點錢發工資，這些其實都是勞動。但在工人看來，這種勞動因為不消耗卡路里，所以幾近狗屁。儘管如此，工人還是羨慕科室裡的幹部，道理很簡單，沒有人天生喜歡體力勞動。

工人之間也分等級。以倒三班為界線，凡是需要倒班的都是傻逼，凡是上白班的都是牛逼。化工廠的維修鉗工就是上白班的，這種人既看不起幹部（認為幹部不勞動），同時又看不起倒三班的操作工（認為操作工是傻逼）。

那時我還沒有進工廠，只覺得做鉗工沒意思，從字面上解釋，這種人每天拿著老虎鉗跑來跑去，身短脖子粗，騎子拉碴一身油汙。這當然是工人階級的典型形象，是最先進的階級，可惜九〇年代這種形象已經分文不值了。我爸爸急了，說鉗工是個很有發展前途的工種，退休了可以擺一個修車攤子。他說過一百遍，修車修車修車。我說：「爸爸，我要是退休了就天天打麻將，修什麼自行車啊？」

我爸爸說：「學一門手藝，混飯吃，懂不懂？」

在我正式成為鉗工之前，為了糾正我好吃懶做的惡習，我爸爸帶我去拜訪了家裡的一個堂叔。據我爸爸說，堂叔十六歲出來學生意，幹了三十年的鉗工，兩隻手都變得像老虎鉗一樣，隨時都可以掐死人。這種描述很恐怖，我爸爸可能沒想到，假如我有一雙老虎鉗一樣的手，他是不是還能那麼順利地扇我耳光。正所謂病急亂投醫，他為了讓我安心做工人，什麼招都使上了。

我堂叔家住在戴城的西區，此地從乾隆皇帝那一代起就是貧民窟，兩百年過去了，差不多還是老樣子，放眼望去，全是用毛竹和油氈布搭起來的棚子。這種棚子點火就著，小風一吹能燒出二十里地。我堂叔就住在這個地方。那天我爸爸帶著我穿過貧民區狹窄的道路，繞過幾條小巷，經過了一個淌著黃水的公共廁所，在一間黑漆漆的房間裡找到了我堂叔。他們家簡直就是一個鉗工窩棚：椅子是鉗工班裡焊成的鐵椅子；桌子是鉗工班裡厚重的工作台；電風扇是工廠裡的老貨，只有風翼沒有罩子的座扇，隨時都能把手給削掉的那種。唯獨那張床，是一張紅木雕花大床，古樸蒼涼，看起來像是我們家清朝的祖宗傳下來的，但我爸爸說，那其實是我堂叔在六六年從別人家裡搶來的。

我們還沒進門，就聽見一個女人高聲吆喝，此人是我堂嬸。我那位隨時都能掐死人的堂叔正被他老婆掐著脖子從屋子裡趕出來。這是我第一次看到他，也是第一次看到我堂嬸，前者確實膀大腰圓，胳膊比我的小腿還粗，拳頭握起來就像一個樹樁子。我堂嬸的體積大概只有他的二分之一，但是，正是她掐著我堂叔的脖子，把他推出了五米遠，並且哐的一聲關上了門。

我堂叔用他老虎鉗一樣的手擦了擦脖子，扭頭看見了我們。場面有點尷尬，我堂叔倒是無所謂，他拍了拍褲子上的土，帶著我們去麵館吃麵。

我堂叔往那兒一坐定，就露出了鉗工的本色，他指甲縫裡嵌著黑沉沉的油汙，牙齒被香菸熏成了鐵鏽色，身上飄過來一陣潤滑油的味道。我心想，我要是堂嬸，恐怕也得把你丫給叉出來。

我爸爸說明來意，堂叔很開心，拍著我肩膀問：「小路，今年多大了？」

「二十。」我爸爸替我回答，「今天主要是來取取經，讓他有個心理準備。」

我堂叔叼起一根香菸，問我：「知道鉗工最重要的是什麼嗎？」

我不防他用這麼哲學的方式提問，只好搖頭。我堂叔說：「技術！技術最重要。」

我堂叔說，做鉗工是很需要竅門的，比如擰螺絲，並不完全靠蠻力，再大的蠻力也擰不開一個生鏽的螺絲，反而會把螺絲口弄壞，那就永遠擰不出來了；比如修機床，那是非常有技術含量的，有些外國的機床，全中國都找不出一個人能修好，假如我恰好有這門手藝，那我就等於是一個外匯倉庫，能給國家省很多錢；又比如設備保養，那需要很好的記性，因為設備就像女人一樣，如果你同時搞二十個女人，難保上床的時候喊錯了名字。我堂叔還說，做鉗工最大的好處是可以撈點小外快，下班以後坐在弄堂口，擺一個修自行車的小攤，差不多可以掙五百元一個月。修自行車需要很好的技術，還得有一套工具和固定的地盤，還得時不時地往馬路上撒些碎玻璃。我堂叔說，鉗工就是一個技術工種，技術出眾的鉗工，連廠長見了都得讓他三分的。做鉗工還能收徒弟，徒弟得孝敬師傅，送上香菸白酒，否則什麼都學不會，永遠停留在二級鉗工的水準上，永遠擰螺絲的幹活。總之，鉗工比化工廠的操作工要體面，操作工要倒三班，從白天幹到深夜，從日落幹到日出，生物鐘顛倒，吸入各種有毒氣體，生出來的小孩會是畸形。

我爸爸聽他越說越離譜，就打斷了他，說：「小路這次到廠裡去，主要想考個職大，將來調到科室裡去。」

我堂叔問道：「什麼科室？」

我爸爸說：「他平時愛畫畫，上學的時候出過幾次黑板報，說不定能去宣傳科。」

我堂叔說：「宣傳科好哇。」繼續用手拍我的肩膀。我很想把肩膀讓開，但又怕他一巴掌拍到我的麵碗裡，只好硬生生地受著。我堂叔說：「小路，有志氣！科室裡的女人皮膚都比車間裡的好。」

我問他：「為什麼？」

「這還用問嗎？化工廠的車間裡全是有毒氣體啊，熏得女人的皮都皺了。」

我爸爸說：「行了行了，老六（我堂叔的小名叫老六），你先回去吧。你老婆在家跟你鬧彆扭呢。」

我堂叔說：「她又要鬧，又要死，又不去死。真他媽的麻煩。」

送走我堂叔之後，我就笑得直不起腰了。我爸爸臉色難看。他說這個堂叔命苦，在一家牙膏廠裡做鉗工，該廠的牙膏品質太差，或者擠不出來，或者擠出來就成了一灘水。這種廠的效益很差，所以堂叔的收入很低，文化程度就別提了。我說：「估計平時也不怎麼幹活，盡琢磨女工的皮膚了。」

我爸說：「他修自行車手藝不錯的。小路，有一門手藝在身上，就算廠裡效益不好，日子還能湊合著過。這個道理你懂不懂？」

「就那樣過日子也算湊合？」

我爸爸歎了口氣，說：「確實也混得太慘了點。」

我爸爸也挺後悔帶我去看堂叔的，這簡直是給鉗工抹黑，並且使我對未來的前途充滿狐疑。我在堂叔身上嗅到了工人階級的味道，在一九九二年的夏天，這已經不是什麼響噹噹的味道了。他用著全套鉗工班的家具，躺在一張年富力強時代搶來的紅木大床上，他長著一雙有力的大手，卻被老婆掐進掐出，你可以說他是個末路的強盜，也可以說他是個倒楣鬼。我爸爸解釋說，他不能代表所有鉗工的命運，糖精廠不比牙膏廠，糖精是熱銷全球的產品。九二年的時候，他們喜歡用一個詞，叫做「效益」。糖精廠的效益就很好，在那裡做鉗工，是一件很有面子的事。

我發給我爸爸一支菸：「爸爸，以後你千萬別提什麼宣傳科了。」

「為什麼？」

「不為什麼。能做一個鉗工，我已經很滿足了。」

我再次見到堂叔是五年後的一個冬天，那天我騎車路過，在他家附近的馬路上遇到了一灘碎啤酒瓶，車胎當場就癟掉了。我找到堂叔的修車攤，過去打了個招呼，並且補車胎。他老了很多，背有點駝，半邊頭髮都是花白的。他告訴我說，自己已經下崗了，靠一個小車攤維持著全家的生計。我堂嬸再也不掐他了，因為她也下崗了，掐壞了他，全家都得餓肚子。修完車胎之後，我要付錢給他，他不肯收，俯在我耳邊說：

「那玻璃渣子是我撒在那兒的。」

我再也沒去過那一帶。

我會永遠記得去報到的那天，也就是安全教育的次日，我站在勞資科的吊扇下。那個吊扇把所有的熱風都灌到我的腦門上，吹得我暈暈乎乎，好像要升仙一樣。這種記憶由於它本身就近似於一個夢，於是它常常出現在我的夢裡，被我反覆磨洗，成為一個鋥亮的硬塊。

那天是正式報到，小嘛嘴坐在辦公桌後面，我站著。和我一起站著的還有六個男的，加上她，很像八仙過海。小嘛嘴很不滿意地說：「怎麼才來了七個人？其他人呢？」

我實在很想告訴她，那場安全教育課把其他人都嚇跑了，剩下的七個人都是神經異常堅強的，是敢死隊，是強力意志，是他媽的查拉圖斯特拉。我當時覺得這種安全教育也太操蛋了，後來才明白，倒B其實沒有錯，他的第一輪教育就是考驗我們的神經。那些沒有堅強的神經的人，那些不能死心塌地在化工廠扎根的人，遲早會鬧出生產事故，害死自己，或害死別人。他們會拉錯電閘，放錯原料，拿錯飯盒，而且這種人幹了錯事也不會覺得羞愧，死在他們手裡的人最好自認倒楣。

小嘛嘴是一個二十出頭的女孩子，梳著一個馬尾辮，她用一個髮圈套住辮子，於是這根辮子就不是尖尖的馬尾巴，而是像一根圓溜溜的大紅腸，掛在她的腦袋後面。我搞不清這根紅腸有什麼好看的，但她樂意這樣，我也管不著。小嘛嘴穿著廠服，不藍不綠的那種，我注意到廠服上還有一個字母T，就在她左乳靠上的位置。為什麼會有一個T？我反應過來，這是「糖精」的起首拼音。我爸的左乳有個N，那是「農藥」的意思。Z是造漆廠，R是乳膠廠，L是硫酸廠，都這樣。

小嘛嘴從抽屜裡拿出一疊資料，說：「現在給你們讀一下工廠紀律。」

她照本宣科把條例都讀了一遍。這本古怪的勞動紀律手冊全是關於懲罰的條例，遲到早退曠工打架抽菸喝酒違章操作。她讀到婚前性行為的時候臉上稍微不自然了一下。婚前性行為也要處分。後來她解釋說：「這本勞動紀律手冊是八五年編的，到現在沒怎麼改過。」最後還有超生，她說，超生必須強制人工流產。我心想，這關我屁事，誰敢把我送去做人工流產，我非宰了他不可。

我的視線越過她，朝窗外看去，我發現勞資科簡直就是一個炮樓，正前方可以遠眺廠門和進廠的大道，左側是生產區的入口，右側是食堂和浴室。在這個位置上要是架一挺機槍，就成了奧斯維辛的崗樓，或者是諾曼第的奧馬哈海灘。這個位置實在是太好了，是整個工廠的戰略要地。很多年以後，我遇到個建築設計師，他向我說起監獄的設計，最經典的是圓形監獄，崗哨在圓心位置，犯人在圓周上。這種設計方式非常巧妙，沒有視覺死角，而且犯人永遠搞不清看守是不是在看著他。一說起這個，我就想到了化工廠的勞資科，我雖然沒見過圓形監獄，但我見過勞資科，確實很厲害，沒有人能逃過他們的眼睛。

我想著想著就走神了。小嘛嘴說：「路小路，鉗工班。」

我問她：「你講什麼？」

小嘛嘴不耐煩地說：「分配工種你走什麼神？你去鉗工班報到！」

我心想，爸爸，你的香菸和禮券沒白送，我就指望著你把我送到化工職大去啦。

散會之後，小嘛嘴把我留了下來。小嘛嘴說：「路小路，我在讀勞動紀律，你怎麼可以不認真聽呢？你這種小學徒是很容易犯錯誤的，不要把工廠當成自己家。噢，當然，愛廠如家也是應該的，但是不可以像在家裡一樣自由散漫。你是普高畢業的，成績又很差，本來應該和他們一樣去做操作工，但是分配你去做鉗工，不用倒三班，這是很不錯的。你要珍惜這個機會。」

我說：「是，科長。」

小嘛嘴說：「我不是科長，胡科長開會去了，讓我代辦這些工作，讀勞動紀律。」

我說：「勞動紀律手冊發下來看看就可以了，對吧？」

小嘛嘴說：「勞動紀律手冊，人事科可以發下來，勞資科就必須讀給你們聽。這是廠裡的規定。」我聽了這話，搞不清所以然，假裝搞懂了，頻頻點頭。我覺得她年紀不大，就這麼教育我，很不應該。但我天生喜歡被小姑娘教育，最好溫柔一點，再溫柔一點，你可以說我犯賤，作為一個鉗工學徒，我也只有這麼點愛好了。

後來我問我爸爸，人事科和勞資科有什麼區別。我爸爸說，人事科是管幹部的，勞資科是管工人的。好比我是一個學徒，就得去勞資科報到，而大學生是幹部編制，就得去人事科報到。從字面上就能看出來，人事科管的是「人」，勞資科管的是「勞」。我爸爸說，幹部的文化程度比較高，可以讀懂那些勞動紀律，工人反之，就得一條條念給他們聽。道理簡單得很，不應該想不通。

「這算不算搞歧視？」

「等你混上幹部編制，你就不覺得是歧視了。」

化工廠分為兩部分，東邊是生產區，全是車間，西邊是非生產區，包括科室大樓、工會小樓、澡堂、食堂、宿舍、機修車間，還有花房和一個碩大的車棚。生產區與非生產區之間的區別在於禁不禁菸。在生產區裡抽菸會被課以重罰，屢犯者按警告處分直至開除不等。

鉗工班在生產區的周邊，那裡可以抽菸，這也是鉗工們自豪的因素之一。

我回憶起鉗工班，那是一個鐵皮房子。關於鐵皮房子的量詞，我花了十年時間也沒能想明白，用「幢」或「棟」，似乎太雄偉了，用「間」又太小。簡而言之，那是一個用鐵皮焊出來的房子，大約有三百平方米，鐵皮房子裡有幾張厚重的工作台，台沿上安裝著幾台虎鉗。除此之外，還有一台車床、一台刨床、一台鑽孔機。東北角上是用三合板擋起來的一個休息室，工人在裡面換衣服，抽菸，打牌。

我去鉗工班報到，手裡還拎著新發的勞保用品，兩套工作服，一雙勞動皮鞋，四副紗手套。進門之後，聽見嘩啦啦一陣巨響，有一塊鐵皮屋頂被風吹走了，它像一個脫了線的風箏遙遙而去，在天空中快樂地翻滾著，越飛越高。有個老工人目送著這塊大鐵皮說：「不知道哪個倒楣的會被它砸中。」

我問他：「師傅，這兒是鉗工班嗎？」

他說：「你新來的？去裡面報到吧。」

我拎著勞保用品往裡走。一群泥猴一樣的工人叼著香菸，坐在那裡審視我。後來我見到鉗工班的班組長，他是個言辭木訥的紅臉大漢，他說他叫趙崇德，旁邊的工人就大聲說：「小子，你叫他德卵。」

我衝著班組長鞠了個躬說：「趙師傅。」

他低聲說：「我們這裡都叫卵，你就隨大夥一起叫我德卵吧。」接下來他分別向我介紹了大卵、小卵、石卵、馬卵、炳卵……最後一個是歪卵，此人是個朝左的歪頭，叫「歪卵」是象形的意思。工人們扶了扶他的歪頭，對我說：「歪卵師傅是做刨床的，他刨出來的東西從來都是歪的。一年出多少廢品，連他自己都數不清。」歪卵聽了，朝上（嚴格地說是朝左上方）翻了個白眼，嘴裡吐出一連串的髒話。工人們哈哈大笑，對我說：「不要歧視歪卵師傅，他看上去是做刨床的，其實是我們這裡的文工團。」

我當時想，本人姓路名小路，如果叫路卵，不知道是可笑呢還是可悲。可是工人們又告訴我，新來的學徒工，暫時沒資格稱「卵」，這算是讓我鬆了口氣。我問德卵：「這裡哪一位是我師父？」

德卯說：「你師父請病假，下個禮拜才能來上班。你先幹點別的吧。」

「我幹什麼？」

「你去挑水吧，把地上灑一灑。」

我讀過一個劇本，叫《朱門巧婦》，說實話，鐵皮屋頂是夠那隻貓嗆的了。這種材料製成的房子，典型的冬涼夏暖，夏天就像是撒哈拉沙漠，恨不得脫得就剩一條兜襠布，到了冬天，這房子又變成了一個到處漏風的冰窖，飛快地把身上的熱量吸走了。總之，廠裡的野貓從不到這個地方來，貓才沒那麼傻呢。

整個鉗工班的人就生活在這裡。夏天沒空調，只有兩個生了鏽的電風扇，把熱風往人頭上灌，吹得人昏昏欲睡。這時就需要去挑水，把一桶又一桶的水倒在地面上，嗞的一聲，兩分鐘就乾了。對付如此酷熱，只有不停地灑水降溫。

冬天略微好過一點，可以點起火爐烤暖。火爐是用柴油桶改製的，有一根鐵皮煙囪，直通到屋頂上。燒火爐需要大量的燃料，煤油、木柴、廢輪胎都可以，實在沒有了就燒報紙雜誌。這些燃料都不是現成的，得自己去找。

學徒工的任務很簡單，夏天灑水，冬天撿燃料。

我去鉗工班報到的那天，沒遇到我的師父，其他工人師傅讓我挑了一上午的水，下午就讓我背著一個小竹簍子在廠區裡找燃料。師傅們說，天太熱，得灑水，與此同時必須未雨綢繆，把冬天的燃料準備好，這些燃料在寒冷的季節裡非常搶手，夏末秋初就得開始囤積。師傅們對我說：「反正你閒著也是閒著。」

我背著竹簍在廠裡漫無目的地晃悠，像農村裡撿糞的孩子。由於這是我的第一份差使，起初並不覺得特別悲涼，相反還激起了我的興趣。我發現，在所有的燃料中，廢橡膠和煤塊是一等品，木柴是二等品，報紙是三等品，等而下之的是破布頭碎紙片。我撿破爛的時候，廠裡的阿姨會突然叫住我：「來！小學徒！來！」我屁顛顛地跑過去，阿姨從口袋裡掏出一顆糖，剝開，把糖塞進自己嘴裡，把糖紙扔進了我的背簍裡。我就這麼成了個流動的垃圾箱，誰叫我，我就得跑過去。有一次，一個阿姨在女廁所門口喊我，我瞄了她一眼，沒敢過去，怕她把草紙扔在我背簍裡。

後來廠裡的清潔工來找我，清潔工說：「兄弟，你不能連廢紙都給我撿走啊，你再這麼撿下去，全廠的清潔工都該失業了。」

清潔工的話讓我的自尊心像玻璃一樣碎掉了。我想起我爸爸說的，我好歹也算是高中畢業的人才，怎麼就成了個撿破爛的呢？那幾天回到家，我爸爸問起工作上的事情，我就說，我幹得挺好的，正在學修水泵。我爸爸疑惑地問：「你剛幹了兩天就讓你學修水泵，不會吧？」我問他：「那我該幹什麼？」我爸爸說：「你應該掃地擦桌子，去水房泡開水，給師傅擦自行車……」

我心想，爸爸，你無論如何想不到我在撿破爛吧？這他媽就是你給我找的工作，我要是靠撿破爛能撿進你那個化工職大裡去，我就把腦袋輸給你。

關於撿垃圾的種種，我沒告訴別人，實在是覺得丟人。我在廠區裡轉悠的時候，經常看見同一屆的學徒工，拎著六個熱水瓶笑嘻嘻地從水房出來，健步如飛往班組裡跑去。附近的阿姨看見他們，就說：「新來的學徒工吶，長得真帥。」然後她們又看見了我，衝我喊道：「撿垃圾的小學徒，過來！這兒有廢報紙！」

我二十歲那年，把這件事稱為一生中最黑暗的遭遇。小時候我曾在垃圾桶裡撿到過一只皮球，視為珍寶，我用路邊的積水把這只皮球擦乾淨之後，忽然有個同齡小孩站在我面前，他穿著奶白色的西裝短褲，小小年紀居然梳了個分頭。分頭陰著臉說，這個皮球是他的，並且動手來搶。我使了個絆，把他摔進水塘之後撒腿就跑，身後傳來他的哭嚎聲。後來分頭認準了我，隔三岔五跟在我屁股後面嘮叨，我的皮球我的皮球我的皮球。我返身回去抓他，他就狂奔而去。直到有一天我沒了耐性，把那個皮球還給了他，皮球已經破了。我說：「皮球還你了，你他媽的別再跟著我了。」分頭接過皮球又是一陣嚎哭，我走過去給了他一個大嘴巴，他居然不嚎了，瞪著一雙無辜的眼睛看著我，好像我是個怪物。我二十歲撿垃圾的時候，開始懷疑，這是我多年前撿皮球、幹壞事的報應。

我撿了一個禮拜的垃圾。後來，我師父老牛逼出現在我面前，他簡直就是個天使，照亮了鉗工班漆黑油膩的工作台。老牛逼對德卵說：「我的徒弟怎麼可以去撿垃圾？」他把我的背簍扔在了德卵的徒弟面前，逕自帶著我去修水泵了。德卵的徒弟叫魏懿歆，他的名字對工人師傅來說太恐怖，既不會讀也不會寫，筆劃多得數不清，也不知道他爹媽是怎麼想的，簡直是存心刁難工人師傅。德卵寫工作報告的時候非常頭疼。工人師傅嘲笑他說，你把名字寫完，老子一泡屎都拉乾淨了。魏懿歆大專畢業，學的是機電，在鉗工班也算是下車間實習。這人有點結巴，見了老牛逼總是嚇得說不出話來。從此以後，就由機電專業畢業的魏懿歆負責撿燃料，而普高畢業的路小路居然可以去修水泵。我也搞不清，這算不算人才浪費，反正我是再也不想幹這個活了。魏懿歆是個很認真的學徒，他撿燃料簡直到了癡迷的程度，一筐一筐地往鉗工班運燃料，冬天還沒到，已經囤了一房間的木柴和報紙，還有兩百斤優質煤，全是從鍋爐房偷來的。直到有一天被鍋爐房的師傅發現，一巴掌拍掉了他兩個臼齒，才阻止了這種瘋狂的行為。

我師父老牛逼是工廠裡的名人。別人告訴我，能做老牛逼的徒弟，是我一生之中的大幸。整個鉗工班都以「卵」字作為後綴，只有他是「逼」，這說明他非常厲害，睥睨群卵，不可一世。我現在三十歲，活得已經有點膩了，因此歪理越來越多。我開始明白，人生的幸事不多，比如說，有個好丈母娘是幸事，有個好鄰居是幸事，老闆和老婆都不算。這是因為，丈母娘和鄰居都不是你自己能選擇的，運氣不好會釀成長期的折磨。有一個好師父也是幸事，道理一樣，師父不是自己能選擇的，而是國家分配給我的。

我最初見到老牛逼的時候，他倚在一台車床上，和一個四十多歲、嗑著瓜子的阿姨聊天。他對阿姨說：「你知道嗎？金條要大，元寶要小！」阿姨聽了，臉上紅撲撲的，用粉拳捶他。

老牛逼就詭詭地笑了起來。

金條和元寶是工廠裡的黑話，我聽不懂。後來去修水泵的時候，我悄悄問他：「師父，您說那金條和元寶，到底是啥意思？」

老牛逼哈哈大笑，用手指給我做了個比方，他把右手的中指伸到我面前說：「看，這就是金條。」他又把左手的食指和大拇指圈成環狀，伸到我面前，說：「見過元寶嗎？這就是元寶。」然後他就把金條伸進元寶裡面，進進出出比劃了一下。我當時拍了拍腦袋，做出恍然大悟的樣子，其實只能說，我對金條的瞭解遠遠大於元寶，元寶只是存在於我的想像中，我做出恍然大悟的樣子，只是為了讓老牛逼相信，我是一個很有領悟力的孩子，教我修水泵那算是找對了人了。

工廠裡認師父，也有一個拜師儀式，就是送香菸。我塞給老牛逼一條紅塔山，他笑納了，從此對我很照顧，把廠裡所有的黑話都解釋給我聽。只有聽懂黑話，才能從學徒晉升為老油條。

老牛逼五十多歲，頭髮花白，長著一個萬眾矚目的獅子鼻，他幹活的時候鼻翼會暴漲出來，這時候他的鼻孔裡可以輕易塞進去兩個大紅棗。當然我也就是想想而已，絕不會真的這麼幹。他帶我去修水泵，各個車間的阿姨站在路邊喊他：「老牛逼！又帶徒弟啦？」

老牛逼喊道：「黃花小夥子！借給你過癮吧！」

阿姨喊道：「留給你老婆過癮吧！」

我聽了這話，嘴裡就犯嘀咕。老牛逼問我，你在嘀咕什麼。我說，媽的，老阿姨。老牛逼就很嚴肅地告訴我，不要歧視老阿姨，在工廠裡要是得罪了這些阿姨，那就倒了大楣啦。我說我知道的，我們學校裡以前有個總務處的阿姨，她患有嚴重的更年期綜合症，總是臉色潮紅，嘴唇像抹了口紅一樣鮮豔奪目。她的把戲就是查衛生的時候戴一副白手套，往窗框上一抹，手套上若有一點髒的，就讓我們重新擦。我們對這種做法很不滿意，她就說，窗框要擦到我們能用舌頭去舔，那才算是擦乾淨了。這種說法很無理，不如直接用舌頭把窗框舔乾淨算了。我們又不是做鴨的，練那麼好的舌功也是浪費。

我對四十多歲的老阿姨天然地抱有恐懼感，就像我對二十歲的姑娘天然地抱有好感。我不瞭解老阿姨，孔子說「不知生，焉知死」，我連小姑娘都不瞭解，老阿姨當然就更神秘了。

老牛逼向我具體解釋了「阿姨」。廠裡管那些已婚已育三十五歲以上的女性叫老阿姨，三十五歲以下的已婚女性叫小阿姨，統稱阿姨，這和家裡做保母的阿姨是兩回事，更不是我媽媽的妹妹。當然，並不是所有已婚女性都能計入阿姨的行列，就是說，她至少得有點女人的味道，哪怕是殘存的、些微的、裝出來的。假如是一個嘴唇上有鬍子、腰圍接近水桶的女人，那不叫阿姨，叫老虎。好比我說的那個總務處阿姨，她其實就是老虎。兩者的區別是，阿姨只會朝你翻白眼，鬥鬥嘴，捶捶粉拳，老虎則是湊到面前一口唾沫吐過來，還會大哭小叫，抓女人的頭髮，揪男人的睪丸。老牛逼說，認清阿姨和老虎，對我的生命財產很有好處。

廠裡的女人，就這麼被他分為小姑娘、小阿姨、老阿姨三種規格，「老虎」在此規格之外，屬於劣質產品。他還說，所有的小姑娘都會變成小阿姨，小阿姨會變成老阿姨，這是自然規律。

老牛逼說，阿姨得哄著，她們會和我發生長期的關係。我想不通，我這個年紀憑什麼會和阿姨沾上邊。老牛逼說，現在當然不沾邊，可是等我在工廠裡年復一年地幹下去，變成一個中年鉗工，身邊那些小姑娘也就晉升到阿姨行列中去了。到那個時候，新來的小姑娘是絕不會和我說話的，我唯一的娛樂就是找同齡的阿姨，說一段黃色笑話，然後等著她們來捶我。

當時我聽了他的話，悶悶不樂，像隻瘟雞。我師父老牛逼早就預見到了我會有一個枯燥的中年，只有阿姨才是唯一的雨露。想到這個，我就很絕望。老牛逼給我的啟示是，我必須馬不停蹄地在廠裡跟各種小姑娘打交道，與她們混熟，可以敲敲肩膀拍拍胳膊，說幾句黑話而不至於被她們吐一臉口水。我會和她們一起進入無恥的中年，過過乾癮，死豬不怕開水燙的樣子。雖然很沒勁，但至少不會顯得特別地悲慘。

我師父老牛逼之所以成為廠裡的名人，並不是因為他喜歡泡老阿姨，而是因為他打過車間主任。

我堂哥也打過車間主任，他把一個瘦猴一樣的車間主任打成了豬頭，還在那人耳朵上咬了一口。農藥廠的保衛科找我堂哥談話，他進了保衛科把衣服一脫，露出了胸口的刺青，是一幅哪吒鬧海。哪吒三頭六臂，腳踩風火輪，手提火尖槍，完全臨摹上海美術電影製片廠的那部動畫片。保衛科的人看到這個刺青，沒多說什麼，放他回家了，過了兩天他們把我堂哥給開除了。

老牛逼打車間主任，據說是八〇年代初的事，也不知是哪裡得罪了他，他走到車間主任辦公室裡，掄起一個菸缸，朝車間主任腦袋上拍了三下。這三下把車間主任打成了腦震盪。車間主任醒過來之後，託人給老牛逼送去了一條牡丹牌香菸，事情就這麼了結了。

人人都討厭那個車間主任，只是沒人敢去拍他而已，老牛逼因此成了全廠的英雄。當時老牛逼四十來歲，正是在廠裡打人的好年紀，輩分和拳頭都夠大的。後來我做了他的徒弟，他快六十歲了，即將退休，肌肉開始萎縮，而且老花眼，已經打不動人了。而我還是個學徒，輩分不夠，胳膊再粗也是枉然，打人的下場就是被開除。我和老牛逼在一起，假如取短舍長，連蒼蠅都拍不死一個，假如取長補短，就能打遍全廠無敵手。當然，這只是我的想法而已，我二十歲的時候遇到一個敢於打車間主任的師父，心裡難免會發癢。可惜，我最終只是陪著他，拆了很多出故障的水泵，見識了很多姿色阿姨而已。

我曾經很仰慕地對他說：「師父，你那麼牛逼，敢打車間主任。」

老牛逼說：「這不稀奇，最牛逼的是拉電閘。」

「怎麼拉電閘？」

「廠裡扣你獎金，你去把電閘拉下來，所有的車間都停產。」老牛逼說，「這個最牛逼。」

「你拉過電閘啊？」我聯想到農藥廠的阿三，這個豬頭造個謠就被抓進去勞教，拉電閘必定是判刑無疑。

老牛逼說：「我沒拉過電閘，有人拉過。」

「抓進去了?」

「沒有抓。敢抓他,他就敢把廠長辦公室給炸了。」老牛逼說,「廠裡牛逼的人有很多的,又不是只有我一個。」

後來我知道,老牛逼最牛的不是打人,也不是玩弄老阿姨,他真正的本錢是技術,全廠五百多個水泵,沒有他不會修的。除此之外,他還會修自行車、助動車[1]、各類機床,甚至是食堂裡造麵條的機器。七九年的時候他是全化工局的維修技術標兵,把一台日本進口的真空泵給修好了。後來他拍傷了車間主任,自己也忽然變成了一個傻子,什麼機器都不肯再修了,但凡出故障的水泵在他手裡一律報廢掉,換新的。廠裡知道他技術好,要牛逼,拿他沒轍。技術是一個工人的資本,假如像歪卵師傅那樣,脖子直不起來,刨出來的鐵塊全都是朝左歪的,同時又不敢豁出去炸廠長辦公室,這就沒有任何耍牛逼的機會,只能做一個鉗工班的文工團,被人嘲笑到退休。

我們所修的水泵,大部分在泵房裡,由阿姨們看守著的。泵房裡有幾個按鈕,通常按綠色的就會使水泵轉起來,按紅色的它就停了,每天的工作就是按了紅鍵按綠鍵,周而復始,非常

1 又稱兩用車,車子有分普通自行車式和摩托車式,皆可用人力騎乘或發動機驅動。亦分為燃氣助動車,燃油助動車,電動助動車等。燃油助動車由於會造成一定的大氣汙染,已經淘汰。

輕鬆。假如是發達的資本主義國家，這種工作通常是由電腦程式控制完成的，不需要阿姨來操作，勞動力解放之後，阿姨們就回到家裡去做全職主婦。但這是歐美國家的辦法，九二年，在我的化工廠裡，只有財務科擺著兩台電腦，大部分人還搞不清電腦和計算機的區別。

看守泵房的工作，就像醫院裡的護士，只能由女的來做，這是廠裡不成文的條例。假如由一個男的去幹這個，大家就會懷疑他是個殘疾。

泵房都在生產區裡，不起眼的角落裡，有一個小小的工作間，總共不過四個平方米的空間，放著一把椅子和一張桌子，桌子上有一門電話，沒有撥號鍵。這種電話機無法打外線，只能通過總機呼叫廠裡的某個分機。另外還有幾張報表，填寫每個水泵的運轉狀況。水泵就在工作間外面，水泵要是壞了，阿姨們一個電話掛到機修車間，機修車間的調度員再把電話掛到鉗工班，這時候，我的工作就開始了。

老牛逼第一次帶我去修水泵，他揣著一把扳手，對我說：「跟我走。」我跟著他進了生產區，繞過兩個車間，鑽過一個小門洞，七拐八彎來到一個貯槽後面，這裡有一個工作間，門開著，有個阿姨靠在門框上對著我們招手。這個地方陰森森的，除了機器的轟鳴，再也聽不到別的聲音，也不會有人走過。我心想，這不太像是修水泵，倒有點像是去嫖娼。

阿姨說：「老牛逼啊，東邊那個水泵壞掉了。」

老牛逼說：「你怎麼像個白毛女，縮在裡面不出來啊？」這又是黑話，我已經懂了，白毛女就是被強姦過的意思。阿姨聽了，衝出來擰老牛逼的嘴，一邊擰一邊問：「咦？新收了個徒弟？」

老牛逼對我說：「去把螺絲擰下來。」我揣著扳手去找那個壞掉的水泵，把老牛逼和水泵阿姨留在了身後。

水泵通常是用四個拇指一般粗的螺栓固定在基座上，我的任務是把那四個螺帽卸下來。大多數螺帽因為年深日久，加之地面潮濕，已經鏽成了一塊鐵疙瘩。我把扳手套上去，開始發力撼動它。這個動作，和划槳一模一樣。我後來認識一個英國人，是劍橋大學划艇隊的，差點就去參加了奧運會，說起這門高尚運動，他很自豪地捋起袖子，給我看他的肱二頭肌，豐滿光滑簡直就像小半個地球儀。我也捋起袖子給他看我的肱二頭肌，並不比他遜色多少，把英國人看得很開心，問我玩什麼運動。我說，我玩的是鏽螺絲。英國人沒聽明白，以為我說的是show rose。

那天我在那個鳥不拉屎的地方擰螺絲，費了九牛二虎的力氣，擰下來三個，最後一個螺帽簡直像是狗操×，套在那根螺栓上，死也不肯下來。我往肺裡吸進去足有兩公升的空氣，脖子上青筋暴出，四肢肌肉繃緊，上下臼齒磨得嘎吱嘎吱響，好像是要射精的樣子。最後一發力，嘎嘣一聲，我向後倒去，螺栓竟然被我擰斷了。

我在地上打了個後滾翻，爬起來，拎著螺栓去找老牛逼，他正在工作間裡陪阿姨嗑瓜子。我把螺栓往桌子上一扔，老牛逼皺著眉頭說：「怎麼搞的，螺栓斷了？」

我說：「我也沒辦法。它就是斷了。」

老牛逼說我是生犢子，幹活光憑一股子蠻力，不講究技術，就會擰斷螺栓。我想起我堂叔說過的，鉗工是技術工種，沒技術的人連螺絲都擰不下來，原來這話是真的。

擰斷了螺栓是很麻煩的，得用乙炔槍，把殘餘的螺栓從基座裡割出來，再裝上一根新螺栓。此事不用我來做，我只管擰螺絲就可以了。這種意外是很偶然的事情，我卸過兩三百個水泵，統共也就碰到了這麼一次，但我無論如何想不到，那個水泵阿姨竟然因此把我記住了，還到處散播，「老牛逼新收的徒弟是個生犢子，一上手就把螺栓給擰斷了。」其他水泵阿姨聽了，也把我給記住了，我去卸水泵的時候，她們就會特地關照我說：「小路啊，擰螺絲的時候當心點啊，別把螺栓給擰斷了。」她們湊到我身邊看著我擰螺絲，把臉上的雪花膏氣味灌進我的鼻孔裡，搞得我只想打噴嚏。

把水泵卸下之後，會有農民工用扁擔挑著一個新水泵過來，鉗工負責把新水泵裝上去，農民工就把有故障的水泵挑到鉗工班去。水泵有很多種，最重的那一種，得八個農民工才能挑起來。

這樣的農民工在廠裡被稱為「起重工」，這種強體力勞動正式工都不肯幹，就找郊區的農民來幹。後來郊區的農民也不幹了，就找縣裡的農民來做，再後來，縣裡的農民也找不到了，廠裡的起重工全都成了外省民工。

據說，人老了以後做夢，都是關於往昔的。人老了就沒有未來了，即使在夢裡也看不到未來。我三十歲的時候經常夢見往昔，拎著一個扳手，迤邐走向廠區深處的泵房，那裡有一個阿姨和一台壞掉的水泵在等著我。夢裡的我心情平靜，一點也不覺得委屈。

我想不起十年前自己是以什麼心情去拆那些show rose了，我也忘了那些阿姨具體的相貌，四十多歲的女人在我印象中都是差不多的。只有一次，我記憶深刻。那次我獨自去糖精車間拆一個水泵，走進工作間，覺得很詭異。那個阿姨把四平方米的工作間布置成了一個溫馨的閨房，有橙黃色的檯燈，淡藍色的布幔，椅子上是米老鼠的坐墊，最恐怖的是，她不知從那裡搬來了一張折疊床！阿姨斜躺在床上，瞄了我一眼，說：「二號水泵壞了，你自己去修吧。」

我把螺絲卸下來之後，又跑進工作間，背對著阿姨打電話，叫起重工來扛水泵。趁這當口，阿姨問我：「你多大了？」我對著電話喊：「喂！喂！起重工嗎？你們他媽的怎麼還不過來？」牆上掛著一面小鏡子，通過鏡子我看見阿姨撇著嘴，懶洋洋地翻了個身，不理我了。

我把這事情說給老牛逼聽。老牛逼問我：「她長什麼樣子？」我形容說，濃眉，捲髮，血紅嘴唇，還這麼斜躺著。老牛逼說，那不叫斜躺，準確的說法是貴妃躺，兩腿併攏，把手撐在腮上，如果兩腿叉開那就不是貴妃躺了，而是潘金蓮躺。我翻著眼珠回憶了一下，說：「腿倒真是併攏的。」

老牛逼說：「那個女人叫阿騷，要離她遠一點，她腿併攏的時候還好一點，要是叉開了，全廠的男人都頂不住。以後糖精車間的水泵就讓魏懿歆去弄吧。」

「魏懿歆會不會出事啊？」

「你放心，阿騷不喜歡結巴男人。舌頭短，夠不著。」

關於修水泵，還有一些細枝末節可說。

壞掉的水泵挑進鉗工班裡，被扔在角落，湊個黃道吉日，拆開了統一檢修。據我所知，修好的並不多，其實鉗工們根本懶得去修它們，每隔幾個月，廢品倉庫的人過來清點一下便全都收走了。

我爸爸有時候會問我：「小路啊，你的水泵修得怎麼樣了？」我只好糊弄他：「這兩天在學修真空泵。」他就對我說一大堆真空泵的工作原理，最後加了一句：「學會修水泵，跑到哪個化工廠都有飯吃。」

有一天，我指著鉗工班裡大大小小的水泵，對老牛逼說：「師傅，你什麼時候教我修水泵？」

老牛逼說：「學這個有什麼用？你還是幫我去管自行車攤吧。」

我說：「師父，你總要教我點什麼吧？不然等我滿師了，跑出去什麼都不會，你也不見得有面子啊。」

老牛逼說：「你修好了水泵又怎麼樣呢？會給你加獎金嗎？」

我說：「不會。」

老牛逼說：「那你修不好水泵又怎麼樣呢？會把你辭退嗎？」

我說：「也不會。」

老牛逼拍了拍我的肩膀說：「所以你還是去幫我看自行車攤吧。」

事隔多年，我想起老牛逼那一身鬆垮垮的肉，瞇著眼睛看水泵的神態，以及他橫著走路的樣子，我總覺得他像個哲學家。後來我想明白了，一個人幹了四十年的鉗工，揍過車間主任，修過無數台水泵，既不尊重女人也不尊重知識，他就會變成一個哲學家。

九二年的時候廠裡派了幾個幹部到鉗工班來，說是要考我的技術，評職稱。鉗工的最低級別是二級，再往上是四級，最高八級。幹部們問老牛逼，你徒弟能考幾級？老牛逼說，四級沒問題。我當時嚇得冷汗直流，他們要是扔一個水泵給我，除了擰螺絲，我再也不會幹別的了。結果，幹部們扔給我一坨鐵塊，說把這個鐵塊銼成一個立方體，就算我通過四級考核了。我拎起鐵塊，拿起銼刀，揮汗如雨地幹了六個小時，把拳頭大的一塊生鐵銼成了方不方圓不圓麻將牌一樣大的東西，幹部們捏著這塊東西，問老牛逼：「這好像不行吧？」老牛逼說：「你說不行？你看歪卵刨出來的鐵片，有幾根是直的？」幹部聽了就說：「算了，反正我們廠的鉗工也就是擰擰螺絲而已。通過了！」我暗罵那個幹部，操，你早知道擰螺絲就可以，何必讓老子銼了六個鐘頭的鐵塊呢？

通過了四級考試，我就漲工資了。我曾經對張小尹誇口說，我這輩子也考過四級，不是四級英語，而是四級鉗工。這當然是個笑話。我的抽屜裡還有四級鉗工證書，貼著我的照片，是廠裡一個業餘攝影師拍的，背景是一塊紅布，我穿著不藍不綠的工作服，頭髮蓬亂，臉色蒼白，眼神茫然，一個門牙嵌在下嘴唇上，好像馬上就要拉出去槍斃的樣子。這種醜態不能怪我，那王八蛋攝影師實在太業餘，我屁股還沒坐到凳子上，他快門已經按下去了。

第三章

白衣飄飄

我師父老牛逼有個車攤，擺在他家的弄堂口，離化工廠不太遠。每天下班，他在那裡擺開全套修車工具，補胎打氣校鋼絲擦車子。據說他年輕的時候還毆打顧客，後來老了，打不過別人，就叼著香菸斜眼看別人。人們之所以光顧他的車攤，是因為方圓一公里之內再也沒有人敢和老牛逼搶生意。他說這叫托拉斯，假如他牛逼的範圍不是一公里，而是十公里，他就可以雇幾百個人，開一個修自行車的公司。我認為這就是他的理想，可惜他老了，理想對他來說也沒什麼價值。

自從有了我這麼個徒弟，他的車攤就提前了營業時間，本來是下午四點半開張，現在下午兩點開張，我坐在車攤前，他去泵房找阿姨尋歡作樂。上班時間擺車攤屬於曠工行為，抓住了就是處分，像我這種小學徒連受處分的待遇都沒有，可以直接開除。

擺車攤很簡單，遇到有打氣補胎的，我都能應付下來，假如是車軸斷了、鋼圈彎了，我就只能狂奔回廠裡，叫老牛逼親自出來修。我在那裡幹了幾天，生意慘澹，因為我總是對著過路人傻笑，別人看見我這個樣子，以為我不懷好意，即便真是要修車的也不肯過來，我自然樂得清閒。後來我實在無聊，蹲在路邊研究這條巷子，巷子很深，一側的房子沿河而建，其中有一間就是老牛逼家，但我沒去過。這條巷子有一個很奇怪的名字，叫豬尾巴巷。後來，有個曬衣服的老太太告訴我，清朝的時候，這裡住著個大善人，叫朱儀邦，做了很多善事，為了紀念他，就把巷子的名字改成「朱儀邦巷」，本地人讀了幾百年，讀成了豬尾巴。我心想，這位朱先生真是倒楣，做了一輩子的善人，到頭來還是被人訛讀成了豬尾巴，可見，做好人也未必就能流芳百世。

半個月之後，有個女的騎著自行車經過，她看見我蹲在路邊，呆頭呆腦地張望著半空中虛幻的景象，彷彿嗑了藥丸一樣。她好像並不介意我是個傻子，跳下車子問我：「車攤是你的？」

我被她打回了神，說：「是啊。」

「擦車子多少錢？」

「小擦兩塊，大擦五塊。」

所謂的小擦，就是把車子表面的油汙和浮塵擦掉，這比較容易；所謂大擦，則是把車輪卸下來，把鋼珠掏出來，一個個都擦得像鏡子一樣鋥亮，往車軸裡塗上黃油，再把機油灌進車鏈子，把所有的螺絲螺帽都擰緊，把煞車校準到最合適的位置。小擦好比是澡堂子裡搓背，大擦就是按摩院裡的馬殺雞。我會搞小擦，但沒搞過大擦，和我修水泵一樣，拆得下來，裝不上去。

她說：「大擦吧。」她穿著一件白色的連衣裙（不耐髒，所以要擦車），目光炯炯地，居高臨下掃射著我。在此之前，我還沒有被女人的眼神這麼痛快地掃射過，當然，我高中時候的校長除外，但她是個老太婆，不但掃射過我，家長會上還掃射過我爸爸，我們兩個都怕她怕得要死，假如她是個二十多歲的姑娘，穿白裙子，還有一雙杏核眼，不管是點射還是掃射，我都情願被她射死。

趁我找扳手的工夫，白裙子姑娘問我：「糖精廠的？」

「你怎麼知道？」

「廢話，你穿著工作服呢。」

我看了看自己身上，不錯，藍不藍綠不綠的工作服，左乳有個T，人人都知道是糖精廠的。

她又問：「鉗工班的吧？」

「你怎麼知道？你也是糖精廠的？」

「這你就不用管了。」

那天我鬼使神差，沒有跑回廠裡去叫老牛逼，而是從工具箱裡掏出扳手，給她做大擦，不，給她的自行車做大擦。這是一輛淡紫色的飛鴿牌女式車，龍頭彎彎地翹起來，好像兩條高舉的腿，非常性感，坐墊上還留有餘溫，讓人間接地感受到了她的屁股。我心猿意馬，操起扳手，開始卸車輪。她坐在我的板凳上，看著我把車輪卸下來，把鋼珠擦亮，再裝上去。這麼一步步地擦完，她始終一言不發。她長得很漂亮，頭髮是深栗色的，我一邊擦車一邊偷偷觀察她，和她的眼神碰撞，她也毫不介意，依舊用那種冷淡的目光掃射我。等我大功告成之後，她站起來，繞著車子轉了一圈，問：「擦好了？」

「擦好了。」

她非常聰明地說：「那你騎一圈給我看看。」

我跳上車子，沒騎出去二十米，前輪忽然不見了，這是評書裡的馬失前蹄式的摔法，我看見青石路面驟然傾斜過來，填滿了我的眼睛，然後，我的下巴就成了起落架。我爬起來摸自己，還好，下巴蹭掉了一塊皮，牙齒還在。摔完之後，我把車扛起來，拎著那個脫了臼的前輪，又回到了她的身邊。

她問我：「喲，摔得怎麼樣？」

「還可以，」我說，「好險。」

「你都摔成這樣了，還好險？」她歪著頭說。

「要不是你讓我騎一圈，這一跤就該是你摔的了。」

她冷冷地說：「少廢話，咱們是先裝輪子呢，還是先送你去醫院？」

我說：「還是先裝輪子吧。」

我後來常常想起那一幕：一個摔破了下巴的青工在弄堂口裝車輪，另一個年紀比他稍長的白裙子姑娘在旁邊看著，嘴角還掛著一絲嘲笑，周圍靜悄悄的，一個人也沒有。這件事情本來不應該讓人覺得愉快，可是，假如它不是愉快的，那就會顯得很悲慘。悲慘不應該是年輕時代的主旋律，所以我說，很愉快，很爽，一個修車的能遇到這種事情是很浪漫的，媽的。

我把車輪裝上去以後，白裙子姑娘又繞著車子轉了一圈，說：「怎麼著？你再騎一圈給我看看？」我盯著那輛車，看了半天，說：「大姐，我還是叫輛三輪車送你回去吧。」

把她送走以後，我摸了摸自己的下巴，生疼，就從工具箱裡揭了一塊膠布，貼在傷口上，可是疼痛並不減弱，反而更厲害了。我坐在板凳上，回憶那個白裙子的長相，我認為，她一定就是糖精廠的職工，假如她去廠裡彙報我的情況，上班擺車攤，按曠工處理，我馬上就會被廠裡開除掉。

我獨自坐在弄堂口，想著這個問題。某種程度上我希望自己被開除掉，我做了一個月的學徒，撿破爛，拆水泵，銼鐵塊，擦車子，像一代又一代的學徒一樣，重複著這種生活。這種青春既不殘酷也不威風，它完全可以被忽略掉，完全不需要存在。

我擺了半個月的車攤，不但生意慘澹，還把下巴摔破了。老牛逼跟我算了一筆帳：這半個月裡，我給十六個人打過氣，給四個人補過車胎，打氣是五分錢一次，補車胎是一塊兩毛錢一個洞，總算下來，我替他掙了五塊六毛錢。老牛逼說，幹了他娘的半個月，掙了五塊六毛錢，這不是傻逼嗎？我說，我也沒辦法，運氣不好，就會變成傻逼。他拍了拍我的肩膀說，算了，你還是跟我學修水泵吧。

後來，我和老牛逼討論過一個問題，關於人類的機械天賦。照我看來，人的天賦形形色色，有人適合當作家，有人適合當殺手，但作家和殺手畢竟是少數，在我身邊的人幾乎都和機器打交道，這就是說，機械天賦必須是一種比較普遍的天賦。可惜，人類歷史上真正的機械天才並不多，瓦特算是一個吧，愛迪生也可以算，還有造飛機的那對什麼兄弟。這說明機械天賦並不是那麼的普遍，它可能和作家、殺手一樣，都是一種稀有的天賦。可是，靠機器混飯吃的人遠遠多於作家和殺手，連歪卵這樣的人都可以去開刨床。

老牛逼拿出一張水泵的構造圖，又找了個報廢的水泵，讓我拆開，再按圖紙裝上去。我麻利地把水泵大卸八塊之後，就再也裝不上去了，這和我修自行車如出一轍。這件事情證明我是個沒什麼機械天賦的人，我認為，是我的早期教育出了問題。我小的時候，家裡比較窮，唯一的電器是一台半導體收音機，只有巴掌那麼大，發出的聲音輕得像蚊子哼哼，我爸爸把耳朵貼在上面聽，全是刺啦刺啦的噪音，鄰居以為他在偷聽敵台，也湊過來聽，原來是本地的天氣預報。另外一個機械物件，是個生了鏽的小鬧鐘，也是巴掌那麼大，每天早上六點鐘準時敲響，敲出來的全是不和諧音，好像噪音搖滾的前奏一樣，人立刻就醒了。

讀小學的時候，班上有個同學，很有機械天賦，立志要當小發明家，手工勞作課上，我們跟著老師折紙，紙飛機紙青蛙真好看，該同學卻做了一個會飛上天的模型滑翔機。老師驚歎於他的天才，就讓我們向他學習。這個小神童說，他六歲的時候就把家裡的鬧鐘拆了，然後又裝了上去，鬧鐘居然還會走還會叫。我以這神童為榜樣，回到家裡就想拆鬧鐘，被我爸爸發現，眼明手快一把搶走，救下了那個勞苦功高的鬧鐘，順便賞了我一記耳光。我爸爸說，這個鬧鐘是家裡唯一會報時的東西，假如弄壞了，上班遲到扣獎金，所以打我這記耳光並不是為了鬧鐘，而是為了獎金，這就打得很值得。從此以後，我就徹底和機械絕了緣，後來小神童又組裝出了一台收音機，雖然也是刺啦刺啦的，但畢竟是會發出聲音了。我看著他的收音機，心想，要是把我家的收音機給拆了，就聽不到天氣預報，我媽晾出去的衣服就會被雨淋濕，這又是挨耳光的事情。這種情形維持到了我十六歲，家裡有了電視機和大台鐘，有一天那個生了鏽的小鬧鐘再也不肯走了，它鏽得就像一個鐵餅，我爸爸忽然想起了若干年前的那記耳光，對我說：「小路啊，你小時候不是一直想研究鬧鐘嗎？它現在壞掉了，你去拆著玩吧。」我翻了他一個白眼，爸爸，我已經十六歲了，生理衛生課都上過了，我已經到了對人體結構感興趣的年紀，鬧鐘就留著您自己研究吧。

我長大以後深知早期教育的重要性，比如，你想成為一個音樂家，就得從小趴在鋼琴前面，想成為書法家，就得從小練習懸腕，你想成為一個機械師，就得從小拆拆鬧鐘什麼的。像我這樣，小時候沒見過鋼琴和毛筆，為了鬧鐘挨過耳光的人，從小就知道坐在板凳上發呆，我的早期教育，就是讓自己成為一個發呆專家。

我裝不上水泵，老牛逼並沒罵我，而是安慰我說，這個鐵棚子裡有一大半的機修工都不會修水泵，只會擰螺絲，所以不用太擔心，有機械天賦的人本來就不多，如果要求每個鉗工都得有一副這樣的大腦，世界上的鉗工肯定就像外科醫生一樣值錢。說完，他把我手頭上的零件又扔到了廢品堆裡。

老牛逼說，做鉗工很簡單，對於泵房的老阿姨來說，只要你給她換上一個會轉的水泵，她就會很舒服很滿足，誰管你能不能修好那個壞泵呢？

那一年老牛逼六十歲，已經過了機修鉗工的黃金年齡。比如，一個機修鉗工需要有較強的膂力，才能擰開那些生鏽的螺絲，但老牛逼的手臂上，肌肉已經看不見幾塊，全是鬆鬆垮垮掛下來的脂肪。又比如，機修鉗工需要有很好的視力，而老牛逼已經戴上了老花眼鏡。更要命的是，他的記性一天不如一天，對於那些複雜的水泵，有時候連他自己也裝不起來了。

老牛逼告訴我一個故事，說他三年前曾經帶過一個徒弟，這徒弟是一個機械白癡，不但不會修水泵，連拆水泵都不會，連擰螺絲都不會，他是用蘭花指捏起扳手擰螺絲的，那樣子好像是在給水泵做馬殺雞。老牛逼看不順眼，一巴掌摑過去，立刻把他揍得嚶嚶地哭，樣子十分可憐。老牛逼最煩別人哭，呵斥不住，三五十個巴掌飛過去。後來泵房的姿色阿姨們看不下去了，紛紛數落老牛逼，說他虐童。老阿姨的意見在老牛逼那裡具有決定性的作用，何況他並不是個虐待狂，更不是屁精虐待狂。老牛逼對徒弟說：我不打你了，但你也別用蘭花指擰螺絲，行不行？蘭花指實在太給老牛逼丟臉了。過了幾天，奇蹟發生了，徒弟背著一把吉他來向他告別，還在鉗工班裡彈了一曲，最後向大家揮了揮他那隻連雞都掐不死的蘭花手，從此南下深圳，做起了流浪歌手。

老牛逼歎了口氣說，從前他也會拉二胡，在二胡和鉗工之間選擇了後者，假如他當初堅持拉二胡，現在至少也是在工會裡做個小幹事了，說不定還能去文化館混混。他說，修水泵很無趣的，什麼傻子不會擰螺絲啊？如果說修水泵很牛逼，這是一句謊話，只能用來騙騙車間主任和姿色阿姨。假如你真的因為想打車間主任而去學修水泵，那簡直是本末倒置，你應該去做黑社會才對。

說實話，我很羨慕那個蘭花指，他雖然沒有機械天賦，但卻有樂器天賦，最重要的是，他找到了自己的天賦。我呢？我蹲在鉗工班的鐵皮屋頂下，只能證明自己沒有機械天賦，但卻不知道自己的天賦在哪裡。這很悲哀。我想，假如我的天賦是殺手，那該怎麼辦？馬上殺一個人，來證明自己？假如我的天賦是作家，那就更恐怖，比殺人還複雜，難怪那麼多作家都選擇了自殺。

我經常躺在鉗工班的簡易躺椅上胡思亂想，所謂的躺椅，就是用幾個人造革坐墊拼起來的椅子，可以舒服地靠在上面。天氣好像漸漸涼了起來，鐵皮房子裡的溫度有所下降，躺在漏風的地方覺得很舒服。這時候，職大的理想就離我遠去，像雲朵消散在天空中。我想起那個白裙子姑娘，我很想找到她，姑娘和大學不一樣，姑娘在我二十歲的時候是一個結，難以消散，永遠散發著刺鼻的味道。

有一年，張小尹拿著一張報紙給我看，說中國的啤酒裡含有甲醛。她問我，什麼是甲醛。我說甲醛啊，那東西我熟，甲醛用於油漆紡織造紙，家裡裝修的那股怪味道就是甲醛，能把蟑螂都熏死。其實就是醫學院裡泡死人的福馬林，可是這玩意兒怎麼會跑到啤酒裡去了呢？據我所知，甲醛超標會使人身上起疹子，肝臟壞死，腎臟衰竭，男的陽萎，女的停經，非常可怕。

張小尹說：「他們全是奸商。你以後少喝點啤酒，當心陽萎。」

好吧，我說，我是在瞎掰。我曾經和甲醛親密接觸過，我用身體證明它不會使人陽萎，除非你把它直接澆在我雞雞上。

我對張小尹說，糖精廠不只生產糖精，還生產甲醛、化肥和膠水。另外，很多化工原料，鹽酸、硫酸、甲醇、亞硝酸鈉，這些我都接觸過，沒有一樣是好東西。我年輕的時候說，這些化學品全是狗屎，甲醛是狗屎之王。

我爸爸說過，沒有糖精的世界是不可想像的。我煩透了糖精，他就教育我說：「糖精是食品添加劑，你小時候那麼愛吃冰棍，那裡面其實不是白糖，是糖精。你不能喜歡冰棍卻討厭糖精。」他又說：「甲醛是重要的工業原料，做家具、做布料都少不了它。你怎麼可以說甲醛是狗屎呢？」

我對我爸爸說，我愛冰棍，不見得就必須要愛糖精，好比我很愛您老人家，但我怎麼可能愛您的大便呢？至於甲醛，我操，我都快被那個味道熏死了。

整個甲醛車間瀰漫著強烈的福馬林味道，那種有汙染的家具就是散發出同樣刺鼻的味道，長期接觸會得鼻咽癌和白血病。但是，同志們，家具的甲醛味道在我看來算個屁，只有在甲醛車間你才能體會到什麼是酷刑。以車間為圓心，半徑兩百米之內連蚊子都找不到一隻，五十米之內涕淚橫流，好像被人扔到了胡椒麵裡。三分鐘之後，肺部像抽風一樣，從鼻咽到氣管有一種四分五裂的疼痛。

我曾經納悶，這麼操蛋的車間，那些操作工豈不是會被活活熏死？後來才知道，他們都在密封的操作間裡工作，守著價值上百萬的儀器，有空調，有直線電話，有漂亮的實習女大學生。但是，鉗工就沒這麼好的運氣了，換水泵是在車間現場，空氣中的甲醛密度完全達到了化學武器的境界，我必須每隔兩分鐘出來透一次氣，然後再衝進去，不然人會休克掉。有一次，電工班的雞頭送給我一個叫蛉，裝在小匣子裡，叫得正歡，我揣著牠去甲醛車間卸水泵，出來之後發現叫蛉兩腿直僵僵地縮成了一團，已經被熏死掉了。當時我的肺活量能在水裡潛兩分鐘，但掄著扳手做划艇運動時，就只能憋八十秒。八十秒之內卸一個螺絲，老牛逼在五十米外看著我，等我手裡拿著四個螺絲坐在地上抽搐的時候，他就打一個電話，把起重工叫來挑水泵。

我不能說老牛逼虐待徒弟，他有哮喘，被熏著就會掐著自己的脖子倒下去。他要是死了，我也活不長。他能站在五十米外看著我幹活，已經是非常仗義的事了。有一次我被熏昏了過去，幸好有他在場，找了幾個路過的起重工，用麻繩把我捆了捆，綁在扁擔上，挑到了醫務室去急救。其實他是我的救命恩人。

甲醛沾在手上，幾分鐘之後皮膚起皺，像是被水泡過很久的樣子，並且感覺麻木，這是人體的蛋白質被破壞了，用福馬林做人體標本，大概就是這個意思，把有機物破壞掉，當然也就不會腐爛了。我記得那種難受，起皺的地方像一塊無知覺的腐肉，好像就要從身上掉下來，但又掛著。

相對於甲醛，糖精比較善良。糖精是可以吃的。在這個車間裡的工人渾身都是甜的，而且是極度的甜。甜到什麼程度？假如你正在吃一個鹹鴨蛋，這時候有一個糖精工人從五米之外走過，你的鹹鴨蛋就變成甜的了。據說這些糖精工人家裡燒菜，從來不用放糖，只要把他們叫過去，對著鍋子抖一抖頭髮，菜就帶著甜味了。有那麼幾次，我和女孩子接吻，對方「哇」地叫了起來，說你嘴唇怎麼那麼甜？她們以為我天賦異稟，像小說裡的香香公主，人家是天生體香，我是天生嘴甜。我只能在心裡暗罵那些糖精工人，沒事瞎轉悠，把糖精灑得到處都是。

與糖精相比，化肥車間裡則生活著完全相反的一個部落。事隔多年，我在網上查了一下，一種叫烏洛托品的化工產品，我當時記得是化肥，現在發現還能入藥。「內服後遇酸性尿分解產生甲醛而起殺菌作用，用於輕度尿路感染。亦可靜脈注射。外用可治癬、止汗、治腋臭。」

不知道那玩意兒怎麼治腋臭。烏洛托品本身就已經臭到了一種境界。在那裡工作的工人，和糖精車間相反，身上永遠是臭的，而且奇臭無比，嵌在毛孔裡的臭，洗也洗不掉。更恐怖的是，在那裡上班的工人們已經喪失了所有的嗅覺，他們的鼻子聞不出自己身上的臭，因此到處招搖，直到把所有人都熏跑了為止。

化肥車間裡的工人，都是女的，如果找男人來做工人，帶著一身奇臭回家，老婆首先會忍不住吵架，變成一個性冷淡，或者紅杏出牆，離婚是必然的。如果是女工人，身上臭一點，大概可以用花露水擋住。臭就臭吧，對男人來說，有一個渾身發臭的老婆，總比沒有老婆要強一點。

廠裡還生產飼料和膠水。飼料車間不能讓女人去工作，因為生產的那種飼料添加劑，是用來催奶牛長奶的。女人在那裡工作，時間長了就會出奶水。女人平白無故出奶水，是件恐怖的事，不但小姑娘和老阿姨受不了，連我們通常所說的老虎也不能蒙受這種屈辱，回家說不清楚，會被丈夫打死。所以，這個車間和化肥車間相反，只有男工人，但男工人一樣也出奶水，這更要命，但回家是能說清楚的。到了夏天，我們看見飼料車間的男人，胸口常常有兩灘濕的，就勸他們戴個吸水的胸罩，免得搞得大家都很興奮。

工廠裡有一種秘方，專門治療電弧眼（就是被電焊強光刺傷的眼睛，學名電光性眼炎）。

這個秘方是人奶，將其滴到眼睛裡，自然痊癒。起初我還以為這是扯淡，後來才知道，人奶治療電弧眼是入了《中國大百科全書》的。此方必須到托兒所裡去找，那裡有很多哺乳期的婦女。其他廠裡的電弧眼都這麼幹的，而且形成了慣例，可以順便看看哺乳期婦女的乳房，但我們廠就不行，我們廠裡的男同志也產奶，哺乳期的婦女因此很不仗義。我們只能跑到飼料車間去，把男同志的工作服撩起來，像按咖啡機的開關一樣，在他們的乳頭上按一下，奶水就出來了。男性的奶水在療效上是不是遜色些，這就不得而知了，因為我沒有被女性的奶水滴過，對比不出來。這些男人雖然產奶，但產量比較小，每次只能按出幾滴，我只能把他們的衣服全都撩起來，輪番地按過去。那時候大家都比較單純，也沒人罵我是流氓。我電弧眼，看不見東西，他們還會把乳頭湊到我的手指上，說：「按這裡按這裡。」

膠水車間男女都能去幹，但貪小便宜的人不行。有人每天提個熱水瓶去車間上班，看上去是喝茶的，後來別人借他的熱水瓶，結果倒出一茶缸的膠水。保衛科把他請去，他交代說，自己每天拎一熱水瓶的膠水回家。那麼多膠水用來做什麼？答：賣給裝潢五金店，用來鋪當時流行的拼木地板。

那時候工廠裡偷竊成風，保衛科突擊抓盜竊，辦法很簡單：下班時間在廠門口搜包。也沒什麼人權不人權的，扒褲子是侵犯人權，搜個包算得上什麼？結果一下子抓出了幾十個盜竊犯。有人偷鐵塊，有人偷紗手套，有人偷煤塊，還有人長年累月偷工地上的水泥，每天裝一飯盒的水泥回家，再在包裡揣一塊紅磚，這麼順手牽羊地幹上三年，家裡就可以重新翻修房子。

最離譜的是歪卵師傅，從他包裡搜出來的加工零件，全都經刨床上刨過，並且全都是朝左邊歪過去的次品。原來歪卵每天下班前都把自己做出來的次品藏在包裡，帶回家去。難怪他一年出多少次品，廠裡根本算不清楚。他把次品賣到廢品收購站，還能撈點小外快。

九二年抓盜竊、保生產，最後抓出一個大蛀蟲，這個王八蛋竟然是廠裡的花匠。該花匠搞綠化，每棵樹苗的進價報高了十元，同時，他還把活著的樹記錄成死樹，死了一次的樹可以再死幾次，總之，算到最後，查帳的人發現，這個草木凋蔽的化工廠其實應該是個植物園，種著一千多棵樹，還有一百個高級盆景，還有從未存在過的芭蕉樹、君子蘭、香水百合、荷蘭鬱金香、日本櫻花、墨西哥仙人掌……對這個僅僅存在於帳本上的綠色世界，所有人都很嚮往，包括我在內。

關於那個白裙子姑娘，我曾經去尋找過她。我深信她就是化工廠的某個女職工，也許是化驗員，也許是科室幹部，這些姑娘都躲在辦公大樓很深處，好像珍稀動物一樣，平時見不到。我一個修水泵的小廝，也不方便到這種地方去獵豔，會被人打出來的。但我很想念她，我少年時代對白衣姑娘有一種徹心徹肺的迷戀，雖然下巴還在疼，但是，這種疼痛只會讓我愈加地想念她。

我跑到車棚裡去，觀察那上千輛自行車，淡紫色的飛鴿牌女車，龍頭彎彎地翹起來好像兩條高舉的腿。化工廠的車棚簡直和電影院一樣大，整個地兜過來，比修水泵還累。我找到了五十多輛淡紫色的飛鴿，完全處於一種迷失的狀態。後來我蹲在食堂門口，蹲在辦公大樓門口，蹲在廠門口，想用這種方式找到她，但她始終沒有出現。

在我和她之間，迷失是一種永恆的狀態，也是我通往她的唯一的道路。這很像是宿命，假如我不曾迷失，我也就永遠不會遇到她。

九二年秋天，我在甲醛車間卸水泵，結果昏了過去。那次我遇到了一個超級鏽螺絲，八十秒的極限時間到了，我還在車間裡撼動它，它紋絲不動，我憋不住了，吸進去一大口甲醛空氣。這種時候吸氣，等於是性高潮射精，射了第一股，就會忍不住射第二股。我接二連三地吸進甲醛空氣，最後眼前一黑，腦袋撞在水泵上，起了一個大包，人也昏了過去。

老牛逼在五十米外看我幹活，忽然發現我歪倒了，他很鎮定地環顧四周，正好有四個膀大腰圓的起重工經過，手裡拎著扁擔麻繩。老牛逼把他們叫了過來，那四位將他圍住，說：「牛師傅，挑哪個水泵？」

老牛逼並不姓牛，只是農民工如此尊稱他而已，他指了指甲醛車間裡的水泵，水泵邊上就是仰天躺著的我。他說：「挑什麼水泵，趕緊背人吧。」

我要特別說明，農民工是不怕甲醛的，他們聞到甲醛一點反應都沒有。我這個城裡人就比較脆弱。農民工可以勝任世界上任何一種工作，掃街、翻砂、造房子、挖煤礦，幹得又快又好，他們接受辱罵，接受最低工資，炸死了不用賠太多的錢。農民工才是特殊材料製成的人，僅僅讓他們去種地實在是浪費人才。這個秘密我早就發現了，但我不告訴別人，免得自己失業。後來別人也發現了這個秘密，把農民全都放到城裡來，城裡人就只能回家去打麻將了。

我必須承認，我的性命是農民工救的，我這種人當官發財以後回憶往事，就會對大家說：「我永遠是農民的兒子。」這個辦法很好，自認是兒子，免得別人訛詐。

農民工把我背出來之後，我開始劇烈嘔吐，吐出來的全是黃漿水，全都灌到了人家脖子裡。背我的那位消受不了，把我放在地上，打算兩個人抬著走，但老牛逼說，這麼仰天抬著我，吐出來的穢物會流到氣管裡，人會被嗆死。於是，四個農民工把我翻過來，背朝著天，每人拎著我的一隻手腳，但這樣也不行，會把我的脊椎和胳膊全都弄脫臼，變成一個連爬行都困難的癱子，因此，還得麻煩老牛逼在我腰裡托一把。

老牛逼很生氣，說：「去你媽的，就對付他一個，倒要五個人來抬？抬棺材都要不了這麼多人。」

四個農民工一商量，說：「牛師傅，您別著急，我們想出來辦法了。」那個辦法就是，四個人拎著我的四肢，兩根扁擔橫架在前後，麻繩吊在我的肚子上。這個形象非常難看，又像是綁豬，又像是五馬分屍。我仍然昏迷，嘔吐物沿著道路噴灑，這個場面很噁心，但圍觀者卻看得開心，有人笑嘻嘻地問老牛逼：「咦？你徒弟死了嗎？」

老牛逼說：「你媽逼，眼睛長在褲襠裡，你見過死人還在吐黃水的嗎？」

那天，老牛逼威風得不得了，從車間直到醫務室的路上，罵罵咧咧，面帶紅光，大步流星。他的身後，是四個農民工挑著個昏迷不醒、嘔吐不止的青工，唱著號子碎步快行。農民工也很興奮，說，在廠裡挑了好久的水泵，很無趣，今天終於挑了不一樣的東西，令他們回憶起春節在鄉下挑豬的情景，很喜慶。

我被送到醫務室之後，平躺在一張體檢台上，不久來了個穿白大褂的女醫生。起的鬨人仍然堵在門口圍觀，裡三層外三層。有人說：「醫生，給他做人工呼吸呀，給他插導尿管呀。」還有人說：「安靜安靜，別讓醫生搞錯了，把導尿管插到嘴裡，把人工呼吸做到小雞雞上。」女醫生大怒，摘下口罩，狂喊一聲：「全都給我滾出去！」

老牛逼笑嘻嘻地說：「我呢？」

女醫生說：「你犯賤，當我這裡是泵房？也給我滾出去！」

現在我說，這個女的就是我一直在尋找的白裙子姑娘，她叫白藍。我第一次遇到她的時候在犯傻，第二次則是徹底昏迷。這種形象不可能讓她愛上我，但卻足以讓我愛上她。我就是這麼迷失地愛上了她。

我昏迷期間所發生的事，全都是白藍告訴我的，包括工人們起鬨架秧子。我聽了很不好意思，至今不好意思，如果做blow job的時候我嘴裡還噙著一根導尿管，媽的，這也太不堪了。

工人們嘻嘻哈哈走掉之後，白藍把我簡單處理了一下，先是扒掉上衣，讓我呼吸順暢，然後注射了點東西。她把我的眼皮翻開看了看，用一根鋥亮的銅籤在我腳底扎了幾下，我歡快地蹬了蹬腿，情況穩定，沒有成為植物人的跡象。白藍又在我額頭上塗了點藥水，那兒起了個鴿子蛋一樣的包，泛著青紫色。後來我不吐了，開始哼哼，白藍就回到辦公室去給安全科打電話。

我做了個夢，夢到一個巨大的水泵從天而降，砸在我的頭上，居然沒把我砸死，不由為之慶幸。其實，真實的情景是，我昏了過去，把我的腦袋砸在了水泵上。夢裡的一切，都是反的。除了水泵以外，我還夢到一些不太好意思說出口的場面，我被水泵砸倒了以後，躺在地上，不久來了個女的，前凸後聳，送到我的手邊，我伸手去摸她，摸得很專心。其實，真實的情景是，我被送到了醫務室，女醫生在替我解開胸口的鈕子，被摸的那個人應該是我才對。夢裡的一切，都是反的。

再後來，我被鬼使神差送到了一個教室裡，老師說：同學們，歡迎你們，這裡是化工職業大學。我喜不自禁，很衝動地想和老師握手，好像紅軍長征會師一樣，細一看，這個歡迎我的老師竟是我高中時代的班主任。其實，真實的情景是，醫務室裡寂靜無聲，就剩我一個，被扒掉了衣服躺在體檢台上，像一具等待解剖的死屍，既沒有職業大學，也沒有班主任。夢裡的一切，都是反的。

我做了一連串的夢，醒來覺得頭痛欲裂，好像大腦被摘除了一樣。那是一個晴朗的下午，陽光穿過窗戶照在屋子裡，窗口是一棵香樟樹的樹冠，更遠處是化工廠的煙囪，無聲地冒著黑煙。我努力回憶，我是在甲醛車間擰螺絲吧？我現在在哪裡呢？這個房間裡有一張辦公桌，有一道白色的布幔，牆上還有一幅畫，畫上是兩個人體，左邊那個被剖開了肚子，露出五臟六腑，右邊那個被剝光了皮，露出稻草捆子一樣的肌肉。這兩個支離破碎的人居然還盯著我看，居然還攤開雙手，好像歐洲人表示遺憾那樣。這時我意識到自己是在醫院裡，只有醫院才有這種海報，既然窗外是化工廠的煙囪，那麼，這一定是廠裡的醫務室。

我發現自己的工作服被剝了下來，不知去向，只穿了一件汗背心。我從體檢台上爬下來，赤腳在屋子裡走，發現自己的褲襠那裡鼓鼓的。這是做了淫夢的後果，如果再做下去就會遺精，那就太難看了。我按了按自己鼓起的部位，希望它能夠平靜下去，可它不但沒平靜，相反更起勁地抬起了頭。這就不能再按了，否則被人看見會以為我在廠裡公然手淫。

我在屋子裡轉了一圈，把布幔掀開往裡面看，裡面居然還有一小間，雪白的牆壁，中間放著一張躺椅。這張躺椅很古怪，好像理髮店的椅子，在扶手前面卻有兩個托架。我看不明白，就走過去，坐在了躺椅上。

這時候，名叫白藍的女廠醫走了進來，她看到我醒了，問：「頭還痛嗎？」

我說：「痛。」說完用手去搓自己的額頭，搓到那個鴿子蛋一般的包上，疼得跳了起來，又落下去，砸得那張躺椅嘎吱一聲怪叫。

她說：「喲！這是你該坐的地方嗎？你趕緊站起來！」

她講話有一種不容懷疑的力量，我只能站起來，身體正中那個不平靜的位置被她看了個一清二楚。她先是有點詫異，後來露出了嘲笑的神色，說：「畢竟是年輕力壯，撞成這樣都沒事啊。」

這種嘲笑的神色我已經經歷過了一次，那次我的下巴磕在了路面上。我認出了她，說：「啊，是你。」

她說：「沒摔成失憶症。那就好。」

「你是廠醫啊。」

「對啊，有問題嗎？」

我想了想說：「那天我摔破了下巴，你怎麼不給我治？」

「那天我請假，提前下班路過。我只管上班時候發生在廠裡的事，你摔在弄堂口，也沒摔昏過去。」她頓了頓說，「我不用向你解釋這麼多吧？坐到體檢台上去。」

我順從地坐上去，她用聽診器給我聽了一下心跳，又讓我深呼吸。我問她：「你怎麼稱呼？」

「白藍，白色的白，藍色的藍。」她眼睛盯著地上的某一點，冰涼的聽診器在我胸口挪動。

「我叫路小路，前後兩個都是馬路的路，中間是大小的小。」

「我知道的。不要說話，深呼吸。」

做完檢查，她說：「都很正常。但還是要觀察一個階段，如果再發生嘔吐和眩暈就要去醫院，這幾天你可以在家休息。」

我說：「白醫生，剛才那張椅子，你為什麼不給我坐？」

她瞟了我一眼說：「你怎麼這麼多廢話？」

後來我跟她熟了，追問之下，她才告訴我，這個椅子叫做婦檢台，是用來給廠裡的女工做計畫生育檢查的。我那時候沒見過這個東西，說實話，後來也沒見過。我很聰明地判斷出，那兩個托架是用來擱腿的，然後就把她們最隱秘的器官朝向了天空，不，天花板。那時候白藍給我講過很多廠裡的隱秘故事，比如女工上環[1]。我還年輕，聽了這種故事覺得很刺激，她就認為我很流氓，而且是個無聊的流氓，上環那種事情，都值得為之好奇？她說，廠裡總共就這麼一把婦檢椅子，像我這麼一個敢用腦袋撞水泵的人，很容易就會把椅子弄壞掉，所有的婦女都沒法做檢查，得找個人舉著她們的腿才可以。她不懷好意地看著我，好像椅子真的被我弄壞了，而我正在那裡舉著婦女的腿。我聽了這話，覺得很恐怖，也很佩服她的想像力。

婦檢室是不能輕易進去的，那條布幔隔離了一切可供刺激的東西，我能看到婦檢椅，實屬三生有幸。白藍說，廠裡統一婦檢期間，我要是掀開那簾子，就會被人打死。婦檢期間是沒有男人敢來醫務室的，假如我是在那個時候出了事故，只能去二里地以外的街道衛生所裡包紮。

那天在做檢查的時候，我肆無忌憚地看著她的臉，近距離地、毫無遮攔地看著，我想這種時候不看白不看。她臉上的線條很勻稱，穿著白大褂，像醫院裡的醫生一樣乾淨整潔，很難認為她只是一個廠醫。我在她的眼睛裡看到了一些不同以往的所見，具體說，她的眼睛很嚴肅，但又不是我高中老師的那種裝逼式的嚴肅，她的眼睛很清澈，但又不是我高中女同學的那種傻不拉嘰的清澈。她給我做檢查的時候很專注，眼睛看著地上的某一點，我希望我就躺在地上，讓她這樣看著，會很平靜，會忘記自己是個修水泵的。

後來，醫務室裡進來一個人，此人雞窩一樣的頭髮，瓶底眼鏡，我認得他，就是安全科的倒B。他過來視察情況，先是繞著我轉了半圈，然後瞪著眼睛觀察我。我討厭被這種深度近視盯著，好像我是顯微鏡下的細菌。倒B問白藍：「他沒事？」

白藍說：「目前正常。」

倒B很嚴肅地從鼻子裡噴了一股氣，說：「路小路，你知道嗎？你違章操作，差一點把大家的安全獎都敲光啦。」

我那時侯是學徒，只有學徒工資，但我知道化工廠的正式職工，每個月都有安全獎金，大概每人二十塊錢，要是有人出了事故，死了殘了，或是廠裡火災爆炸，全廠工人的安全獎金就會扣掉。所以說，在工廠裡，鬧出工傷是一件不會被人同情的事情，別人會追在屁股後面說，二十塊錢沒啦。當然，死掉了就不會有這個麻煩了，別人最多詛咒他下輩子投胎做個豬，二十塊錢就當大家湊份子給他買棺材吧。

我問倒B：「我怎麼違章操作了？」

倒B說：「你沒有違章操作嗎？」

我說：「我吸進甲醛昏過去了，我違章操作了嗎？」

倒B想了想，又蹦出一句八個字的成語：「有則改之，無則加勉。」

我說：「我違章操作你媽。」

那天要不是白藍在旁邊，我就和倒B打起來了。倒B很瘦，又戴著深度近視眼鏡，打這樣

1 上環，即裝設避孕環。

的人我最拿手，一拳掄在他眼鏡上，剩下的事情完全由我自由發揮了。但倒B也很囂張，好像沒意識到自己是個深度近視，捋著袖子要和我對幹，這倒有點出乎我的意料。我高中時代沒見過一個眼鏡是這麼不怕死的。後來白藍厲聲說：「你們要打架去廠外面打，不要在我這裡打，也不要在廠裡打。」我說好哇，出去打，打得不過癮就喊人來群毆。倒B聽了，就縮了手，說：「路小路，你記住今天。」

倒B走了以後，白藍問我，路小路，你知道自己是什麼身分嗎。我說我知道，鉗工，學徒。白藍說：「學徒在廠裡打架是立刻開除的，知道嗎？」我搖頭。白藍就用那種嘲笑的神情對著我看，說：「他就引你打他呢。你這個笨蛋，居然上鉤。」

「我懂了。到廠外面去打就不會開除了，對吧？」

「那就是社會鬥毆，廠裡不管，只要你別把人打殘。」

「你真聰明。」

「教你這些，只能讓你學壞。」白藍說，「你一個小學徒，怎麼學得這麼流氣？」我說，我不能理解，為什麼倒B最關心的不是我的腦袋，而是安全獎金，安全獎金比我的腦袋更重要嗎？白藍說，我的腦袋只是對自己而言重要，對別人來說，安全獎金才是看得見摸得著的事情。我說：「你也這麼認為嗎？」白藍說：「他人是地獄，這句話聽過嗎？」我說沒有，但聽起來很有道理啊。白藍就說，也未必，不要把人想得那麼壞。後來我想了想，說，假如每個人都認為自己的腦袋重要，而別人的腦袋值不了二十塊錢，這倒也是一件很公平的事情，中國有十億人，我出了事故要是人人都扣二十塊獎金，那他媽就是兩百億元人民幣，這太昂貴了，把我撞死了也賠不出來。我這麼說的時候，她就很平靜地看著我，好像我是在說胡話。後來她說：「所以自己的腦袋自己珍惜啦。」

後來我離開了醫務室，走之前，我想起自己只穿著汗背心，就找那件工作服。白藍從一個髒不拉嘰的鐵皮桶裡撈出了我的工作服，那上面全是我吐出來的穢物，我看了很驚訝。她說：「這種情況下，可能發生大小便失禁。」我歎了口氣，說：「還好，沒有失禁。」

我對白藍說，能不能給我額頭上貼塊紗布，那裡真的很疼。我沒有鏡子，看不見自己腦袋上的大包究竟是什麼模樣，但那地方連碰都不能碰一下，肯定非常之糟糕。白藍說：「不用，就是起了個大包，沒破掉就不用貼紗布。」

我說：「還是貼一個吧，這樣我心裡面會好受些。」

她聽我這麼說，就剪了一塊紗布，疊成豆腐乾的樣子，用膠布貼在我的額頭上，並且說：「這樣子走出去，誰都知道你工傷了。」

「沒錯，我要的就是這個效果。」

我進工廠那會兒，有一個古怪的想法，希望自己以工傷的面貌出現在廠裡，先是把下巴蹭破了，後來把腦袋砸出個大包，都貼上了紗布在廠裡晃悠。我這麼做，第一覺得自己很酷，第二是希望能得到幹部們的重視，因為我不會修水泵，也搬不動六十公斤的原料桶，那就只能以工傷來表示自己是個合格的工人了。說不定他們會為此送我到化工職大去呢。

後來我發現這個希望落了空，希望本不稱之為希望，想的人多了，就說是希望。我見到那些被機器切掉手指的人，被硫酸噴到臉上的人，我終於知道，頭上的紗布只會引來嘲笑，而不會帶來任何希望。當然，酷是很酷的，可以說我的目的至少達成了一半。我媽一看我的腦袋，眼淚就掉下來了，為此我甚至都捨不得把紗布摘下來，直到它變成一塊又髒又油的東西，使我的那個大包變成了一塊皮膚濕疹，才不得不回到原來的造型。

我從白藍那裡出來之後，連忙去水龍頭上漱口，把嘴裡的酸味沖掉一些，然後回到鉗工班，想起了那個該死的水泵，很想把它砸爛了。老牛逼很高興地告訴我，那個水泵本來出故障了，因為我的頭砸了它一下，它居然又重新轉了起來，所以它還在原來的地方，繼續工作下去。我要真想砸水泵，就隨便挑一個廢品砸了罷，反正水泵和水泵之間也沒什麼區別。

第四章

三輪方舟上的愛人

作為老牛逼的學徒，我天生贏得了姿色阿姨們的好感。我把頭給砸開以後，老牛逼帶著我到各個泵房去展覽，指著我額頭上的紗布，對阿姨們說：「瞧，真的砸開了，差點死在甲醛車間。」他還說我是神頭，水泵居然被我的腦袋砸好了，幹了四十年的鉗工這還是第一次見到。阿姨們很心疼地把我叫過去，我擔心她們會充滿母性地把我的頭顱抱在胸口，這要是傳出去，我就和老牛逼一樣，成了個臭不要臉的東西。還好，阿姨們只是把我的紗布揭開，看到一個大包，就讚歎地說：紫色的啵。然後她們就給我抹菜油，說菜油是治頭上的包的，擦完之後，那地方就變成了香噴噴油膩膩的一塊，我去廁所尿尿，蒼蠅繞頭不去。我也搞不清她們哪來的菜油。過了幾天，我頭上的包漸漸小了，她們還是把紗布揭開，說：好多了，不紫了，再擦點菜油吧。

我曾經問老牛逼，為什麼看守泵房的阿姨都很漂亮。老牛逼說，泵房是高級工種，不用幹體力活，每天按了紅鈕按綠鈕，輕輕鬆鬆上班，開開心心下班。這種工作不可能由老虎來做，老虎只能去車間做操作工。泵房永遠是為那些美色已逝、風韻殘存的中年女工準備的。

我年輕的時候看見泵房裡的姿色阿姨，總是很警惕。那時候我不能意識到這是一種心理障礙。老牛逼說我中年以後會和他一樣，在一群泵房阿姨之中穿行，對一個鉗工來說，這是最好的結局。但我不喜歡這樣，也許是我賤，我更喜歡科室裡的小姑娘，喜歡白藍這樣的，乾淨一點，說話很有分量，眼神也很清澈。

很多年以後，我遇到一個心理分析師。我問她，為什麼我經常會夢見自己去往泵房。我離開工廠已經很多年，我再也不想念那些科室小姑娘，但我他媽的還是會夢見自己拎著個扳手，孤獨地、沉默地、迤邐地走向泵房。那些姿色阿姨在等我，修好水泵，然後從抽屜裡拿出瓜子給我吃。心理分析師問我，泵房是什麼樣子的。我說，陰暗，潮濕，在生產區最難以找到的地方。後來她說，泵房象徵著女人的陰部，我做的夢其實是一個淫夢，我去修水泵其實就是嚮往著去滿足她們的性欲。媽的，難道這就是答案嗎？

那時候白藍還告訴我，不要覺得在泵房工作很輕鬆，在那種潮濕陰冷的地方，時間久了會得關節炎。這種病在年輕時候感覺不到，等老了以後，坐在家裡，就會發現自己的膝蓋成了天氣預報。我確實見過冬天的泵房，每天只有兩小時的日照，在寒冷的角落裡，地面上全是白花花的薄冰，姿色阿姨們蜷縮在屋子裡瑟瑟發抖。由於生產區禁火，蒸汽管道也不會特地經過泵房，整個冬天她們只能抱著一個熱水袋取暖。這就是所謂的閒職，並不像我認為的那麼輕鬆。她們就像一些過期食品被隨意丟棄在角落裡，並且享受著那一份微薄的自由。

那一年我遇到了一個高中同學，他在紡織廠做機修工。我跟他說起廠裡的阿姨，我說化工廠的阿姨都很恐怖的，塗著口紅，把瓜子殼隨意亂吐，甚至掛在嘴唇上都懶得摘下來。還有阿騷，阿騷叉開腿，男人遇見鬼。我同學說，這算什麼，你見識過紡織廠的阿姨嗎？我說，沒見識過。我同學說，紡織廠的阿姨一開心起來，就把他們機修班的男人按在地上，十七、八個女工擒住手腳，扒下褲子，然後把一個報廢的齒輪套在男人的雞雞上。阿姨用手撥動齒輪，雞雞就會豎起來，然後她們放開手，看著男人如何把那個齒輪摘下來。我望著我的同學，問他：

「你被她們套過齒輪嗎？」他搖了搖頭，嘬了一口菸，蒼涼地說：「還沒有，不過也快了。」

我得罪了倒B以後，他經常到鉗工班來探望我。那時候我已經通過了鉗工四級考試，名義上還是學徒，但身份已經成為正式工，拿四級工資，還有半獎（相當於平均獎金的一半）。那陣子，我對銼鐵塊產生了強烈的興趣，這個活不用動腦子，把大小不一的鐵塊用銼刀銼成麻將牌，然後就大功告成。這種成品沒有任何用途，純粹是我銼著玩的，浪費國家財產，也浪費我的卡路里。但有一點，它鍛鍊我的耐心。

倒B跑到鉗工班來，看見周圍沒人，就會站在我身後，長久地看我銼鐵塊。我這個人有個毛病，不能忍受別人站在我身後看我做事，被他看得心裡發毛，我就把銼刀往工作台上哐當一扔，問倒B：「覺得我好看？」

「不要學你師父的流氓樣。」倒B很嚴肅地說。

我說：「覺得他流氓，你就把他抓進去啊。」

每逢這個時候倒B就啞口無言。作為一個安全科的幹部，他有很大的權力，可以抓住任何一個違反安全制度的工人，扣別人的獎金。但鉗工班是全廠出名的硬骨頭班，日寇美帝都見識過，一個綽號叫倒B的人，他怎麼可能對鉗工班有所作為呢？我們可以在車棚裡把他的自行車輪子卸下來，可以在廠門口等著，在他腦袋上敲一棍子，可以揪住他把他扔到廁所裡，我們只要不殺了他，就可以對他為所欲為。

倒Ｂ一直對我說，路小路，你總有一天會落到我手裡。我就問他，落到手裡又當如何。他也說不出個所以然。有時候他看我看厭了，就轉到魏懿歆身邊去。魏懿歆是大專生，還在下放期（車間實習期間），看見任何幹部都像是看見了黑社會，只能點頭說劉劉劉幹事（倒Ｂ姓劉）。倒Ｂ很滿足地繞著他轉了一圈，說，小魏，出汙泥而不染，很好。我就對倒Ｂ說：「你這個逼一直都說八個字的成語，今天怎麼改說六個字的了？」魏懿歆就嚇得臉色發白說，劉劉劉幹事，路路路路小路不不不關我我我的事。這時倒Ｂ就拍拍他的肩膀，踱著方步離開了鉗工班。事後，魏懿歆會說，路路小路你你不要把我推推推火坑裡。我就嘲笑地說，你你你他媽的現在還不在火火火坑裡嗎？

有一次下班前，倒Ｂ又踱到了鉗工班，那天所有的工人都在。鉗工班有個習慣，下班之前無事可幹，大家會把自行車推進來，在鐵皮房子裡一溜擺開，擦車。其中以我師父老牛逼擦車最是癡迷，他那輛二八鳳凰車，永遠都是擦得錚亮，顯示出了一個鉗工的驕傲。老牛逼擦車時候斜著頭，雙眼瞇著，好像是在給自行車做馬殺雞。擦完車子以後，他會端起茶缸，叼一根菸，用一種略帶疲倦的眼神看著自行車，好像是性高潮之後的鬆弛和滿足。

我們擦到一半的時候，倒Ｂ闖了進來。他先是吼了一聲：「誰讓你們上班時候擦車的？」後來發現沒人理他，只有歪卵師傅在看他，但又好像不是在看他，歪卵師傅因為是個歪頭，所以你也搞不清他到底是不是在看你，而且這個人經常走神，你要讓他注意你的唯一辦法就是去玩弄他的歪頭。倒Ｂ很生氣，他生氣的時候想到的不是我，而是魏懿歆。他說：「魏懿歆，站起來！」魏懿歆可憐巴巴地站起來說：「劉劉劉幹事，我錯錯錯了。」後面有工人大聲說：「歪卵，管管你老婆。」

歪卵師傅莫名其妙地問：「誰是我老婆啊？」

後面的人說：「歪卵的老婆當然是倒B，歪卵戳倒B嘛。」歪卵師傅聽了這話，破口大罵。倒B更是大怒，問：「誰敢罵我綽號？」沒有人理他，周圍是發瘋一樣的笑聲。

倒B在一排自行車中找到了德卵，鉗工班班長，那個不會說話的紅臉大漢。倒B揪著德卵說，要把廠長叫來，整頓班組紀律，尤其是小學徒。德卵漲紅了臉，說：「小劉，算了嘛，不要搞大嘛。」倒B說：「不行，上班擦車，嚴重違反紀律。」德卵無可奈何，只能招呼我們把自行車都收起來。我不得不說，鉗工班雖然是個硬骨頭班，但班長德卵實在是個膿包，讓一個膿包來管理一群滾刀肉，可以說明智，也可以說白癡。

後來我們都收住了笑聲，把自行車推到一邊。鐵皮房子中間只剩下老牛逼一個人，坐在小折疊椅上，叼著香菸，端詳著自行車，他旁若無人地自言自語：「擦好了。再晾一晾。」

倒B說：「老牛逼，你怎麼回事？」

老牛逼說：「我擦車水準怎麼樣？」

倒B說：「不要油腔滑調。」

老牛逼說：「把你老婆叫來，我保證擦得跟這輛車一樣乾淨。」

狂笑，我們狂笑，簡直笑瘋了。倒B已經忘記自己是個幹部，是個知識分子，他對老牛逼罵道：「我擦你老婆我擦你老婆我擦你老婆。」但這微弱的聲音被我們的狂笑蓋過。老牛逼是個天才，他把知識分子倒B徹底擊敗，他讓知識分子倒B淪落到與鉗工對罵髒話的地步，而他本人卻巧妙地避免了市井而無聊的謾罵。

後來德卵出來打圓場，他讓倒B回科室裡去。倒B走了以後，德卵本來想說點什麼，結果下班鈴聲響了，大家跳上自行車一溜煙都消失了。那是鉗工班快樂的下午，我們打敗了安全科的倒B，雖然他只是一個小幹部，連中層都輪不上，但鉗工們還是感到了榮譽和自尊。鉗工是世界上最有力量的工種，POWER！我跟著他們一起樂昏了頭，根本沒想到倒B會跑到勞資科去告我的刁狀。

九二年的初秋，有那麼一段時間，我曾經暗戀過小噘嘴，其實也不是暗戀，而是有點喜歡。她很瘦，有一個尖尖的鼻子，有一張天生噘著的嘴，我在食堂打飯的時候，經常能看到她那根紅腸一樣的辮子，在腦袋後面晃啊晃的。我仗著自己曾經跟她說過幾句話，走過的時候，就用眼睛掃她，但她根本不看我，好像我是空氣。像我這樣的小夥子用眼風掃一個姑娘，她要是沒知覺，那只有兩種解釋，第一，她假裝沒知覺，第二，她是白癡。

後來倒B去勞資科告狀，他不說自己在鉗工班被老牛逼羞辱，說了也沒用，全廠被老牛逼羞辱過的人數不勝數。倒B說的是，路小路對他揚著銼刀，非常凶惡。勞資科認為，一個學徒這麼凶惡是非常危險的，廠裡可以有一個老牛逼，但不能讓老牛逼這樣的人有繁殖的機會。這事情落到了小嘛嘴手裡，她把我叫去，讓我站在那個炮樓一樣的窗口，沒頭沒臉地訓我。

小嘛嘴具體訓了些什麼，我全都記不起來了，不是我現在記不起來，而是當時就忘記了。我只記得她問，為什麼對劉幹事揚刀子。我說，我沒刀子啊。小嘛嘴說，人家都說你揚著銼刀了。我心想，你這個科室女青年，肯定連銼刀都沒見過，那玩意兒也能算刀啊？但我沒法對她解釋清楚，的確，銼刀也是刀，就像機床也是床。下次我記得對倒B揚我的拖鞋，那玩意兒抽在臉上比銼刀更疼，而且不算凶器，而且很臭。

我那時候喜歡小嘛嘴，後來我就不喜歡她了。訓幾句也沒什麼，我不會因為一個姑娘訓我而記恨她，但她嚇唬我，說要把我送去勞教。我一下子就想起了阿三，廠裡可以推薦一個人去勞教，這很嚇人，連我堂哥都害怕勞教。勞教和勞改不一樣，勞改是判刑，判二十年還有放出來重新做人的機會，勞教就不同了，關進去也不算判刑，但就是不放你出來，你搞不清楚自己還要在裡面待多久，希望和絕望摻和在一起，人會發瘋。我不可能喜歡一個要送我去勞教的姑娘，哪怕只是嘴上說說而已。假如她說要槍斃我，那還可以當作是調情，但勞教不是調情，勞教沒有一點浪漫氣息，而是赤裸裸的現實主義。用勞教來威脅我，這起碼說明兩點：第一，她知道該怎麼整我，第二，她確實也可以整我。

那天訓我的時候，旁邊辦公桌後面還坐著一個頭髮花白的中年人，他一聲不吭地看著我，臉上沒有一絲表情。我搞不清他是誰，後來有個幹部進來打招呼，叫他「胡科長」，我才知道，他就是勞資科的科長胡得力。很多人都說起過他，廠裡有一句諺語：「上有胡得力，下有老牛逼。」意思就是說，這兩個人都不能惹。我當時的感覺，就像是打電子遊戲，幹掉了倒B和小嘛嘴這樣的小妖怪，後面終於跳出來一個大Boss，但我已經沒血了，隨時都可能game over。

我師父老牛逼有一個女兒，叫阿英，三十多歲一直沒結婚。這個老姑娘長得很奇怪，粗脖子，窄臉蛋，乍看以為是個甲狀腺亢進患者。說起來是我的師姐，其實我和她不怎麼熟，照老牛逼的審美標準，他的女兒就是一個不折不扣的老虎。

阿英也在化工廠上班，工種不錯，管汙水處理的。幾個游泳池一樣大的汙水池子，每天把藥粉藥水撒到汙水裡，使其中的有毒成分分解掉，然後就把汙水放到河裡去。這個工作很輕鬆，也沒人來查她的工作質量，她要高興了就把汙水直接放到河裡去，反正我們廠邊上那條河，已經臭得連蚊子都找不到一個了。

老牛逼有一輛二八鳳凰自行車，後來社會上開始流行助動車，最早最土的那一種，就是在自行車後輪裝個發動機，自行車立刻跑出摩托車的速度。這種車子非常危險，跑得太快，輪子會飛出去，像我曾經在白藍面前摔過的一樣，但肯定不只是把下巴摔破，搞不好會把整個下顎摔飛掉。老牛逼是全廠頭號鉗工，技術出眾，他率先把自己的自行車改裝成助動車，非常威風。該車冒著黑煙，發出轟炸機一樣的怪叫，老牛逼就成了個暴走族，在一片黑煙之中呼嘯而去。我師姐阿英起初是騎自行車上班的，後來她覺得老牛逼這輛車太扎眼了，具有明星效應，非常適合她這個老姑娘出去招搖，她就讓老牛逼載著她上下班。那時候我們經常看見老牛逼在街道上飆車，六十歲的人了，開起車來大呼小叫，後面還馱著個女的，看起來很風流，其實是他女兒。他還特地戴一副墨鏡，斜背一個人造革的書包，搞得自己活像是公路電影裡的小混混。那輛車我也開過，速度太快，而且坐墊位置極高，本身又只是靠鋼絲和三角架撐著的（根本就是自行車），我在廠裡騎了半圈，就覺得心臟受不了，連煞車都不敢捏，怕自己飛出去。

廠門口那座橋，每天早上會成為菜市場，郊區的菜農挑著蔬菜到這裡來擺攤，擠得滿滿當當的。這時，老牛逼出現了，他騎著土摩托橫衝直撞。只要聽見那輛車的尖嘯，所有的菜農都會挑起擔子撒腿狂奔，並且高喊：「不好啦土匪車子又來啦！」這種場面讓老牛逼威風到了極點，可惜，那車子不給他長臉，開了沒多久，發動機出了故障，此後經常壞掉，於是你就能看見老牛逼踩著一輛帶發動機的重型自行車上班，非常辛苦，後座還有一個三十多歲的婆娘對著他破口大罵。

老牛逼對我說，他退休以後要開著這個車子去周遊全國。我就讚歎地說，師父，照你這個車速，一個禮拜就能周遊全國。我知道這是他的夢想，人人都有夢想，我也想周遊全國乃至全世界，當然，不是開這種土摩托，磕上個小石子就能把自己蹦到美國去。

老牛逼造了這車之後，幾經技術改造，終於可以有排檔了，五級車速，除了倒車不行，基本上可以和桑塔納汽車媲美。他還在車龍頭上裝了一塊透明有機板，權當是擋風玻璃，還裝了一個會嗶嗶叫的電喇叭。其實喇叭純屬多餘，他一直沒解決這車的噪音問題。但是，從外觀上，這車子看起來還真是有點威風勁，他甚至計畫把兩輛自行車拼裝成一輛三輪土摩托，只剩下車軸的問題還沒解決，後來說改造成本實在太高，還是兩個輪子比較實惠。再後來，他把土摩托技術推廣到全廠，很多人都來找他改裝自行車，每輛車收三百塊錢的安裝費，設備零件自理。廠裡人開著這種車子到處闖禍，先是管工班的老徐把鎖骨撞斷了，再是糖精車間的張胖子飛到河裡去了，還有鉗工班的石卵一頭扎進了民房。最後，地段上的派出所把老牛逼請去，勒令他停止這種禍國殃民的行為，罰了兩千塊錢，又說他是無證攤販，把他的車攤也連鍋端走了。

老牛逼和我之間是有感情的，但不是師徒感情，而是流氓無產者之間的感情。我從他那裡什麼都沒學到，水泵也修不了，自行車也裝不上去，但我總算知道該怎麼做一個工人了，這很重要。連老牛逼都說，在廠裡都混不好的人，出去只能餓死。後來他車攤被沒收了，掙來的那點錢也全賠了進去，他非常懊惱，從前的自負化為雲煙。他揪住我，很不要臉地說：「小路，我把我的助動車改造技術轉讓給你吧，就收你兩千塊，你半個月就能收回本錢。」我很遺憾地告訴他：「師父，你可別忘了，我連自行車都不會修。」

我去過老牛逼家裡，豬尾巴巷，沿河的平房。戴城有很多河，所謂沿河的房子不是建在河灘上，而是用石樁打進河裡作為地基，房子就造在河上。前門是用來出入的，後門則直接對著河，放下一個吊桶就能從河裡打水。所謂「人家盡枕河」，枕字用得貼切。那時候出過一檔子事，有戶人家進來一個小偷，恰好被房主人撞見，房主堵著大門，高喊拿賊。小偷是個外地人，不知道這種房子的特點，拉開後門就往外跑，結果直接扎進了河裡。對面的人說，只看見一道影子騰空躍下，劃出一道弧線，優美而壯觀。恰好一艘貨船開過，小偷吧唧一聲摔在船上，抱著腿大哭，估計是脛骨折斷了。然後過來幾個船民，把他捆了捆就塞到船艙裡去了。眾所周知，貨船去往遙遠的蘇北、安徽，那些船民無比剽悍，落到他們手裡就自認倒楣吧。

老牛逼的家，外面是一間低矮的廚房，裡面是兩間平房，一間歸他和他老婆，另一間歸我師姐阿英。河水散發著腐臭味和柴油味，飄進房間裡，伴隨著貨船上的馬達轟鳴，在這種地方住久了，會變得脾氣暴躁，動不動就想打人，而且內分泌失調。他們一家就生活在這裡，老牛逼無處可去，阿英無人可嫁。

那年秋天下大雨，連下十二天，河水暴漲，貨船就在他家窗口開過。有一天晚上，老牛逼全家都睡著了，有一艘外地貨船上的船老大喝醉了酒，把船橫著開。酒後駕車是違章，酒後開船是沒人管的。那船一頭撞進了老牛逼的臥室，頓時牆倒壁坍，電視機電冰箱全都掉進了河裡。

老牛逼正在睡夢中，忽然被大船從床上掀了下去，他睜開眼發現自己家裡破了個大洞，洞口戳著一個巨大的船頭。這很像一個噩夢，像他這樣一個人，本來不應該遭遇到這麼恐怖的事情。更該死的是，那個喝醉的船老大不但不求饒，還從破洞裡伸進個腦袋衝著他笑，噴出一股酒氣。我師姐阿英穿著汗衫短褲跑過來，看見這個場面，嚇得尖叫。船老大看見一個露胳膊露腿的女人，因為天黑，加上他也喝醉了，所以沒發現這是個醜婆娘，只顧著看她的胳膊大腿。老牛逼跳起來，抄起一把凳子，把那個笑嘻嘻的腦袋砸到了河裡。後來從船上跳進來三五條大漢，也都醉了，手裡拎著竹篙，竹篙前端包著鐵皮，可以當長矛使喚。老牛逼被一篙子捅在嘴巴上，折掉了四個門牙。這還算運氣，要是往他身上扎，那就是一個透明窟窿。他返身撒腿就跑，在門檻上絆了一跤，直撅撅地摔在地上。

那幾個船民到了碼頭上（其實是老牛逼的臥室），異常地興奮，先是把他臥室裡剩餘的家產都砸了，然後抱著我師姐要非禮。我師姐阿英是出了名的老虎，雖然嫁不出去，但也不至於讓流氓船民占了這個便宜。她飛起一腳，踢爆了其中一位的睪丸，又在另外一個人的肩膀上猛咬，把肱二頭肌硬生生地咬下來一塊。船民大怒，一拳揍在她眼睛上，然後抄起篙子要捅她，但屋子又小又矮，那麼長的竹篙要掉過頭來扎人，實在不易。趁著這個機會，阿英掙脫魔爪，大呼救命，把周圍的鄰居都喊了起來。整條街坊的人都恨透了這夥開貨船的，奈何平時抓不到他們，這次終於逮住幾個，而且還是流氓強姦犯，於是一哄而上，趁著天黑，沒頭沒臉地打上去，一直打到派出所的警車開來。

老牛逼的家，在這場混鬥中夷為平地，僅有的幾件家用電器全都掉進了河裡，損失相當慘重。他本人被送進了醫院，四顆門牙是保不住了，還摔斷了兩根肋骨。我師姐則被盛傳遭到船夫的強暴，又說她踢壞了人家的睪丸，咬傷了人家的胳膊。化工廠的人照例以訛傳訛，說她一口把人家睪丸咬下來了，而且嚼巴嚼巴生吞了下去。

在這場惡鬥中，關於我師母，也就是老牛逼的老婆，始終沒有出場。因為她在大船撞進房子的時候就嚇昏過去了，等她醒過來，發現家裡已經成為了一堆瓦礫，她再次昏了過去。

事後，我拎著一袋蘋果去醫院探望老牛逼，我看見阿英站在病房門口，跟一個護士打架。她本人左眼烏青，這是被船夫打的，但這並不妨礙她打護士。她揪住小護士的頭髮，從腳上摘下拖鞋，玩命地照著人家頭上打。護士尖叫，大哭，圍觀的病人則拍手叫好。我看到這情景，就斷定師姐沒有像傳說中那樣遭到強暴。一個被強暴過的女人還能這麼凶悍嗎？我撲上去，攔腰抱住我師姐，把她整個抱離了地面。她總算撒手了，小護士像一輛救護車，嗚哇亂叫地迅速消失在我眼前，只剩下阿英張牙舞爪在半空中揮舞著她的拖鞋。那夥看熱鬧的病人都誇我：「小夥子，有手段！」我心想，你們知道個鳥，老子這是冒了多大的風險啊，要知道，我師姐發起狂來，六親不認，勸架的人很可能被她誤傷，她在廠裡打架從來沒有人敢去勸的，都是等她打得筋疲力盡，才把她攔腰抱走。像我這樣，在她最瘋狂的時候去抱她，很可能像那個船夫一樣，被她踢成一個太監。

我把她抱進病房，她才算消停一點。老牛逼平躺在床上，張著無牙的嘴巴，對我呵呵地笑。我問他什麼，他也不說，指了指自己的嘴，只是笑，像個白癡。阿英說：「他沒傻，就是說話漏風，所以他就不肯說話啦。」我問她，怎麼跟護士打了起來。她說：「小賤貨說要把他換到大病房去，八個人一間。我能不打她嗎？」

老牛逼不肯說話，我就聽阿英重述了那晚的混戰。她把自己說得無比英勇，一口咬住別人的肩膀，一腳踢飛別人的卵泡。我心想，你要是知道外面的謠言，說你活吞了人鞭，大概就沒這麼得意了。後來，我想起自己帶來的那袋蘋果，剛才勸架的時候被我放在走廊裡了。我回到走廊裡去找，發現幾個吊著胳膊、打著石膏的病人，每人手裡拿著個蘋果，正在那裡啃呢，還他媽笑嘻嘻地看著我。我想，這都是些什麼人啊？

還有那個護士。我離開病房的時候，經過護士值班室，看見她在裡面哭，好幾個護士圍在她身邊安慰她。我挺喜歡護士的，她們穿著白大褂的樣子很乾淨，不像我，一身不藍不綠的工作服，髒得像個泥猴。我湊過去看她，按理說，我是把她從魔爪中解救出來的人，無論如何，她應該感謝我一下，我也沒指望她撲到我胸口低聲抽泣。結果，那夥護士不約而同地指著我的鼻子，說：「滾！滾出去！你們這夥糖精廠的流氓！」

於是我落荒而逃。我看出來了，這他媽根本不是骨科病房，而是瘋人院。

老牛逼住院以後，我獨自去卸水泵。這個活，我已經輕車熟路，不需要他陪著了。有一天我在幹活，工會的徐大屁眼來找我，對我說：「路小路，下午一起去醫院。」

我問他：「去幹嗎？」

徐大屁眼說：「去送你師父。」

我說：「他死了嗎？」

徐大屁眼說：「放屁。送他光榮退休。」

下午，我坐在一輛卡車後面，十來個青工哐哐地敲鑼打鼓，車子一直開到了醫院門口。那時候退休都這樣，鑼鼓喧天，熱鬧非凡。這就是說，在鑼鼓聲中，你一生的雄績偉業都結束了，即使是老牛逼，曾經打過車間主任，調戲過姿色阿姨，也只能接受這種事實，從此做一個天天打麻將的糟老頭，一直到死為止。

那天我沒有敲鑼，工會幹部讓我捧著一個鏡框，裡面是老牛逼光榮退休的證書，像是一張獎狀。我捧著它走進醫院，彷彿是捧著老牛逼的遺像。別人都很喜慶，唯獨我神色哀慟，假如我的內心也是一個世界，老牛逼就是這麼死在了我的世界中。那天天氣晴朗，萬里無雲，正是他六十週歲的生日。

九二年的秋天發生了很多事，我都記不得了，記憶中的一切都是灰濛濛的，好像一部默片，有一些鬼影子一樣的人出現在銀幕上。時間其實是很公平的，經過時間，你所愛的人，所恨的人，都會變成鬼影子，在記憶中毫無理由地走來走去。

以往總是春天發大水，那年秋天竟然連下了十二天的大雨，河水漲起來，導致老牛逼家裡戳進了貨船。在此之前，工廠裡也被水淹沒了。糖精廠的地勢比較低，一旦河水漲過某個位置，陰溝裡的水就會倒灌上來，好像噴泉一樣。這水又髒又臭，假如你有興趣嚐嚐，會發現它是甜辣的，甜的是糖精，辣的我也不知道，可能是甲醛，可能是化肥。這都是糖精廠往河裡排放汙水的後果，汙水倒灌就成為每年的法定節假日。

在漲水的季節裡，街道也被河水覆蓋，水退下去之後，有一層黑色的泥漿留在道路上。有時候也會有魚從河裡游進廠裡來，我在工廠裡曾經抓到過一條一尺來長的鰱魚，但老牛逼說這不是河裡的魚，是從鄉下魚塘裡逃出來的，化工廠附近是不會有魚的，只有無窮無盡的耗子。老牛逼說，這魚也吃不得，都是受了汙染的東西。我決定不相信他一次，拿回家一燒，燒出一股火油味道，連野貓都不肯吃。

每逢此時，廠裡就停產放假。工人都回家去了，幹部們則留下那麼幾個值班。車間周邊壘起草包和帆布袋，裡面放幾個水泵，日夜不停地往外抽水。

在這個所有工人的節日裡，鉗工卻得輪流值班，因為水泵在工作，我們得時時監控那些水泵，及時排除故障。那天輪到德卵和老牛逼值班，當然，作為他們的徒弟，我和魏懿歆也得陪著他們。我們坐在鉗工班的桌子上打牌，頭上是雨水，腳下是臭水。魏懿歆的牌技是我們四個人之中最好的，這人雖然是個結巴，記性卻好得出奇，什麼牌都能記得住。後來老牛逼建議我們賭錢，對此魏懿歆也表示同意，我當然就更不可能示弱了。開了賭局之後，魏懿歆一路狂輸，臉都輸青了。照廠裡的規矩，贏錢的人做東請客，我們三個都贏了，就湊錢給魏懿歆買冰棍吃。德卵說，他去買冰棍。德卵是一個很勤勞的人，平時幹活都搶著幹那些又髒又累的，所以他才能當上班組長。他穿著拖鞋出去的時候，老牛逼說：「當心別踩著電線啊，把你電死。」德卵說電閘都拉下來了，沒問題的。

德卵回來時，手裡捧著幾根冰棍，臉色發白，兩腿打飄。我們發現他小腿上不知被什麼利器劃開了，一條半尺多長的口子，正在往外淌血。老牛逼說，必須馬上送醫務室包紮，但不知道白醫生在不在。我們三個抬著德卵，蹚著臭水，來到醫務室樓下，看見那扇窗開著，我喊道：「白醫生！白醫生！」白藍從那窗口探出腦袋，看見是我，就問：「你又怎麼啦？」我很開心地說：「不是我，這次是德卵。」

我們把德卵抬上樓，白藍只看了一眼，就說送醫院吧。這節骨眼上魏懿歆忽然摔倒了，他臉色發白，身上出虛汗，倒下去之前還沒忘記對我說了一句：「路小路，我暈血了。」

暈血是一件很奇怪的事，好端端的人看見鮮血就會像羊癲瘋一樣倒下去，無論淑女還是壯漢，都有可能。比如說，我見過管工班的王猴子打架，他抓起一塊燒紅的煤球就按到了人家臉上（他自己戴著皮手套），這種打架不是小混混鬥毆，而是舊社會的流氓土匪。據他自己吹噓，他還用磚頭拍過孕婦的腦袋，我們都嚇得要死，不敢惹他。後來廠裡體檢，大家排隊抽血，王猴子看見那些抽滿鮮血的針管就躺在了地上，周圍人都快笑死了。從這個事情上我也得出了個教訓，一個人是不是暈血，和他是不是殘暴，沒有太大的關係。假如有人對你說，他看見鮮血很害怕，這並不代表他不會把燒紅的煤球按到你臉上。

魏懿歆倒在醫務室，老牛逼氣壞了，用拖鞋在他臉上踩了好幾腳。魏懿歆一點反應都沒有，連哼哼都沒有，我們只好把他架到婦檢椅上躺著，沒辦法，體檢床被德卵占了。白藍對老牛逼這種殘暴的行為很不滿意。老牛逼說：「這個狗東西，關鍵時刻一貫裝死，難怪他考上大學了。」

白藍說，魏懿歆問題不大，德卵正好相反，問題很大，一定要送醫院急救。她用一卷紗布綁住德卵的小腿，紗布立即被血染紅了。白藍指了指我，問：「路小路，你怎麼樣？」

「我啊？」

「愣什麼愣？趕緊背人啊！」

我看了看老牛逼，老牛逼說：「別看了，今天停產，起重工都回家休息去了。」

我打電話給駕駛班，叫車。駕駛班的司機說，別指望了，廠裡的車子排氣管都進水了，一輛都開不動，唯一沒進水的是一輛十噸大卡車。他冷冷地說：「就這輛十噸卡車了，你要想玩的話，你自己把它開走好了。」我對著電話罵，去你媽的。後來我在樓下找到了一輛三輪車，白藍和德卵都上了車，白藍把自己的雨衣蓋在德卵身上。老牛逼也要上車，我說師父你要上來的話，這車就該塌了。白藍對老牛逼說：「你還是在這裡照顧魏懿歆吧，把他工作服脫下來透透氣就好了。你去醫院也是白搭。」

我們走了以後，老牛逼就在醫務室裡照顧魏懿歆。後來，據魏懿歆說，老牛逼這個混蛋非常變態，他大概也是第一次看見那把婦檢椅，覺得很好玩，就把魏懿歆的上衣扒了，把他兩條腿放在了托架上。老牛逼就坐在邊上，一邊抽菸一邊欣賞著。廠裡的值班幹部聽說有情況，跑到醫務室來詢問，就看見魏懿歆光著膀子叉開雙腿躺在那裡。幹部說：「簡直不堪入目！」

那天我騎著三輪車在街上飛馳，水很深，三輪活像一輛衝鋒艇。我對白藍說：「你坐穩點，我看不清路面，別把你給掀下去了。」

白藍說：「屁話少說，你要是敢騎慢了，我就把你掀下去。」後來她又說：「你還是小心自己吧，別再把下巴摔破了。」她說這話的時候，我只顧悶頭騎車，也不知道她是不是在笑。

有時候我會回憶起這一幕，漫天大雨，街上一個人都沒有，河裡也沒船，只有我們的三輪車嘩嘩地駛過。我回憶起這件事的時候，會提醒自己，這是發生在九二年的事，但與此同時我又很困惑地感到，這是在一個更遙遠的年代發生的事。假如說這是洪荒時代，假如說這是諾亞方舟，那麼，我愛上白藍也是順理成章的事，因為我無人可愛，只能愛愛她。但她不這麼想，她只想救德卯。我很想告訴她，其實我真的無人可愛，因此而愛她，這種愛是不是會廉價呢？還是更值得回憶呢？

我騎到醫院已經不行了，腿肚子打顫，腰像斷了一樣。還有一點我沒說，那車子太破，坐墊好像是鐵做的，我的會陰部位受不了，再騎下去，我很可能像女人來月經一樣，把自己的短褲上弄得全是血。

醫院裡也是靜悄悄的，急診室門口徘徊著幾條人影。那所醫院離化工廠最近，但極其破舊，急診室居然沒有坡道，三輪車上不去，沒辦法，我只能把德卯扶下來。那時他已經休克了，嘴唇發白，口水掛在下巴上。白藍把他架到我背上，我背他進急診室。我對白藍說，我怎麼覺得德卯這麼沉呢，我奶奶說過，死人才會變得很沉的，是不是德卯要死掉了，我可不想讓他死在我的背上。白藍在我耳朵邊上吼道：「你要不想讓他死就跑得再快一點吧！」

後來把德卯送進去，白藍也跟著進去了，我獨自坐在急診室外的台階上喘氣，德卯是個九十公斤重的胖子，我覺得自己的心臟都快要裂開了。過了一會兒，白藍從裡面走出來，她坐在我身邊。我穿的是工作服，白藍穿著一件米色的襯衫，我們兩個都被雨淋得濕透，所不同的是，我像一隻下水道裡爬出來的老鼠，而白藍像一個三版女郎[1]，襯衫貼在身體上，裡面的胸罩是白色的，至於三圍什麼的，不說也罷。

我從口袋裡拿出菸，滿滿一盒菸全都潮了。白藍冒雨跑到門口的小賣部，買了一包菸，一個塑膠打火機，再冒雨跑回來。我坐在台階上像一個衰老的色狼，無力地看著她衣服貼在身上的樣子。她從菸盒裡拍出一根香菸，非常老練地叼在嘴上，然後把剩下的全都扔給了我。她繼續坐在我身邊。

我問她：「你也抽菸啊？」

「不常抽，解解悶。」她說。

「德卵怎麼樣？」

「在搶救，應該沒事。」她用下巴指了指我手上的打火機，說：「不知道給女士點菸嗎？」我順從地給她點上菸。她深吸了一口，從嘴唇縫隙裡吐出細細的一縷煙氣。我說，不好意思，我一個鉗工學徒，也不知道什麼叫lady first，只知道走路要給lady讓道，媽的，馬路上那麼多lady，我要是都給她們讓道，我自己別走路啦。白藍歪過頭來看說，她說，路小路，你還挺有意思的。我問她，什麼是挺有意思。她說，就是說，一個鉗工還能知道lady first，這已經很不簡單了。

那天她還拍了拍我的後枕骨，說：「路小路，好險啊，就差一點，趙崇德就死了。」我問

1　特指英國《太陽報》拍攝半裸照片的女性模特兒。這些照片通常在該報第三版刊登，而第三版針對的讀者以藍領勞動階層的男性為主。

她，怎麼德卵如此膿包，腿上劃了道口子就要完蛋。白藍說：「失血過多，你怎麼這點醫學常識都沒有啊？哦，我忘記了，你是鉗工。」

我們說起一些死人的事情。我說，我堂哥有個朋友，出去打架，被人用刀子在大腿上扎了一下，扎穿了動脈，很快就死了。這大概就是她說的失血過多。上安全教育課的時候，我見過一牆壁的死人照片，全都死得很容易。倒B說這是概率，在我看來，就是運氣嘛，運氣好的連殺人都逮不住他，運氣差的，腿上劃了一道口子就完蛋。

白藍說：「你的運氣很好啊，腦袋撞到水泵上都沒什麼事，還把那壞掉的水泵給撞好了。」她說完就笑。我的後腦勺被她拍得很舒服，當時我想，醫生就是醫生，拍起人來不輕也不重，真他媽的像是練過的，要是永遠被她這麼拍著就好了。

過了一會兒，裡面出來一個醫生，讓白藍在一張表單上簽字，她掉頭去應付醫生，就不再跟我說話了。我獨自坐在外面，覺得冷得要死，我把工作服和襯衫脫下來絞乾了，光著膀子，一根接一根地抽菸。

大約半個小時以後，廠裡來了一輛麵包車，車上跳下來兩個幹部。我看見這輛車，真是氣瘋了，開車的是司機班的曹師傅，我隔著車窗衝他大喊：「老曹，剛才誰他媽接的電話？不是說只有十噸卡車的嗎？」

曹師傅叼著香菸，笑嘻嘻地對我喊：「關我屁事啊！」

我盯著他的臉，很想撲過去揍他一頓，但我筋疲力盡，已經打不動人了，只能用眼睛表示憤怒。其實我也不敢打他，曹師傅是司機班的老大哥，和老牛逼一樣是資深流氓無產者，徒子徒孫多如牛毛，這樣的人我惹不起，他平時給廠長開車，打壞了他，廠長也不能放過我。看見曹師傅，我就覺得鉗工根本算不上什麼東西，司機才是工人之中的貴族。

兩個幹部下車，逕自往急診室走。我以為他們會問問我情況，甚至表揚我一下，但他們好像根本沒看見我。我跳上麵包車，給曹師傅發了一根香菸，蜷在後座倒頭就睡。我睡得很沉，做了一些夢，去了一些地方，後來我覺得有人在推我，以為是我媽，就喊了一聲媽。從那昏沉世界之外的天際傳來了笑聲，我睜開眼睛，看見了白藍。

我坐起來，呆頭呆腦地看著她。天幕黯淡，雨還在下，我睡了整整一個下午，整個世界都被我睡顛倒了。我在一個顛倒的時空裡看著她，我在我所有破碎的意識中看著她。她臉色緋紅，並不是因為害羞，而是發燒了。

麵包車的發動機抖動著，兩個幹部坐在前面，只能看到他們的後腦勺。

我問她：「回去了嗎？」

白藍點頭說：「現在回去。趙崇德已經沒有危險了。」

我說：「那就好。」

白藍用非常非常非常溫柔的語氣對我說：「路小路，三輪車還在醫院門口。你得把它騎回廠裡去。」

第五章
白藍

回憶白藍的醫務室，那是一幢紅磚砌成的二層小樓，離勞資科那幢辦公大樓有兩百米遠。醫務室在二樓走廊的盡頭，去那裡，必須經過工會，經過團支部，經過圖書館，經過計生辦[1]。在那間屋子裡，只有白藍一個人。

那幢樓被廠裡人稱為「小紅樓」，這個詞後來變成腐化墮落幹部的代名詞，九〇年代初還沒有這種說法，大家以為腐化就是貪汙錢財、軋姘頭、走後門拉關係這些簡單的事，軋姘頭最多也就軋一個。這說明人們沒什麼想像力，日子過得苦哈哈的人，也就只能想到這個地步了。

小紅樓造於五〇年代，過去是廠辦公室，後來不夠用了，才造了五層辦公大樓。這幢四十年歷史的小樓造得並不考究，水泥地板，走廊的光線很差，但它非常結實，這也是那個年代的建築物共同的特點，防震，防水，還防炸。牆體上隱約能看到早年的標語，用石灰刷的碩大的黑體字「工人階級領導……」，後面的字就認不出來了。這種標語我在我爸爸廠裡也見過，後面兩個字應該是「一切」，所謂一切，其實是個虛指，等於什麼也沒領導。我也曾經琢磨過這個問題，看看我身邊的工人，老牛逼、歪卵，以及所有的姿色阿姨們，都什麼歪瓜裂棗，讓他們去領導一切，簡直是個笑話。我也是個工人，我自知領導不了一切，連一切的零頭都沒戲。二十歲那年，我接受一切的領導，剩下的時間就站在小紅樓下面，看著醫務室的窗口發呆。

我打聽過白藍，從工人圈子裡得到的小道消息，說她是北京一所醫科大學的，也不知為什麼，被學校開除了，只能回到戴城，在糖精廠裡做一個廠醫。廠裡關於她的謠言很少，因為她不愛跟人說話，也不搞男女關係。她二十三歲，長得也漂亮，按理說，這樣的姑娘應該談戀愛，至少被一群小夥子包圍著，廠裡也不是沒有這種事，比如小嘛嘴，她身邊永遠有幾個科室男青年跟著，替她打飯，陪她聊天，從來不會讓她孤單。她要是孤身一人的話，那肯定是去上廁所。這就是所謂的護花使者吧。但白藍身邊沒有這樣的人，她是冷清而傲慢的，平時躲在醫務室裡看書，中午打飯就讓圖書館的海燕替她隨便帶一點吃的，她也從來不去廠裡的澡堂洗澡，一下班就騎上她的飛鴿回家了。她就是那個樣子，彷彿一個嫁接過來的果實，在無花無果的季節，獨自掛在那幢昏暗的小樓上。她幾乎被工廠遺忘，像我這樣又不吃藥打針又不做婦科檢查的學徒，本來不該認識她，但是，老天爺非要把我的頭砸開，這也沒辦法。

她在醫務室幾乎沒有什麼工作可幹，每年的婦檢都是計生辦請醫生過來做的，不用她親自動手。平時她就管些最常見的藥，感冒通板藍根黃連素什麼的，這種藥眾所周知，也沒什麼效果，也吃不死人。當然，她還負擔一個責任，就是給廠裡的工人做急救，比方說我和德卵這種倒楣蛋。但是，此類工作也純屬偶然，半死的人交到她手裡，真要弄死了也不能怪她，她自己大學都沒畢業，也不知道是怎麼混進廠裡來的。

我爸爸說過，廠醫是最不能相信的。這種人很難伺候，你需要他們做醫生的時候，他們就說自己是工人，你真要把他們當工人使喚，他們又說自己是醫生。兩頭占便宜的人最不能交往，這是我的經驗。他們農藥廠的廠醫是個老頭，以前做赤腳醫生的，醫術很差，膽子更小，

1 計畫生育辦公室。

曾經有女工被硫酸濺到胸口，送到醫務室，按說應該把衣服扒開，用自來水沖。老頭明知道急救措施，偏偏就是不肯扒衣服，他看著女工的胸部拚命搓手。在那一瞬間，他並沒有感到自己是個醫生，而是他媽的man，並且是個道德正派的man。這事情在農藥新村人人都知道，連最沒有文化的老太太都說，這根本不是醫生，而是吃狗屎的。

與之相比，我遇上白藍完全是運氣，她不但在醫務室把我的衣服扒了下來，還用聽診器在我胸口挪來挪去，後來我們熟了，她還給我提過很多飲食方面的建議，她甚至預言我在三十歲以後會變成一個啤酒肚，讓我少吃點豬下水，少喝點可樂。假如你認為這是一個醫生應該做的，那就大錯特錯，她只是個廠醫，廠醫應該是農藥廠的老頭那樣，只要道德正派，隨便誰死了都跟他沒關係。

廠裡的水退去之後，我去上班，看見醫務室的窗子關著，我知道她不在，但不死心，還是上去看看。醫務室的門關著。隔壁圖書館的海燕告訴我，白藍發燒了，一直在家休息。我悻悻地往回走，在黑暗的走廊裡，點起一根菸。我想起她抽菸的樣子，細細的一縷煙從嘴裡吐出來，不像我這樣，總是從鼻孔裡往外肆無忌憚地噴菸，搞得自己好像是噴氣式飛機。她這種抽菸的姿勢很好看，並且她還教我給女士點菸。若干年以後，我在飯局上，凡有女士把香菸叼在嘴裡，我必定會在同一時間送上一朵溫馨的火苗，搞得人家很感動，但我在其他方面的表現很差，上樓下樓應該走在女士的前面還是後面，我他媽永遠搞不清楚。事實證明我不是個紳士，只是在點菸這件事上條件反射而已。

有一天我在河邊的泵房獨自拆水泵，那地方髒得要命，還鬧耗子。化工廠附近的耗子無人敢惹，都是吃豬下水長大的，身材肥碩，看見人都懶得逃竄。我把那水泵拆下來之後，橫穿馬路，回到廠裡，結果在廠門口遇到了白藍。她臉色不錯，本來應該寒暄幾句，但那天我的心情很糟糕，一是因為我師父老牛逼退休了，二是因為耗子。

她看見我，對我說：「路小路，你怎麼搞得這麼髒？」

我回了她一句：「鉗工不髒，那還是鉗工嗎？」我說完不再理她，拎著那個破水泵，灰頭土臉往鉗工班的方向走。白藍說：「路小路，你過來，我有話跟你說。」我就拎著水泵走到她身邊。她說：「中午你到我這裡來一趟。」

中午我早早地吃完了午飯，並且換了一身工作服。我有兩套工作服，本來應該換洗的，但我從來不換，也不洗，一套髒得像抹布，另一套則嶄新如初。我穿著新工作服去醫務室，心情稍微好一點了。

她獨自在醫務室，盤腿坐在體檢床上看書，見我進來，便趿著鞋子下來。我問她，找我何事。她說：「我還問你呢，聽說你來找過我？」我說：「也沒什麼事，過來看看你。德卵怎麼樣了？」

「已經出院了。」她皺著眉頭說，「你不要老是叫人家綽號，很難聽。」

「連廠長都有綽號。這又不稀奇的。」我說。

「那你有綽號嗎？」

「有啊，我叫神頭。」

她聽了哈哈大笑。我卻不覺得有什麼好笑的。後來她說，路小路，不說廢話了，你幫我做一件事。我問她什麼事。她說，也不是什麼事，只要在那裡坐著就可以了，隨便什麼人進來，都不要動，也不用說話。我說：「這可不行，要是勞資科長胡得力跑進來，看見我這樣，他會扣我獎金的。」白藍似笑非笑地歎了口氣說：「好吧，不是胡得力，是食堂裡的秦阿姨。」

一說秦阿姨，我就知道是怎麼回事了。我們廠的食堂有一位胖阿姨，專門負責賣葷菜的，姓秦。她有一張紅撲撲的臉蛋，比小姑娘還鮮豔，老遠看上去好像是個唱二人轉的。她每天站在食堂的葷菜窗口，既負責管理那些排骨肉丸紅燒魚片，同時也觀察廠裡的每一張臉。然後，她像所有無聊的中年婦女一樣，專門給人介紹對象，也就是做媒婆。據說做媒婆會上癮，一天不幹這個，渾身上下都不舒服。秦阿姨致力於單身男女的開發工作，第一件事，先問你有沒有對象，假如沒有，她就開始掐著手指仰望天上的白雲，嘴裡還嘀咕著什麼，好像是在對著老天爺念咒語，老天爺將從雲層裡扔下一個對象給你。然後她會忽然說，啊呀，某某車間的某某某你認識嗎，你放心，包在我身上了。這是硬撮型的，還有代理型的，比如你看上了廠裡的誰，就託秦阿姨去說合。秦阿姨做這種事情不但分文不收，而且還倒貼，你要是接受她的撮合，或者是委託她去說合，她就會在你的搪瓷飯盆裡放上超級大的排骨，或者超級大的肉丸子。

據說秦阿姨還很認真，她從來不瞎撮合，比如說，科室男青年配化驗室女青年，白班男青工配姿色中上的三班女青工，三班男青工配姿色中下的三班女青工，老光棍配寡婦，歪脖子配斜眼，就這麼個配法。其實這也很科學，和博士娶碩士、碩士娶本科是一個道理。並且，秦阿姨有一種練達的人情世故，她對那些長相不錯的姑娘小夥都抱有特殊的好感，好像是優質產品，但她不會去撮合這些人，她會給這些優質品介紹一個長相平庸、家底殷實的對象。照她的說法，這叫葷素搭配法。秦阿姨非常反對的就是我這樣的，一個鉗工學徒，垂涎於科室女青年，根本就是癡心妄想。假如我託她去給我說合說合小嘛嘴，她最後一定會給我拉一個又有錢又難看的小丫頭，並且，其有錢程度和難看程度成正比。

秦阿姨撮人，有一種不可質疑的力量。要是拒絕這種撮合，那你就完蛋了，那最小的排骨，那隔夜的肉丸子，都會出現在你的飯盆裡。

那天我一聽秦阿姨要來，就恭喜白藍。我問她：「給你撮的是誰啊？」

白藍說：「好像是宣傳科的小畢。」

我不認識宣傳科的小畢，我說：「噢，就是畫黑板報的啊。」

白藍說：「不要亂講，宣傳科不只是畫黑板報。」

「但我只看見過他們畫黑板報。」我頓了頓，故意問她，「那我應該走開才對啊，何必在這裡做電燈泡呢？」

「她纏了我很久，我煩她，又不好意思趕她走。你在這裡坐一會，她覺得沒勁了，就會走了。」

「秦阿姨可沒這麼簡單，她會一次又一次地來撮合的。」

「我就煩這個，沒完沒了。」

「順便問問，這次是秦阿姨硬撮，還是小畢看上你了？」

白藍臉上紅了紅，低聲說：「小畢。」

我盤腿坐在體檢床上，一雙臭腳暴露在空氣裡，白藍說我的鞋子有問題，會弄出腳氣。當時我穿的是一雙真皮運動鞋，說是真皮，其實是他媽的人造革，地攤上買的，根本不透氣。我說這也沒辦法，貴的鞋子我買不起，而且也不適合穿著去拆水泵。白藍問，廠裡不是發勞動皮鞋了嗎？我說這就別提了，那種勞動皮鞋穿在腳上，一天的工夫，就把襪子磨得前穿後破，我都賠進去十幾雙襪子了，工人師傅都是赤腳穿勞動皮鞋，我不行，我腳嫩。白藍皺著眉頭說：「也好，但願能把秦阿姨熏跑。」

後來秦阿姨真的來了，她那兩坨青春紅非常的醒目，她後面還跟著一個人，高個子，白淨臉，戴著一副眼鏡。我猜這就是小畢，果然沒錯，我可沒想到秦阿姨會把小畢也帶來。那天因為有我在場，秦阿姨的聲音壓得非常輕，好像是地下黨接頭。白藍也壓低了聲音，我聽不清他們說些什麼。倒是小畢，在屋子裡隨便走了一圈，打量打量醫務室的擺設，眼睛掃過我，嘴角微微上翹，看起來是在笑，其實沒有任何表情。

他和白藍之間的對話是這樣的：

「你好，我是小畢。畢國強。」

「你好，我是白藍。」

「我還是第一次來醫務室。」

「是嗎？」

「經常看見你。」

「我倒不經常看見你。」

「因為我不常生病嘛。呵呵呵。」

「呵呵。」

「我進廠沒多久。我是化工職大畢業的。你呢？」

「呵呵。」

「這裡環境不錯。」

「呵呵呵。」

趁著這個工夫，秦阿姨走到我身邊，她先是看了我幾眼，打算把我看毛了。一般來說，秦阿姨用這種目光看著你，就意味著你喜事上門了，不毛才怪。但我既然受了白藍的委託，就得硬撐著。秦阿姨問我：「路小路，你在這裡幹什麼？」

我說：「複查。」

「查什麼？」

「腦袋啊。上次撞在水泵上，到現在還經常犯暈。」

「噢。」秦阿姨若有所思地點了點頭，「是你的腳臭吧？太厲害了。」

「我現在什麼都聞不出來，我腦子撞壞了。」

秦阿姨同情地看著我，說：「等你康復了，我給你介紹個女朋友。不過你還得把腳臭治好，用生薑水泡腳，不然只能給你介紹一個有口臭的女朋友了。」

我操，我一聽這話，實在憋不住，哈哈大笑起來。秦阿姨你太可愛了，腳臭配口臭，我輸給你。這種配對法簡直是在做水稻雜交試驗，我生出來的小孩可能是個腳臭與口臭的雙料冠軍，到時候拜託你給他找個腋臭的配偶吧。等我的孫子出生，他就是一個生化武器。

我這麼笑著，打斷了白藍和小畢之間的對話。白藍走過來，煞有介事地對秦阿姨說：「秦阿姨，你不要刺激路小路，他好像是腦幹撞壞了，經常有過激反應。」我聽了這話，幾乎笑得要滾下體檢床。

後來秦阿姨和小畢走了。小畢走的時候還跟白藍握了握手，他那微微上翹的嘴角始終翹在那裡。他連看都沒看我一眼，說明涵養很深。那時候我和白藍說起小畢，我說，我很欣賞他的嘴角，總是翹著，他笑起來是用胸腔共鳴，很節制地笑三到四聲，笑三聲是表示好笑，笑四聲是表示很好笑，他的笑聲總是第一聲比較重，漸次減弱。我想小畢最後會成為畢科長乃至畢廠長的吧？白藍說，觀察得挺仔細啊，你也這麼笑笑，也能做科長嗎？

我說，我不行，我鉗工一個，這種笑容出現在我臉上，那就是我腦幹真的被撞壞了。我天生嘴角下垂，一副圖財害命的樣子。至於笑聲，呵呵呵，或者呵呵呵呵，我都學不來，我笑起來是先弱後強，越笑越厲害，這他媽還是像個圖財害命的。

白藍說：「路小路，你有嫉妒心理。」

我歎了口氣。九二年，在小畢身上我看到了我所有的理想，化工職大畢業，宣傳科畫黑板報，白白淨淨很斯文，並且，他媽的，連對於女人的口味都如此相似。但我還是一個修水泵的小廝，我看起來是沒指望了。

那時候她聽我說到這些，化工職大，宣傳科，她就靜靜地聽著，也不笑，也不插嘴。她說我嫉妒小畢，只說了這麼一次，後來她說這種感覺不是嫉妒，最多只能算是豔羨。我不知道豔羨是什麼意思，大概是非常非常羨慕吧。我問她，豔羨和嫉妒有什麼區別。她想了想說：「嫉妒嘛，你就會去破壞人家，可是你也破壞不了小畢，所以只能是豔羨。」我覺得很不是滋味，但也說不出個所以然來。

後來她遇到我，對我說：「那天的事謝謝你。秦阿姨再也沒有找過我。」

我說：「操，她是沒找過你。但我吃了一個禮拜的隔夜肉丸子！」

那年秋天，因為我跑得夠快，騎三輪不要命，所以救了德卵。廠裡說要嘉獎我，給我發了三十塊錢的獎金。我在化工廠幹過很多好事，無一報答，也幹過很多壞事，也無一報應，唯獨這一次拿到三十塊獎金，回去對我媽說，我媽很開心。她說小路終於長大了，以後她生病，我也可以騎著三輪送她去醫院。

我把這事情說給白藍聽，我說，德卵這條命就值三十塊。白藍說：「別太得意，上次農民工救了你，一毛錢都沒有。」

我說：「我不是這個意思，救德卵主要是你指揮得當，該嘉獎的是你。」

她說：「我是醫生，我救人是職責，出了岔子要處分的，你跑得慢會被處分嗎？」

她這麼一說，我又覺得自己很偉大，我說：「對對對，你是恪盡職守，我是助人為樂，性質不一樣。」

她翻了我一個白眼說：「你好像還挺有文化的，居然會用成語，這樣的鉗工我可沒見過。」

我說：「操，承蒙你看得起，不如咱們去把這三十塊吃掉吧，我請你吃肯德基。」

九二年的時候戴城開了一家肯德基，顧客人山人海。在此之前，戴城是一個髒不拉嘰的城市，馬路邊上永遠泛著油光七彩的髒水，大排檔就在髒水之上開張。戴城的餐館以麵館為主，這裡的人愛吃很細的龍鬚麵。所有的麵館裡都飛著蒼蠅，那些吃過的麵碗，服務員把湯水倒掉，在一個臉盆裡涮一涮，接著又端上來。即使是比較高檔的餐廳，也不會有空調，只有電風扇，冬天就更別提暖氣了。至於那些服務員的臉色，一個比一個像茄子，經常能在街上看到服務員和顧客打架，一群顧客打一個服務員，或是一群服務員打一個顧客。

那時候吃麵都是搶座位的，具體來說，跑進一個麵館，看到人山人海，就瞅準一個空凳子，拎在手裡，然後去櫃台買票，再拎著凳子去灶台領麵，最後再把凳子放下，坐在那裡吃麵。假如不曾搶到凳子，最後很有可能站著吃麵。戴城人認為，站著吃麵是叫花子，丟祖宗的臉。有些麵館很狡猾，故意用那種條凳，總不能舉著個條凳去領麵條啊。為了搶坐這個條凳，最後也會釀成鬥毆，條凳就成了凶器。

戴城有了肯德基以後，大家好像開竅了，漸漸明白什麼叫吃飯。吃飯得窗明几淨，得有音樂，不能飛滿蒼蠅，最起碼服務員不能打顧客吧。人不是豬，不是一輩子都只能接受茄子臉的，所以人類會進化。你可以說人類是一代一代進化的，但是在九〇年代看來，很像是一年進化一次。九〇年代就是這樣奇怪。

我和白藍在速食店裡坐著，我對她說，我高中時代的理想，是去做營業員。她樂了，說營業員都可以成為一個人的理想，這個有點出乎意料。我就說，我初中時代的理想更不靠譜，是跟著我堂哥去收保護費。她問，那你小學時候呢。我說我想不起來了，小時候的事情，想當解放軍，想當員警，想當畫家。我畫畫不錯的，畫女人臉尤其拿手。

我又要說到小畢了，我說：「小畢在廠門口畫黑板報，我看見了。」

白藍看著我，若有所思地說：「路小路，你應該去讀書。」

「我爸爸會把我搞進化工職大的。」

「化工職大已經停辦了，不再招生了。你不知道？」她說，「你還記得化驗室那個胖胖的姑娘嗎？她是廠長的女兒，今年要去讀職大，也被退回來了。」

「那她怎麼辦？」

白藍生氣地說：「我們現在在說你。你怎麼辦？」

「我也不知道。」

「你應該去讀自考大學，或者夜大。這樣對你有好處。一輩子做鉗工？」

「那種大學要自費的。」

白藍說：「到底是我白癡還是你白癡？」

她真的生氣了，只顧嘬可樂，眼睛看著窗外，做出不想理睬我的樣子。說實話，我也不知道自己應該怎麼辦，假如當初我不是進工廠做學徒，而是在馬路上販香菸，現在就應該在做買賣，應該在進貨，應該在數錢，而不會有時間去考慮成人大學的事情。我可以什麼都不想，把香菸事業越做越大，從地攤發展到雜貨店，再發展到飯館，然後我差不多就老了，可以去死了。我沒想到做鉗工是如此地複雜，令人頭疼。鉗工的一生真他娘的漫長，看不到盡頭。為了讓她高興一點，我就問她：

「白藍，什麼叫子宮脫落？」

她睜大眼睛。「你說什麼？」

事情是這樣的，有一天我到廠裡去修水泵，聽見幾個上三班的阿姨在聊天，一個說自己有子宮脫落，另一個說，那就好辦了。我心想，子宮脫落無論如何也是一種病，雖然我也不知道它是怎麼脫落的，會脫落到哪裡去，但肯定不是好事，怎麼會好辦呢？我揣著這個問題去問老牛逼，老牛逼說，子宮脫落就可以調出車間，去幹些比較輕鬆的工作，比如看倉庫啊，看水泵啊。

當時我們廠裡有很多女工，據說，她們的病歷卡上都有著相似的毛病，不是子宮肌瘤就是子宮下垂，反正都是些婦科病。如果讓她們去上三班，她們的子宮隨時都有掉下來的可能。廠長可以辭退工人，可以讓工人去幹最苦最髒的活，但廠長不能讓中年女工的子宮掉下來，會被她們的家屬砍死。這就是工廠的生存哲學。由於子宮脫落具有如此好的待遇，據說我們廠的女工，一旦生了小孩，立刻就會給自己去弄一張子宮脫落的證明，一度二度三度，車間主任見了非常頭疼，那麼多子宮脫落的女人，到底該照顧誰呢？車間主任很可憐，無論他照顧哪個女的，別人都會說他跟那女的上過床，不用大家起鬨，車間主任的老婆就會殺到廠裡來。

白藍說：「你一個小學徒怎麼問這種下流的問題？」我說這是生理衛生問題，不算下流，只是有點噁心而已。再說，秦阿姨要給我介紹女朋友，萬一她給我找一個子宮脫落的，我糊裡糊塗上當，那不是很慘嗎？

「好吧，你聽著。」白藍舉起一塊炸雞說，「吶，這就有點像女人的子宮。」我聽了頭一昏，嘴裡的炸雞脫落在盤子裡。白藍繼續說：「女性生育以後子宮下垂，嚴重的就會脫落，犯這個病的人不能從事強體力勞動，得養著。知道了嗎？」

我問：「她們是真的脫落還是假的脫落呢？」

「路小路，你太無聊。」

白藍被我氣得噎住了，要是我真的娶了她，她將來很可能是被噎死的。後來我們在街上走，她走得很慢，也不說話。那是一個黃昏，天色早早地黑了，這說明秋天就要過去了。十多年前，我在工廠裡，下午四點就下班，天色都是很明亮的，可以吃一頓點心再回家，可以在街上閒逛很久。如今則完全相反，辦公室裡很明亮，下班走到街上就發現天色昏暗，霓虹燈下影影幢幢的人群在擠公車，這種感覺好像坐國際航班，必須倒一倒時差。我說的是上海。

那天，我對白藍說，其實我只是想逗她開心，子宮脫落，我認為很好笑，但她不覺得好笑，那我就不說了。白藍說，她不喜歡工廠，不喜歡那裡的人，也不喜歡那裡的話題。我說，我也不喜歡，並且不喜歡別人叫我小學徒、小鉗工，但我認為這些不喜歡並不值得讓我生氣，因為它們都是很真實的事情，並不是造謠，也不是夢想。夢想和造謠有異曲同工之妙，它們都會使你憤怒乃至扭曲。假如工廠是現實，那麼，子宮脫落也是現實，一點都不荒謬，我願意去談論這些，用一句冠冕堂皇的話說，叫做正視現實。

我們推著自行車走到一條小街上，兩側高高的圍牆，裡面種著梧桐樹，有一些枯葉掉落在街上。她用皮鞋踩著落葉，每一片葉子都發出嘎吱一聲，她說，這些樹葉在夏天的枝頭被風颳出沙沙聲，秋天掉落在地上，被踩出嘎吱聲，每一片樹葉都能發出它們獨自的聲音。沙沙聲也很美，嘎吱聲也很美。她說：「踩過的枯葉，你再去踩它，就不會有聲音了。」

這個話題很不現實，令我想吻她。我們推著自行車，有經驗的人都知道，推著自行車接吻是很不方便的，尤其不適合初次接吻。而且，談戀愛的時候，想接吻就不能說話，得保持沉默一段時間，你不能一邊說話一邊索吻，這是找抽。我有點怕白藍，這個人不太好相處，用書面的話說，有點喜怒無常。我想起她三版女郎的造型，給我買菸，這是我不能忘記的。一想到這個，我就有點昏頭，想去吻她，然後幹點別的，但我們之間隔著自行車，很礙事。當時我也年輕，其實滿可以說：「我們談戀愛吧。」等她答應下來，再找個地方細細地吻。但我壓根沒想到這個，我就想到了吻，又夠不著。我不說話，心裡想著這個事，由得她在馬路上獨自抒情。後來，我放棄了在馬路上吻她的念頭，還是醫務室比較清淨。她以為我在聽她抒情，其實我心裡一片焦急，動的全是壞腦筋。

晚上我送她回家，她住在新知新村。那是戴城大學的教職員工住宅區，是一個知識分子比較密集的地方，和農藥新村完全不一樣。農藥新村滿世界跑雞鴨，根本是個大農場，新知新村則很安靜，一排排窗戶裡都透出橙色的檯燈光。四周草叢裡，只有秋蟲的鳴叫，我們輕輕走過，蟲聲停頓，等我們走遠，牠便繼續歌唱。這種停頓彷彿在向我和白藍致敬。農藥新村這個時候是家庭卡拉ＯＫ的黃金時間，無數個麥克風同時向著夜空發出鬼哭狼嚎聲，好像是羅馬尼亞的哥特城堡。

她說：「到了。」停車，上鎖。我問她：「就送到這裡嗎？」她點點頭，對我說：「今天說的話，你好好回去想想吧。」我說我知道了，成人大學，既然上不了化工職大，那就試試成人大學吧。後來我目送著她上樓，三樓的某一個窗口，燈光亮起來，我想那就是白藍的家。

那是我第一次去新知新村，那地方很安靜，給我的感覺很好。我回到農藥新村時，心想，媽的，又要忍受那無窮無盡的卡拉ＯＫ，結果那天還真沒有卡拉ＯＫ。有兩戶人家用麥克風在吵架，一百分貝以上的髒話帶著混響效果在農藥新村的天空中盤旋。我希望他們用殺豬刀砍來砍去，死光了就安靜了，但他們不砍，他們很有耐性地對著麥克風罵：「操你媽喲喲喲喲喲。」

這種創意簡直可以讓周圍的人都去自殺。這就是我生活的地方。

九二年秋天，廠裡出了個不大不小的事。那是我請白藍吃飯的第二天，所以記得特別清楚。人年紀大了，很多記憶都要借助於其他記憶才能重回身邊，好像往日寄出的信，很多年後被退回，自己拆開讀著，自己都會覺得有點新鮮。那天我本來是要去醫務室索吻，我都想好了，該怎麼起承轉合，該怎麼循序漸進。我高中時候也吻過女孩子，我們同校的女生，成績很差，長得不賴，她稍微扭了幾下，隨後就範。之後我就經常去吻她，她也不反抗，甚至懶得扭幾下。我想，接吻就是這麼個前倨後恭的事情吧。

我想著索吻的事情，拆水泵的時候手腳就慢了點，耽誤了很久。後來聽見有個女工在喊：「不好了，快去看，儀表室的阿芳爬到煙囪上去了！」然後，化工廠的工人就不上班了，扔下手裡的活，紛紛往鍋爐房跑。

我們廠的鍋爐房，有個大煙囪。這話等於放屁，哪個廠的鍋爐房都有煙囪。我們廠的大煙囪有三十米高，又粗又壯，建造於五〇年代。一般來說，工廠的煙囪上都有鋼筋把手，像梯子一樣，以便修理工爬上去。我們廠的鋼筋把手很奇怪，把手之間的距離特別短，好像兒童樂園的冒險之路，小孩都能爬。這很危險，偏偏廠裡還不把這條巴別塔的通道鎖起來，只掛了一個牌子：危險，閒人勿上。想自殺的人管你這個？爬上去再說吧。

阿芳就是這麼爬上去的，爬的時候沒人發現，上去二十米她覺得腳軟了，就掛在了那裡。

被人發現之後，廠裡所有的人都跑過來圍觀。關於阿芳的事情，簡單來說，是她和一個科員談戀愛，被群眾揭發出來。科員是有老婆的，該老婆是廠裡著名的老虎，和我師姐並稱東邪西毒。老虎說，她要把阿芳的×挖出來。這種話，在一般人聽來，只當是威脅，但我這種見識過老虎的人就知道，她說得出做得到，在這個世界上她除了自己×不肯挖，其他任何人的都無所謂。我要是阿芳，我也得爬到煙囪上去，遇到老虎最好的辦法就是爬樹嘛，小時候老師教過（我那小學老師，專門教我們怎麼對付老虎狗熊鱷魚，也不知道為什麼）。

阿芳不但要爬上去，還要跳下來，這成了大事。化工廠的煙囪，有史以來，僅有三個人打算這麼幹。第一位是在六一年，糧票讓人給偷了，那時候丟了糧票就等於判了死刑，他爬上去十米，因為餓，再也爬不動了，另外爬得太高也不便於和下面的人溝通。廠裡的領導過來勸他，化工廠畢竟不是專政機構，還是講點人情味的，領導也不想就這麼死掉人。這位死活不肯爬下來，但是也不肯蹦下來，十米和三十米其實是一樣的，無非是摔得夠不夠碎。這位對著領導狂喊：「我要吃包子！我要吃肉包子！」領導說，給你吃，都給你吃，你下來就給你吃。這位不信，下來了怕被廠裡處分。後來僵持時間太長，大家都沒轍，從食堂裡請來了大師傅，大師傅用勺子敲著飯盆喊道：「開飯啦開飯啦，豬油菜飯加鹹肉。」周圍的人眼睛都綠了，上面這位一看架勢不對，再掛在煙囪上很可能什麼都吃不到，立刻溜了下來。腳一著地，就被保衛科架走了。

第二位是七一年，廠裡的破壞分子，具體破壞什麼就不知道了。他是在早晨的霧氣中爬上了煙囪，他爬到了頂上，周圍一個人也沒有，他在上面抽了根菸，大概還坐了一會兒，然後就跳了下來。後來察看現場，就是在煙囪頂上發現了個新鮮的菸屁股，推斷他是從三十米的高度往下跳的，其實二十米和十米都能摔死，不用爬那麼高，但他還是爬了上去，大概還看了看風景，但據說那天霧很大，什麼都看不見。站在煙囪上，往霧裡跳，有一種如癡如醉的感覺吧？我這也是瞎猜，我也沒上去過。

阿芳是第三個。她掛在二十米的高度，顯示出愛情的力量。為了包子可以爬十米，為了愛情可以爬二十米，如果爬到三十米的頂上，那就什麼都不為，只為了想死。由此可見，愛情是高於饑餓的，但不能高於死亡。

我跑到現場，只見人山人海，全是不藍不綠的工作服，中間夾雜著幾件橄欖綠警服，那不是員警，而是化工廠的廠警。這些人全都仰著頭，好像集體出鼻血，在所有視線聚焦的點上，儀表維修女工阿芳懸掛在煙囪壁上。那天天氣真不錯，煙囪冒著白煙，天上的雲是鱗片狀的。由於距離很遠，我只能看見個火柴盒大小的人影，看不見她的臉，但我身邊的人好像有特異功能，七嘴八舌說：「她在哭！她在發抖！她要跳下來啦！」我心想，這要是跳下來，肯定不是摔在水泥地上，而是摔在一大片腦袋上。有幾個阿姨憋不住，開始掉眼淚，說這孩子太可憐了，被幹部誘姦，只能爬到煙囪上去尋死。

我扒開人群，往裡死鑽，到人群核心處看見了白藍。其實她在這裡也派不上用場，阿芳真要跳下來，她唯一能做的就是確認死亡。但圍觀的人認為她是廠醫，至少應該負點責任，她就站在那裡喊：「阿芳！阿芳！」我捅了捅她，說：「我爬上去抱她下來。」白藍說：「沒你什麼事。你上去？她一腳就能把你踹下來。」我說不要緊，綁個安全帶就可以了。這時阿芳喊道：「你們都不要上來！上來我就跳下去！」

白藍說：「去把王陶福找來！」王陶福就是那個誘姦犯。廠警很開心地說：「王陶福被他老婆打傷啦，今天沒上班。」白藍傻了眼，問我：「那怎麼辦？」我搖搖頭，我也想不出辦法，這不是騎三輪玩命，這是爬煙囪，要是我爬上去她就跳下來，那我就成了比誘姦犯還可怕的誘殺犯。

那天廠裡的主要領導全都開會去了，只剩下一個管銷售的副廠長。別人請他去主持局面，他撓頭說，愛情問題，我一個管銷售的解決不了哇。於是去請宣傳科，宣傳科平時只管畫黑板報，從來沒有這種 face to face 的經驗，科長很猶豫，下面的工人就說，你們他媽的一群倒B。科長聽了，就拎了個電喇叭，點齊了十二個宣傳科員開赴現場，其中就有小畢。這幫人取代了白藍和我的位置。工人看了這架勢，就說：「這宣傳科，十三個酒囊飯袋。」宣傳科長也不理睬工人們，舉起電喇叭，試了試聲音，然後就對著阿芳喊：「阿芳，你這是破壞生產的行為，馬上下來，立刻下來！」煙囪上的阿芳放聲大哭。宣傳科長又喊：「阿芳，王陶福已經被他老婆打傷了，你們的事情，廠裡會處理的……」後面的阿姨聽了，把手心裡的瓜子全都扔到了科長的後腦殼上，說：「要死啊，你乾脆直接把她推下來吧！」科長舉著電喇叭大喝：「不許起鬨，全都回去上班！」後面的工人說：「滾你媽的蛋，豬玀！」

這時，小畢一把搶過宣傳科長的電喇叭。小畢很鎮定，他很威嚴地對後面的工人說：「大家安靜，不要鬧，救人要緊。」工人聽了這話，居然都安靜下來。小畢舉著電喇叭，很溫和地對阿芳說：「阿芳，我是宣傳科的小畢。我們談談吧。你今年多大了？」阿芳在上面說了一句什麼，我也聽不清。小畢卻神奇地聽清了：「噢，你二十四歲了。二十四歲的人，怎麼還這麼愛鬧彆扭呢？你要相信廠裡是會保護你的，會為你說話的，廠裡不會因為這點事情毀了你的前途的。我們也不會允許誰來傷害你的。」後面的工人聽了，嘩嘩地鼓掌。小畢說：「如果有誰要在廠裡胡作非為，我畢國強第一個不答應，我第一個站出來為你說話！」這時，宣傳科的汪阿姨接過喇叭說：「小畢是化工局畢副局長的兒子，他說的話，阿芳你還信不過嗎？」後面的人聽了，又發出噢噢的驚歎。

總之，阿芳最後下來了，而出鋒頭的是小畢。過去人們只知道宣傳科來了個白白淨淨的青年，平時也不大說話，現在大家知道，他是畢副局長的兒子。他後來成為全廠科室女青年的偶像，一點都不奇怪。小畢的鎮定和機智征服了阿芳，也征服了阿姨們，他非常準確地抓住了阿芳的心理：其實她不是要自殺，而是要避老虎。阿芳下來之後，小畢看見她腿上和肘上擦破了，就對白藍說：「先帶她到醫務室去吧。」與此同時，他驅散了圍觀的人群，讓大家正常上班去。白藍牽著阿芳的手，往醫務室走去，一路上阿芳還在哭，把頭靠在白藍的肩膀上。我混在剩餘的閒人之中，也往醫務室去。

白藍在醫務室裡為阿芳擦了點紅藥水，圍觀的人照例堵在門口。忽然，樓梯口傳來一陣吵鬧，有人大喊，不好啦老虎來啦。我只感到眼前一陣旋風掠過，王陶福的老婆像閃電一樣出現在醫務室，舉著五根指甲撲向阿芳，並且喊著：「我挖了你的×！」這婆娘足有八十公斤重，黑臉，歪嘴，頭髮像鋼絲一樣。她其實不是老虎，而是野豬。那時候幹部們都回辦公室了，醫務室裡除了白藍以外，就只剩下十幾個看熱鬧的閒人，誰也沒想到王陶福的老婆來得這麼快，這麼迅猛。王陶福的老婆咆哮說：「裝死給誰看？跳樓啊，我跟你一起跳！」

假如我一生中所經歷的場景都可以倒放，以慢鏡頭的形式一遍遍重新來過，那麼，醫務室的那一幕肯定是排名前五位的經典鏡頭。白藍像橄欖球運動員一樣撲過去，抱住了老虎的腰，準確地說，是用整個身體抵住了老虎。老虎瘋了，抓住白藍的頭髮使勁搖晃，白藍一聲不吭，猛地張嘴，吭哧一口咬在了老虎的腰裡。

在一片驚叫聲中，我看見阿芳從體檢床上跳上窗台，她的身影在依稀發黃的樹冠上一閃而過。

定格。

早在十多年前，我便知道，暴力是一件很糟糕的事情，不但會弄傷別人，自己也會受到懲罰。但暴力不是天生的，在某些時候，暴力甚至就像上帝的骰子，可以光顧任何人。好比我來說，從進廠那天起就不爽，老想找人比劃比劃，最後呢，只能去和水泵比劃。我一身油汙，面如死灰，走路搖搖晃晃，形同殺胚，但我其實很少有機會打人，這說明上帝的骰子沒有擲到我這一邊，腎上腺激素再旺盛也是枉然。與此同時，上帝看中了白藍，一個和平主義者，居然把老虎咬得哭了。

那天我們趴在窗口往下看，阿芳躺在一棵樹下，她也在哭。她還能哭就好辦了，廠裡派一輛車，把她送到醫院裡一查，脛骨骨折。這都是題外話了。工人都跑光以後，老虎也被保衛科帶去交代問題，一路上哭哭啼啼的，自知闖了大禍。下午，鉗工班讓我去甲醛車間拆個水泵，我心想，萬一再把老子熏昏過去，這回白醫生估計不會有心思搶救我了。我就讓魏懿歆替我去拆水泵，自己又換了身乾淨的工作服往醫務室去了。

我推開醫務室的門，裡面一個人也沒有。隔壁圖書館的海燕走過來，告訴我，小畢來找過白藍，兩個人出去了。她衝我眨眨眼，我什麼也沒說，往體檢床上一坐，點上一根香菸，等著白藍回來。

我就這麼獨自坐著，坐了很久。我總覺得自己需要去想一些問題，嚴格地說，是思考。我現在三十多歲，回望自己的前半生，這種需要思考的瞬間，其實也不多，況且也思考不出什麼名堂。我的前半生，多數時候都是恍然大悟，好像輪胎扎上了釘子，這種清醒是不需要用思考來到達的。每次我感到自己需要思考，就會找個安靜的地方坐下來，並不指望自己能想出什麼好辦法，有時候糊裡糊塗睡著了，有時候抽掉半包菸，拍拍屁股回家。

醫務室是如此的安靜。世界上的一切安靜於我而言都是好的，假如我是個流氓，往那裡一坐，就可以說，打打殺殺的日子我已經過厭了。但我不是流氓，而是修水泵的學徒，打打殺殺的是別人。我只能認為，安靜是一種好，即使毫無理由，我也想安靜安靜。

大約兩個小時之後，白藍從外面進來，她看見我，愣了一下。我坐在體檢床上，晃蕩著兩條腿，地上有四五個菸頭。我對她笑了笑。後來，她對我說，那天我笑得很難看，夾著香菸的手指在發抖，也不知道為什麼。我說，我就怕你身後還站著個小畢，結果沒看見小畢，他媽的，你不能明白我有多激動。我畢竟才二十歲，這還是虛歲，其實是十九。白藍說：難怪你那天的樣子好像犯了心臟病。

白藍說，以後不要在醫務室抽菸。我點點頭，把手裡的菸頭嗖地彈到窗外。我問她好點了沒有。她看了看我，忽然憤怒地說：好個屁，你看我的頭髮，都被她抓下來了一綹。她低下頭給我看。我說還好，抓得比較散，所以沒有禿斑，以前拷問犯人才是真的一小撮一小撮地揪頭髮，腦袋上會留下黃豆大的禿斑，很難看。打架的時候不太會出現這種情況。白藍說：她竟然抓我的頭髮，這個潑婦。我說：虧得你咬了她一口，真是應了那句話，兔子急了也咬人。白藍說：你還說呢，你看你平時凶巴巴的，好像一條小狼狗，到了這個節骨眼上也不幫我一把，好歹你可以掐住她脖子吧。我聽了就笑，說：她又沒咬你，我憑什麼掐她脖子呀。

那時候白藍對我的評價就是：路小路的體質屬於傻粗型的，騎三輪沒問題，腦袋撞在水泵上也沒問題，但反應比較慢，不夠迅速。這種體質的人只適合做人盾、強勞力、粗使丫環。凡是需要用大腦和小腦來解決的問題，路小路都不能勝任，純粹就是一個肌肉坨子。我問她什麼是人盾，她說是保鏢的一種，專門用來擋子彈的，其實路小路連人盾都不如，基本上是人樁。

我聽了這種評價，或者說是鑒定，心裡很不高興。我說：

「既然如此，我替你去把王陶福的老婆拍了。」

「拍什麼？」

「拍磚頭啊！」

白藍說不用去拍了，王陶福的老婆被她咬得很慘，另一方面又導致了阿芳跳樓，目前還在保衛科哭呢。保衛科的人也不喜歡老虎，平時找不到機會整她，這回逮住了，威脅要送她去拘留。這個老虎非常狡猾，她說自己根本不是去嚇唬阿芳的，而是去探望她，要不是白藍揪住自己，阿芳絕對不會跳下去。照這麼說下去，事情的性質就變了，阿芳是失足墜樓，白藍和老虎是女流氓鬥毆。我說：「我能作證，老虎說要挖了阿芳的那個。」白藍說省省吧，早就有人自告奮勇去作證了，這麼高尚的事情輪不到你。

我對白藍說，老虎我就不去拍了，我從來沒拍過女人，即使黑臉歪嘴的也沒拍過。但是，我一定會為了她去拍某一個人，這是遲早的事情，以洗刷人盾和人椿的恥辱。

她說：「拍誰呢？」

我說：「誰敢惹你，我就拍誰。」她聽了就笑，在有趣與嘲笑之間搖擺著。

關於小畢的事情，我始終沒有問她。後來，過了很久，我想起這事，又舊話重提。她說小畢主要是想安慰安慰她，另外對於自己副局長兒子的身分又解釋了一下，別的就沒什麼了。我問她：「那天你們去了哪裡？」白藍說，就在河邊走走。我就不再說什麼了。有關那條河，在我的印象中是又黑又臭，沿著那種河散步，一點也不浪漫。但工人們還是喜歡蹲在河邊，因為河裡有船，船是會動的，人若是極度無聊，看見一點會動彈的東西也是好的。機器當然是紋絲不動，要動了就是炸了，雲是會動的，但實在太緩慢，與之相比，看船不失為一個很好的選擇。工人看船的時候也看到了白藍和小畢，排除掉河水的髒和臭，這幕景象也算是浪漫的。工人回來就說，畢公子和白醫生在談戀愛，兩個在河邊散步呢。這種謠言傳到科室裡，有人說他們很般配，又有人說白醫生手腳麻利，輕飄飄就把副局長的兒子擒入囊中。

這些流言蜚語傳到我耳朵裡，我當時是很平靜的，一點都不嫉妒。嫉妒具有一種層次感，就是說，你只能去嫉妒那些和你差不多的人，我高中的時候曾經嫉妒過班長，因為老師喜歡他，但我決不至於去嫉妒一個重點高中的學生，因為不在一個層次上。我也不會去嫉妒那些長跑冠軍，根本就不是一個籠裡的鳥嘛。同理，我也嫉妒不了小畢，因為他是副局長的兒子。

白藍也說過，我不能嫉妒小畢，充其量就是豔羨。後來我連豔羨也推翻了，我為了一個女的而去豔羨某個男的，這也太猥褻太弱智了。我向白藍聲明，應該是小畢嫉妒我、豔羨我才對，但他沒有這麼做，所以我覺得有點不爽。媽的，我一個鉗工，把自己的感情搞得那麼細膩，我腦子有病啊？

我一度以為白醫生會跟小畢談戀愛，可是，一個月以後，別人告訴我小畢新找了個女朋友，是市委某個領導的女兒，白醫生徹底沒戲。工人們很興奮，把白藍當成秦香蓮，等著她也去爬煙囪，可惜白醫生非常無所謂，這件事讓所有人都很失望，除了我。

九二年秋天，一切都亂糟糟的，有時很鬧，有時很寂寞。我臉上長了些青春痘，那玩意高一的時候長過，後來退了下去，這時又長了出來。我還經常覺得喉嚨痛，因為身體火燒火燎，於是感到身邊的世界也是火燒火燎的。我媽去看病的時候順帶把我也捎上，讓老中醫給我把把脈，老中醫說我是什麼肺胃過熱，我以為是呼吸系統和消化系統都出了毛病，後來他說不是的，噴點西瓜霜就好了。我想我是永遠也搞不明白中醫了。

初冬的時候，計生辦貼了張通告在食堂門口，寫著「未上環的女工速去醫務室上環」。這通告是一張粉紅色宣傳紙，有窗戶那麼大，貼在食堂門口，人人得而見之。女工一看，就知道是什麼意思，低著頭走過去了。看不懂的是一夥男工，他們圍著通告咬文嚼字，未上環的女工都要上環，那麼處女也沒上環，難道也要去給她們上環嗎？正好計生辦的人叼著包子走過，被男工揪住，請他解釋一下處女上環的問題。這人覺得，工人雖然粗魯，在某些方面還是很有想法的，就把通告揭下來。第二天食堂門口出現了一張粉綠色的宣傳紙，上面寫著「未上環的已婚女工速去醫務室上環」。工人們繼續圍觀，把這人又攔了下來，問：「難道我們廠裡的未婚女工都上了環？現在輪到已婚女工上環？」計生辦的人也傻了眼，一個管計畫生育的，搞得像是研究邏輯學的。

其實，正確的做法，應該是對著工人師傅哈哈大笑，然後說：「回去問你媽吧。」這才是工廠應有的邏輯。

上環工作一旦開始，我就不能去小紅樓了，連樓底下都不能站。那裡進進出出的全是老阿姨，別看老阿姨平時很隨便，上環的時候特別嚴肅，一不許看，二不許問。男工也很自覺，照迷信的說法，女性身上的某部分器官代表著厄運，工人階級覺悟高，除非是變態，沒有人願意去隨便看這個玩意。

上環的時候見不到白藍，但我還得上班。我每天跟鏽螺絲較勁，以前讀書的時候，老師說要做一顆永不生鏽的螺絲釘，真進了工廠才知道，這世界上哪有不生鏽的螺絲，恰恰相反，所有的螺絲都是生鏽的。幹這個活，唯一的好處是使我的肌肉越來越發達。我進廠之前挺瘦的，後來做鉗工，一頓中飯吃六個大包子，吃完就去泵房，把包子轉換成卡路里，施加於螺絲之上。這麼幹能不變成一個壯漢嗎？

有關為白藍拍人的事，其實還值得補充幾件。

我曾經和她在街上走，遇到歪卵。那天是深夜了，在戴城一家電影院門口，歪卵師傅戴著一頂呢絨鴨舌帽，穿著黑大衣，還戴著一副黑框眼鏡。他把大衣領子豎起來，這樣就使他的歪頭看起來不那麼歪。說真的，要不是有幾個人在打他，我根本就不能認出這是歪卵師傅。我也不明白他為什麼打扮成這樣，你可以把歪卵想像成一個異裝癖，一個暴露狂，但絕對想不到他會這麼酷地出現在深夜的電影院門口。

歪卵師傅被打得很難看，打人的是老流氓。小流氓打人喜歡打臉，老流氓是往身上踹，臉上一點血都不會有。四個人圍著歪卵，把手抄在褲兜裡，來來回回地踹他，把他當成是個足球。這種取樂式的打法，一般不會傷人，但完全不把對方的實力當回事，傷的是自尊心。這也就是歪卵，換成是我師姐，早就把四個雞巴都咬下來了。

後來我和白藍去救人。我仗著力氣大，先拽開一個，那位手還抄在褲兜裡，趔趄了一下。趁著這個機會，歪卵師傅嗖的一下就跑了，我也想不到一個開刨床的歪頭竟然能跑那麼快，眨眼之間就消失在夜幕中。那四個人也很驚奇，本來是在欺負一個小個子的歪頭，忽然歪頭變成了壯漢，就是孫悟空變身也不可能這麼快。第二天我還特地就此事去問歪卵，他穿著一身破破爛爛的工作服蜷縮在刨床後面，拒不承認有這件事，別的師傅也說不可能，穿風衣戴眼鏡的歪卵，這簡直是個神話。我越發不信，要扒他的褲子，看看他屁股上有沒有青紫。歪卵跳起來，也是這麼嗖地跑掉了。我這才發現，作為鉗工班的文工團，短跑乃是歪卵師傅的絕技，經常在關鍵時刻使他逃脫危險。

那天我就慘了，本來是見義勇為，結果受害者跑了，如果打架那就是流氓鬥毆。我還在猶豫，到底是該拖著白藍狂跑，還是讓白藍先跑，我留下來死扛。後來覺得手上多了樣東西，一看，是一塊磚，黑乎乎的黏著泥巴，是白藍把它遞到我手裡。我心裡又激動又無奈，這時她衝我眨眨眼睛。

那四個人之中，有一個高大的長頭髮對我說：「你好像是路霸的弟弟吧？」路霸是我堂哥的綽號，他像我這麼大的時候，一直在電影院一帶混跡。我立刻就承認自己是路霸的弟弟。長頭髮說：「嘿，你小時候我帶你去收過保護費的，你還記得嗎？」我說我不記得了，好幾年前的事了。長頭髮說：「好幾年不見，你變化太大啦。」這話就奇怪了，既然變化太大，怎麼又把我認了出來？長頭髮接著說：「你現在長得跟路霸一模一樣啦。」

那次我手裡拎了磚頭，最後誰也沒拍，白藍又笑了很久。她還問我，路霸是你哥哥嗎？我說是堂哥，綽號路霸，不是搶中巴車的那種車匪路霸，而是因為他和我一樣，也姓路，這個綽號從他中學時代就喊起了。白藍說，你也算家學淵源。我說這叫什麼話，難道我們家是流氓之家？流氓不是天生的，你說愛因斯坦和牛頓是天生的，我姑且相信，但流氓不是天生的。白藍就說：「我沒說你是天生的，我只是說家學淵源，你不愛聽就算了，當我沒說。」

後來她又問我：「怎麼樣？磚頭遞得及時嗎？」

我說這簡直沒章法，那塊磚不是紅磚，是黑磚，本身很薄，日曬雨淋的捏在手裡都發酥，這種磚連雞都拍不死。白藍說，沒辦法，電影院門口，能找到一塊磚已經很不容易了。我又說，這種時候，明明應該拔腿就跑的，遞一塊磚上來，簡直是添亂。她就笑嘻嘻地說：「你可以一邊逃一邊扔磚頭啊。」我根本沒法跟她討論這種問題，只說她心血來潮，會把人害死。

九三年春天我也四處找磚頭，要拍食堂裡的吳主任。那天中午，食堂裡的東西不新鮮，吃得到處都是拉稀的人。我們廠的食堂有規矩，幹部是十一點半吃午飯，工人是十二點吃午飯，幹部餐比較豐盛，輪到工人就全是些殘羹冷菜。這事情讓工人很不爽，職工代表大會上拍桌子罵娘，後勤部就去找食堂，說能不能統一吃飯，免得工人造反。食堂的吳主任說，這可不行，工人幹部一起吃飯，食堂的人手不夠。有一陣子就改成工人先吃飯，幹部後吃飯，結果端上來的米飯全是夾生的，肉丸子掰開一看，裡面粉紅色的都沒熟。工人就急了，又在職代會上罵娘。吳主任說，這沒辦法，工人的數量是幹部的十倍，工人先吃飯，食堂還是來不及做。

我們恨吳主任已經不是一天兩天了，我也搞不清一個食堂的頭頭，怎麼就成了主任。常識告訴我，帶主任的都不能打，車間主任、班主任、主任醫師。這口氣憋了很久。

那年春天的食物中毒，侷限在工人範圍內，幹部絕大多數都好好的。說是食物中毒，其實也都不是很嚴重，嘔吐昏迷抽搐的基本沒有，但個個都拉稀。工人們都氣瘋了，一是因為幹部都安然無恙，倒楣的全是工人，二是因為很多工人都沒有拉在廁所裡，而是拉在了褲子上。

出了這事，人人都想到白醫生。我那時候經常表揚她，你不是白藍，你是白求恩[2]。我跑到醫務室，裡面圍滿了人，都在領藥。等到人群稍稍散去，我進去跟她打招呼，她順手塞給我一包黃連素，還說：「從衛生所緊急調來的藥，記得多喝水，發生嘔吐就立刻告訴我。」

我說：「我沒事啊。」

白藍很詫異地問我：「你沒在食堂吃飯？」

「吃了。我中午就吃了三兩麵。」

「噢，麵沒有問題，問題都在葷菜上。」她說，「幫我個忙，把這幾個藥箱子搬過去。」我替她搬箱子的工夫，又竄進來七、八個人，找她配藥，拿到藥以後就倏忽消失了，動作輕快得跟鬼魅一樣。我說這傢伙有點像鬧霍亂啊。白藍說：「你見過霍亂嗎？你別在這裡添亂了。」

我被她攆出來之後，在廠區閒逛，廠裡基本處於停產的狀態，到處都是提著褲子狂奔的人，有人跑著跑著就蹲了下來，說哎喲哎喲不行了出來了。後來我去尿尿，發現廁所裡擠滿了人，個個齜牙咧嘴。化工廠的廁所就那麼幾個，集體拉稀的時候根本應付不過來。我看了這情景，只能掉頭往回走，跑到辦公大樓的廁所門口，裡面照樣滿滿當當，全是工人師傅。我只能跑到大樓後面的小夾弄去尿尿，迎頭撞上倒B。倒B也來這裡尿尿，辦完了事，正往回走。倒B說：「路小路，不許在這裡拉屎。」我說：「去你媽的，老子是小便。」倒B狐疑地問：「工人都在拉稀，你小便？」我就當著他的面把褲子拉鍊拉開，一邊尿，一邊說：「走遠點，尿你逼腳上。」

食物中毒事件之後，廠裡沒有任何交代。有一天，白藍跑到廠辦去破口大罵，廠辦的人也無可奈何，他們也不明白一個小廠醫為什麼搞得這麼激動，好像聯合國難民署的。白藍說，這麼大範圍的食物中毒，為什麼不處理姓吳的。廠辦的人想了想說，以前沒這個慣例，以前也有集體拉稀，吃點黃連素就好了。白藍糾正說，這不是集體拉稀，是集體食物中毒。廠辦的人說，我們這裡都叫集體拉稀，不稀奇的，食物中毒聽起來太嚴肅了，影響不好。

廠辦的人還告訴白藍，吳主任沒什麼文化，也不大知道食品衛生，你去他家看看就知道了，小孩臉上全是蛔蟲斑。但是，吳主任是廠長的大舅子，處理他很困難。吳主任本人也是這

2 亨利・諾曼・白求恩（Henry Norman Bethune，1890-1939），加拿大著名胸外科醫師、醫療創新者及人道主義者、共產黨員。

起事件的受害者，他也吃拉稀了，這說明他不是故意投毒。既然不是故意的，那就沒有處理他的必要，不就是幾斤變質的豬肉嗎？白藍聽了這話，就在廠辦砸熱水瓶，一個兩個三個，一共砸了三個。廠辦的人靜靜地看著她把熱水瓶砸光，對她說：「小白啊，氣也撒了，人也罵了，回去工作吧。」她沒轍，只好灰頭土臉地回來了。

那時候我對白藍說：「你真牛，敢砸廠辦的熱水瓶。」

她說：「而且砸了三個。」

我說：「你就是送我三個熱水瓶，我也不敢拿到廠辦去砸。」

她氣呼呼地說：「你和我不一樣，你學徒工。我怕什麼？我不是白求恩嗎？」

事實上，儘管她砸了廠辦的熱水瓶，吳主任還是好好的，只有食堂裡負責採購的師傅被調走了，去糖精車間去做操作工。我們廠裡很古怪，犯了事的都會被送去造糖精，好像古時候的充軍發配。我對白藍說，到此為止吧，你要想順藤摸瓜，那就摸到廠長的瓜上，那樣的話，你也差不多可以去做操作工了。白藍說，全是體制問題，搞不好了。

我那時候搞不清什麼叫體制問題，說實話，現在也搞不清。我在電視上看經濟學家討論體制問題，爭來爭去，說的是一個廠到底應該歸個人還是歸集體，雞巴，它愛歸誰就歸誰。假如一個廠老是讓工人拉著稀去上班，這個體制就不怎麼樣，反之，則還有一點可信度。我對白藍說，其實你去找小畢，讓他跟他爸爸說一聲，比你砸一百個熱水瓶都管用。白藍瞪著眼睛說：「你是不是一天不說小畢就渾身難受？」

我說：「那麼還有一種辦法，我去把吳主任拍了。」

白藍說：「你拍他，於事無補。」

我向她解釋說，其實工人並不在乎食物中毒，只要吃不死，就沒什麼大不了的。工人在乎的是拉稀本身這件事。化工廠裡的工人都是被毒氣熏得半死不活的，幹活也好，性交也好，全憑一口氣撐著，這口氣要是漏了，人就完蛋了。我自己做鉗工的，我很清楚，自己不是席維斯・史特龍，而是舉著餅乾的螞蟻，一個力大無窮同時又極其脆弱的微小生物。誰要讓工人拉稀，誰就是把他們肛門上的塞子拔了下來，洩了氣的工人等於是廢物一個。幹這種壞事的人，就是工賊，就是破壞分子，就是反革命。我不拍他還能拍誰？

白藍說：「你就亂扣帽子吧，你知道什麼叫工賊反革命？」她讓我不要管這個事情，拍吳主任是錯誤的，這又不是私仇。我說：「說了半天你還是沒明白，公仇私仇還不是一樣？」我想到一個詞，叫做公報私仇，假如我去替白藍拍了吳主任，那就應該倒過來，叫私報公仇。

那幾天我在秘密籌劃著拍吳主任。既然是給他顏色看，那就不能把他拍死，拍死了那就輪到我看顏色了。其次也不能拍輕了，讓他以為我在他腦袋上抹灰。我小的時候，我堂哥有個女朋友，她很美，唯一的缺點就是顴骨有點高，這讓她看起來像個女煞星。她陪著我堂哥出生入死，打遍北環區無敵手。她很喜歡我，讓我叫她嫂子。我嫂子那時候教我怎麼拍人，說起來也簡單，就是趁沒人的時候揣一塊磚頭，悄悄跟在人家後面，躡手躡腳走近，然後迅速把磚頭平拍在此人頭頂上。據她說，拍後腦勺是會弄死人的，拍頭頂最多腦震盪。對方捂著腦袋倒下的時候，你就朝前或者朝左右方向飛奔而逃，最好不要往回跑，因為被拍的人挨了突襲，會本能地向後看，你要是往後逃，就會被他看見背影。

我嫂子說，其實看見背影也沒什麼了不起，但是小路那麼帥的背影，就會被人認出來。此話乃是我嫂子的原話，不是我吹噓自己帥。

我打算為白藍出口惡氣，好幾天都在觀察吳主任的行動路線，我是青工，不能公然拍主任，那會使廠裡所有的主任感到憤怒。不料這事情出了岔子，有一天下午，工廠裡很安靜，吳主任在宿舍區走過，正好幾個鍋爐房的師傅坐在那裡。食物中毒期間，鍋爐房的師傅也拉稀，他們拉稀的時候擠不進廁所，只能在煤堆裡拉，雖然這很方便，但是世界上沒有人天生喜歡在煤堆裡拉稀。況且拉出來的稀，還得由他們自己鏟到鍋爐裡去。鍋爐房的師傅看見吳主任，氣不打一處來，也沒說話，也沒嚇唬他，就地撿了塊磚頭拍花了他的腦袋。吳主任一頭鮮血，栽倒在地。

拍完他之後，四周靜靜的，也沒人圍觀。師傅們一想，把他撂在地上恐怕要出人命，就架著他去醫務室去包紮。這種氣度，真不是我能學得像的。

白藍看見幾個膀大腰粗的大漢架著個血人進來，走近一看，是吳主任。白藍立刻喊了起來：「路小路呢？他躲哪裡去了？」

鍋爐房的師傅們認得我，說：「沒見到他啊。」

白藍問：「他把人打成這樣，跑了嗎？」

師傅們說：「哦，不是他打的，是我們打的。」

事過之後，我為自己沒有搶到先手而後悔，我對白藍解釋說，不是我下手慢，實在是鍋爐房的師傅太牛逼，他們是死豬不怕開水燙，說動手就動手，一點前戲都沒有的。我不行，我是學徒，不能公然拍人。

白藍說我：「路小路，你就像個暴民，不知道你中年以後會怎麼樣。」我從她那裡學了很多新名詞，暴民是其中之一。我對她說，我無所謂，反正我才二十歲，以後有的是機會洗心革面，但在我二十歲的時候，能想得出來的也就是拿磚頭去拍人。腦袋硬的人有權這麼想，像你白藍這樣，跑到廠辦去瞎嚷嚷，砸熱水瓶，最後還不是悻悻而歸？

她說：「你就是個暴民，自己都承認了。」

我說：「省省吧，半斤八兩，你還咬人呢，你還砸熱水瓶呢。我抄一塊板磚就算暴民？」

白藍說：「你一輩子就靠磚頭去過日子吧，你讀大學，你結婚，都揣著塊磚頭去吧。」

我曾經笑話她，沒見過大世面，拍個磚頭就大驚小怪的，流氓打群架的場面我都見過。白藍森然地說：「你見過什麼大場面，你那點場面算個屁，見過坦克和機槍嗎？我可都見過。」我聽了這話嚇了一跳，再問下去，她就什麼都不肯說了。

那陣子我和白藍吵吵鬧鬧的，我在充滿噪音的地方，而白藍的醫務室則像停屍房一樣安靜，這兩種地方都會讓人的脾氣變得很糟糕，前者是狂躁症，後者是憂鬱症，但有時候我又覺得是反過來的，我是憂鬱的，她是狂躁的。她對我的暴民傾向很不滿，聲稱不會再給我遞磚頭，還說我不是小狼狗，而是小瘋狗。這個我不能接受，瘋狗見人就咬，我至少還是有點立場的。

吳主任被拍傷以後，食堂的伙食一下子好了起來，肉丸子比以前大了一圈，飯裡也沒有石子了，青菜裡也找不到蟲子了。工人的伙食接近於幹部餐的水準。我心想，吳主任，不打你還真不行，打了你，午飯的品質立刻提高，你他媽這不是找打嗎？你這不是誘惑我們做暴民嗎？當然，上述的想法，我都沒有告訴白藍，我心裡知道暴民不是什麼好東西，我的問題是，不做暴民，究竟該去做什麼，究竟該洗心革面成為什麼樣的人，這些都找不到答案。

第六章

換燈泡的堂吉訶德

我和張小尹說起以前的故事，我常常很自豪地說：我以前做過電工的。她聽不明白，電工有什麼可驕傲的。她說她姨父以前也是電工，現在是廠長。我聽了頓覺自卑，一個電工要做到廠長，在我看來是不可能完成的任務。

九〇年代初，在那家沒前途的化工廠裡，人人都想做電工。電工最清閒，而且有技術，電工是糖精廠最體面的工種，如果你掌握了全廠的電路分布圖，連車間主任都得喊你爺爺。電工的技術要求很高，不像鉗工和管工都能糊弄過去，電工手藝不行就會把自己電死，這簡直是一種生物學上的優勝劣汰。

剛進廠的時候，倒B給我上安全教育課，他說一個違章操作的人會把自己弄死，當然也有可能弄死別人。結果一語成讖，九三年果然有人城門失火，殃及池魚。電工班的幾個師傅在車間裡做大檢修，有一個師傅站在梯子上布線，另一個人在外面推電閘，結果鬼使神差地推錯了，不該通電的那根電線裡跑進了三百八十伏特的電流。裡面的師傅渾然不知，用手摸上去，只來得及喊了一聲「耶」，就從梯子上倒栽下來，後脖子著地，立刻昏迷，送到醫院沒多久就死了。事發之後，公安局開了一輛警車過來，把推閘的那位師傅抓進去了。那師傅還問保衛科的人：「我這得算自首吧？」保衛科的人說：「去吧，最多判十年。」

出事的時候，現場還有一個旁觀的師傅，看到死人的場面，深受刺激，腦子轉不過彎，傻了半個多月，吃飯拉屎都不能自理。廠裡只能把他調到技術科去，管管資料，倒倒茶水。別人也搞不清他是真傻還是假傻，反正家屬說了，腦子受刺激也是工傷，這筆帳也得算到那個肇事者頭上。至於死掉的那個師傅，處理起來反而簡單，按工傷標準發放撫恤金，開追悼會。最難處理的是抓進去的那個，要判刑，家屬當然不幹了，帶了二、三十個人衝到廠裡來，態度極其蠻橫，把整個辦公大樓的熱水瓶全都砸了。

出了生產事故，全廠都受牽連，半年的安全獎金全都沒了。一時間，廠裡貼了很多宣傳標語：保障安全生產，安全第一，安全警鐘長鳴。與此同時，安全科又召開了一次培訓，把平時不注意安全的工人召集在一起上課，還考試，考試不過關就扣獎金。倒B說我是鉗工班最沒有安全意識的，把我叫進去再培訓，考了兩次沒通過，扣了半個月的獎金。後來就不考了，因為水泵來不及修。

池魚既歿，就得重新放魚苗。電工班一下子減員三個，活都來不及做。我爸爸聽說這個消息，反應奇快，跑到化工局送了一把禮券，又給機修車間主任和電工班班長分別送了一條中華菸。之後的那個禮拜，我就拎著一袋勞保用品去電工班上班了。

鉗工升級為電工，是一件了不起的事，我對我爸爸刮目相看。雖然化工職大已經泡湯了，但畢竟不是我爸爸的錯。這麼一想，我心裡就平衡多了。電工也不錯，至少我已經到達了工人階級的頂峰。

做電工必須有電工證，否則不能上崗。電工證得去考，而且是局裡統考，但是，拿到電工證未必就能做電工。誰做電工完全是廠裡說了算，電工班有好幾個師傅都沒證，照樣幹了很多年，相反，鍋爐房有個師傅考出了電工證，但他一輩子也進不了電工班。當時我在電工班領的是四級工資，這是在鉗工班銼鐵塊得來的，我銼了一塊鐵坨子所以我是四級鉗工，四級鉗工調到電工班就是四級電工的待遇……這個來龍去脈很古怪，我自己也搞不明白。白藍說這是管理問題，我們廠太混亂了，我說管理混亂也有好處，這便宜讓我得著了，我不能總是倒楣，也應該占點小便宜了吧。

後來我還被糖精車間的一個青工攔住，此人姓焦，綽號焦頭，焦頭是一個特別上進的青年，到處參加培訓，想要逃離糖精車間。可是他越這麼幹，廠裡就越不調他，據說辯證法就是這個樣子的，也叫天威難測。焦頭指著我的鼻子問：「路小路，你有電工證嗎？」我呆頭呆腦地說，沒有哇。焦頭說：「你沒有電工證，憑什麼進電工班？」我當然不能說我爸爸送香菸的事，我就說：「我他媽也不知道。」然後我問他：「你憑什麼審問我？你有電工證啊？」焦頭就從包裡摸出來一本硬面的小本子，在我眼前晃了晃：「看，這就是我的電工證！」

我說：「不行，你得給我翻翻，萬一是你的獨生子女證呢？蒙我啊？」焦頭理直氣壯地把本子塞到我手裡，我一看，還真不是電工證，是會計證。焦頭很抱歉地對我說：「對不起，我拿錯了。」然後又從包裡拿出真正的電工證給我看，也是個小本子，貼著他的照片，有一個鋼印敲在他臉上。焦頭說：「路小路，你開後門，是不正之風。我考了這麼多證書，我還是在造糖精，太不公平了。」

我說：「操，你還有什麼證，就一起拿出來吧。」他又拿出了電腦一級證書、辦公自動化證書、國標舞蹈培訓證、廚師證……我他媽的完全看傻了。焦頭說：「這些全是實打實考出來的。路小路，你什麼證書都沒有，憑什麼做電工？」我像看神經病一樣看著他，說：「你丫真是焦頭一個。你他媽的再纏著我，我就揍你。」他聽了就立刻消失了。

後來我反省自己，對焦頭太兇惡，很傷他的自尊。但我也不打算去道歉，我看見這種神經兮兮的人很害怕。一個工人，考了那麼多證書，而且都是初級的，我也搞不明白他想幹什麼。後來聽說他在考律師證，假如考上了這個證書，想打他就難了，我還是離他遠一點吧。

我去電工班報到，引路人是小噘嘴。她把我叫到勞資科，當時我從泵房回來，穿著小半年沒洗的工作服，這衣服已經不是藍綠色了，而是死黑死黑的，去擠公共汽車再好不過，但也可能被人打死。我腰裡綁著一根巴掌寬的工作皮帶，皮帶上掛著各色扳手，左邊是兩個活絡扳手，右邊是四個套筒扳手，屁兜裡插著老虎鉗和螺絲刀，耳朵上夾著一根紅塔山。我渾身散發著工人階級的氣味，再也不是當初那個期期艾艾的、神色慌張的學徒工了。

小噘嘴看到我的樣子，很噁心地皺了皺眉頭，說：「你怎麼搞得跟土匪一樣？」我說廠裡在大檢修，必須帶齊工具，樣子是野蠻了點，但這表示我在辛勤勞動。她很不滿意地說：「又不是沒發給你勞保用品，你的工具包呢？」我說早他娘的爛穿了。

小噘嘴說：「路小路，想必你也知道了，今天調你去電工班。」我嘿嘿地笑。她說：「你爸真行啊，什麼時候把你弄進科室裡來啊？」我說：「別取笑我了，坐科室會生痔瘡的。」

她送我去電工班，路上對我說：「路小路，你在廠裡的表現很糟糕，本來胡科長要調你去糖精車間上三班的。」

我說：「你別相信倒B對我的汙蔑，其實我表現很好的，我還救過德卵呢，發了我三十塊錢獎金。」

小嘛嘴說：「人不能總是吃老本，你又不是救過廠長，不值得這麼得意。」

我說：「你這話有道理，我一定好好改造。」

小嘛嘴說：「你真貧嘴，你那三十塊錢獎勵還是我給你打的申請呢。」

我說：「你把我訓那麼慘，適當的時候也該獎勵獎勵嘛，不能總是給我看棍子，而不給我吃糖。」

小嘛嘴說：「哎喲，還記恨哪？你對著人家掄銼刀，要不是有你爸爸頂著，早把你發配到糖精車間去了。」

我歎了口氣，我向她詳細解釋了銼刀的作用，銼刀是沒有刀刃的，銼刀也沒有刀尖，銼刀的作用面是在兩側，難道我用銼刀把倒B銼死？這倒很新鮮，從來沒聽說過。我本人就是那把無害的銼刀，揚來揚去，最後還是得去面對鐵坨子，別無選擇。小嘛嘴說：「噢，原來銼刀是這個樣子的。那你也不能掄銼刀啊。」我心想，你這個五穀不分的小白癡。

小嘛嘴送我去電工班，我一直很感激她。其實電工班的人都認識我，一起打牌，一起抽菸，但小嘛嘴帶我進去，顯得我面子很大。後來才知道，她其實是去看另外一個人的。

現在讓我回憶電工班，我會說，首先，它就像個鴉片館，其次，它還是像個鴉片館。與鉗工班的四處漏風正相反，電工班是一個水泥房子，造得跟碉堡一樣，一扇小門進去，繞過一條走廊，再往裡走是一個拱形的門洞，有點像阿拉伯宮殿的造型。這房子連一扇窗都沒有，黑咕隆咚，亮著幾盞小燈。幾張年久發黑的辦公桌，桌子後面不是椅子，而是躺椅，電工們全都橫在躺椅上抽菸。由於沒有窗，也不通風，整個房間煙霧不散，就像個鴉片館。以前我不太愛來這裡，嫌空氣品質太差，時間久了會得肺癌。可我既然做了電工，也就只能忍受這種惡劣的環境了。

我在電工班唯一的工作就是到處給人換燈泡。電工得會修馬達、會修警報器、會安裝低壓電路、會爬電線桿……這些都很複雜，所有技術性的工作與我完全無關，我根本沒學過。師傅們說，不著急，慢慢學，先去換燈泡吧。

老牛逼曾經對我下過結論，說我沒有機械天賦，修不了水泵，所以只能把水泵都報廢掉。這麼幹其實很罪過，很多水泵就這麼白白地被送進了廢品倉庫，假如我幹的不是鉗工，而是醫生，那火葬場的人肯定得忙死。推己及人，推水泵及自己，我應該感到慚愧。但是，做電工就不會有任何負罪感了，燈泡壞掉是修不好的，沒有人會修電燈泡，如果你能找到一個會修燈泡的人，他一定是個比愛迪生更偉大的天才，因為愛迪生發明燈泡的時候就沒打算讓人去修它。我只需要把壞燈泡擰下來，扔進垃圾桶，再擰上去一個好燈泡就可以了。從卡路里的角度來說，這是一個比鉗工輕鬆一百倍的工作。唯一的缺憾是，水泵不太容易壞，而燈泡經常出問題，並且，全廠有幾千個燈泡，一天換上二、三十個燈泡乃是家常便飯。

換燈泡很容易，帶一支電筆，扛一把竹梯就可以了。我每天扛著竹梯在廠裡跑東跑西，白藍說我像掃煙囪的男孩，最好再帶把掃帚。我以前看過一本書，掃煙囪的男孩從煙囪裡掉下來，被有錢人家的女孩看到了，他們就結下了友誼，友誼是愛情的前奏。這是一個英國的故事，好像很浪漫。不幸的是我也讀過狄更斯的《孤雛淚》，我知道掃煙囪的男孩經常被卡在煙囪裡，下面的人不知道，一點火，男孩被熏成烤鴨。烤鴨好吃，但絕不浪漫，像我這麼一條壯漢真的去掃煙囪，必然會被卡住，而成為犧牲品。我只能說白藍有點異想天開，我做了電工，她也為我高興，這是真的。

做電工不用穿工作服，電工是非常乾淨的工種，而且這種乾淨顯示出了電工的技術水準，牛逼的師傅在車間裡做八個小時，身上的衣服都不帶一點灰塵的，這就叫水準。只有在大檢修的時候，因為有領導在場，我們才套上工作服，至於平時則是一身槍駁領雙排釦的西裝，筆挺地穿在身上。九〇年代初，槍駁領西裝非常流行，雙排釦子最好是金色的，更神氣。那時候還流行穿太子褲，又肥又大，褲腰上打著八到十六個褶子。太子褲配金色釦子的槍駁領西裝，腳下是一雙白色的真皮運動鞋，就這麼個鳥樣。這種裝扮走在廠裡非常嚇人，認識的人知道是電工發神經，不認識的還以為是外商來考察。這種裝扮還有個特點：槍駁領西裝很長，而太子褲顯得腿很短，我們就是一群上身筆挺修長，而下身短成一橛的怪人，自己還覺得很時髦。

那時候我沒有槍駁領西裝，穿著工作服出去混，反而被人嘲笑，車間裡的阿姨甚至都不信任我，對我的工作造成了很大的影響。為了公關形象，我必須穿得跟他們一樣。我央求著我媽，去裁縫那裡做了一件槍駁領西裝，豎條紋的，近看像囚服，遠看像舊社會上海百樂門的小開。我媽看了也很滿意，說我神氣得不得了。我穿著這件西裝到處招搖，後來不穿了，因為只有民工才穿槍駁領的西裝，城裡人改穿單排釦小領子的款式了。槍駁領的西裝成為民工的標誌，非常巧合的是，他們穿著這種西裝砌磚頭、撿垃圾、騎三輪，和我們當年如出一轍。

到了夏天，西裝不能穿了，我們還是穿太子褲。上身則什麼都不穿，就這麼光著，八個褶子的太子褲配上光膀子，使我們看起來就像一群阿拉伯舞孃。夏天的早晨，我們騎車到電工班，把襯衫一脫，就這麼站在電工班門口抽菸。我們還把皮帶鬆開一個釦，褲子就鬆鬆垮垮地掛在胯上，露出肚臍三寸之下的一小撮陰毛。路過的師傅們看了，紛紛叫好，小姑娘則面紅耳赤，急匆匆地跑過去。

那時候白藍看見我的舞孃裝束，駭得目瞪口呆。我趕緊提褲子，免得她看見我的陰毛。後來她說這個褲子好，肥大寬鬆，勃起的時候看不見。我立刻想起自己在醫務室裡昏迷的事情，媽的，哪壺不開提哪壺。她又嘲笑我說：「當心老阿姨流鼻血。」

那天我剛到電工班報到，就接到了一份外出幹活的差使，電工班班長對我說，去製冷車間換燈泡。電工班班長三十多歲，綽號雞頭，這個綽號很難聽，他以前的綽號叫雞雞，更難聽，做了班組長才升級為雞頭。雞頭就雞頭吧，總比雞雞好聽一點。他給了我一個三百八十伏的燈泡，並且告訴我，燈泡分為兩種，兩百二十伏特和三百八十伏特的，如果把兩百二十伏特的燈泡塞到三百八十伏特的插口上，那個燈泡就會變成一個小型的炸彈，玻璃碎片崩到眼睛裡就會變成瞎子阿炳[1]，以後只能到工會裡去拉二胡。我戰戰兢兢地拿著燈泡。雞頭又說，去製冷車間找黃春妹吧。

我問雞頭：「黃春妹是誰？」

雞頭說：「一個很胖的女人，大概有你兩個那麼寬，很容易找的。找不到就問別人吧，製冷車間都知道黃春妹。」

我聽他這麼形容，覺得有點心虛。雞頭皺著眉頭說：「怕什麼？一個胖女人就把你嚇成這樣，那要是遇到瘦女人怎麼辦？」他說的近乎黑話，我又聽不懂了。雞頭就把身邊的一個青工叫過來，陪我一起去，他叫小李。我以前沒見過他，他說：「哦，我是從橡膠廠新調來的。我見過黃春妹的，很胖的。」雞頭說：「對，就是那個胖老虎。」

我和小李一起去製冷車間。他比我大一歲，技校畢業，學的就是電工。我們都是新人，相互結伴膽子大，於是揣著燈泡，扛著梯子，哼著小曲去找胖老虎黃春妹。

路上，小李說：「你們這裡，那種阿姨，原來叫老虎啊。」

我問：「你們橡膠廠呢？」

「我們那裡叫蝗蟲，又叫菜皮，又叫爛汙女人。」

我問小李，為什麼雞頭說胖女人比瘦女人好對付。小李撓了撓頭說：「我也不大清楚，以前橡膠廠裡的師傅說，瘦女人欲望很強烈的，會把人吸乾掉。」

關於瘦女人的問題，超出了我當時對性的理解，我一直以為胖女人難對付，因為體形比較龐大嘛。瘦女人可怕，似乎不符合邏輯。後來有個學生物的朋友告訴我，工廠的傳說是有道理的，從生物學的角度來說，體形較大的生物其繁殖能力都比較弱，大象、鯨魚、熊貓，莫不如是。相反，較小的生物其繁殖能力必定旺盛，老鼠就是典型。我回憶工廠裡的阿姨，就說，她們面黃肌瘦，形容枯槁，性欲旺盛。生物學家說，性是另一種形式的戰爭，在這種戰爭中不一定以體形大小決定勝負。我年輕時所犯的糊塗，就是把性愛和打架混為一談。

那天，我和小李跑進製冷車間，到操作室一看，見了鬼，一個人都沒有，更別提黃春妹了。這種情況很可怕，可以直接去安全科舉報他們，無人看管的車間隨時都可能爆炸。小李放亮了嗓子喊：「黃春妹！黃春妹！」可是機器的轟鳴像戰鬥機在我們頭上呼嘯，根本聽不清他的聲音。我和他分頭去找，過了一會，小李衝過來對我說，他找到黃春妹了。我跟著他跑過去，發現在車間偏僻角落的一架鼓風機前面，晾著一些女式內衣，都是零零碎碎的小布片，其中卻有一個巨大的白布兜子。我問小李：「黃春妹呢？」

小李指著白布兜子，大聲喊：「這是黃春妹的胸罩！」

我見過的最大的胸罩就是在製冷車間裡，它飄啊飄地晾在昏暗的角落，白色的，縫製得很差，胸罩上的帶子被風吹得絞作一團。小李說，這只能是黃春妹的胸罩，除非製冷車間有另外一個胖子。我和小李都忍不住上去摸了摸，雖然我們都知道，隨便摸一個晾出來的胸罩是件非

1　本名華彥鈞（1893-1950），小名阿炳。中國音樂家，道士，江蘇無錫人。晚年被稱呼為瞎子阿炳。

常惡劣的事情，但我們純粹是為了證明眼前看到的這一幕並不是幻覺。

我對小李說：「媽的，你找到她的胸罩有屁用啊！」

小李說：「你笨啊，只要守著胸罩就能等來黃春妹，她總得戴著胸罩下班吧。」

我說：「這他媽哪裡是個胸罩啊？這分明是一個降落傘。」

後來，我們看見製冷車間的大門口晃進來一個巨大的影子，這影子慢慢移動著，當她晃到我們眼前時，我確信，這就是降落傘的主人黃春妹。小李說：「黃春妹，你們車間裡一個人都沒有！」黃春妹說：「哇！要死啊！千萬不要告訴別人啊！」為了討好我們，她並沒有急於讓我們換燈泡，而是從口袋裡掏出一把香瓜子，用那個缽大的拳頭抓著，塞到我和小李的手心。她說：「吃瓜子呀。」

我握著那堆瓜子，還帶著她手上的溫度。我必須很負責地說，黃春妹不是老虎，她只是長得胖一點而已。她脾氣很好，我們去換燈泡，她在梯子邊上呵呵地笑，也不知道笑什麼，她還幫我們扶著梯子。她給我們看她打的毛衣，那是一件像蚊帳一樣大的衣服。這姑娘快三十了還沒嫁出去，假如瘦一點的話，大概是個不錯的老婆。黃春妹還問我們，有沒有合適的對象給她介紹一個。我和小李面面相覷，也不知道該怎麼回答她。

回到電工班，我鄭重地對雞頭說，黃春妹不是老虎。雞頭根本無所謂，他覺得胖成那樣的女人就是老虎，不管脾氣好不好。我對雞頭說，這太不人道了。雞頭說：「你們真有空，還跟她聊天啊？吃了她的零食沒有？」我和小李老老實實地點頭，同時又說了降落傘那一節，雞頭哈哈大笑，說我們腦子有病，偷看女人的胸罩。結果，過了一個禮拜，附近管工班、鉗工班的人都跑過來嘲笑我們，說我們是變態狂，喜歡看女人的胸罩，還要湊上去聞聞。最後的結論是：路小路和李光南（就是小李）專偷人家的胸罩，本廠女工失竊的胸罩，作案者很可能就是我們倆。我和小李面對一群穿著工作服的師傅，就是有一百張嘴也說不清。照書上的說法，從一開始就陷於辯誣的地位了。

我二十歲那年只是希望廠裡的燈泡長命百歲地亮著，除此以外別無所求，我既不是強姦犯也不是變態狂，對女人的胸罩雖然很有興趣，但絕不至於到偷一個胸罩來聞一聞的程度。工人說的那些全是謠言。但是，活在世界上，老是要為自己是不是變態而爭辯，實在很無趣。而變態這個詞恰如烙印，只要我跟它沾上邊，別人就永遠會記得我是個變態。後來廠裡有人偷窺女浴室，保衛科的人第一時間就來調查我和小李的動向，說我們是重要嫌疑犯，或者是從犯，或者是教唆犯。

九三年我從一個後進青年直線墮落成偷胸罩的變態狂，這純粹是起鬨造成的結果，整個過程亂糟糟的，也找不到造謠者。在鉗工班裡，我是老牛逼的徒弟，誰也不敢惹我，到了電工班，我沒有師父，於是就成了弱勢群體，誰都可以欺負我。我懷疑雞頭就是造謠的人，但他是班組長，我不能打他，也不一定打得過，眾所周知，雞頭的兩個兄弟三個小舅子一個姐夫全都在廠裡做工人，這些人蹦出來能把我踩扁了。如果我想找死，得罪雞頭一定是條捷徑。

我在電工班幹活的時候，沒有師父帶我，只能自學電工技術，但我什麼都學不會。小李是科班出身，技術很紮實，他教我安裝警報器，教我修馬達，這些活都很複雜，我轉眼就忘記得一乾二淨。由此可見，我也沒有電工天賦。小李也不生氣，說：「你就跟著我到處換燈泡吧。」

每天清晨，我騎自行車上班，沿著郊區的公路走，那條路上是浩浩蕩蕩的上班人流，自行車和卡車混在一起。騎車的人都是睡眼惺忪，開卡車的都是外地司機，一晚上沒睡了，疲勞駕駛。這兩種人混在一起經常出事。我見過有人被卡車蹭了一下，倒在地上就再也沒起來，我也見過早晨去買菜的老太太橫穿馬路，卡車呼的一聲從她身上就過去了。這些都像曾經看過的電影一樣，回想起來，覺得很詭異。

每天上班前，我媽都會叮囑我一句：小心汽車啊。那陣子戴城開發工業園區，把農田填平了造廠房，到處都是運土方的大車，在馬路上開得稀里嘩啦猶如坦克。這種土方車好像只裝了油門，從來沒見過司機踩煞車的。在我的印象中，只有日本人的神風敢死隊才有這種派頭。鬼子飛行員在登機之前一定要凝望富士山的方向，把布條綁在腦門上，然後高唱〈君之代〉，因為馬上就要去送死。至於土方車的司機，他們既不唱歌也不綁布條，他們很開心，因為這種車子只會讓別人死掉。

我上班的那條路上，大清早就開著三種卡車：土方車，化工原料車，還有大糞車。這三種卡車互不相讓，土方車馬力強勁，大糞車臭氣熏天，化工原料車更是不得了，不是劇毒品就是易燃易爆品。有一次遇到土方車和大糞車在街上飆車，這兩個舒馬赫的快樂變成了行人的災難，黃土和大糞在車屁股後面飛濺，像雨卻是黏的，像雪卻是黑的，像火山灰卻是臭的。車過之處，路人哇呀呀一片慘叫。

我媽媽一直到去世之前還保持著這個習慣，每天要叮囑一聲，小心汽車。她很愛我，怕我被卡車撞死。凡所愛之人都不要死於卡車之下，太慘，神經受不了。她還有一句潛台詞是：不要被大糞車和土方車壓死。這是對的，被那種車子壓死，毫無榮譽可言，別人只會說我是個白癡，看見那麼大的傢伙撞過來，居然不知道躲一下。當然還有化工原料車，但我不怕化工原料車，因為都是我們廠裡的卡車，司機和我熟得很，他要是撞死了我，我一定會跑到司機班去抽他的臉。

我做了電工以後，我媽擔心我被電死。我就解釋給她聽，觸電也分很多種，具體來說，有如下四種：

一是：沾上兩百二十伏特電流，這是家用電路，基本上是被打一下，不會出人命。

二是：沾上三百八十伏特電流，這是工業電路，會把人黏住，電流通過心臟十五秒鐘大概就會死掉。

三是：沾上一萬伏特以上的高壓電，摸到這個電門立刻就死了，變成一隻烤雞，燒得連親媽都認不出來。

四是：被閃電劈中，那個威力最大，能把房子都給端了。

其實還有一種觸電，那就是挨了電警棍，如果想嘗這味道可以去聯防隊試試。

我媽聽了就很擔心地說：「那你千萬別去摸高壓電啊，免得我認不出你。」我爸爸瞪著眼睛說：「你當他白癡啊，沒事去摸高壓電，他夠得著嗎？」

我受了我媽的心理暗示，每天早上先是要擔心自己被卡車撞，進了廠門就要擔心自己觸電。這種心理對我學習電工技術沒有任何好處，我幹活的時候很謹慎，用師傅們的話說：縮手縮腳好像一個冬天的雞巴。雞頭說：「做電工沒有不挨傢伙（就是觸電的意思）的，電工最牛逼的就是帶電操作。」我問他什麼是帶電操作，小李在旁邊解釋說，就是在電閘不拉下來的情況下搞維修，有電的，技術不過關就會闖禍，要麼短路，要麼電死。

這時，雞頭捋起袖子，在電工班裡找了個電門，他把手伸到電門裡摸了一下，說：「嗯，有電的。」然後得意洋洋地對我說：「怎麼樣？厲害吧？」我看傻了眼，拚命點頭。雞頭說：「你也來試試看。」

我在雞頭的強迫下，把手伸到那個電門裡，毫無疑問，我不是絕緣體，於是發出一聲慘叫，整個人像被機槍掃射一樣跳了起來。一股電流從我的手指猛竄到手肘上，觸電的部位像火燒一樣疼。等我猛地縮回手之後，一切又都歸於平靜，電還在電門裡，我還在地球上，雞頭還在人世間。我看著雞頭，強忍著憤怒，沒有把拳頭戳到他臉上去。雞頭輕描淡寫地說，每天摸一次就習慣了，習慣了就不害怕了。

不久之後，雞頭收了一個嫡傳的徒弟，叫元小偉。元小偉幹活也是縮手縮腳，比我更縮，師傅們說：簡直是西伯利亞的雞巴。雞頭是班組長，當然受不了這種羞辱，就把元小偉叫過去。雞頭照例把自己的手伸到電門裡摸了一下，問元小偉：怎麼樣！元小偉笑嘻嘻地說，這個電門沒電。雞頭說，那你摸一下。然後元小偉就主動把手伸了進去，發出了和我一樣的慘叫。這還不算完，雞頭冷冷地說：以後每天中午摸一次。此後的每一個中午，元小偉都會發出相同的慘叫，我們所有的人都跑到門口去抽菸，實在太慘，聽了晚上做噩夢。

小李曾經不屑地對我說，摸電門是有竅門的，像雞頭這麼幹，早晚會把元小偉弄死。我已經不關心這些了，只要雞頭不讓我去摸電門，隨便誰死了都可以。我還是繼續扛著竹梯換燈泡吧，凡是遇上什麼帶電操作的技術活，我一概往後面退，像義大利人一樣聳肩攤手說：「我不會，你另外找人吧。」

我現在住在上海一個爬滿蟑螂的屋子裡，老式的筒子樓，房間朝北，共用煤衛，對家是一戶退休夫妻。他們從來不跟我說話，相互之間也很少有交談，用現在流行的說法，這是得了失語症。我要是老了，不知道會不會變成這個慫樣，我是很囉嗦的一個人。

筒子樓裡的電路很差，和工廠裡幾乎沒有區別，一塊紅色木製的配電板上，安裝著電表、保險絲、閘刀。這裡的電線都老化了，我掰開看過，是鋁芯的，很差。當年我在工廠裡用的電線都是銅芯的。我對張小尹說，這地方很容易著火的。張小尹和我住在一起，我們沒事的時候就在屋子裡噴殺蟲劑，然後數蟑螂。

前幾天屋子裡忽然停電了，一秒鐘以後電又來了，一秒鐘以後又停電了，這樣往復了四次。當時我正在看足球轉播，而張小尹趴在電腦前面寫小說，她沒來得及存檔，寫出來的兩千個字全都廢了，而我錯過了一個不怎麼精彩的進球。張小尹說：「這供電局怎麼回事？」

我從沙發裡跳了起來。我做過電工，知道不是供電局的問題，供電局的電工都受過正規訓練，絕不會這麼幹活。須知，這種幹法會把所有的家電都燒成一堆廢鐵。我衝出房門，破口大罵：「操你媽！會修電路嗎？」結果我看見鄰居老頭站在樓道的配電板前面，正拿著一把螺絲刀瞎捅一氣。老頭瞥了我一眼，冷冷地說：「我家停電了，關你什麼事？」

我說：「操，老鱉。有你這麼修電路的嗎？把你家的警報器推上去！」

老頭說：「你罵人！」

我搖了搖頭，跟這樣的老頭沒有任何解釋的必要，我捋起袖子跑到他房間裡去，借著樓道裡的燈光，找到了門框上方的警報器，瞅準了跳起來一推，他屋子裡的日光燈噗噗地跳了幾下，重新放射出灰暗的光芒。這燈管兩頭發黑，看來就快報廢了。

老頭看了看日光燈，然後一步三搖地走進了屋子，順手把我推了出來，說：「你放規矩點，誰請你到我家來了？」他碰地關上門。我隔著門說：「操，要不是我，你丫現在就被電死啦。」

我回到自己的屋子裡，關上門，張小尹說我脾氣不好。我說，我就是受不了有人拿電門開玩笑，真的會死掉人的。這麼小的筒子樓，對家要是辦喪事，還不得把我煩死？我點起一根香菸，要把電工班的故事講給她聽。這時，對門的老頭忽然砰砰地捶我家的門：「姓路的，把廚房裡的垃圾倒掉！」

我再次跳起來：「操你大爺！別以為你年紀老我就不敢打你！」

我做電工的時候，脾氣沒這麼大，因為技術差，做人也就低調起來。但工人們還是很尊重我，如果我不給他們換燈泡，他們就沒法幹活，沒法打牌，沒法打毛衣，走路會跌進溝裡。在昏暗的車間裡，燈泡是唯一的光源。換燈泡的時候，通常是小李在下面扶著竹梯，而我像個猴子一樣爬上去，把壞燈泡擰下來，再把好燈泡擰上去。事情就這麼簡單。

那時候工人師傅不正經，把燈泡叫卵泡，把燈管叫雞巴。他們一個電話打到電工班，換卵泡，換雞巴，就這麼亂喊一氣。

小李說，爬梯子擰燈泡其實也很危險，如果被電著了，人會朝後倒，從兩米高的地方倒栽蔥下來，基本上是後腦著地，就是武俠小說裡說的玉枕穴。摔得不巧會送命，摔得巧就成了一個脖子舉不起來的半身不遂，別說做愛，就是手淫都很困難。

換燈泡必須得兩個人一起行動，這不是浪費人力，一個人爬梯子，另一個人扶梯子。沒人扶的竹梯會從牆面上滑溜下來，上面幹活的人就慘了，通常摔斷鎖骨和肋骨，也有人把整個下巴摔碎了。

我們換燈泡的時候，除了爬梯子以外，還揣著幾顆大白兔奶糖，遇到有小姑娘，就把奶糖掏出來給人吃，然後就坐在桌子上與人聊天，這麼一圈搞下來，換一個燈泡得花半天時間——

不是虛指的半天，而是實打實的半天，整整四個工時。以前做鉗工，都是和泵房的阿姨打交道，雖然她們很香豔，但我畢竟不好意思泡太久。後來做了電工，有機會去化驗室，去車間操作室，我發現那種地方全是沒結婚的小姑娘，她們香噴噴甜蜜蜜，是電工青年的最愛。我們長時間逗留在她們身邊，哪兒都不想去，待膩了就換個姑娘聊天。那時候凡有人來電工班找我和小李，答覆一概是：他們去換燈泡了，去哪裡不知道。唐詩云：松下問師父，童子採藥去，只在此山中，雲深不知處。我們當時就是那個德行。

有時雞頭也會訓我們。雞頭說：「你們他媽的出去換個燈泡，我兩圈麻將打完了回來，你們還在換燈泡！」

小李說：「沒辦法呀，換好了燈泡，還幫女工修電風扇，還修電吹風。」

雞頭說：「你有沒有給她們洗短褲？」

小李說：「沒有呀。」

我說：「女工說了，下回請你過去，順帶把電熱爐也一起修修。那玩意兒我們不會修。」

雞頭說：「我不去！」

那陣子因為謠傳我們偷胸罩，師傅們都嘲笑我們，但阿姨們都很理解，阿姨們甚至對師傅們說：「啊喲，有什麼了不起的，兩個小夥子發春，很正常。你們當年難道就沒偷過胸罩？」師傅們就拍著自己的腦袋，說不出話來。後來我們辯解說，不是偷胸罩，而是看見黃春妹晾著的降落傘，忍不住上去研究研究。阿姨們說：「啊喲，她的胸罩，美國人都想研究。」

變態事件在阿姨們的吵吵鬧鬧中逐漸消解，師傅們都聽阿姨的，阿姨說我們正常，那就是正常。後來，她們打電話到電工班，凡是要換燈泡，就會對雞頭說：「雞頭啊，我們這裡燈泡要換啊，把你們的小路和小李叫過來吧。」雞頭哈哈大笑說：「你當我這裡是夜總會啊，可以點小姐啊？」每當這時，我和小李就收拾收拾工具，準備出檯。假如去的不是我們，而是其他師傅，阿姨們就很不開心，第二天故意弄壞幾個燈泡，還得點名讓我們去。我們確實就像做三陪[2]的，可以被點的。一直到很久以後，勞資科發現了這個情況，大為惱怒，說是變相色情活動，我們才結束了這種點名出檯的生涯。

九三年，由於換燈泡，我跑遍了廠裡的每個角落。

我去過各大車間，去過鍋爐房，去過食堂，去過男廁所和女廁所，男浴室和女浴室，男更衣間與女更衣間，去過廠長辦公室，去過檔案室、汽車班、廢品倉庫……哪裡有燈泡，哪裡就有我扛著竹梯的身影。在女工更衣間裡，我和小李參觀過一溜十幾個胸罩，大大小小，晾在一根繩子上。本廠的女工有在上班時間洗胸罩的愛好，洗好了就晾在那裡，也沒人管她們。胸罩以白色和肉色居多，偶見粉色的，最激動人心的是黑色胸罩，太他媽的前衛了。這些胸罩我看了很久，我二十歲了，沒有結婚，沒有女朋友，我過的是一種無性的生活，當我想起自己曾經

2 指在酒店、歌舞廳等娛樂場所，和異性客人陪吃、陪喝、陪睡的人。

在一片胸罩底下盤桓，就不能不說，我曾經是個性壓抑。

某些地方與更衣間相反，擰完了燈泡就趕緊閃人，比如廠長辦公室。那地方沒什麼好玩的，被廠長認準了臉孔，就是一場災難。廠長辦公室有一個美女，常年坐在一張辦公桌後面，她戴著金絲邊眼鏡，綰著烏黑的頭髮，露出光潔雪白的額頭，很像希臘雕塑。我們換燈泡的時候，她坐在那裡靜靜地看著，不說話，也不動，真像是被砌在辦公桌後面。假如她不是那麼的美，不是那麼的沒有煙火氣，也許我們會請她吃大白兔奶糖？

做了電工，平時不能去的地方，都可以名正言順地跑進去。廠長辦公室、檔案科、財務科這些神聖的地方我都去過，還有女廁所，那地方沒什麼神聖的，但是燈泡不亮就會有女工掉茅坑裡，所以也得去。女廁所沒什麼好玩的，如果換燈泡的時候太長，外面的女工就會破口大罵，說我們是吃乾飯的，掉在茅坑裡才好。

還有女澡堂。我們進去換燈泡，會在門口大喊三聲：「有人嗎?!」然後才跑進去。上班時間澡堂是不開放的，但有些女工會偷偷溜進去洗澡，如果電工忘記喊那麼一聲，就會發生掃煙囪男孩撞上洗澡女孩的事情，這很像是一個童話，結局卻可能很悲慘。

有一天，電工班的六根去女澡堂換燈泡。本來應該是我去的，但我在和雞頭下象棋。六根一個人扛著梯子去換燈泡，當時是中午，整個澡堂靜悄悄的，也沒有水聲，也沒有說話聲，外面的樹上有一隻杜鵑在叫。六根有點迷糊，他走進澡堂時忘記了喊一聲。於是，他扛著梯子撞見了一個女工，赤身裸體，乳房飽滿，陰毛上還沾著白色的肥皂沫。六根扔下梯子就跑，後面女澡堂的門簾裡伸出一個濕漉漉的腦袋，對著他的背影大喊：「抓流氓！抓住六根！」

六根被保衛科抓了進去，沒多久就放了出來。保衛科一查，該女工在上班時間洗澡，而六根是去執行正常的工作任務，錯的是女工，不是六根。問題是，這個女工是個沒結婚的姑娘。雞頭說：「這下完了，六根得娶她了。」我們都很害怕，這也不是舊社會，看見裸體就得娶回家。雞頭對六根說：「你出去躲幾天吧。」還沒等六根答應，電工班闖進來四條大漢，後面跟著那個女工。女工一指六根：就是他。四條大漢拍出四把殺豬刀，要挖六根的眼睛。電工班沒窗戶，六根無處可逃，繞著辦公桌打轉，被人擒住，按倒在桌子上。六根說：「他媽的，就算要挖我眼睛，也不用拿四把刀子吧？」

當時我們都嚇壞了，對方都是拿刀的，而且是殺豬刀。這種刀子又長又寬，黑沉沉的，沾著血腥味。只有雞頭還保持著鎮靜，雞頭往地上摔了一個茶杯蓋子，然後說：「鬧夠了嗎？」

女工說：「沒鬧夠！雞頭你靠邊站，不然連你的雞眼都挖出來！」女工說著，手一揮，指向六根的四把殺豬刀，立刻有兩把掉頭對準了雞頭。

雞頭立刻軟了，雞頭說：「有話好商量。反正他該看不該看的都看了，要不我撮合撮合，照老規矩辦？挖眼睛有什麼好玩的？還是談談戀愛算啦。」

女工本來臉色鐵青，後來就紅撲撲的，好像挺害羞的。她朝六根看了看，六根仰面躺在桌子上，衣衫凌亂，眼神驚慌，好像被強姦過的樣子。六根是一個瘦小乾枯的青年電工，一雙三角眼加一對大齙牙，還不到三十歲就已經禿頂。六根是農村戶口，爹媽都在鄉下種地，家裡還有一個癡呆的弟弟。六根只有小學文憑，初中留了三級都沒能畢業，只能出來做工。六根是個六指所以他叫六根。六根就是一部找對象的反面教材，一部缺陷大辭典。

女工咬牙切齒說：「誰要嫁給他?!」雞頭說：「那你想怎麼樣？你想嫁給誰？」

女工昂起頭，凜然環顧電工班。我們這些看熱鬧的小電工不禁集體哆嗦了一下，接二連三躲出去抽菸。被人砍了也就算了，萬一要頂替六根去娶她，那真是生不如死。

那天我站在電工班外面，對小李說：「萬一是我們兩個一起撞見了赤膊女人，那怎麼辦？到底誰娶她啊？」

小李說：「我想大概會讓我們抓鬮吧。」

「萬一是個老太太呢？」

「那就挖眼睛啦，挖眼睛就不用抓鬮啦。」

其實挖眼睛根本不用四把殺豬刀，拍出殺豬刀，純粹勝於氣勢。挖眼睛只要一橛直徑三公分的鍍鋅管，也就是家裡的自來水管子，套在眼眶上，用手往裡一拍，噗的一聲，眼珠子就會從管子裡掉出來，下面再放個酒杯就能直接泡酒喝。舊社會的土司就是這麼幹的，用的是竹筒。殺豬刀是很不科學的。

這事最後是由雞頭出面擺平的。反正六根沒有娶這個姑娘，也沒有被挖眼睛。六根自己很灰心，說，這麼難看這麼霸道的姑娘，看見她赤膊而且鬧得滿城風雨，在這種情況下她都不肯嫁給他，說明他這輩子娶不到老婆了。雞頭就安慰他說：六根，你不要老是著眼於城裡姑娘，你在鄉下還是屬於優秀青年的。然後雞頭警告我們：以後不許亂跑亂動，尤其是小路和小李，換燈泡那麼好玩嗎？看看六根吧。

六根的楣運並未就此結束。

九三年的春天，我們到處參觀胸罩，成了個性壓抑。我以為只有我們是性壓抑，其實工廠裡到處都是性壓抑。我師姐阿英就是其中之一。那年她三十二歲，同齡的男人都結婚了，她又不想嫁個拖油瓶，就把目光投射到了三十歲以下的大齡未婚青年身上。

阿英年輕的時候曾經放出話來：上三班的男人別想娶她。此話出口，所有上三班的男人都鬆了口氣，並且哈哈大笑。這是工廠裡人盡皆知的笑話之一。上白班的男人看見她都繞著道走，生怕她起歹心。我師姐一等就是十年，閨房之前是門可羅雀，用師傅們的話說：大腿裡都結滿蜘蛛網了。

那年春天特別長，天氣一直是悶悶的，有一種無法逃脫的困怠。汙水處理房那一帶，白色的汙水泡沫在天空中飄揚，像雪，像柳絮，像落花。假如你不介意它們是汙水泡沫，這景色還是可圈可點的，很像古代詩詞裡描寫的場景，特別容易產生閨怨之類的情思。我師姐坐在汙水處理間裡，她給食堂裡的秦阿姨搖了個電話，請秦阿姨去撮合一下電工班的六根。秦阿姨說：「哦，就是那個偷看女人洗澡的人啊。誰那麼不開眼，看中了他呀？」阿英怒吼一聲：「我！」

後來秦阿姨跑來說媒，她的態度也很務實：六根，你想娶個城裡姑娘嗎？阿英是唯一的選擇。六根就轉過頭來問我：「小路，你是老牛逼的徒弟，你覺得他們家怎麼樣？」我搖了搖頭，我已經很久沒見過老牛逼了，不知道他是不是騎著土摩托周遊列國去了。我只能說：六根，你自己保重吧。

阿英要和六根談戀愛，全廠都知道了。廠裡的人說：這是癩蛤蟆想吃烏鴉肉。這幫工人太刻薄。後來他們約會了幾次，據六根說，阿英還是很溫柔的，並沒有想要咬掉他的那個。出去吃飯，都是阿英買單，雖然她吃相有點難看，嚼東西吧唧吧唧的，但六根不嫌棄，六根自己也好不到哪裡去。

我師姐戀愛之後，性情大變，去食堂打飯都知道排隊了，去女廁所方便的時候也不會讓隔壁男人聽見她講話的聲音了。雞頭說：「愛情是會改變一個人的。」那陣子六根也特別精神，穿上了金釦子的槍駁領西裝，還剪了一個像香港歌星郭富城一樣的髮型，就是前面有點禿頂，擋不住眼睛，只能稀稀拉拉地擋住額頭。這是六根生平第一次談戀愛，起初我們替他捏一把汗，後來我們發現六根和阿英是非常般配的一對，他們可能就要結婚了。

有一天，我和小李去換燈泡，回到電工班門口，看見一個老太太站在凳子上，她把褲帶掛在大門的氣窗上，打了個結，然後把腦袋伸了進去。我們認得，這是六根的媽，大驚之下，小李抱住老太太的腿，我衝進電工班去報信。六根正躺在裡面抽菸呢。我說六根你他媽的還在抽菸你老媽都吊在門框上啦快出去看看吧。眾人一聽，全都跑了出來。六根跑到他媽媽跟前，撲通一聲跪下說：「媽，你有什麼事情想不開的？」

六根媽說：「你是不是在跟那個阿英談朋友？」

六根說：「是啊。」

六根媽放聲大哭：「六根，你要是把她娶回家，你對得起你爸爸嗎？我還不如死了算了，全家遭罪喲。」

我們當時聽得雲裡霧裡，六根娶了阿英就對不起自己爸爸，難道他爸爸曾經和阿英有一腿？眾所周知，六根的爸爸是個鄉下人，養豬種菜，長得比六根還不如。六根悄悄告訴我們，事情是這樣的：工廠門口的橋上，晨昏之際，有很多菜農挑著蔬菜擺攤，就成了個菜市場。我師姐有個很不好的習慣，她跑橋上去買青菜，總是抓起一把，劈里啪啦把菜葉子掰掉，掰成一個小菜心，她就抓著一大把菜心回家去了。假如她心情好，會順手扔下一毛錢，假如心情不好就什麼都沒有了。菜農怕她怕得要死，一旦見到她出現在眼前，菜農就會把整個身體趴在竹筐上，護菜。這個動作好像是在做健身操。我師姐也不說話，就從腳底下摘下鞋子，照著菜農的後腦勺猛打。這些挨打的菜農之中，有一個就是六根的爸爸。

六根說：「我爸爸至少被她打過三次，搶走的菜心數都數不清。」

我說：「她打人的時候，不知道是你爸爸吧？」

六根說：「她是不知道，可我爸爸一輩子都記住她了。」

我們把六根媽從凳子上抱下來，老太太的哭聲綿長而響亮，並且按照他們鄉下的哭法，哭出了起伏跌宕的音調。這下把廠裡的閒人都招來了，四周圍了上百個工人看熱鬧。六根媽就把阿英如何用鞋底打六根爸的事情，詳細地再三地說給眾人聽。六根媽是鄉下口音，這種口音在大家聽來都很有趣，人們一邊聽一邊笑，聽不懂的地方還有人主動做翻譯。後來六根哭了，六根說：「媽，我不跟她談了，我聽你的話。」

我師姐阿英想必是在第一時間就知道了這個事，我以為她會掄著鞋底子跑過來，照著六根的臉上連抽幾十下，甚至把這個鄉下老太太掛在上吊繩上，重新吊死她算了。但她沒有這麼幹，她出乎眾人意料之外，在汙水處理間裡安安靜靜地坐著。後來她一直這麼坐著，一個嫁不出去的老虎，等同於報廢的水泵。在汙水處理間裡，觀賞那些滿天飄揚的泡沫，把它們想像成雪或花，這也是一件可以接受的事情。她就這麼坐著，直到成為一坨堅硬的影子，留在了我的腦子裡。

在廠裡，我和小李是哥們。

其實我沒什麼朋友，讀書的時候，朋友僅限於同學之間，進了工廠之後就少有聯繫。我的生活圈子就是在農藥新村和糖精廠之間，兩點一線，想不出還能到哪裡去找朋友。對我來說，異性之愛是一種渴望，同性之間則不存在這種念頭，既然它不是渴望，那就可以被我忽略掉。後來我遇到李光南，我們一起看過黃春妹的胸罩，一起被誣衊為變態青少年，有了一種患難與共的錯覺。

有一天，小嘛嘴把我攔住。她說：「路小路，你是不是真的和李光南一起看過黃春妹的胸罩？」

我說：「你怎麼也跟工人一樣無聊啊？老是憋著想知道這些。」

小嘛嘴說：「我問你問題，你只要回答是或不是。」

「你又不是法院，我幹嘛要這麼回答啊？」

「肯定是你帶他去看黃春妹的。」小嘛嘴漲紅了臉說。

「你說錯了，明明是他帶我去看的。胸罩也是他發現的。」

小嘛嘴真的生氣了，扭頭就走，一根紅腸似的辮子在我眼前晃。

後來我把這事情說給小李聽，小李說：「我正要問你呢，是不是你在杜潔面前胡說八道啊？」我問他，誰是杜潔。他說就是小嘛嘴。我有點明白過來，我問他：「你們倆什麼關係啊？」

小李交代說，他和小嘛嘴是小學到初中的同學，九年時間裡，陸續有四五年是同桌。小嘛嘴讀書的時候很凶，小李比較溫順，老師大概也有點變態，就愛把他們倆放在一起，主要是看小嘛嘴欺負小李。誰知這兩人最後竟欺負出了感情，初中二年級就談戀愛，畢業以後，小嘛嘴讀了個中專，學什麼企業管理，小李考上了技校，讀電工。照理說，前者是幹部編制，後者是工人編制，兩個人應該吹了才對，但青梅竹馬畢竟不是擺炮的，兩人感情深得很，把階級差異忘記得一乾二淨。小李從橡膠廠調到糖精廠，就是為了小嘛嘴。我聽了這些，不禁也唏噓，我的小學同桌全都被我欺負得嗷嗷叫，當時我只圖一時之快，沒想到長大了還能搞一個過來談談戀愛。我想她們是再也不會願意理我了，她們不帶著男朋友來報仇，已經算是我的運氣了。

後來一段時間，小噘嘴一直說我帶壞了小李，本來好好的一個男青年，夏天也光著膀子穿著太子褲，露出陰毛被老阿姨觀賞，成了個臭不要臉的東西。我對她解釋，我根本沒有帶壞李光南，我是和他一起光膀子露陰毛的，這都是跟電工班的師傅學的。但她根本不聽，好像是我搶了她心愛的玩具。

當初她送我到電工班報到，並不是因為我面子大，而是為了去看李光南。這兩個人談戀愛純粹偷偷摸摸，好像學校裡搞早戀，讓人想不明白。小噘嘴身邊依舊是一群科室青年圍著，小李身邊則沒什麼人願意圍，也就是我跟著他一起去換燈泡而已。廠裡談戀愛確實很不方便，會引來圍觀，幹部群眾說三道四，最後雙雙被送到糖精車間去上三班，班次還給你錯開，一個早班，另一個夜班，整個成了貓頭鷹和三黃雞之間的戀愛。秘密戀愛是一種聰明的辦法，熬到登記結婚，領導就不好意思對你下毒手了。

那一年除了看過黃春妹的胸罩，還有一件事，是我和小李憑運氣撞上的。但我們都沒敢說出去，不是怕被小噘嘴知道，而是怕被人打死。

五月裡的一個下午，我和小李到鍋爐房去換燈泡。鍋爐房的師傅我們都認識，他們打架的水準在工廠裡首屈一指。他們個個都是五短身材，被腱子肉撐得像一個充氣人，而且都是黑不溜秋的。和他們搞好關係很容易，發幾根香菸就可以了，鍋爐房的師傅要求特別低。

那天，師傅們指了指那排鐵製的樓梯說：「上面有七個燈泡都不亮了。」我和小李說：「操，邪門，七個都不亮了？」鍋爐房師傅說：「不是一起壞的，是一個一個壞的，叫你們過來一起換了它，省得你們跑七趟。」我和小李沖著師傅們豎大拇指：「哥們，夠意思。」師傅們笑了笑說：「自己上去吧，我們就不陪你們了。」

鍋爐房在廠區邊緣，外面就是圍牆，圍牆外面就是民房。整個鍋爐房黑乎乎的，燈光暗淡，到處都是煤灰，而且很熱。在這種地方工作的人，就算渾身長滿腱子肉，到老了以後還是會有肺病。人的氣要是喘不過來，腱子肉就徹底白練了。

本廠的鍋爐房在這一帶是出名的。化工廠有四害：毒氣、髒水、煤灰，以及母老虎。其中，煤灰之害就產自鍋爐房。一年四季，不管颳什麼風，煤灰都在天空中飄揚，到了下雨天，順著屋簷淌下來的全是墨汁一樣的黑水。那時候經常有居民拎著掃帚木棍打到我們廠裡來，白天晾出去的衣服，晚上收回來居然變成了黑的。男人回到家一看那衣服，劈手就給女人一記耳光，女人大哭，就衝到我們廠裡來鬧。

煤灰之害還造成了那一片居民的膚色與眾不同，都是黑漆漆的，小孩更是像特種兵一樣，完全看不出他們的人種。一到下雨天，那些小孩的臉上就被雨水沖出一道道白色的痕跡，好像斑馬一樣。

那天，我和小李順著鐵製的梯子往上爬，爬上去五米，到達了第一個平台，找到了第一個不亮的燈泡。再往上爬，找到第二和第三個不亮的燈泡。鍋爐房非常大，光線很暗，四周有窗，但這些窗的採光能力很差，一部分玻璃已經不存在了，另一部分玻璃上積著厚厚的煤灰。

我在第三個平台換燈泡的時候，小李忽然踢了我一腳，說：「你看。」我茫然四顧。小李指了指窗外說：「看那裡。」

那是一套「回」字形的二層瓦房，這是戴城最常見的民房，中間一個小天井，四周一圈屋子。我們的位置略高於房頂，從這裡可以看到一扇窗，在那扇窗裡面，有個女人在慢慢地脫衣服。她先是從腦袋上摘下了汗衫，露出肉色的胸罩。說實話，因為胸罩的顏色接近於膚色，遠遠望去，還以為她是個沒有乳頭的女人。再後來她就把胸罩也摘了下來。整個一幕，從頭到尾，她的臉都被屋簷擋住了，我們看到的只是她的胸罩和胸。

我立刻想起了李曉燕奶奶的麻袋片，在黑壓壓的人群中慘不忍睹的那一幕。我一生中看到的乳房從此不再是麻袋片，而是圓形的，飽滿的，有著實實在在的乳頭的。每當想到這個，我就要頭疼，好像被人用榔頭敲了一下，最好去吃阿司匹靈。這事情發生得如此突然，所以你不能說我是個色狼。古代歐洲那些大航海的水手，在漫漫的航程中犯起了性苦悶，遠遠看見大海中的海牛，於是把那長著乳房的怪物當作美人魚。同樣的道理，我們兩個無聊的小電工，看見真實的人類乳房，對此沒有任何免疫力。

我和小李目瞪口呆地看著，直到她緩緩離開了窗口，我們的視線被黑色的屋簷阻隔。如果我們的目光具有殺傷力，肯定會把那屋簷轟成碎片。我聽見李光南嚥了一口唾沫，於是我也嚥了一口唾沫。我們倆都默不作聲。後來小李說：「這個事情，千萬不要說出去。」

我說：「你當我傻啊，黃春妹的虧吃得還不夠啊？」

小李說，這件事情比黃春妹的嚴肅一百倍，那些生活在民房裡的人，或多或少都和廠裡的人認得，有些甚至還是職工家屬，如果這件事傳出去，很快就會有人來報仇，把我們倆殺死在鍋爐房裡，用煤渣掩埋起來，變成兩具人乾，或者索性毀屍滅跡，扔到鍋爐裡燒掉。我聽了這個，心裡一寒，我倒是不怕被燒掉，但變成人乾太可怕了。白藍帶我去看過博物館裡的「樓蘭美女」，其實整個一具被烘烤過的屍體，那就是人乾。

九三年我懷疑自己是個性壓抑，有關這個詞，我也是一知半解。沒有女人而想女人，那是性壓抑，想女人而撞到女人換衣服，我就不知道是什麼了。當時我把這件事看得非常嚴重，認為是麻袋片之後上帝給我的補償，現在想想，其實也沒什麼。我看到的只是半裸，比六根差遠了。當時我二十一歲，活了五分之一個世紀，才撞上個半裸，運氣也不見得好。但我不能說自己運氣差到了家，如果真是運氣差到了家，我應該是看見了黃春妹的裸體，並且被她逼婚。這些都是小李說的。

第七章

在希望的田野上

現在走到化工廠的門口，看到的依然是十年前的廠門，水泥砌成的一個門樓，鐵絲網編成的大門。很多人一輩子都是在這個門口進進出出。再往東走是郊區，有大片農田，農田之間有一條公路，去往上海。這條公路在我的視線中是筆直的，好像用西瓜刀劈開的一樣。

化工廠的圍牆很長，大約兩米五高。這個高度我即使穿著槍駁領的西裝，也能一躍而上，西裝上絕不會沾著一點泥巴。通常我在司機班那一帶上牆，那兒比較乾淨，不至於掉進什麼陰溝裡。眾所周知，化工廠有很多陰溝，陰溝裡流的不是髒水，而是沸水，是鹽酸，掉進去再撈上來就成了涮羊肉。

翻牆乃是我的嗜好。小時候看過一個動畫片叫《嶗山道士》，說穿牆術的。我對穿牆術特別感興趣，可惜它不存在於現實世界，既然不能穿牆，那就只能學翻牆。在這件事上，我好像很有天賦，我以為自己可以去做特種兵，但別人說我是天生的賊胚子。上學的時候因為翻牆，被教務處抓到過幾回，教導主任問我：為什麼好好的大門不走，偏要翻牆。我回答不出所以然，他就說我是盜賊本性，難以成器。

念書的時候，因為逃學，翻牆多數是翻出去，工作以後恰恰相反，因為遲到，多數是翻進來。化工廠的牆外種著許多樹，我雙腳叉開，在圍牆和樹幹上蹬幾下，人就竄上去了。我曾站在牆頭久久不肯下來，我觀察過那堵牆，它是用紅磚砌成，實心的，腰線以下和牆頂上塗著水泥，由於年深日久，牆根長滿青苔。牆外的泥土是黑色的，長著很多草，牆內的泥土是紅的黃的藍的綠的，都被化工原料染成了奇異的顏色。牆頭上有白花花的鳥糞，有枯葉和梧桐子，偶爾有一隻野貓蹲伏在不遠處，除此以外別無他物。

站在牆上看外面的街道，景色很奇異。我可以俯瞰過路的行人與車輛，好像電影一樣。有一次我看到一個男人匆匆跑到牆角，他沒發現我蹲在牆頭。他拉下褲子拉鍊，就在我的正下方，掏出雞巴用力地小便，尿水沖在牆根上發出噗嚕噗嚕的一串聲音。我蹲在牆頭靜靜地看他，嘴裡叼著菸，後來菸灰飄在了他的龜頭上。他打了個哆嗦，猛然抬頭發現了我，對著我破口大罵。

我沒有和他對罵。蹲在牆上會有一種錯覺，以為自己不屬於這個世界。我回憶教導主任的話：盜賊成性。我他媽連廠裡的手套都沒偷過一副。翻牆有很多種目的，有人偷東西，有人窺淫，有人純粹是為了體驗不屬於這個世界的感覺。後者更像詩人，但是詩人不會把菸灰落到人家龜頭上去。

那天我沿牆而行，注意避開那些茂密的樹葉，葉子上會有毛毛蟲，扎在身上又痛又癢。走到司機班，我跳上一輛卡車，再從卡車上溜下來。我忘記把香菸掐掉了，叼著一根菸在生產區裡走。還沒走出十米，忽然有人對我大吼：

「路小路！抽遊菸！」

所謂遊菸，就是叼著香菸到處晃悠，這是最危險的，會把所有的廠房設備都炸到天上去。我不是故意要抽遊菸，不管炸著什麼，首先飛上天的是我自己。以自己的生命為代價去搞破壞，這不是我的風格。我趕緊把菸踩滅，那人又大吼：

「路小路，亂扔菸頭！」

亂扔菸頭也會爆炸，或者是火災，這都是安全常識。我心裡焦躁，正想罵那個人多管閒事，他已經旋風一樣來到我面前。我一看，立刻沒了脾氣，他是勞資科長胡得力。

那天我嚇破了膽，返身要逃，胡得力一把揪住我的西裝。我試圖掙扎，我不喜歡自己的衣服被別人捏在手裡，而且是我唯一的槍駁領西裝。我使了一個反擒拿的招數，用力壓他的手腕，本來還能使一招撩陰腿，但我沒敢使出來，要是我把勞資科長的睪丸踢飛了，明天就該去牢裡上班了。我壓了壓胡得力的手腕，居然毫無動靜，肱二頭肌真他媽的白練了。我像一個跳倫巴舞的女人，在他的把持之下劇烈扭動、翻轉。他的右手像鉗子一樣擒著我，左手反捏住我的手腕，一把扭到了背後。我咬了咬牙，忍住沒喊疼。

胡得力把我的西裝從後面撩起來，順勢在我手腕上打了個結。這他媽太離譜，這是刑警幹的活，哪裡像個勞資科長。他拎著我往勞資科去，一路上，工人師傅都在笑，說：胡科長，好身手啊。胡得力還挺得意。我心想，要不是看在你勞資科長的份上，我早就把你丫睪丸踢飛了。

我被押到勞資科，先看見小噘嘴對我做了個幸災樂禍的表情，又看見胡得力那張鐵板一樣的臉。胡得力對小噘嘴說，把勞動紀律手冊拿出來，查一查，該怎麼罰，罰死這小子。我當時頭一昏，以為一年的獎金都泡湯了。後來查出來，生產區抽遊菸罰款二十元，亂扔菸頭罰款二十元，至於翻牆，根本沒這條。整個也就是罰四十塊錢。胡得力自己也有點懵了，對小噘嘴說：「怎麼才罰這麼多？」小噘嘴說：「胡科，一直就是罰這麼多的。八五年的勞動紀律，到現在都沒改過。」

胡得力說：「不行，起碼扣他兩個月獎金！」

我說：「你這是違法行為，公報私仇！」

胡得力說：「我就是法！我想怎麼罰你就怎麼罰！」

有關我在生產區被胡得力活擒的事，我想起一個細節：當時有一隻鳥飛過我的頭頂，拉下了一滴白花花的鳥糞。這滴鳥糞本來應該落在我的腦袋上，結果，由於廝打和掙扎，鳥糞落在了胡得力的頭上。他沒發現。看著近在咫尺的鳥糞，我忍不住笑了，一笑就走了氣，被胡得力徹底制伏。

我想不明白那滴鳥糞是什麼意思，有什麼徵兆，或者帶有什麼暗示，但它確實很好玩。世界是由無數巧合組成的，假如讓我在鳥糞和胡得力之間做選擇，我情願選擇前者，因為洗個澡就能解決。但我同時認為，我撞上胡得力完全不是巧合，而是一種必然。既然它是必然的，那麼，鳥糞還是由胡得力去承受吧，我不能在兩件事情上同時倒楣。

我和胡得力結下了梁子。照小李的說法，我死定了。小嘛嘴傳出內部消息，勞動紀律重新修訂，翻牆一律按盜竊論處，不管口袋裡有沒有揣東西，不管是往裡翻還是往外翻。至於抽遊菸，新的規定是罰款五百元。其餘遲到早退的罰款金額也相應提高。那陣子工人師傅恨死了我，說我一粒老鼠屎，壞了所有人的湯。與此同時，他們也恨胡得力，用了很多髒話，在此不宜一一表述。

為了端正紀律，每天早上胡得力都站在廠門口抓遲到，七點五十五分，他踱到傳達室，站在那兒等待上班鈴聲響起。八點整，傳達室的鈴聲響起，等它停下的時候，就意味著抓遲到的工作開始了。那時候也沒有打卡機，抓遲到完全依賴人工，這就使得遲到的概念成為爭論的焦點。具體來說，工廠門口有一條筆直的白線，鈴聲停止的一瞬間，一些職工的自行車前輪過了線，而後輪還在線外，這到底算不算遲到？還有一些職工被前面的人擋在白線之外，認為是前面的人故意堵塞交通，這算不算遲到？還有一些人聲稱自己早就上班了，只不過又晃出去買了包香菸，這算不算遲到？凡此種種，都要胡得力來解決。

對付這種人工式的抓遲到，有一條原則：寧願遲到一小時，絕不遲到一分鐘。胡得力是幹部，不是看大門的，不可能在傳達室門口站上一整天。八點三十分，他就慢慢地踱回勞資科，坐在炮樓上，偶爾看一眼廠門口。這時候只需要倒退著走進廠裡，他看見的只能是我的屁股，然後往附近的樹叢裡一鑽，萬事大吉。

起初，我被胡得力抓到過幾次。他會很開心地大喊一聲：「路小路，遲到！」我一哆嗦，就從自行車上摔了下來，被他逮了個正著，揪著我的領子讓我填罰款單，還得站在廠門口示眾，手裡拿著一張工廠裡的信箋，上書四個大字：我遲到了。胡得力說，這是對付懶散青工的辦法，專門用來整我這種不求上進的小青年。他還對我說，人最重要的是羞恥心。

我示眾的時候，整個廠門口冷冷清清的，工人都在上班。我舉著那張信箋，也不知道舉給誰看。胡得力站在我對面，用目光測試著我的羞恥心。當時他說，路小路，你的眼睛裡沒有羞恥。我說，胡科長，你把我剝光了站在這裡，我就會有羞恥了。他聽了這話，就對我大聲呵斥：「舉高點！把紙舉高點！」

我示眾的時候，附近化驗大樓的女孩子從窗口探出頭來看我，還用瓜子皮扔我。這些姑娘我都認識，經常去她們那裡換燈泡，還請她們吃糖，給她們講鬼故事。我很喜歡她們，因為她們都很乾淨，穿的是白大褂一樣的化驗服，到了夏天，這身衣服之下就是胸罩和褲頭。白大褂很薄，隱隱地能看到這些內衣的輪廓。我一想到化驗室的女孩，就會想入非非。瓜子皮落在腦袋上也很快樂，古代的書生和我一樣，走過勾欄瓦舍，被憑欄女子用瓜子皮擊中腦門，這是一件很意淫的事情。趁著胡得力不注意，我對她們投去一個微笑，甚至揮揮手，她們就很囂張地將瓜子皮一把一把朝我扔，我也不知道她們哪來這麼多瓜子皮，大概平時特地攢下來，專門對付我這種懶散青工的。此時胡得力扭頭朝她們張望，那幾個腦袋就嗖地消失在窗口，像一群受驚的松鼠。這一點我最是佩服，她們從來不會落到胡得力手裡。

假如讓我來形容，胡得力就像是個獵人，站在廠門口打獵。那些松鼠一樣的化驗室女孩當然不會引起他的興趣，就在這時，我出現了，我就是胡得力尋覓已久的大狗熊，只有把我一槍撂倒，才配得上勞資科長的光榮稱號。如果你打了一隻狗熊，也會把它的皮剝下來，掛在牆壁上展覽。對狗熊而言，這純粹是命運使然。但我憤怒的是另一件事：你不能要求一隻狗熊有羞恥心，這他媽太奢侈，狗熊是不能為羞恥心負責的。

我不是傻子，被抓過幾次之後，開始向老師傅們學習，上班遲到就往茶館裡一鑽。那家茶館如今已被拆掉了，早先，這裡是一間昏暗的平房，沒有招牌，走進去先是看見一個老虎灶，灶頭上永遠燒著一壺水，兩盞二十瓦的燈泡懸於頭頂，燈下是幾張舊得發黑的桌子，一些被屁股磨亮的條凳。郊區的老頭就在這裡喝茶，老頭們看見我鑽進來，就會嘲笑道：「嘿，又是個遲到的。」

在茶館裡泡著，看完兩局棋，綠茶喝得想尿尿，差不多就是九點鐘了，這時候胡得力已經回到炮樓裡去了，我就把自行車停在附近的車攤上，讓修車師傅替我看著，自己一溜煙竄進廠裡。有時候動作快如閃電，門房的老頭只覺得眼前一花，還以為閃過去一隻野貓。

當然，茶館並不是絕對安全，有一次胡得力不知哪裡來了股雅興，居然踱到茶館裡來查崗。他一進門就看見我，正在那裡下象棋呢。胡得力冷笑了一聲，對我說：「你這個月獎金全沒啦。」我心裡一寒，下錯了一步棋，當場被老頭將死，輸給了他兩毛錢。

茶館據點被查抄之後，我去更遠的遊戲房打「街霸」，這比下象棋更好玩，也更安全。唯獨麻煩的是，打遊戲常常使我忘記了時間，等我想起要上班，跑出昏暗的遊戲房，太陽已經懸在了頭頂，差不多可以去食堂吃午飯了。

九三年和我一起站在廠門口示眾的，還有一個高個子，綽號長腳。長腳是個管工，年紀和我差不多大。胡得力讓他舉著另一張信箋，上面同樣寫著：我遲到了。長腳比較有羞恥心，而且有恐懼心，看見胡得力就嚇得說不出話，態度極其端正，把那張信箋舉得很高。由於他的身高一米九五，信箋就在兩米五以上的高空，誰也看不見上面寫著什麼。胡得力認為長腳是在故意耍寶，比路小路更缺乏羞恥心。

那一次，長腳示眾還不到十分鐘，管工班的班長就把他喊了回去，因為管子沒人修。有關管工，簡單的解釋，就是負責安裝和維修那些化工管道的，這個工種很古怪，既可以很清閒，也可以累得像苦力。具體來說，如果你不幹活，任由管子漏掉，那就很清閒，如果你到處去檢查管子，全廠的管子加起來大概有幾百公里，你就成了苦力。我廠的管工班極其懶散，師傅們都不大愛幹活，所有的工作交給一個人包辦，這個人就是長腳。

照我的看法，上班不幹活其實也挺無聊的，總要稍微動彈動彈。但管工班的師傅們發展出了另一項工作：下圍棋。其中有幾個師傅已經是業餘二段了。這夥師傅手筋大得出奇，都是劉小光和劉昌赫那個流派的，只是格調低下，盤面上落下五個棋子之後，必定開始絞殺，毫無教養，完全是流氓棋，大概和他們的工種也有一點關係吧。管工班的師傅下棋，全是站著的，叼著菸，喝著茶。小小一個班組，擺了四五個棋局，殺得天昏地暗。師傅們一下棋，當然顧不上幹活了，凡有管道洩漏，就指著長腳說：「去，長腳，修管子去！」長腳就老老實實地扛著工具出去幹活了，很不幸，整個管工班裡只有他一個人是棋盲。

有一天，我和小李又跑到鍋爐房去換燈泡。我們還惦記著瓦房底下的半裸體，當然，不會每次都這麼好的運氣。爬到最高那層平台，那裡黑漆漆的，頭頂上有轟隆隆的聲音，並且非常熱。我剛把燈泡摘下來，忽然從黑暗的角落裡鑽出一個瘦骨伶仃的腦袋，這個腦袋在有光的地方瞪著我，乍一看，以為他沒有長著身體，光是一個腦袋浮在半空中。我嚇了一大跳，手裡的燈泡從二十多米高的平台上掉了下去。

這個腦袋快樂地看著我們，並且喊我們的名字：「李光南，路小路。」仔細一看，原來是長腳，他個子太高，難怪被我誤認為是飄在空中的腦袋。我罵道：「操，長腳，你在這裡幹什麼？」

長腳說：「我在修管子。」

小李說：「你出來，你躲這裡嚇死人。」

長腳從陰暗處走出來，他很高很瘦，工作服穿在身上，橫寬豎短，非常好看。管工班的師傅們給他起了很多綽號，長腳、仙鶴、竹竿、火筷、圓規、殭屍、高蹺……化工廠的師傅們都是修辭大師，取的綽號無比精準。照我的看法，他們都不是什麼好東西，就因為長腳不會下圍棋，所以得幹八個人的活，還要忍受所有的嘲笑。

那天長腳說他在修管子，其實是騙人。我和小李都不是傻子，一眼就看出蹊蹺。鍋爐房的頂層是最偏僻的地方，常年無人，在這種地方通常不會幹什麼好事。小李在平台上巡了一圈，沒發現什麼異常。長腳問：「你們找什麼？」小李說：「你會不會帶個女人在這裡嘛？」長腳大驚失色，連聲說：「不要亂講，傳出去會害死我的。」

我說：「長腳，你老實交代，在這裡幹什麼？」

長腳說：「修管子。」

我說：「你連個扳手都沒帶，你修個鳥管子啊？」

長腳皺著眉頭，抿著嘴，從側面看，他的臉呈C型，好像吃多了中藥。這個表情是長腳的招牌。小李說：「長腳，你不會在這裡手淫吧？」長腳做了個要昏過去的表情，說：「你們真下流。我在這裡複習功課。」

「你複習個鳥功課啊？考八級管工？」

長腳說：「我複習語文。」

我搞不懂，長腳一個管工，學什麼語文。照我看，他還不如去學學圍棋，可以少幹點活。後來小李提醒我，長腳是要參加成人高考。長腳點頭，從屁兜裡掏出一本成人高考複習資料，果然是《語文》。《語文》我最喜歡了，可惜那時候已經忘記得差不多了。

小李說長腳慘了，被他們班組長知道，肯定打斷他的腿。我說不至於吧，他又不是奴隸，憑什麼不能參加成人高考。長腳對我說：「路小路，你千萬不要說出去。你要是說出去，我就到你家門口自殺。」我非常嫌惡地把他推開，說：「長腳，你這個變態！」

事實上，小李沒有說錯。成人高考是公開的，每個適齡青年都可以參加，但廠裡對此非常反感，但凡參加成人高考的青工，都被認為是不務正業，好高騖遠，三心二意，朝秦暮楚。對付這樣的青工，最好的辦法就是送到糖精車間去上三班。那時候我們都安慰長腳，放心，你不會去上三班的，你調走了就沒人修管子了。長腳說：「我就煩修管子！」

其實，長腳曾經多次想調到電工班。電工班比較輕鬆，像他這麼個身高，擰燈泡連梯子都不需要，最多找個小板凳就可以了。問題是，修管子同樣需要身高，化工廠的管子也都是架在半空中的。

為了調動工種的問題，長腳曾經去找過管工班長，請他吃飯，要求調到電工班。那位業餘二段的圍棋家不動聲色地吃完了飯，等長腳把用意說清，就抹了抹嘴說：「你去找雞頭，他同意的話，我就沒意見。」長腳又請雞頭吃飯，雞頭抹了抹嘴說：「你去找車間主任，他同意的話，我就沒意見。」長腳又請車間主任吃飯，車間主任比較難請，請了三次才賞臉。車間主任抹了抹嘴說：「你去找胡得力，他要是同意，我就沒意見。」一聽胡得力的名字，長腳立刻犯病，腿肚子都哆嗦。他跑到辦公大樓裡，在勞資科門口轉了十幾個來回，鼓足勇氣衝進去。胡得力一見他進來，不等他開口，就厲聲呵斥：「長腳，我聽你們車間裡彙報上來，說你又不安心工作！」長腳聽了，一肚子的勇氣都成了個屁。

那時候我們都勸長腳，別指望了，你要是調走，管工班的師傅就得去幹活，圍棋水準肯定下降，這是全廠的損失，是國家的損失。長腳哭笑不得，非常沮喪。後來六根還給長腳出餿主意，教他日本式的勵志法，就是每天早上對著鏡子說出自己的願望，大聲地喊，還要握緊拳頭，這樣就能給自己以希望。長腳不知道該喊什麼，六根說：「你就對著鏡子喊『我是電工！我是電工！』」

那天在鍋爐房，長腳讓我們一定要保守秘密。假如管工班知道他在複習功課，就會派他去做最髒最苦的活，累得像條狗一樣，根本沒精力去讀書。他說著說著居然哭了，臉像茄子一樣發紫。我和小李都很怕他哭，這個仙鶴活像個女人，哭起來會發出抽噎的聲音，很噁心。我們用手拍著他的頭，安慰他，順便把手上的煤灰也擦了個乾淨。我們答應他，不說出去。長腳還不放心，忽然說：「我們結拜兄弟吧，這樣你們就不能出賣我了。」

我嘲笑地說：「還是結拜兄妹吧。」長腳瞪著我說：「小路，你看不起我！」我當然不想讓長腳誤會，這樣他又要哭死。我說結拜就結拜。長腳說，電工刀呢，歃血為盟，在手心割一刀，把手握在一起，血就融進去了，就是兄弟。小李就掏出一把電工刀，磨得錚亮的，說：「你先割。」長腳拿著刀子，看了半天說：割肉太疼了，而且血融在一起會傳染肝炎，還是發誓吧。

那天我們就舉手發誓：陳國威，路小路，李光南，某年月日結拜兄弟，皇天在上，煤灰在下，誰要是叛變，就天誅地滅，千刀萬剮。發過了誓，我們對長腳說：「這下你滿意了吧？」長腳說，還要排座次。算了一下年紀，小李最大，長腳次之，我最小。長腳說他是老二，就是關公。我們就嘲笑他：「管工，關公，你做定了。」長腳很不高興，說：「還是叫我老二吧。」老二是雞雞的意思，不過我沒再嘲笑他，怕他又哭。

長腳曾經對我們說他的人生計畫：考上夜大，讀一個機電一體化專業，畢業以後通過送禮走後門，做一個技術員，然後調到科室裡，然後做科長。這是一個美好的計畫，每一步都很驚險。

結拜之後，長腳的秘密沒能守住，倒不是因為我們洩密，而是管工班開始了大檢修，得把全廠的管子都檢查一遍。管工班的師傅不得不放下圍棋，象徵性地幹一點活，主要還是依靠長腳。長腳是骨幹力量，當然少不了他。不幸的是，偏偏就少了他。

管工班的師傅不見了長腳，比丟了兒子還著急，扯著嗓子滿廠亂喊：「長腳！修管子嘍！長腳！修管子嘍！」喊了半天，還是不見他的蹤影。以前他很乖的，好像一條訓練有素的狗，喊一聲就會出現在眼前。師傅們急瘋了，滿處亂找，有人要打電話報警，有人要去他家報喪，以為他淹死在某個貯槽裡了。後來，有個鍋爐房的師傅跑了過來，指了指那根冒黑煙的煙囪。人們心領神會，十分鐘後，把長腳從鍋爐房裡揪了下來，同時也從他屁兜裡掏出了那本《語文》。

長腳也快瘋了，成人高考迫在眉睫，如果考不上，就意味著他得在管工班多幹一年。被揪下來之後，沒過五分鐘他又消失了，這回是在廢品倉庫抓住了他。後來分別在食堂、圖書館、男浴室把他擒獲。長腳曾經對我說，能不能去求白藍開放一下婦檢室，那裡最清淨，而且師傅們不敢衝進去。他知道我和白藍關係不錯，但我沒答應他。那陣子，管工班又興起了一項更高雅的運動：獵狐。一群師傅在工廠的森林中圍捕長腳，後來發展到全廠的師傅都在圍捕他，誰逮住長腳，管工班長就發給他一根紅塔山。既然有了彩頭，大家就更開心了。最後，管工班派出兩個師傅，每天接送長腳上下班，吃飯拉屎都盯著他，把這個一米九五的仙鶴逼得無路可走，只能老老實實去修管子。

有關化工廠的管道，其實也是很有趣的。早在進廠之前，我爸爸就提醒過我，化工廠的管道是不能輕易接近的。這些管道有各種顏色，認準顏色對我的生命財產有好處：綠的是水管，紅的是原料管，白的是蒸汽管，藍的是惰性氣體管。這些管道大多架在空中，像腸子一樣蜿蜒曲折。沒事最好不要在管道下面待著，水管漏了不要緊，萬一是硫酸管子漏了，就很恐怖。我親眼看見有人在硫酸管道下面站著，忽然之間，他的腦袋上冒出了一縷白煙，好像升仙，然後他就像大熊貓一樣在地上打起滾來。

我廠的管道，是一個叫梁禿子的工程師設計的。他非常有創意，把硫酸管道架在水管的正上方，這些水管通往澡堂。假如硫酸管子漏了，硫酸滴在水管上，滲進去，通過水管流到澡堂，洗澡的人就會覺得身上有點疼。被這種低濃度硫酸澆在身上，我們就趴在窗口通知外面：「媽了個逼，硫酸管子又漏啦！」

我必須說，梁禿子還是一個有良心的人，這些洗澡水不但不會傷害身體，而且有殺菌作用，可以治療陰道炎和包皮炎，但它確實又辣又疼，不是正常人能受得了的。梁禿子對自己的發明非常得意，管道洩漏，浴室報警，可以去申請國際專利。毫無疑問，全廠職工都恨死了他，沒有人願意在洗澡的時候做一個自動報警器。

這種憤怒從梁禿子身上蔓延，並殃及長腳。管工負責管道維修，管工班唯一幹活的就是長腳，不恨他恨誰啊？有時候，下班洗澡，洗淋浴的人會忽然大喊：「哎喲，硫酸管子又漏啦！長腳呢？」別人就報告說，長腳在大浴池裡泡著呢。這時，就會有三五個師傅把長腳從水裡撈上來，衝著他大罵：「長腳，操你媽，修管子去！」長腳漲紅了臉，一聲不吭，濕淋淋地套上棉毛褲就往外跑。當他衝出去的時候，樓上女澡堂的窗口伸出幾十個濕漉漉的腦袋，衝著他齊聲大罵：「長腳，操你媽，修管子去！」

有關長腳，照他自己說，活在一個生不如死的世界裡，這個世界裡有很多人是瘋子，他們平時很正常，看見長腳就會變成瘋子。他就是一個令人發瘋的key。我建議他去做手術，把腿鋸掉二十公分，別人就不會欺負他了。工廠就是這樣，如果你長得和別人不一樣，就會引起別人虐待的欲望。

長腳東躲西藏，後來終於把管工班的師傅們惹急了，他們一錘子敲開了長腳的工具箱，從裡面搜出來一疊複習資料，找了個火爐，一把燒成了灰燼。長腳從外面回來之後，發現工具箱洞開，自己的複習資料不見了，就對師傅們說：「別開玩笑了，把資料還給我。」

師傅們說：「燒了。」

長腳說：「我保證不躲了，你們把資料還給我。」

師傅們說：「燒了。」

長腳拿起一把扳手，說：「去你媽的，還給我！」

師傅們說：「燒了。」

長腳操起扳手，舉到空中，那樣子好像是要行兇。這個動作要是由我來做，師傅們早就逃了，可惜，長腳太缺乏威懾力。師傅們瞪了他一眼，然後把帽子都摘了下來，把腦袋湊到扳手下面，說：「往這兒敲，你敲一下，我就工傷半年。」長腳看著那七、八個腦袋，首先，他不敢敲，其次，他也不知道該敲誰好。扳手最終敲在了師傅們的棋盤上，那些棋盤都是鋼板做的，用刮刀在上面畫出格子，扳手只能敲出一聲巨響，以及一串火星。師傅們哈哈大笑，長腳放聲大哭，往河邊跑去。

我和小李在管工班門口目睹了整個過程，連師傅們燒書也看到了。有個老師傅說，管工班的師傅很厲害，當年造反搞武鬥，他們拿著長槍（其實是一根兩頭削尖的管子）攻打圖書館，把整個圖書館都燒了，長腳那幾本破書算個鳥。

長腳雖然窩囊，但還是我們的結拜兄弟，我和小李跟在他身後，一直追到橋上。長腳趴在橋欄杆上，對著河中的貨船掉眼淚，喉嚨裡發出呃呃的聲音，好像要噎死過去。我們怕他跳河，就抱著他的腰。我奶奶說過，撞牆抱頭，上吊抱腳，跳河抱腰，都是拯救自殺者的辦法。長腳卻不肯離開，雙手抓住橋欄杆，雙腳抵住橋沿，好像一張弓一樣被我們拉開，這就更不能放手了，因為一鬆手就會把他彈到河裡去。最後小李把手伸到長腳腰眼裡，點了一下，他就鬆了勁，我們把他扛到街上，長腳坐在馬路牙子上，像個女人一樣啜泣。

我和小李一左一右護住長腳，防他再跳河，長腳臉上哭出了深一道淺一道的淚痕。路過的工人對我們喊：「路小路，李光南，你們倆又欺負長腳！」

長腳哭夠了之後，對我們說：「我要辭職！」

「去哪裡啊？」

「不管去哪裡，我就是要辭職。」

「可是你去哪裡呢？」

長腳說不出來，我們也說不出來。九三年，坐在河邊，河很寬，河水是黑色的。去哪裡這種問題是不能想的，假如我去想，就不免要再問自己，我從哪裡來？我是誰？這他媽不是一個電工該想的問題。長腳是不可能辭職的，他只會做管工，我甚至還不如他，我只會擰螺絲擰燈泡。後來廠裡跑出來一個車間管理員，指著長腳說：「長腳，修管子去！」長腳已經哭累了，只能站起來，老老實實地跟著他走了。我坐在馬路牙子上，點起一根香菸，等菸燃盡了，我拍拍屁股，和小李一起去換燈泡。

我曾經問過小李，你技術不錯，又很年輕，為什麼不到三資企業去撞撞運氣。小李說，三資企業管得很嚴，動不動就被開除掉，國營企業雖然操蛋，但它不能開除職工，除非你真的去打車間主任。

我那時候對三資企業沒什麼概念，只知道是香港人、台灣人以及外國人開的廠，至於它們和國營企業有什麼區別，大概就是工資比較高吧？小李給我算過一筆帳，在糖精廠，我們一天幹兩個小時的活，其餘六小時閒著，在三資企業一天馬不停蹄地幹八個小時的活，工資卻不會高出四倍。這是顯而易見的道理。後來我遇到個高中同學，他在一個韓國人的廠裡做流水線，他說，一天至少幹十個小時，連小便都要登記掛號。

九〇年代，戴城開發工業園區，到處都是土方車，在大街上橫衝直撞。這些土方車從農田運來泥土，把另外一些農田填平，造廠房。六根說，他們村裡來了一些穿西裝的人，說是免費給農民挖魚塘。農民開心死了，養魚比種地掙錢。於是挖土機就開進了村子，日夜不停地挖魚塘。六根的爸爸一覺醒來，發現自己家的菜地全都變成了四方形的大坑，足有三米深，掉進去根本爬不上來。等到他爸爸回過神來，已經晚了，他們家的房子彷彿聳立在一座山丘上，四周全是深坑。下過雨之後，他家就成了個孤島，得坐在木桶裡游出去。六根爸爸沒辦法，只好放了魚苗來養。有一天，村裡的小化工廠放汙水，魚全死了。

六根家的菜地，最終變成了工業園區的地基。我們嘲笑他：六根，你家好大的游泳池啊，可惜全是深水區。

那時候，戴城的工業園區，據說是新加坡投資的。全市的幹部群眾都很緊張，新加坡人就要來了。我以前不知道新加坡，據說是一個國家，據說是一個城市，後來知道這個城市就是這個國家。戴城的報紙上說，新加坡是一個花園一樣的城市，又乾淨又安全，而且很有錢。

九三年的時候，我鬼使神差地聽過一場報告。有幾個領導跑到新加坡去考察，然後召集了一些青年去聽報告。我們坐在一個小會堂裡，看了好多幻燈片。領導說，以後戴城會成為一個勞動力奇缺的城市，因為很多外商都會到這裡來開廠，以後就再也不用擔心找不到工作了。下面的青年聽得很受鼓舞。領導忽然又說，但是，戴城群眾的素質有待提高，新加坡的法律很嚴，誰要是隨地吐痰，就會被拉進去用皮鞭抽，這皮鞭可不是你們爸爸的皮帶，而是特製皮鞭，並且像鞋子一樣有尺碼，按照各人的體重挨不同規格的鞭子。小孩有小孩的鞭子，女人有女人的鞭子，退休工人有退休工人的鞭子。這一鞭子下去就變成半殘廢，得在床上躺一個月，養好了傷，再拉進去抽第二鞭子，如此循環直到抽完。最重要的是，新加坡是個法治國家，不可以託關係走後門，你要是犯了事，就算你爸爸是公安局長都沒用。領導說完這個就對著我們奸笑，我心想，他媽的難道我們國家就不是法治國家嗎？

我當時沒什麼法律常識，聽到這種胡謅，嚇得要死，以為那個南洋的花園國家會向戴城派遣行刑隊。這些行刑隊會站在街上，戴著紅袖章，凡是看見不文明的行為，就一鞭子抽過去，連罰款都不需要，因為他們有錢，不稀罕人民幣，他們的嗜好就是抽人。由於他們的文明水準特別高，所以看不順眼的東西也特別多，像我們廠裡的人幾乎個個都可能挨鞭子。這場報告聽得我一頭霧水，假如馬上就有鞭子等著我們，為什麼大家還那麼鼓舞？後來白藍說我腦子有病，聽報告的時候斷章取義，就聽出這種效果來。

我對工業園區和三資企業抱有恐懼感，就是從這場報告開始的。後來，新加坡人來參觀戴城，全市發動進行愛國衛生運動，連我們農藥新村都在大掃除，還滅鼠。我媽媽問街道主任：「新加坡人會到我們這裡來嗎？」街道主任說：「我也不知道，但滅鼠很有必要，萬一老鼠跑到賓館去呢？」滅鼠運動之後，老鼠沒見少，農藥新村的雞鴨被毒死了一大片，又不能吃，只能任由它們在草叢裡發臭。那時候新加坡人已經不幹了，工業園區投資到了另外一個城市，死雞死鴨沒人管。

有關三資企業，對一個戴城人而言，始終是奮鬥目標之一。另外還有兩個普遍的奮鬥目標：考上大學，開個雜貨店。除此以外就沒什麼了。坐科室那是夢想，不是目標，奮鬥了也沒鳥用的。當時，糖精廠裡暗流湧動，很多人都想去三資企業碰碰運氣。我以為小李會去，或者是長腳，沒想到第一個吃螃蟹[1]的竟然是六根。

有一天六根對我們說，他要去一家台資企業做電工。我們都很吃驚，說：「六根，你辭職啦？」六根說：「我沒有辭職，我有一大把調休，可以歇三個月。我打算去台資企業幹三個月，幹得好就辭職，幹不好再回來嘛。」我問他：「不調你檔案啊？」六根說：「三個月試用期，不要檔案的。知道什麼是試用期嗎？」我還真不知道，糖精廠沒有試用期的，進廠就簽合同。六根說：「小路，你要多見見世面，三資企業很現代化的，管理也是現代化的。」我們就誇他聰明，六根最喜歡別人誇他聰明。

後來六根就去了。過了一個禮拜，六根又出現在我們面前，他鼻青臉腫，嘴上結著血痂，看這樣子是被人打過了。

六根告訴我們，台資企業在很遠的鎮上，每天早上五點鐘，那個廠裡有一輛破破爛爛的中巴車，把員工接到鎮上去上班。更多的員工是住在廠裡的。六根很看不順眼，三資企業的廠車竟然是一輛中巴車，而且那麼破。中巴車也奇怪，不給進廠門，是停在馬路上的，工人得在門

1　意指先行者，勇於冒險、嘗試的人。

口打卡，然後才能徒步走進去。

六根第一天上班，下了中巴車，打了卡，趾高氣揚往廠裡走。他發現台資企業很奇怪，工人走進廠門都是安安靜靜的，沒有人交談，更沒有人說笑。工廠門口站著八個穿武警服的保安。這種武警服在地攤上都能買到，是農民工和小流氓穿的，六根也就沒在意。他想不明白的是，為什麼上班時候要在門口站八個保安，糖精廠最多就站一個胡得力嘛。另外，這家台資企業才兩百個工人，就要用八個保安，而糖精廠幾千個職工，也才配備了五個廠警。這莫非是勞改營啊？

六根很猶豫地站在門口張望，後來有個保安走過來，操著外地口音對他說：「你這個傻逼在這裡看個鬼啊？」六根一聽就生氣了，六根是電工，雖然長得難看了點，但手藝很好，糖精廠的廠警從來不敢對他這麼凶的。六根指著保安說：「你他媽說什麼？」話音未落，忽然屁股上挨了一腳，接著當頭又挨了一拳，然後他就被十六個拳頭包圍在中間。八個保安圍著他，像打狗一樣打他。周圍的工人依然靜悄悄地走過，沒有人圍觀，也沒有人勸架。

六根被打昏了過去，醒來發現自己被扔到了國道邊上，襯衫（已經完全是布條了）口袋裡塞著一張開除通知單。六根沒搞明白，自己還沒上班，就莫名其妙挨了一頓打，然後就被開除了。國道上全是風馳電掣的汽車，六根伸出手想攔車，那些車發出巨大的噪音從他身邊開過，沒有一輛減速的。六根沿著國道往回走，走得很慢，他感覺自己的腰被人打斷了。太陽下山的時候，他看見一片波光粼粼的水面，水中央有個島，島上有幾幢農村的小樓房。他知道自己到家了。

六根被暴打之後，我們都斷了去三資企業的念頭。無處可去也是一種快樂，還是老老實實擰燈泡吧。叔本華說，一切幸福都是消極的。沒事的時候，我們幾個青工就坐在花壇邊上，看工廠裡形形色色的人。比如說，王陶福的老婆追打王陶福，他們從生產區打到辦公樓，從澡堂打到食堂，很像一部叫做《貓和老鼠》的美國動畫片。王陶福是檔案科的，其人精瘦，因為阿芳跳樓跳煙囪的事，我們都叫他誘姦犯。他老婆追打他的時候，手裡拎著各種東西，有時候是掃帚，有時候是鋼管，凶神惡煞，大呼小叫，銳不可擋。王陶福則是一聲不吭，悶頭逃命。工人看到這種情景，總是拍手叫好，還給他們加油，幹部看了，往往是皺著眉頭，嘀咕一聲：「不成體統。」

後來王陶福的老婆發展出了另一項技能，扔磚頭。她追不上王陶福，就在手裡揣著板磚扔他，這就不是夫妻打架了，因為扔磚頭會把人砸死。但是，可愛的是，他老婆從來砸不中他，有時候追得非常近，磚頭幾乎可以直接拍在王陶福的後腦勺上，但她還是會砸偏掉，磚頭從王陶福的耳邊嗖地飛過。照雞頭的說法，他老婆簡直是故意的，這種打殺都快成為一檔節目了。由於她亂扔磚頭，廠裡的玻璃窗碎了好些，大家都在玻璃上貼著透明膠帶，防止玻璃碴子崩到臉上。

有一天王陶福被他老婆追到了死胡同裡，當時他非常絕望，前面是一堵牆，後面是他老婆，他老婆後面是一群看熱鬧的工人。我都懷疑他是不是渴望長出一對翅膀，可以飛到天上去。王陶福停住腳步，做了個暫停的手勢，走到他老婆面前，劈手扇了她一個耳光，然後就抱頭蹲在地上，任由他老婆發洩。那婆娘真不是個省油的燈，挨了耳光之後，大叫一聲，一腳踹翻王陶福，坐在他胸口，然後從腦袋上摘下一根鋼絲髮夾，她就用這根髮夾在王陶福的臉上劃了一個血淋淋的「井」字。

我小時候種牛痘，胳膊上有個「井」，後來看到有人把牛痘種在自己男人臉上，這個事情令人歎為觀止。「井」字傷疤就留在了王陶福的臉上，過了一些日子，這傷疤褪去了一半，變成一個「牛」字，操，每當看到王陶福，我們就會想起他老婆的牛逼。

除了看夫妻追打，我們還會看到幹部與群眾對打。有一天，廢品倉庫的方瞎子把保衛科長推到了茅坑裡。方瞎子不是真的瞎子，只是綽號如此，一般的解釋是認為他不長眼睛，見誰滅誰。那天保衛科長走過生產區，想要小便，來不及回辦公大樓，就在附近找了個廁所，恰好方瞎子在大便。方瞎子是蹲在小便池上拉屎的，這非常惡劣，後面來小便的人必須注視著他的屎。保衛科長見了，非常生氣，就罵了一句。身為保衛科長，對這種行為提出抗議，這也很正常，一般工人也只能接受。後來拉屎的人抬起頭來，保衛科長倒吸一口涼氣：原來是方瞎子！

方瞎子對保衛科長說，你不要走。他擦好屁股，拉上褲子，走到保衛科長面前，然後就把那張用過的草紙按在了保衛科長的臉上。趁著保衛科長驚慌失措之際，他又把他推進了茅坑裡。這一切發生得非常快，如電光石火一般，據說這就是高手。等我們跑過去看熱鬧的時候，一切都結束了，唯有地上一串黏著屎的腳印，無聲地訴說著發生過的事情。

我們當時不明白，保衛科長身高一米七五，很壯，而方瞎子身高才一米六，還有點駝背，憑什麼方瞎子就把保衛科長按到了屎堆裡。雞頭說，你們還不知道方瞎子吧，他當年拉過電閘。因為一件小事扣了他的獎金，他也沒鬧，也沒威脅誰，獨自跑到生產區的配電房，一把拉下了全廠四個車間的生產電路，轟的一聲，糖精廠忽然鴉雀無聲，馬達不轉了，鍋爐不叫了，反應釜不反應了。甲醛車間上百萬的原料，在爐子裡沒電加熱，就此變成一堆廢料。

我以前聽老牛逼說過，有人牛逼到敢去拉電閘，沒想到就是方瞎子。我說我知道，聽說他還扛著炸藥包去廠長辦公室。雞頭說，不是炸藥包啦，是雷管，拉電閘是犯法的，本來保衛科要把他抓進去的，搞破壞至少勞動教養，誰知方瞎子全身綁著二十根雷管衝到了廠長辦公室。當時的廠長快退休了，都嚇傻了，沒有人願意幹一輩子革命工作在退休之前被炸死，這種死法太冤枉。就這樣，方瞎子沒被抓進去，廠長也沒被炸死。方瞎子這麼個破壞狂人，最後被調到廢品倉庫當閒差，那兒全是些破爛玩意，他想砸什麼就隨便砸吧。

我們幾個小青工聽得咋舌。雞頭總結說，所以啊，保衛科長不是輸在體力上，而是輸在氣勢上。

見識了方瞎子，我們對雞頭說，真是一山還比一山高啊，以前就知道老牛逼不能惹，現在才知道廠裡有這麼多高人。雞頭冷笑一聲，說，你們知道個屁，真正的高人是誰，你們根本不知道。後來，雞頭指給我們看，那個掃地的老頭，又瘦又乾，皮膚蒼白，長得有點像歐洲人。雞頭說，你們知道他是誰嗎？我們一起搖頭，這掃地的老頭是個孤老，住在附近的毛竹棚子裡，很少說話，也從來不正眼對我們看的。雞頭說，他是國民黨的青年師師長，二十歲就當上了少將，黃維兵團的，淮海戰役時候被我軍俘虜，關了些年再放出來，就在我們廠掃地。老頭倫敦留學，一口標準的英語。他還有好多部下都在香港台灣。據說老部下來探望他，要接他去享福，老頭捏著掃帚只說一句話：「要聽共產黨的話。」

九三年，我在工廠裡做電工，每天到廠裡的澡堂去洗澡。那個澡堂在工廠宿舍區的正對面，一樓是男澡堂，二樓是女澡堂。男澡堂有一個大浴池，還有淋浴間，女澡堂則沒有浴池。我一直以為女人也能蹲在浴池裡泡澡，後來去過女浴室才知道，女人只能淋浴。我是去女浴室換燈泡，而不是偷窺。

九三年在宿舍樓抓到一個偷窺狂，這人拿著望遠鏡對著女浴室觀望。我們廠的宿舍樓，是一幢極破的三層樓房子，木結構的，住著很多老鼠，平時根本沒什麼人願意進去，一是怕房子倒了砸死在裡面，二是怕著火了燒死在裡面，三是怕被耗子咬了染上鼠疫。此人就蹲在三樓的走廊裡，靜悄悄的，看得很開心。後來，夕陽照在他的望遠鏡上，光線反射到女浴室的窗口，有個女工覺得很晃眼，朝那個方向看了看，心領神會，然後就跑下來喊人，抓流氓。

這個流氓是梁禿子的兒子，在甲醛車間做管理員的。梁禿子造了那麼缺德的管道，現在終於有把柄被群眾捏在了手裡，本來應該把他們父子倆都吊在廠門口，剝光了衣服用新加坡皮鞭抽打的，但這個老東西非常狡猾，他竟然對廠長說，他兒子不是變態偷窺狂，而是對人體解剖感興趣。他兒子的志向是要考醫學院，結果呢，只能為醫學院提供福馬林，這就使他產生了一種醫生情結，老想看看人體。廠裡看在梁禿子是工程師的份上（也不知道他送掉了多少中華菸），居然不做任何處理，把他兒子放了。

出事的當天，我們幾個人跑到宿舍樓裡，那裡很安靜，夕陽都快落山了，幾隻耗子吱吱叫喚著從我們眼前走過。我、長腳、小李，我們三個很好奇，想從那個位置上嘗試一下，是不是真的能看見女澡堂。我們站在窗口，那裡離澡堂大概有三百米遠，用肉眼幾乎什麼都看不到。

後來小李忽然拉了我一把，指著窗台以下的牆壁對我說：「你看。」我定睛看去，那裡黏著一串乳白色的、黏糊糊的液體，這種液體在我夢見女人的時候也曾出現過，但我從未有過將它們射在宿舍牆壁上的念頭。男人長了個雞巴本來是好事，但要是拎著它到處亂射，這就有點說不過去。長腳視力不大好，還湊過去看，我們就嚇唬他：「長腳，我要是在你屁股上踹一腳，那東西就能黏到你鼻子上去。」

我們把這件事告訴了保衛科，我們說梁禿子的兒子不是醫生變態狂，而是實打實的窺淫癖，有精液作證。總不能說醫生在做手術的時候會有性欲吧？射到病人的腹腔裡？這他媽太扯淡了。可是保衛科的人不相信我們，幾個小青工，嫉妒梁禿子的兒子，他看到了赤膊女人而我們沒有看到。跟這幫幹部沒什麼可多說的。

有一天我出去換燈泡，站在梯子上，忽然看到對面屋簷下寫著六個大字：胡得力，沒雞巴。又研究了一下，到底是誰幹的。小李說：「這還用研究嗎？當然是你寫的，你最恨他了。」

我說我沒幹過這麼無聊的事。小李說：「那你再費神把字擦掉吧。」我說這種事也不能由我來做。

九三年廠裡評先進，那是冬天了，我站在廠門口的宣傳欄前面，我看到玻璃櫥窗後面貼著很多照片，全是那一年的先進工作者。其中有白藍，也有胡得力。第二天清晨，起著大霧，我很早到廠，經過宣傳欄的時候看了看，發現照片外面的玻璃上被人用水筆畫了些圖案，白藍的臉上畫了一道鬍子，胡得力的嘴巴上被人畫了個雞巴。很滑稽。我擦掉了白藍的鬍子，但吃不準是否要替胡得力擦掉雞巴，那雞巴畫得唯妙唯肖，噁心得我都不想去碰。後來有人走過來了，我迅速返身，遁入茫茫大霧之中。

第八章

野花

我離開工廠之後，有很多個夜晚，都在稿紙上描述它。有時候我把它寫得非常傷感，有時候則非常快樂。我從來沒有寫過白藍，除了這一次。即使是在我三十歲以後，寫到她，也只是一些斷斷續續的故事，我不能一次就把她說完。我做不到。在我有限的生命裡，我將一次次地把她放下，又重新拾起。我用這種方式所表達的已經不是愛了，而是懷念。但是這種懷念來自於我身體最深的地方，是我血液中的一部分，不僅是白藍，還有其他人。

每一個秋天，站在白藍的醫務室裡，都能看到工廠外面的野花。那是一種沒有名字的花，大多數是黃色的，還有一小部分是橙色的。這些低矮的野花沿著工廠的圍牆，一直開到遠處的公路兩旁，它們非常絢麗，像很熾烈的陽光照射在地面上的顏色。連片的，綿延的，在陰暗的地方似乎要斷絕，但在開闊之處又驟然呈現出一片盛景。這種野花的花期很長，從十月開始，一直到霜降大地，它們都出現在我的視線中，用一種驕傲而無所謂的表情。在它們盛開的季節裡，有些路人隨意地採摘它們，然後又隨意地拋棄在路上，車輛輾過，黃色的花瓣被擠壓得粉身碎骨。即使如此，也無損於它們本身的美麗。

我喜歡站在醫務室的窗口，有時她不在，門沒鎖，我也擅自跑進去，站在那裡。她進來之後發現我在，起初她不說什麼，後來次數多了，她說：「小路，沒有人的房間，除非是你自己的房間，否則不要隨便闖進來。」我說：「你說話這麼繞，我一句都聽不懂。」她搖了搖頭說：「跟你講不明白。最近又被胡得力抓到了嗎？」我說：「沒有啊。我最近很老實。」每當說到胡得力，她就會再加一句：「你是個叛逆青年。」

我對她說，我不是叛逆青年。我做工人就是這個樣子，遲到早退，翻牆罵人，諸如此類的壞事，每個工人都可以去幹。假如我去寫詩，那我才是工人之中的叛逆青年。我還說到我堂哥，那個收保護費的，他也不是叛逆，他們黑社會裡面的規矩比廠裡大多了，誰敢不服？假如他去考大學，那他就是黑社會之中的叛逆青年。這種叛逆很少的，它不會被人扁，只會被人嘲笑。我一直認為，被扁的理想是值得堅持的，被嘲笑的理想就很難說了。

白藍聽了這些，就說：「我沒說錯，其實你還是個叛逆青年。」我聽了這話，無言以對。

九三年春天，我曾經和她一起去參加過化工局的一次先進事蹟報告，當時，每個廠派十個代表去參加，工會組織的。我在工會的名聲還是不錯的，工會的徐大屁眼選了幾個優秀職工，後來想到我和白藍曾經救過德卵，這也勉強算是一件先進事蹟。徐大屁眼就把我喊過去，通知我星期六下午不用上班了，去局裡聽報告。我對報告不感興趣，但可以不用上班，當然樂意，何況是和白藍在一起。

那天我和白藍騎著自行車，來到化工局的禮堂，裡面掛著很大的紅色橫幅，燈光明亮，人頭攢動，好像有一種開宴會的氣氛。白藍說，坐到角落裡去吧。我不幹，我要坐到第一排，她說我腦子有病，第一排都是領導坐的，那就第二排吧。我們坐在一個半禿的腦袋後面，我點起一根香菸，白藍說這裡大概不能抽菸，我返身一看，後面至少有十七、八個工人都叼著香菸呢。聽報告的時候，前面的領導也抽菸，台上的先進模範也抽菸，那時候沒有所謂禁菸的概念，只要不在生產區，只要不會炸死人，香菸是隨便抽的。

出乎我的意料，先進事蹟報告會很好聽。有人掉進汙水池，另一個人去救他，那人救上來了，另一個人死了。有人勇鬥歹徒，歹徒來廠裡偷鋼材，英雄拿著一個手電筒對付四個拿刀的，被捅成重傷，當然他的手電筒也砸中了其中某個歹徒。有人一年四季免費給廠裡職工疏通下水道，老婆鬧著要跟他離婚，因為他幹這個有癮，連家裡房頂漏了都不管。有人看見毒氣洩漏，非但不往外跑，還衝進去關閥門，群眾的生命保住了，他自己被熏成了傻子。

我聽了這些故事，對白藍說，我一直以為自己救德卵很偉大，可以上台做報告，現在才知道這根本算不上個鳥毛。這些先進事蹟太厲害了，你看過《聖鬥士星矢》嗎，他們簡直就是聖鬥士。白藍說，閉嘴，什麼神鬥士的，亂七八糟。

後來上來了一個老頭，是個老英雄，他為了修一台進口機器，把左手的四個手指頭，連帶小半個手掌全都軋掉了。他伸出左手給我們看，那隻手上長著肉乎乎的四根東西。老英雄盛讚醫生的再生手術，那個手術很神奇，就是在他的肋骨上開一個口子，把他的殘手埋到肋部，縫上，這樣子就像一個人總是在掏自己的錢包一樣。過幾個月再拿出來，殘手之上就長出了一塊肉，但這塊肉是不分岔的，看起來就像藤子不二雄的機器貓哆啦A夢，醫生再用刀子把這塊肉切成四條，好像削胡蘿蔔一樣削成手指狀，再包紮起來，就成了四根手指。當然，也可以切成八條，有八根手指也挺酷的，跟章魚一樣。

我聽到這裡，又目睹四根肉棍，很後悔自己坐在第二排。太殘忍，胃裡不舒服。我扭頭瞥了一眼白藍，她聚精會神地對著老頭看，還頻頻點頭，很有興趣的樣子。我忘記了，她是醫生，不是變態。

我問白藍，手指被軋下來到底該怎麼辦？我有一個女同學，在軸承廠工作，開車床的，他們廠裡隔三岔五被軋掉手指，一年下來，能捧出一碗手指，非常嚇人。我那個女同學不久前也把手指弄斷了，當場疼昏過去，邊上的工人把她送到醫院，有個小學徒聽說現在可以接手指，就把她的斷指撿起來，泡在酒精裡一起送了過去。醫生見了那手指，二話沒說，直接送去做標本了。白藍翻著眼珠搖頭，說：「怎麼可以泡在酒精裡呢？太無知了！」我說酒精不是防腐的嗎，還殺菌呢。白藍說：「泡在酒精裡，組織功能全都壞死了。應該找冰塊，找不到冰塊就用雪糕棒冰。」

聽完報告出來，已經五點多鐘。我說：「以後這種報告我再也不來聽了，本來是四點鐘下班的，聽個報告搞到五點多，不合算。」

白藍說：「去吃飯？我請客。」

我們在街上找飯館，我和白藍沒有固定吃飯的老地方，我說去吃麵，她說吃麵太寒傖，吃西餐吧。後來我們跑進一家牛排城，鬧哄哄的全是人，這是戴城唯一可以用刀叉吃東西的地方，桌子都是用大木板做的，有點像豬肉店的砧板，凳子也是他媽的條凳，只不過比麵館裡的條凳更寬更長。服務員端著刺啦刺啦的鐵板牛排在人群中穿梭。有人不吃飯，對著一個二十九吋的電視機狂唱卡拉ＯＫ，唱的是張學友的〈吻別〉。這根本不是西餐廳，我在電視裡見過西餐廳的，那裡很安靜，還點蠟燭，服務員穿得像新郎。白藍說：「你說的那是法國西餐廳，這個是美國西部的西餐廳。」

我們坐下來，在一群女中學生之中，大家都坐在一張條凳上。有個女中學生胸部特別大，她圖方便，把兩個胸就放在了桌子上。鐵板牛排端上來之後，刺啦刺啦的全都濺在她的胸上，她尖叫著跳了起來。我看得好玩，白藍擰了擰我的胳膊說：「不許朝人家看，小流氓。」

我哈哈大笑，我想起李曉燕奶奶的事情，當時我媽也是這麼對我說的。後來我想到李曉燕的奶奶已經死了，心裡有點難過，我就不笑了。這件事情我一直希望它沒有發生過：我沒有看到過麻袋片，或者，她沒有跳樓。這樣我都能過意得去。

我和白藍是並排坐著的，這麼講話很不方便，後來我騎在條凳上和她講話。她沒法騎，她那天穿著一步裙，就算不穿裙子，她也未必願意騎著凳子和我說話吧。

她說：「小路，你自己知道嗎？你和別的青工不一樣。」

我問她：「不一樣在哪裡？」

「我說不上來，你以後也許能去做點別的。」

「做什麼呢？」

「你不要用這麼弱智的方式和我說話，可以嗎？」她瞪我一眼。

我說，我來告訴你吧，我和別人有什麼不一樣。我的數學老師說過，我是一個悲觀的人，我以為這個世界上這種人比比皆是，後來發現不是這樣。悲觀的人很少很少，有些人本來應該悲觀的，可是他們打麻將唱卡拉ＯＫ，非常快樂。我身邊全都是這樣的人，我不知道自己應該用什麼方式來看這個世界，悲傷的，還是樂觀的。我小時候認為，一件事情要麼是快樂的，要麼是悲傷的，它們之間不具備共通性。可是我終於發現，悲傷和快樂可以在同一件事情上呈現，比如你咬了王陶福的老婆，很多人都認為這是一件好玩的事，都笑死了，但我卻感到悲傷。我悲傷得簡直希望自己去代替你咬她，這樣就不會那麼難過了。這就是我和別人的不同，僅僅是微小的不同，不足以讓我去做點別的。我和我身邊的世界隔著一條河流，彼此都把對方當成是神經分裂。

那天我在吵吵鬧鬧的牛排城，用很低的聲音說，白藍，我愛你。但那地方太吵，連我自己都聽不清。說完這句話，她沒有任何反應，我想放亮嗓子再大聲說一次，但我又覺得，這件事情連做兩次是很傻逼的，第一次是為了愛她，第二次純粹只是為了讓她聽見。我就當自己什麼都沒說過。

後來，我吃完了一盤黑椒牛排，感覺像什麼都沒吃，這牛排還不如我們廠裡的豬排呢。我也不想吃下去了，沒心情。我發給她一根香菸，她擺擺手，說：「我們走吧，鬧死了。」這時候，卡拉ＯＫ裡開始放黑豹的Don't Break My Heart。這次是原唱，很好聽。

出門之後，我們自然而然往新知新村方向去，先是推著自行車走，走累了就騎上自行車。我給她講些班組裡的笑話，長腳，六根，元小偉。她有時笑，有時皺眉頭。

在新知新村，她停下自行車，我習慣性地調頭回去。她說：「你上去坐一會兒吧，我有個東西要給你看。」我就停好自行車，跟著她往樓上走，樓道裡黑乎乎的。那時候我不知道上樓要走在女士前面，我只知道跟著她走，一步裙很性感，我眼睛正對著她的裙子，雖然樓道裡很黑，還是看了個一清二楚，躲都沒地方躲。

如今讓我回憶白藍的家，我能想起來的是：那是一套兩室戶的老式公房，房子的品質大概和農藥新村差不多，沒有客廳，陽台很狹窄。這套房子幾乎沒有裝修過，水泥地坪保持著毛坯房的本色，窗框是木製的，刷了一層綠漆，已呈剝落之狀。她就獨自住在這套房子裡。她拉亮電燈，到廚房去燒水，我獨自坐在朝南的房間裡。不久之後，她端著一碟瓜子進來，說：「在燒水，等會兒泡茶。吃瓜子？」我說我不吃，但是可以抽菸嗎？她說：「你隨便，菸缸在書桌上。」

她的家具非常簡單，幾近於宿舍。唯一有點特色的是靠牆放著個書架，裡面有幾排醫書，還有一些亂七八糟的書，烹調，外語，古代詩詞。趁她去倒茶的工夫，我抽出一本《婦產科病圖鑑》看了看。那本書裡面一張照片都沒有，全是用素描手法畫出來的器官，還打上陰影。等白藍端著茶進來的時候，我正翻到葡萄胎那一頁，以我當時的智力，怎麼也想不通好端端的一個孕婦怎麼會生出一串葡萄。

她從我手上呼地抽走了那本書，用鄙夷的口氣對我說：「你看這種書做什麼？」我說，隨便看看而已，又不是黃書。我很同情給這本書畫插圖的人，我的一個親戚就是學美術的，要是學了美術最後就是給婦科病圖鑑畫這種東西，那也沒什麼好玩的，還不如做電工呢。白藍說：「貧什麼嘴，這是科學！」

後來她從抽屜裡拿出一張紙，上面密密麻麻印著些字。她對我說：「你看看這個。」我一看，是一份夜大招生函。我說這個東西我知道，長腳就在考夜大，被人像狗一樣追來追去，都快跳河自殺了。白藍說：「你不要吊兒郎當的，我很嚴肅地和你說，你應該去考夜大。你現在上白班，晚上也沒什麼事，讀個夜大正好。」

我說：「要參加成人高考的，那些語文數學我全忘記光了。」

她從抽屜裡拿出另一張紙，說：「這是成人高複班的招生函，還有一個多月就結束了，你現在去上課，還是能趕得上的。」

我說：「我考慮考慮吧。」

白藍說：「小路，你有沒有考慮過別的，比如說，為了給你媽媽爭氣什麼的。」

我不愛聽這些，我最煩別人提我媽。我說：「我上班掙工資就是給她爭氣，我要是考上大學，她還得每個月給我寄生活費，操，養得活我嗎？」

她把兩張紙往抽屜裡一扔，說：「得了，算我白說。你就混吃等死吧。」

我根本不想和她談這些，她一個小廠醫，根本不知道我考上夜大以後會落得什麼下場。我肯定會被送到糖精車間去上三班，上三班就不可能讀夜大，除非三分之二的課程都蹺掉，或者三分之二的中班夜班都曠工，這兩件事是矛盾的。廠裡專門用這種辦法來整治那些讀夜大的青工。

後來我在屋子裡轉了幾圈，她住在朝南的房間，北邊屋子鎖著。我問她：「這房子你一個人住？」

「是的。」

「你爸爸媽媽呢？」

「都去世了。」

我不敢再問下去。後來我喝多了茶，去廁所尿尿，她家的衛生間是最老式的那種，蹲式的馬桶，水箱在很高的位置上，有一根繩子，拉過以後水就沖了下來。我伸手去拉，發現繩子斷了，就跑出去搬凳子，爬上去修理水箱。

白藍說：「哦，水箱繩子斷了，上個禮拜就斷了。」我說：「你不沖水啊？」她說：「拎個水桶沖水唄。」我一邊修水箱，一邊說：「你知道嗎，我以前也有個同學家裡是這樣的。他大便完以後用水桶沖水，結果水倒得太猛了，屎都漂到自己腳上了。」白藍皺著眉頭說：「你怎麼淨記得這種噁心的事情？」

我說，我也沒辦法，我腦子裡記得的都是些噁心事，好事記不住，大概是天生的。一腦殼都是屎的人沒前途，讀什麼鳥夜大啊。等我修好水箱，白藍就問我：「手洗了嗎？飯前便後要洗手你知道嗎？」我說我知道，我洗過了，剛才修水箱的時候，我在水箱裡洗了一下，比較節省。白藍說：「我有時候真的很鄙視你。」

後來，她對我說，不早了，可以回去了。我就老老實實往門口走，到了門口，我對她說：我想過了，我去上高複班，我去讀夜大，只要她高興就可以。我想我媽也會高興的，我這輩子只要她們開心，什麼都可以去幹，無所謂的，哪怕是去做亡命之徒。她聽了這話，就抱住我，在我的嘴上親了一下。

過了很長日子之後，她說起那天的事，她說自己有點被打動，因為我把她和我媽媽相提並論。她說我很會甜言蜜語，而且這種sweet與別人不一樣，為此應該親我一下。她又說起那次救德卵，我赤著上身在麵包車上睡覺，在迷迷糊糊的時候喊了她一聲媽，當時她就很衝動地想親我一下，因為有幹部在前面坐著，她就忍住了。

那時候我對她說，你又說鄙視我，又要親我，假如我是個知識分子，大概會很惱火，把你當成是個醫務室的卡門。但是你看，我一個擰燈泡擰螺絲的，就不會有這麼多雜念，這多好。我只會按照那種使我成為亡命之徒的方式往前走。我被這個世界鄙視，所做的一切都是為了讓人把我當成一個shit，但這些鄙視絕不會來自於你白藍。我又不是傻子，鄙視和喜歡會分不清嗎？要是分不清這個，那就被汽車撞死算了。

她吻了我。她後來說，她以為我會說愛她，但我沒說，而且跑掉了。我說，我已經說過愛你了，在牛排店裡，在醫務室裡，在三輪車上，甚至是在豬尾巴巷我們初次認識的時候。她說那些都不算，她要我說愛她。我就說：「白藍，我愛你。」

那天她親我，她的手捧著我的臉，我覺得自己像個被夾子夾住的老鼠，嘴巴被擠成一朵喇叭花，舌頭伸不出來。她也不管我死活，親完之後，她說：「好了，回去吧，路上當心點。」我不太甘心，就捧著她的臉也這麼親了一通，讓她嘗嘗被夾住的滋味。然後我鬆開她，撫了撫她的頭髮，就走了。我下樓時候速度飛快，她怕我摔死在漆黑的樓梯上，其實我跑慣了這種樓梯，我知道所有公房的樓梯都是十七層台階，絕不會踩空一腳。她想叫住我，但我走得太快，而且在樓下嗷地喊了一嗓子，新知新村的人都從窗口探出頭來看我。她歎了口氣，關上門，任由我跑掉了。

我想起她的床。那是一張單人床，很乾淨，很簡單的被褥，有一個藍色的枕頭。看到她的床會聯想到她睡覺時的樣子，週末早晨的陽光是不是會照到床上，做夢的時候會不會從床上掉下來。我甚至看到，枕頭上曲折地臥著幾根頭髮。每當我想起這些，心裡就很悲傷。這張床太小，如此單薄彷彿她和我一起經歷過的幾樁破事。這是為睡眠而準備的床，僅僅為睡眠而準備。假如我們之間再發生一些別的，或許這張床會給我留下更好的印象。

直到我自己想睡去，在無人的地方閉上眼睛，永無夢境地長眠。僅僅是睡眠的床也可以代表著一種幸福，我後來才知道。

九三年長腳考取了夜大，是戴城大學辦的，機電專業。他高興死了，請結拜兄弟吃飯。化工廠附近根本沒什麼吃的，一個是麵館，飛著幾百個蒼蠅，還有老鼠與人共餐，服務員是個酷愛翻白眼的中年婆娘；另一個是茶館，只有水，沒有固體食物。這兩個地方都不適合開慶功party。長腳把我們帶到公路邊上一個停車吃飯的地方，那地方不錯，幾個頭髮枯黃的小丫頭站在路邊，對著來來往往的汽車招手，她們是這裡的服務員。長腳點了小半桌菜，大多是素菜，葷菜只有炒螺螄和炒雞蛋。他又拎了幾瓶啤酒，我們三個開始喝著，喝到一半的時候，外面一陣自行車鈴聲，小嘛嘴跑了進來。

小嘛嘴終於把那臘腸一樣的辮子剪掉了，這還得歸功於我，我在小李面前說了好幾次，你老婆把臘腸掛腦袋後面。他起初是不敢對她說的，後來時間長了，被我灌輸得有點癡呆，一不小心說了出來。小嘛嘴聽了，二話沒說，跑到美髮廳去剪了個齊耳的短髮。從這一點上說，小嘛嘴確實和小李是青梅竹馬，感情不一樣。假如是由我來說出臘腸這一節，準保被她臭罵一頓。她罵我和長腳都已經習慣了。

見到小嘛嘴來，長腳又點了個肉末粉絲煲。我們照例是舉杯慶祝，酒過三巡，小嘛嘴對長腳說：「長腳，你這回慘啦。」

長腳臉色頓時耷拉下來。小嘛嘴帶來的消息，都是勞資科的內部消息，這些消息全是噩耗。她雖然長得很甜，其實是個烏鴉。

長腳說：「怎麼啦？」

小嘛嘴說：「胡科長知道你考上夜大了。」

長腳說：「誰傳出去的？」

小嘛嘴說：「全廠都知道你在考夜大，你自己填招生表的時候把工作單位也填上去了吧？」

長腳說：「不填單位不給考的。」

小嘛嘴說：「所以啊，胡科長打個電話過去就知道了。聽說你成績不賴啊，全都及格了。」

長腳已經無心聽她調侃，他站起來在飯館裡打轉，說這下完了這下完了，肯定被送到糖精車間去上三班了。我們看著他像個籠子裡的狼一樣，轉得眼睛都暈，小嘛嘴說：「長腳，坐下說話。」長腳雙手撐著桌子，兩眼忽然全是血絲，瞪著她。小嘛嘴大叫一聲：「媽呀，嚇死我了！」長腳說：「胡得力怎麼說？是不是要把我送去上三班？」

小嘛嘴說：「沒有。胡科長就說，你學了機電也沒用。廠裡學機電的至少有四、五十個人，都在上三班呢。除非你學管工。」

長腳大叫起來：「夜大沒有管工專業的！讀了個大學，我還是修管子嗎？」

我們三個坐在那裡，被他的唾沫星子噴在臉上，全都直著身子點頭。後來小嘛嘴安慰他說：「你也別難過了，這兒還有人學會計呢。」

「誰啊？」長腳和小李一起問。

「我。」我舉起手，眼睛看著窗外。

說實話，這個消息我是瞞著所有人的，我讀高複班，我參加成人高考，我被夜大錄取，只有白藍知道。我可沒想到胡得力會打電話去夜大查詢，如長腳所說，考夜大必須要填工作單位。當時我想也沒想，就寫了個戴城糖精廠，早知道還不如寫個體戶呢。後來長腳跳出來掐我的脖子，說，你怎麼會考上夜大的，你根本沒複習怎麼會考上夜大的。我用力摘下他的手，說：「你是技校畢業，根本沒參加過高考，我是高中畢業，我基礎比你好多了。」

長腳說，這下完了，雙雙去上三班吧。我說他神經病，我又不是他女朋友。照我的看法，我去上三班的可能性倒更大。小嘛嘴說：「胡科長說了，你一輩子做不了會計的，你會貪汙的。」我就說，這話邏輯有問題，既然說我一輩子做不了會計，怎麼又知道我會貪汙呢。小嘛嘴不跟我討論這種問題，她不理解什麼叫邏輯，這種重複嘮叨的話只有跟白藍繞著才有意思。

後來他們問起我，為什麼去學會計。我說我也不知道，我讀的是文科班，可以不用考化學物理，理科是我的弱項。去填招生表的時候才發現，夜大的文科專業只有兩個：文秘和會計。我他媽的很鬱悶，我還以為自己能讀個中文系什麼的，結果只有秘書和會計讓我選擇。我想了半天也不知道自己該讀哪個，後來招生的老師急了，讓我不要磨蹭，我就問他：「您看我是像秘書呢還是像會計？」老師端詳了我一會兒，搖頭說：「都不像。」我只能閉著眼睛填了個會計，不像就不像吧，也許老了以後能像。

小嘛嘴說：「反正，胡科長沒說要送你們去上三班，但你們小心點，我聽說糖精車間要擴產啦，缺人，明年至少要調一百個人去上三班。」

有關一百個人去上三班的事情，後來被證實確有其事。一時間，白班工人風聲鶴唳，三班工人幸災樂禍，甚至有些基層幹部都打起包裹，要求調動到別的廠去。糖精車間的新廠房正在緊鑼密鼓的建造中，眼看著它一天天造起來，大家的心一天天沉下去。這中間還地震過一次，可惜震幅太小，光是把河邊的泵房給震塌了，耗子全都跑了出來。糖精車間安然無恙，他們說，這車間投產以後，裡面的動靜就等於是七級地震，這房子除非扔炸彈，否則不會倒。

我考上夜大以後，整個夏天就在等開學，心情非常糟糕。但我爸媽心情好極了，我媽都快哭了，認為我要求上進，是個好青年。我爸爸強忍著激動，用深沉的嗓音對我說，家裡在我這一輩上沒出過大學生，光出過我堂哥那樣的流氓，所以我這是光耀門楣的壯舉。我看了看咱家的門楣，心想，爸爸，一個野雞大學也值得你這麼激動嗎。

我想退學是沒門了，感覺是上了賊船。我媽在樓道裡宣傳了一圈：「我們家小路考上大學了。」鄰居不明白，就問：「咦？你們家小路不是在糖精廠做電工嗎？現在大學又開始招工農兵了？」我媽說：「不是工農兵大學，是夜大學。」鄰居就說，小路真上進啊。然後回家去拍自己兒子的頭皮，要他向我學習，一邊做工人一邊讀大學，既賺錢又拿文憑，全世界的美事都被路小路一個人獨占了。

那時候我們樓裡有個讀高二的小子，重點中學少科班的，眼鏡片子跟瓶底一樣，而且羅圈腿，看起來像個殘廢。殘廢的媽媽也教育他，向路小路學習啊，不甘墮落，奮發圖強。殘廢很不耐煩地對他媽媽說：「夜大算個屁啊！我初三就能考取夜大了。」殘廢的媽媽就狠狠地教育他，說他太不謙虛。其實，殘廢說得一點沒錯，夜大算個屁，不但文憑沒鳥用，還有可能連累老子去造糖精。後來，過了兩年，殘廢沒去考清華北大，而是考了個佛學院，剃頭做和尚去了。殘廢的媽媽哭了個半死，到我家來訴苦說：「早知道這樣，當初還不如讓他像小路一樣考個夜大呢。」我這才知道，天下的母親，都具有一種非凡的預見能力，當初她讓殘廢向我學習，原來並不是學我的上進之心，而是學我的入世之心。我媽也是如此，夜大的文憑無法讓我去廠裡做一個會計，但至少能讓我娶一個讀中專的姑娘，如果運氣好，說不定能娶到個讀本科的。這也是一種入世精神，可惜我和殘廢都不能體會母親的一番苦心。

九三年，他們說，我和長腳都可能去糖精車間上三班。首先，我們兩個都考上了夜大，這種人天生就應該去上三班造糖精，苦其心志，勞其筋骨，令其想死。其次，我是什麼技術都不會，只會擰燈泡，很容易被淘汰；長腳則是他們班組的頭號犧牲品，如果上頭要抽人去造糖精，長腳肯定是第一個被出賣的。

那時候六根給我們出餿主意，要想發達，就去泡廠長的女兒。廠長的女兒是化驗室的，你看見她就會想起我們廠長，兩個長得實在太像。都說女兒像爸爸，但不能像到那種程度，晚上跟她睡在一起，乍一睜眼，還以為是睡她爸爸，這就太恐怖了。這姑娘一如廠長，矮胖，圓臉，戴一副寬邊玳瑁眼鏡。身材臉蛋也就算了，為什麼要跟爸爸戴一樣的眼鏡，那就天知道了。廠裡的工人不正經，說她戴四個胸罩，胸口兩個，臉上兩個。

我們一聽要去泡四個胸罩的姑娘，一起搖頭。六根說，你們別臭美了，這姑娘可高傲呢，見誰都不理的。我們就一起點頭，是的是的，廠長的女兒她當然有理由高傲，而且也應該難看，否則人人都去泡她，她忙得過來嗎？

六根說，聽說秦阿姨正在給四個胸罩的姑娘找對象，把科室裡的未婚男青年翻了個底朝天，其中頗有幾個躍躍欲試的，既然科室青年都不怕死，我們這些做電工管工的就更無所畏懼了。我和長腳猶豫了半天，我說還是讓長腳去泡吧，我名聲太臭了。大家都表示同意。長腳說：「我競爭不過科室青年的。」後來雞頭在長腳後脖子上拍了一巴掌，使之恍然大悟，雞頭說：「你他媽的泡上了她，你不就是科室青年了嗎？」

長腳又說：「那我去泡她，小路怎麼辦呢？」我們幾個一起朝他後脖子拍去：「你他媽的泡上了她，小路還會去上三班嗎？」

工廠裡泡姑娘是花樣百出的，最簡單的辦法是拔氣門芯。我有個姑姑是工人，年輕時候很美，有一天她下班發現自行車氣門芯沒了，正在發愁，這時眼前出現了一個濃眉大眼的青工，該青工非常關心地說：「自行車壞了？我來修。」然後他就像變戲法一樣變出了一個氣門芯。我姑姑年少無知，三下兩下就愛上了這個助人為樂的青年，後來他就成了我姑父。

還有跑到班組裡去吹牛的。還是我的姑父，到我姑姑班組裡，對著其他人狂吹，說自己會縫紉，會打毛衣，會燒菜。一邊吹牛，一邊用眼風掃我姑姑。我姑姑在旁邊聽著這些，心裡越發傾慕，八〇年代會打毛衣的男青年絕對是珍品。後來結了婚才知道，屁，他什麼都不會。我姑姑也是瞎貓拖上死耗子，姑父憑著這手狂吹的絕技，若干年後做上了全廠的黨委書記。

有關糖精廠的化驗室，那裡戒備森嚴，一般人進不去，只有電工可以自由出入。化驗大樓有上百根燈管，幾乎每天都有壞掉的，平時都是攢齊了一起換，遇到電工心情好，也可以主動跑去換燈管，檢修電路。泡化驗室的姑娘，乃電工的天職。但是，化驗室對長腳來說是一個無法企及的地方。長腳是管工，化驗室裡有很多燈泡，有很多燒杯，有很多儀表，就是他媽的沒有管道。假如長腳隨隨便便跑進去，可能撞上女化驗員換衣服，那他就慘啦。女化驗員都是穿白大褂的，白大褂下面就是胸罩和褲頭，如果他撞上的不是四個胸罩的姑娘，而是兩個胸罩的老阿姨，一種可能是被送到保衛科，另一種可能是被就地強姦掉。

後來六根出主意，下次去換燈管，帶上長腳一起去。這個主意雖然很糟糕，但也不失為一個辦法，長腳化裝成電工混水摸魚，我們的任務是掩護他。

那天我們藉口檢修電路，統一換燈管，幾個電工一起跑到化驗室去，順便帶上了長腳。結果，千算萬算，忘記問一聲四個胸罩的姑娘在不在。她那天正好調休。長腳非常沮喪，在化驗室百無聊賴，他就主動爬到桌子上去換日光燈管，不料被電了一下，直接從桌子上滾翻在地。倒楣的長腳被兩個阿姨抱著，阿姨大聲喊他的綽號：「長腳——」我們跑過去看時，長腳腦袋枕在阿姨臂彎裡，好像將死的烈士，另一個阿姨在給他按摩胸口。這情景非常不堪，我們都看不下去，收拾起工具全都走了。走出化驗大樓時，聽見後面一陣腳步，長腳連滾帶爬地跟著我們跑了出來。

雞頭說，長腳實在太差勁了，看看小路吧，陪小姑娘嗑瓜子，給小姑娘講笑話，換一個燈泡得四個鐘頭，媽的，四個胸罩的姑娘看來得小路去對付。長腳就說：「小路，你去對付也一樣，泡上了別忘記把我也調到科室裡。」我只能哼哼哈哈地敷衍他們，心裡很擔憂。我們電工班的人都是碎嘴，這消息假如傳出去，廠長知道我們這麼泡他的千金，恐怕會把我和長腳都送到鍋爐房去。

九三年我和長腳的運氣好到了家，本來很有可能去鍋爐房的，結果，我們廠長莫名其妙被調走了，來了個新廠長。科室青年的求婚行動立刻偃旗息鼓，再也沒有人想泡四個胸罩的姑娘了。我們也順竿子往下爬，這姑娘簡直是燙手的山芋，誰都不想去碰，碰了她，很可能被新廠長送到鍋爐房去。政治鬥爭真殘酷啊。

新廠長上任，我們都期待著糖精車間擴產的事情能擱淺，誰知，新官上任三把火，他不但要擴產，而且要大大地擴產，使我們廠成為全球糖精的主要生產基地，讓其他的糖精廠都倒閉。三班工人的缺額，從一百個猛增為一百五十個，所有的閒差都要重新整頓，連食堂裡運泔水的都不例外。大家咒他斷子絕孫，他也確實沒有小孩，泡廠長女兒的計畫徹底落空。

回憶我的九三年，除了考上夜大以外，還有一件事值得我媽高興：我入團了。

秋天到來的時候，陳小玉來找我。陳小玉是新調來的團支部書記，一個模樣甜甜的姑娘。那時候流行這種甜妹型的，我誇她長得像著名歌星楊鈺瑩，她聽了還挺高興。如今要這麼誇她，估計就是找抽了。

陳小玉說：「路小路，你還不是團員吧？」我點了點頭。說起這個我就自卑，中學的時候我曾經模仿班級裡的優等生，打過入團報告，從初二一直打到高三，每年清明節之前我都要把自己的思想靈魂剖析一番。但我不大會寫入團報告，把自己形容得無比慘。學校團支部書記把我叫去，說：「我們是吸收團員，不是施粥。你再回去斟酌斟酌。」過了幾天，我去打人，把一個低年級的學生打成了神經病，看見我就發抖，半夜裡夢見的不是裸體女人，而是我翹著二郎腿對他詭笑，他居然還為此遺精，簡直見了鬼，只能去看心理醫生。這件事被學校裡知道了，團支部書記又把我叫了去，說：「前幾天我說錯了，你不用斟酌了。」

這世界上有一種東西叫個人檔案。我在小說裡讀到，檔案是一種與你自己密切相關、而你自己卻不會見到的東西。比如小學老師給你寫了個評語：該生很淫蕩。這條評語入了檔案，就是在你臉上敲了個金印，古代叫黥刑。這個黥，你自己還看不見，別人卻知道。要洗脫這種罪名是非常困難的，因為不會有第二個老師為你正名：該生其實不淫蕩。第二個老師通常會說：該生的淫蕩隱藏得很深。這他媽就徹底完蛋。沒有人能證明我不淫蕩，除非我是陽萎，但陽萎也可以做到心淫身不淫，隱藏得很深。

我把人打成神經病，此事確鑿無疑，並沒有冤屈了我。只是，夢遺到底算不算神經病，我不知道；這件事到底有沒有入檔案，我也不知道；如果入了檔案，我是不是還能入團，這我更不知道。後來陳小玉讓我入團，我便確信，曾經把人打得遺精的事情並沒有入我的檔案。我覺得自己以前雖然做過不少壞事，但也有過救人為樂的好事，做了電工，讀了夜大，還有一個挺不錯的女朋友，簡直已經到了人生的頂峰，目前確實是洗心革面的好時機。

有關入團，我心裡很欣喜。人都有一種向上的積極性，即使在最墮落的時候。被槍斃的人看見陽光還會覺得欣慰呢。我對陳小玉說：「入團申請書該怎麼寫呢？」陳小玉開玩笑說：「你大字不識幾個，寫入團申請書，簡單一點誠懇一點，把自己的想法說出來就可以了。」我聽了這話，非常之沮喪，我是大字不識幾個的人嗎？

我當時還謙虛了一下。我對陳小玉說，我在廠裡表現很差，經常被胡得力抓遲到，獎金扣得只剩下個位數。我這種人能入團，自己都覺得慚愧。陳小玉說：「你不是救過趙崇德嗎？好好表現，將來一定會有出息的。你也不是沒優點啊。」

我說：「好吧，小玉姐姐，只要你開心就好。」她聽了就特別開心。

入團那天，我們跑到食堂去宣誓，男男女女十幾個人。那個王八蛋業餘攝影師還給我們拍照。這次他沒敢馬虎，把我拍得很瀟灑。只有食堂的秦阿姨不識相，站在一邊看熱鬧，還指著我說：「這個路小路腦子被撞壞過的，怎麼也能入團啊？他的腳啊，臭得都不能靠近啊。」

有一件事情我一直想不明白：為什麼某些人認為我很善良，很有培養前途，很值得和我說話談心，而另外一些人則認為我完全是個垃圾，除了去糖精車間上三班，再也沒有別的事可幹。這種困惑幾乎瀰漫在我的整個青春年代，可以當作是個形而上的哲學問題來思考。後來我是這麼認為的：前者是那些親愛的人們，我從生下來就要為他們唱歌寫詩、講黃色笑話，我要用很溫柔的態度把他們寫到小說裡去；後者則完全是混蛋，我要八輩子去你媽的。這個想法很幼稚，像個二元論者。納博科夫說，所有打算清帳的小說都寫不好，不管是歷史的帳還是個人的帳。除此之外，還會像個憤怒的傻逼，我很不喜歡傻逼，尤其是憤怒的，所以我對自己的想法一直都很批判。

我入團之後，午飯時間經常往陳小玉辦公室跑，她的辦公室也在小紅樓裡，在圖書館隔壁，再往裡走就是醫務室。這一帶對我而言，用一個很濫的詞來形容：溫馨。

陳小玉熱愛文學藝術，案頭常備一本《收穫》，我翻了翻《收穫》，陳小玉就說：「怎麼著，對文學感興趣？」

我立刻說：「是啊是啊，我對《收穫》很感興趣，一個人讀了《收穫》就可以說我大字不識幾個，看來《收穫》裡面一定有很多我不認識的字。」陳小玉知道我在編派她，也不生氣，遞給我一張小報，說是廠報，如果我樂意寫點散文什麼的，儘管往她那裡投稿。

我順手翻了翻，這張廠報就像考卷一樣大，對折起來，第一版是廠內新聞，第四版是勞模表彰，第二和第三版就是青年文藝作品，有散文，有詩歌，有書法，有篆刻。這張報紙有一個很好聽的名字：今日糖精。

陳小玉說：「新辦的報紙，歡迎你提意見。」

我沒什麼意見可提的。我到團支部來，主要是看看白藍，順便再看看科室女青年。說實話，做電工雖然跑了很多科室，但對科室女青年還是很陌生。她們都很美，近距離接觸她們是一種罪過，比寫詩還危險。我常常覺得，我就是汙泥，而她們是荷花，我的存在就是為了使她們看起來更晶瑩動人。等我入團以後，在團支部見到了密集的科室女青年，她們離我很近，甚至和我擦肩而過。那麼多美麗的女孩啊，個個年齡都比我大，我恨不得全都認作姐姐，可惜她們還是很晶瑩，不理我。我記得有一個科室女青年長得非常美，鵝蛋臉，皮膚好得要命，臉上永遠帶著微笑。這種膚色不可能出現在三班女工的臉上。別人都誇她好看，還說她臉上是職業性的笑容。我當時不解，職業性的笑容，那不是三陪嗎？

與科室女青年相映成輝的，是科室男青年。他們在午飯時間聚集於此，他們來自宣傳科、勞資科、保衛科、財務科、供銷科、檔案室……他們通常都會拿著一本純文學雜誌，這都是從圖書館借出來的。他們很斯文，和科室女青年交談說笑，他們會提到蘇童的小說和張藝謀的電影。與之相比，生產男青（就是搞生產的青年男工）手裡都是一本《淫魔浪女》之類的下流武俠小說，也是從圖書館借來的，他們叼著香菸，隨地吐痰，嗓門大得像馬達。誰是科室男青，誰是生產男青，一目了然。只有我顯得很特別，我手裡是一本《收穫》，但我其實是個電工。

我的這種做法，首先被科室青年鄙視，認為我是在裝逼，其次是被生產青年鄙視，認為我還是在裝逼。只有陳小玉和圖書館的海燕說，路小路是個有點天分的文藝青工——請注意，不是文藝青年，是文藝青工。

九三年是一個無處可去的年份，在工廠裡上班，外面的世界變得很快。七〇年代，工廠裡是什麼樣，外面就是什麼樣。八〇年代，外面有舞廳和錄影館，工廠的娛樂設施顯得落伍，有些工廠也跟著造舞廳，造錄影廳。再後來，外面有電子遊戲房，有網吧，有桑拿，這下子工廠跟不上了，總不能把車間改造成娛樂中心吧？

那唯一不變的娛樂場所，圖書館，就成了國營企業的夢幻之星。每天中午，糖精廠的圖書館對外開放，《淫魔浪女》與《約翰．克里斯朵夫》雜陳在一起，還有各種各樣的雜誌，亂七八糟的錄影帶。在這個圖書館裡有全套的二十世紀外國文學叢書，有人民文學出版社的網格版古典名著，當然還有各色盜版武俠小說和言情小說。我對張小尹說起過去，就會說那個圖書館裡有很多我想看的書，起初我也看《淫魔浪女》，後來看些別的，外國古典名著和中國先鋒派之類。我的目的很簡單，只是為了讓自己看起來像個讀野雞大學的。

我現在住在上海，爬滿蟑螂的地方，有時候會夢見化工廠的圖書館，那裡很乾淨，沒有蟑螂，某些季節裡會有一些蠓蟲從窗外飛進來。我坐在裡面看書，那唯一的吊扇翻動著書頁，風捲動淡藍色的窗簾，時間在我的注視下流逝。在那幢樓裡，白藍、陳小玉、海燕，還有各色各樣的科室女青年，她們也像那些書，被我的記憶整理之後放在一個安靜的地方，我年輕時遇到了那麼多姐姐，現在我三十多歲了，姐姐們都去哪裡了呢？有一天我在上海的舊書市場晃悠，竟然淘到一本敲著「戴城糖精廠圖書館」圖章的書，豐子愷翻譯的《落窪物語》，我把這本書揣到口袋裡的時候，心裡非常傷感，好像是從廢紙簍裡找到了我遺失多年的情書。我又想起，我辭職的時候有一本紀德的《偽幣製造者》沒還給圖書館，有一天我媽看到這本書，非常擔心，以為我失業在家，要去造假鈔餬口。這些書都被我珍藏在書櫃一角，將來我死了，可以給我兒子看看。

我現在回憶糖精廠圖書館，那裡有個管理員，叫海燕。她是戴城小有名氣的詩人，經常在晚報上發表作品。我後來還遇到過一些姑娘，她們也叫海燕，無一例外都很有文藝細胞，有的是畫畫的，有的是攝影師，有的酷愛寫作。為什麼叫海燕的姑娘都會有那麼一點與眾不同呢？我的看法是：從小就受了高爾基的薰陶。上學的時候，語文老師讓我朗讀課文〈海燕〉，我站起來直著嗓子念道：「〈海燕〉！高爾基在蒼茫的大海上……」被語文老師用一個黑板擦扔中了額頭。語文老師說我永遠不會像海燕一樣擁有遠大的抱負，而一個名字叫海燕的姑娘是絕不會這麼無聊的。

在《戴城晚報》上發表詩歌是一件非常牛逼的事情。我不能想像自己的文字變成鉛字，我第一次看到自己的文字被打印出來，由一組歪七歪八的象形文字變成方方正正的宋體字，心情激動得要昏倒。文字變成鉛字，就是鐵證如山的事情，就像一記耳光拍在臉上，就像暴露狂被聯防隊員赤身裸體地抓獲在大街上。

有關我寫詩，經過是這樣的。有一天海燕對我說，路小路，你和其他青工不一樣啊。這句話我已經聽白藍說過了，現在又有人這麼說，心裡畢竟很激動，認為遇到了知音。我問海燕，我有什麼不一樣。她說，其他青工都是看《淫魔浪女》，你看的是《悲慘世界》。我心想，我看《悲慘世界》就是為了體會一下，什麼叫悲慘。海燕說，這本書很好，很勵志的。媽的，悲慘世界還勵志？

那天海燕從抽屜裡拿出幾本詩刊，說：「你拿回去看看吧。或許你會感興趣。」這些詩刊不是圖書館的，是她私人的，工廠裡什麼雜誌都有，就是不會有詩刊。我說：「寫詩啊，不就是句子分行嗎？」她說：「口氣不小啊，寫幾個出來，讓陳小玉登到廠報上去。」

那時候我想不到，自己寫詩，還刊登到廠報上去，是件找死的事。我還以為很牛逼呢。原先廠裡就一個海燕是寫詩的，她很美，又很懂事，領導都喜歡她。在廠裡人看來，她寫詩是一種類似女紅的活計。後來我成為糖精廠第二個寫詩的人，但我是個電工，而且聲名狼藉，別人把我當個傻逼，我自己還不知道。那時候胡得力看見我的詩，就說，這是不務正業的典型，應該把路小路送到糖精車間去，他就知道什麼是詩意的人生了。

現在我知道，寫詩的人有一種毛病，就是喜歡鼓勵別人寫詩。陳小玉和海燕發現了我的才能，但同時也把我送到了坑裡。工人師傅遙遙地看見我過來，就衝著我大喊：「詩人！詩人！」我羞愧難當，恨不得找個地縫鑽進去。幹部看見我，一般不嘲笑我，而是用一種很冷的目光瞟我。我去上廁所，聽見有人蹲在那裡大聲地讀我的詩，然後把廠報搓一搓，用來擦屁股。我也不知道為什麼會招來那麼多嘲笑，起初我以為他們嫉妒我的才華，後來發現，他們根本把我當成是個寫打油詩的。

當時我很後悔，自己沒事找事，費了半天勁，其實是找死。現在我三十歲了，我已經不想為這種事情慚愧了。我二十歲的時候就算不在這件事上找死，也會死在其他事情上，反正都一樣。一切都去他娘的吧。

有一天，我獨自在化驗室裡換燈管。那些化驗女孩說：「喲，路小路哎，現在是詩人。」我說你們不要取笑我了，我一個電工而已。那些女孩說：「你寫得很好啊，很有李清照的韻味。」我想了半天，認為這是一種表揚，而且是善意的，我就很開心。為了報答她們，我把剛學來的一種遊戲表演給她們看，這是我從夜大學來的，叫做筆仙。工廠裡的女孩不懂筆仙，筆仙最初是在大學裡流行的。

我對她們解釋了一下，什麼是筆仙，然後拉起窗簾，在桌上鋪開一張紙，寫上字，念叨了幾句咒語。我和一個女孩握著一支圓珠筆，旁觀的女孩都很緊張，小臉蛋都紅了。這個遊戲確實很好玩，用來泡小姑娘最合適不過。圓珠筆在一種神秘的力量下，慢慢地在紙上打轉。筆仙出來了筆仙出來了，她們小聲地發出讚歎。路小路你真神奇，你從哪裡學來的，你一定要教教我啊。

後來，化驗室的大門被哐當一聲推開，一群幹部從外面走進來。那些化驗女孩尖叫一聲，像松鼠一樣四散而逃，瞬間之後，只剩下我一個人坐在桌子上，手裡捏著一支圓珠筆，茫然地看著他們。我第一個看到的是胡得力，然後是倒B，然後是小畢，這使我產生了一種錯覺，以為自己是在夢裡。冤家路窄，也不能窄到這個程度。後來，有一個瘦高的中年人走到我面前，他穿著不藍不綠的廠服，而我穿著槍駁領的西裝。他指著我問：「哪個班組的？」

胡得力搶上一步，說：「電工。」

中年人面無表情地說：「讓他去糖精車間上三班。」然後又指著胡得力的鼻子說：「你是怎麼搞管理的？」

後來我知道，這個中年人是我們新任的廠長，那天他帶著各個科室的幹部出來突擊檢查。有關他，我只知道他是一個著名的企業家，在他的經營之下，我們廠成為戴城唯一一個沒有下崗職工的國營企業。我撞在他手裡，死得硬邦邦的，沒有任何迴旋餘地，送一百條中華菸也沒用。

那時候只要是個廠長，就被冠以企業家的稱號。戴城有句諺語，只有窮廠，沒有窮廠長。那一年戴城的輕工企業開始下崗，工人拿一百多塊錢工資，然後解放回家。我們廠恰恰相反，別人在賣廠房賣設備，我們在擴產，大批職工被送到三班第一線去造糖精。我們廠長被稱為「真正的企業家」，以區別於「一般的企業家」和「倒閉的企業家」。但我覺得這件事和我沒什麼關係，很多人說他牛逼，那就讓他去牛逼吧，上三班是傻逼，下崗也是傻逼，兩者對我而言沒什麼區別，要麼做苦力，要麼做妓男，我的未來就這兩條路。

第九章
澡堂

若要我講出整個糖精廠最喜歡什麼地方，出於感情我會說是醫務室，出於自尊我會說是圖書館，出於敷衍我會說是自己戰鬥著的每一個崗位，出於叛逆我會說是後門司機班養狗的小房子，其實都不是，我和所有人一樣愛著那個倒楣的澡堂，一點沒顯示出自己智力或生理上的與眾不同。

澡堂什麼樣子，我已經說過了。現在可以說說澡堂裡的人，反正我沒福氣看裸體女人，就只能描述一下裸男了。他們分為兩種，一種是青年，無論身材優劣都顯示出了年輕人的朝氣，另一種是中老年，他們或堅硬、或凋零、或殘破，只要脫光了別想蒙混過去。偶爾也會有小孩進來，光著屁股在池子裡游泳，這不在我考慮之列，我討厭小孩。我比較愛看鍋爐房的師傅，他們一夥人進來，嘩地脫掉髒衣服，露出呆板的肌肉，全都像是擰成一坨的毛巾，然後一言不發往池子裡跳，十分憂鬱，彷彿失勢的大佬。當然還有更帥的，例如六根，他戴著很粗的金項鍊泡在水裡，雙臂張開擱在池沿，還叮囑我：這樣泡著一定要把自己的乳頭露出來，因為乳頭浸在水裡會讓人覺得像少女。我不以為然，順便多看了他幾眼，果然胸脯鬆垮，和我強健緊實的胸肌沒法比。

我去過一些公共澡堂，包括後來的桑拿房、大浴場，規矩很多，比如你不能把塗滿肥皂的身體浸在水池裡，也不能在池子裡洗短褲，也不能游泳。但在工廠澡堂裡，這些規矩全都是狗屁，還有人在水裡尿尿呢。若干年後我和一個朋友去大浴場，我很自然地往池子裡蹦，這位大概有潔癖的，立刻尖叫起來：「天吶，你竟然在大池裡泡澡，太髒了。」我說髒個屁，這水不錯啊。這個朋友說，你不知道現在有很多人是染上性病的嗎？我一聽就趕緊爬出來了。想想我二十歲的時候，曾經很天真，以為這池水就是純粹混合了泥漿，而那一千多個男人竟沒有一個患有淋病梅毒什麼的。

在鉗工班的時候，我比較老實，通常跟著老牛逼一起進去，還得幫他拎著毛巾肥皂，他洗澡，我在旁邊候著，他往池沿上一躺，我就絞了毛巾給他搓背，做一個最勤奮最阿諛的學徒工，等到全部弄好了，我還得跑到沖淋房給他搶水龍頭，然後大喊：「師父，這裡這裡。」別人聽著，以為我他媽的是悟空。這種日子我受夠了，後來他退休，我調到電工班，跟著長腳、小李和六根等人來洗，總算有了一點地位，這時會看見鉗工班的魏懿歆，他還在給德卵搓澡，德卵算是找到終身免費的馬殺雞了。

我們在水池裡調笑，互相潑水，好像歡快的少女，有時候還把人按進水裡，讓他喝一口，我也被人按過，告訴你，水是甜的，因為糖精車間的工人已經在下午率先洗過一輪了。有一次鬧得實在過頭了，保衛科的王明怒了，跑過來一把揪住六根的胸部。六根很詫異，因為他光著，並沒有一絲一縷可供對方揪，後來發現王明真的是用手捏住了他的胸大肌，而且掙脫不掉，六根就慘叫起來。我們撲上去，把王明拖開，在水裡打了起來，沒一個打得過他的，只有六根奮起，在王明的屁股上留下了幾條抓痕，算是報了握胸之仇。

水裡泡過，我們去沖淋。其保留節目是用毛巾抽打下體，當然是抽別人的，如果抽自己那是抽打派教徒。這時最倒楣的是長腳，因為他個子高，比較容易被抽中，人又是瘦骨嶙峋，根據我的經驗，瘦子的老二總是顯得大，既然又高又大，不抽它真是可惜了。有時候他在沖淋房洗頭，一臉的肥皂沫，眼睛睜不開，忽然被毛巾擊中後臀，他轉身，前面立刻挨了十七八下，人都打悶了，等他沖掉肥皂破口大罵的時候，幹壞事的人早就無影無蹤了。至於我們這些青工，更是無所忌憚地欺負他，完全抽上癮了，恨不得在他的陰部畫一個靶子，他捂住命門到處亂竄，我們狂笑著把毛巾抽到他的屁股上。有一次長腳真哭了，我和小李收了手，抱歉地看著他，他說：「你們都是壞蛋！」

長腳也有報復的辦法，誰抽他，他就趁人洗頭的時候悄悄跑過去，把涼水龍頭給擰上，滾燙的水落下來，那位就會慘叫，這時長腳也早就跑掉了。但他從未以這種方式對付過我和小李，因為他知道，我們抽他是愛他，而其他人是純粹要欺負他。我現在想起來，覺得挺對不住他的，我幹嗎要用抽老二的方式來表達自己的喜愛呢？

那時在澡堂裡洗頭，都是用塑膠盒子裝的洗頭膏，廠裡發的，用食指伸進去摳一坨出來，抹在頭上，很像是豬油。洗頭膏有草莓味、鳳梨味、柳橙味，反正洗好了出來都是頂著一腦袋水果。我問白藍：「你比較愛聞什麼水果味的，我以後常用。」她說：「哦，榴槤的。」我又不是嶺南人，打小沒見過榴槤，不知道什麼味，就問別人有沒有榴槤味的洗頭膏，人都快笑死了。

有一天電視上出現海飛絲了，我是全廠率先使用的，因為我頭髮油膩，白藍建議我用這種洗髮水。洗澡的人看見了都很好奇，跑過來借，也是擰開了蓋子倒出一捧在手心，十幾塊錢一瓶的東西當場用光，有人順手抹在陰毛上，把下面也弄得香噴噴無頭屑的，十分可恨。

洗澡的時候，我們也做一些生理學上的鑒賞，看看誰的老二更大。看多了自然很無聊，反正長腳永遠冠軍。後來有一天，長腳忽然發現元小偉的尺寸驚人，比自己還大了一圈，於是震驚全澡堂。元小偉是雞頭的徒弟，前面說過，他每天被雞頭按到電門上，用兩百二十伏特的電流打一下。師傅們說，原來電擊還能有這個功能，太神了。我們跑回電工班，對雞頭說：「我靠！小偉的傢伙太大啦！」雞頭不信，長腳就用手比劃出了一個很不現實的尺寸。這時候六根在邊上說：「我可以作證，真的很大哎。」雞頭抓了抓頭皮，說：「勃起的時候要這麼長，也算正常吧。」我們一起說：「軟的，軟的時候就這麼長。」雞頭說：「操，他爸爸是黑人嗎？」

六根不停地說：「太大了，太大了。」六根的小雞雞我們都見過，我們從來不去抽他，怕傷他的自尊，因為很難認准目標。雞頭安慰地拍了拍六根，說：「六根，不要自卑。大的傢伙不一定派得上用場，主要還是看技巧。」六根歎了口氣說：「我找誰去練技巧啊？」

自從發現了元小偉之後，長腳就很興奮，長腳說，以後不用抽他了，改抽元小偉吧。我們說，你在想什麼，我們之所以抽你是因為喜歡你或者要欺負你，從中得到一種施虐的快感，如果去抽元小偉，別人就會說我們嫉妒他，顯得我們的雞雞都不如他，操，誰會去做這種此地無銀的事情。

元小偉出名了，電工班發現新人類。車間裡的阿姨們，態度也發生了一些微妙的變化，以前她們點名要電工，都是點我和小李，現在她們會對雞頭說：「雞頭啊，把元小偉叫過來換燈泡吧。」元小偉去了之後，阿姨們就用目光抽打他的陰部，他自己不知道。有幾次六根和他一起搭檔出去，六根是個手藝很好的電工，出去換燈泡是很傷自尊的，當然，和元小偉一起站在阿姨們面前，自尊更是成了狗屁。六根回來以後非常生氣，說阿姨們根本不理他，就圍著元小偉說話。發生了這種事情，我和小李樂得清閒，雞雞小就小吧，至少不用幹很多活。

澡堂很熱，工廠裡的工人喜歡把自己泡得皮鬆肉垮，通常都把蒸汽閥開足，發出轟轟的巨響，人就在熱與鬧之中浸泡著，時間久了頭暈眼花，兩腿發軟。如果睡在池沿上，裡面空氣糟糕，會一下子睡過去。有次死了個退休老工人，花白的頭髮，肚子鼓脹著，據說是心臟病。

洗完澡不能在裡面久留，以免熱出一身汗。走出澡堂，看到樓上女澡堂的阿姨和姑娘們端著臉盆下來，頭髮濕漉漉地披散著，面色潮紅，宛如發春。女人洗澡以後的模樣不能隨便給人看，會引發遐想，但是在工廠裡，所有的女人都被所有的男人看過，這也沒什麼不可以的。很遺憾，我從來沒見過白藍這副摸樣，她不在工廠裡洗澡。

白藍這個人有點古怪的，全廠都知道，一般都讓著她，因為她占據了獨特的崗位。我也讓著她，因她在我心裡有獨特的位置，而且我對她的古怪瞭解得更為全面，不，不能說是瞭解，應該說——體驗。雖然和她吻過一次，但我並未享受到應有的優待，她不愛別人刨根究柢，或報以沉默，或輕輕閃過，對我則顯得喜怒無常，心情好了她會說點，心情不好時就很不耐煩。有次我問她，幹嘛不在工廠洗澡。她心情很好，說：「我從小就不愛在公共澡堂洗澡，太可恥了。」我說：「這也沒什麼可恥的，誰會來看你啊，看你的也是女人。」白藍說：「你知道女澡堂什麼樣子嗎？」我說我知道，女澡堂沒有大池子，全是蓮蓬頭，不過我廠的女澡堂蓮蓬頭早就全都被人擰光了，成了水柱，我去換燈泡的時候看見過。

白藍說：「很多女人圍著一個蓮蓬頭，排隊，有些霸道的女人會搶，光著身子啊。我覺得可恥。我小時候都是姑媽帶著去洗澡的，她又不太管我，印象很糟糕。」

我說：「我不信你沒洗過公共澡堂，你又不是外國人。」她點頭說：「我當然洗過，念大學的時候。我現在在家裡洗，你管不著。再敢說我是外國人我跟你急。」

我在她家裡玩過，看到過衛生間，裡面有一個還算不錯的鑄鐵搪瓷浴缸，砌在水泥裡，外面胡亂貼了些瓷磚。有一個涼水龍頭和一個熱水龍頭，涼水那個還行，熱水的根本就是擺設，她得燒開了水，拎著水壺往裡倒水，再對涼水，然後盆浴。這並不舒服，洗頭尤其麻煩。要是在冬天，能把人洗成一根冰棍，也不知道她怎麼堅持下來的，居然還沾沾自喜，好像不食人間煙火。

我很快就管著了她，那浴缸堵了。

先是拿了馬桶疏通器，一通亂拔，又拿了鋼纜往裡通，搞了很久，我累得全身是汗，最後用鐵鉤鉤出來一堆頭髮，沾著黏液，毛骨悚然。頭髮這玩意兒在枕頭上很浪漫，堵下水道實在嚇人。她倒還好，看了看說：「嗯，再通一下，免得過兩天又堵。」我說：「你不噁心嗎？都這樣了。」她說：「別忘了我是醫生，我雖然有點潔癖，但是並不害怕任何人體器官。」我說：「白醫生，咱們是不是像當年一樣，我給你修車我先騎一圈，我給你通了下水道，你也讓我洗個澡吧。」白藍說：「滾。」

我說，你丫看上去漂亮，有潔癖，其實也是個邋遢人。我媽隔三岔五就用刷子刷浴缸，洗澡以後都先把頭髮撈上來，下水道稍有不暢就讓我爸去通，家裡雖破，長期保持著四星級賓館的服務水準，看看你自己吧，吃過早飯的碗都還沒洗呢。白藍聽了有點慚愧，說：「我一個人過日子，一切從簡了。」我說：「去工廠澡堂洗澡更簡單啊。」她說：「說了半天，還是要我去澡堂，存什麼心了？你有望遠鏡嗎，看得見我洗澡？」最後她不耐煩了，又不好意思跟我翻臉，就走過來吻了我一下。

「別廢話了，好好幹活，這就是給你的獎勵。」

「地主婆就是這麼糊弄家裡的長工的。」我說完拔腿就跑，後面一個拖鞋飛了過來。

又過了幾天，長腳在澡堂裡搗鼓，檢修管道，出來告訴我們說，這次沖淋房的蓮蓬頭都裝了新的，洗澡可舒服了。我們都去試了一下，果然很爽，以往鞭子一樣的水柱現在變成了溫柔的雨滴，灑在頭上，灑在身上，灑在老二上。順便說一句，水壓大的時候這種水柱能把男人的蛋蛋打腫，絕不敢直迎而上的，現在問題都解決了。

我告訴白藍：「澡堂裡有蓮蓬頭啦，舒服。」白藍說：「怎麼個舒服法呀？」我心想，蛋蛋這事兒不能告訴你，害羞，但腦袋的舒服還是可以說的。就形容了一下，洗頭是如何暢快，尤其對長髮女子而言，現在全廠的女人都在蓮蓬頭下面歡笑呢，就剩你一個，鬱鬱寡歡的。她聽了倒也動心，說：「嗯，等我心情好了去試試看。」

終於有一天，那麼驕傲的白醫生，她也提著一個臉盆進了女澡堂。我很欣慰，我他媽被她攛掇了去考夜大，作為一種無聊的報復，她被我攛掇了去澡堂。當時我也不知道自己為什麼要這麼幹，只覺得人應該open一點，有什麼心理障礙的，照實了去磕就行。這種直來直往的拳法對我自己有效，對白醫生這麼猛的女人來說，也應該可以。我沒想到，夜大和澡堂一樣，給我們各自帶來了麻煩。

當天白藍從女澡堂端著臉盆，和小噘嘴說笑著一起出來，迎頭撞上的不是我，我壓根不知道這件事。她們遇到了保衛科的王明。

我廠的女人，姿色都有排名，隨著時光變遷，新人進廠，舊人離廠或老去，排序會出現變化。頭號美女當然是廠長辦公室的那位冷豔雕塑，二號美女在財務科，三號美女是個跑銷售的。白藍的排位比較有爭議，大概在二十位左右，小噘嘴和她差不多，這沒什麼可驕傲的，阿騷阿姨也這個檔次（若論帥哥，我是全廠第一名）。那天洗完澡，兩個人熱氣騰騰地下樓梯，白藍的濕頭髮披在肩上，洇濕了襯衫兩肩，臉色緋紅，被王明看見，他喜歡上了她。過了一會兒，食堂秦阿姨出來了，也冒著熱氣，她是愛情線民，順嘴說了句：「白醫生的身材真好，今天我算是看見了。」我正好從男澡堂出來，看到她，感歎今天撞上了王母娘娘，聽到這話又妒又氣，恨不得拿肥皂堵了她的嘴。

我對白藍說：「你別去洗了。秦阿姨在外面亂說你的身材。」她聽了，倒一下子來勁了，說：「怎麼說我的？」我說：「秦阿姨說你身材好。」她說：「好在哪兒呢？」我說：「這倒沒有具體說，估計得請她吃飯才肯說吧。」白藍說：「那你請她吃飯啊。」我說：「我幹嘛請她？我請小嘛嘴也是一樣啊，說不定她已經告訴了小李，我去問小李只需要派根菸就可以了。」白藍板下臉說：「你敢。那我以後也不去洗了。」

我總算放心，一轉臉，又覺得自己反覆無常如小人，很不是滋味。人性真是太他媽的複雜了。

我和白藍吻過以後，有一陣子覺得自己很恍惚，身上軟綿綿的，好像洗過了熱水澡。愛情並不是力量，它使我沒力量，陷入一種很尷尬的溫柔裡。無論站著坐著，我都會想起她，然後不由自主地微笑起來。我還會忘記時間，在洗澡和吃飯的時候發呆，覺得心裡堵著，任何人打擾我的沉思都會讓我心煩。這種感覺是如此美好，後來想起我師姐阿英，她愛著六根的時候也這樣，我就覺得沒什麼大意思了。回家往床上一躺，又想，我們怎麼能跟那對活寶相提並論，太不值錢了。

過了幾天，小嘛嘴偷偷告訴我們：「王明在追求白醫生。」

小李說：「王明這個人很討厭的，會打架，而且不太講理。」

小嘛嘴說：「那天我和白藍一起從女澡堂出來，看見王明，他的眼神就不對。我還在想，到底是看我呢還是看白醫生，昨天我下班去圖書館，看見王明從醫務室裡出來了。」

我說：「這不代表他在追求白藍。」

小嘛嘴說：「女人的直覺很準的。等著瞧吧，有你開心的。」

我噎了半晌，說不出話來。其時宣傳科的小畢已經上調到局裡去，並且和領導的女兒結婚，跟白藍之間斷了聯繫，我在廠裡混成一介猛人，她也鋒芒畢露的，彼此都找不出情敵來。忽然之間，王明出現了，關鍵是，他並非小畢那種溫文爾雅、不可企及的類型，他是我的同類。我鬥志全滿，大聲說：「讓他放馬過來。」小嘛嘴說：「知道你喜歡白藍，但是，你算老幾？你還是負責保護長腳吧。」我笑了笑，心想你反正也不知道我們親過嘴，為了這一嘴我都能把王明打翻在地。多日來柔軟的身體，又滿負荷運轉起來。

其實我不太擅長找碴，往別人身上栽點贓，然後痛毆之，有失我一代宗師的風範。況且，這個王明身強力壯，出手迅猛，在澡堂裡光著屁股都敢打人，絕非吳主任和倒B能比的，真動起手來我占不了上風。衡量了半天，我沒想出更好的辦法，要麼去自行車棚裡扎他的車胎，這也太小兒科了！

小嘛嘴看出我的心思，說：「你別亂動啊。王明是退伍回來的，你打不過他，也不能打他。打了送你去勞教。」

我說：「退伍不錯，我家裡也有不少，從抗美援朝到自衛反擊，還有一個烈士呢。」

小嘛嘴說：「李光南，長腳，你們勸勸吧。路小路妒火攻心了。」

我大聲說：「我才沒有！」

我踩著自行車回家的路上已經快氣爆了，腦子裡漂浮的全是怎麼在澡堂裡把王明打翻，可是我又怎麼能告訴他禁止騷擾白藍呢？在廠裡大喊白藍是我的？事情太難了，真是受不了自己的纏綿悱惻。我拐到新知新村，那天是星期天，看她自行車在樓下停著，陽台上晾著衣服，我跑上樓敲白藍家的門，很久沒動靜，過了一會兒她從樓下走了上來，踢踢踏踏的，腳穿拖鞋，拎著一袋梨，一手拿著個大的在啃。我說：「洗過了沒有啊，就啃，沒潔癖了？」白藍說：「人家送的，都洗過了，我愛吃梨，等會兒給你削一個。」我說：「誰送的呀？」白藍說：「保衛科的王明，他就住在街對面。」我跟著進屋，默不作聲看她削梨，遞給我，咬了一口覺得很甜，但我是真的吃不下第二口了。

白藍說：「你這幾天怎麼了？小夥子要打起精神來。」

我說：「你怎麼不讓他送到家裡來呢？特地跑出去拿。」

白藍不語，把吃剩下的梨骨頭從窗口扔了出去，淡淡地說：「你以為我家是隨隨便便就能進來的？」

我說：「送到門口也行啊，或者送到樓下，我沒說要讓他進你臥室。」

白藍說：「你夠煩人的，凡事都要繞暈了才高興嗎？」

我說：「白藍，廠裡都知道了，王明在追求你呢。我也知道了。」

白藍說：「胡說八道，我都不知道呢。」

我一想倒也是，這件事根本就是小噘嘴在胡猜的，其實廠裡沒人知道。又看見桌上的梨，還真他媽給小噘嘴猜對了。我說：「其實啊，王明是個沒什麼文化的人，跟你一點也不合適，他打人很凶的。上次在澡堂裡，他把六根的胸都抓了，六根痛了好久哦，到現在還沒恢復原狀。你想想要是個大姑娘被他抓了胸是什麼滋味？」白藍聽了已經笑趴在桌子上。我繼續說：「這種人不能沾邊的，你天真了，覺得拿他一袋子梨沒什麼事，明天他說這梨是他自己家裡種的人參果，不談朋友你就賠他一袋長生不老藥，你怎麼辦？」

白藍說：「你管得著嗎？」

這麼一來，我倒覺得沒意思了，訕訕地站起來告辭，她也沒攔我。我更沒意思，抓了那只啃了一口的梨，一邊吃著一邊走了。然後我想，她是個古怪的女人，比我還古怪，比我所能想到的還古怪，但是我真的不信她會跟保衛科的王明談戀愛。

關於王明，我所知道的很有限，此人二十六、七歲，進廠以後做鉗工，徵召入伍成了個坦克兵。在和平年代，他拿過二等功，屬於很厲害的角色。回到廠裡以後他不再是工人，在保衛科做科員，平時不太出來，很低調的一個小幹部。我對小噘嘴說的話並非吹牛，我爺爺上過朝鮮戰場，回來很低調地做了一個公共汽車司機，我一個遠房表哥八〇年代戰死在老山前線，也很低調地埋在了雲南，這些都不算什麼。要不是因為家裡有人做了烈士（我媽覺得害怕），很可能此刻我也在軍營裡呢。

我和王明不熟，此前他給我留下的唯一印象就是在澡堂裡教訓了六根。我不愛去保衛科，他也不出來，我們倆最常見面的地方就是澡堂，裸身相對，刺刀見紅。那時我狂練肌肉，每天一百個俯臥撐，一百個仰臥起坐，三公里長跑加四根彈簧的擴胸器，很快就自我感覺是變形金剛了。下班走進澡堂，我脫掉衣褲，光著往池子裡一蹦，濺起巨大的水花，旁邊的老工人敢怒不敢言。我在池子裡泡著，閉著眼睛告訴六根：「王明來了，你就把水潑他臉上。」六根說：「我不敢，他來了你去尿他臉上好了，我給你助拳。」我說六根你丫真沒出息，給人打了，兄弟我為你報仇，你居然不敢挑頭，白挨打了。六根說：「我已經報仇了，我在他屁股上撓過了。你要死自己去死，別拉上我。」

我沒轍，坐在水裡養神，後來看到王明來了，他蹲在浴池的另一邊，隔著氤氳的蒸汽，他閉著眼睛，久久不動。我也不動，看著他，忽然他睜開了眼睛，迅速地瞪了我一眼。我閃開眼神，又覺得這樣很傻逼，就回過眼平靜地看著他，這樣看了一會兒，他不肯認輸，我累了，往池沿上一趴，招呼長腳過來給我搓背。

另一次，我去醫務室，迎面遇到他出來。他說：「你就是那個路小路？」

我說：「是啊。」

王明說：「要徵兵了，過兩天體檢。」

我沒理他，走進醫務室，看見白藍坐在桌子邊，低頭寫什麼東西。我說：「剛才我遇到王明了。」白藍嗯了一聲，把桌上的東西收了，抬頭說：「王明請我看電影。」

「去吧。」我說，假裝這件事必須徵得我的同意。

白藍很奇怪地看了看我，沒說什麼。於是一下子沉默下來，我在醫務室裡轉了一圈，隨手翻翻，東張西望。白藍盯著我看。我從地上撿起一個踩扁的菸屁股，說：「傻逼在你這兒抽菸。」她愣了一會兒，說：「就是他幹的。」

我帶著白藍去看電影，她別出心裁地說要看通宵場，第二天明明還要上班的，我們約好了一起調休。那晚上電影院裡就我們倆，影片很無聊，在黑暗中，頭頂上劃過一道藍色的刀鋒一樣的光，落在銀幕上，變成圖像，又似千軍萬馬湧向我的眼睛。起先我和她坐在第一排，覺得這樣很爽，後來受不了這種視覺上的強暴，就乾脆退到最後一排，她用膝蓋頂著前面的座位靠背，身體下陷，目不轉睛看著前方。到了後半夜，她撐不住了，先是靠著我的肩膀睡覺，然後側過身體趴在我肘彎裡睡。有一段時間，我摸著她蓬鬆的頭髮，心想，我二十歲，她也才二十四歲，這是怎麼回事。我也睏了，快要睡著時，她忽然醒了過來，昂起頭對我說：「其實我不討厭王明，他並不像你說的那麼壞。」我說：「你是不是做什麼夢了？」白藍說：「是的，夢見很多過去的事情。我不討厭他，我只是害怕他。」

那天早晨回家的路上很涼爽，道路乾乾淨淨、暢通無阻。白藍說：「你有沒有想過離開戴城，去別的地方看看？」

我說：「早說這個，幹嘛還讓我考夜大？」

白藍說：「我錯了，不說這個了。你應該考上夜大，畢業以後到科室裡上班，這是一條幸福之路。」

我說：「這樣才配得上你嘛。保衛科算個屁。」

九三年的秋天我本來可以去部隊的，結果被人撬掉了。後來我才知道，廠裡不太希望那種技術骨幹、優秀青年被徵召入伍，因為活沒人幹了，也不太希望我這種人去參軍，因為劣跡斑斑，搞不好會被退回來，很沒面子。假如我在部隊表現優異，拿個二等功之類的，退伍回來又不免要安置我到科室，讓我小人得志，十分危險。好在我處於戀愛期，對於當兵的願望沒那麼強烈，也就不追究此事了。

徵兵體檢是在廠裡進行的，照例是醫務室裡。幾個車間的適齡青年分批接受檢查，輪到我們機修車間，去了七、八個人，肅穆地站在門口。我看了看沒有長腳，覺得很奇怪，後來一想他這個身高恐怕睡不下軍營裡的床，就釋然了。小李本來要來的，雞頭堅決不讓，說電工班最近很忙，把他捂住了。來的這些，都是可有可無之人，其中個別人戴了副近視眼鏡，顯然是想逃避徵兵。

我走進去沒看見軍人，只有兩個穿便裝的阿姨，估計也是醫生，講一口純正的北京話。白藍在一邊和她們說話，也是北京腔，我的京片子跟白藍學的，七七八八可以冒充一下。阿姨們讓我立正，抬腿，做幾個動作，看她們的臉色很滿意，我反而有點擔心了。接著又測了視力和聽力，我右眼視力有點差，一位阿姨犀利地瞥了我一眼，說：「裝的？」

我說：「我真看不清，打槍不行，您讓我去做工兵吧，挖地雷我可以的，我是電工，而且跑得快，掃雷絕對沒問題，什麼跳雷踏雷防坦克雷都不怕。」

阿姨說：「囉嗦，你是雷神？」旁邊白藍已經捂著嘴笑岔了氣。

我穿好衣服晃出來，元小偉進去了。我在門口張望了一會兒，阿姨們對元小偉非常滿意，我心想你們果然有眼光，這小子已經練到可以徒手撕開電網的程度了。沒幾天消息來了，元小偉雀屏中選，戴上紅花，坐上汽車，工會的人敲了一通鑼鼓，送新娘一樣送到部隊去了。對此，雞頭十分感慨，說這麼個尤物竟然去了個全都是男人的地方，真是浪費，前幾天差點把他轉讓給阿騷阿姨呢。

白藍對我說：「路小路，我覺得你又破滅了一個理想，沒做成營業員，沒進科室，現在參軍也沒你的份兒。」我說：「我從來沒有要參軍的理想。」白藍說：「你們男孩子小時候都會嚮往去參軍的，玩打仗遊戲，扮演解放軍攻占山頭。怎麼能說從來沒有這種理想呢？」我說你不太瞭解男孩，他們中間有很多人情願做白軍、鬼子、土匪，這樣比較好玩，但是和理想沒有一絲一毫的關係。我他娘的不想和她再談論理想了，那會兒知道自己要去糖精車間上班，心情低落，全無興趣再去調侃自己。

此後一陣子，全廠檢修，電工班缺人手，雞頭把我強留下，算是多賴了半個月。調令發到車間，也跟參軍一樣，不可能有迴旋餘地。我認命了。

那年秋天發生了一起安全事故，一條運甲醇的船炸了，爆炸地點就在糖精廠緊靠的河邊。按我爸爸的安全教育法，遠離管道、閥門、儲槽、罐頭車，竟從未提到過船，這說明人們的經驗與現實之間仍存在著距離。事故發生時，船艙裡是空的，甲醇都抽走了，密閉的船艙裡盡是混合了甲醇的空氣，有個漆匠拉了根電線，提著一個發亮的燈泡鑽進去幹活，在他落腳的一瞬間滑了一跤，燈泡砸碎了，於是那條船轟的一聲變成了飛船。當時我正在班組裡跟人下象棋，只聽到悶雷似的聲音，桌面上的棋子翻了個身。雞頭放下茶杯，仰天長歎：「炸了。兄弟們，準備撤退。」

全體人扔下傢伙跑出去看情況，發現廠裡沒事，外面有人騎車進來說：東邊河道裡船炸了，場面非常慘，船上的人一個沒剩，沿岸的玻璃全都被氣浪震碎，過路人傷了一堆。他們跑向出事地點，我扭臉往醫務室狂奔過去，因為我知道紅樓就緊靠著圍牆，而白藍的醫務室又是最靠東的。跑進樓裡時，眾人都像馬蜂一樣亂竄，我上樓，一腳踢開醫務室的門，只見向東的兩扇窗全碎，玻璃崩了一地，椅子也倒了。白藍坐在地上，捂著腮幫子不說話，像是震傻了。

我把她架起來坐到體檢床上，看了看，還好，沒有外傷，衣服髒了。她用力搖了搖頭，問我：「哪兒炸了？」我說：「船炸了。」跑到窗口往外看，百米之外一片狼藉，炸成兩截的貨船在河裡燃燒並下沉，街上全是碎片，各種人在狂奔。白藍說：「我正想站起來開窗透透氣，要是晚幾秒鐘，我會毀容的。」我說：「你這臉毀了可惜。」白藍說：「你別站那兒，說不定會炸第二下。」

我回到她身邊，蹲下來看她。她坐著，俯視我。互相看了一會兒，她說：「我沒事。」我說：「我就怕自己問你有沒有事，你回我一句『管得著嗎』。你沒事就好。」

她笑了起來，輕輕推了我一把，我坐在地上。這時聽見外面王明說話的聲音：「白藍你沒事吧？」我回頭，看見王明站在醫務室的門口，他顯然很吃驚，為什麼白醫生坐在體檢床上發笑，而那個路小路卻坐在地上呢？這他媽太費解了。

王明說：「路小路，你在這兒幹什麼？」

我和白藍同時說：「你管得著嗎？」

這次爆炸不是發生在糖精廠，事後沒有人為此負責，船上死了三個人也無賠償，這就算是自殺了。傷者都是岸上的過路人，還有我常去的茶館被整個掀掉，皆自認倒楣。這期間白藍離開戴城，去了一趟上海，我見不著她，心裡很是惦記。有一天，保衛科打電話過來讓我們去換燈泡，小李和我一起去了，遇到王明一個人在科室裡坐著。我不動聲色地架了梯子，小李爬上去幹活，王明嚴肅地說，你們電工班都這麼浪費人工嗎？小李問，你什麼意思。王明說換一個燈泡就來兩個人，一個人就幹不了這個活嗎，我看半個人都能幹。小李回去把這話告訴了雞頭，雞頭跑到保衛科，對王明說：我們電工班怎麼幹活，你管得著嗎？就連我最討厭的車間主任也說，管得著嗎？簡直像商量了好的一樣，一時間這句話變成了廠裡人的口頭禪了，除了真管得著的人以外，其他人一概管不著，倒也省心。

在電工班最後的日子裡，我不再招惹是非。夜大開學了，我跑去上課，我已經很久沒有坐在教室裡了，以前我並不愛上課，現在算是中了中學老師的咒語：當你離開學校踏上社會的時候你才會珍惜這張課桌。一點沒錯，我不但遇到了課桌，還遇到了一個初中女同學，她在人民商場做營業員，身材婀娜，看脖子以下我完全回憶不起她當年的模樣。她很親熱地坐在我身邊，教室裡很悶熱，她拿出一把噴了香水的小扇子，餘風扇到我臉上，既涼又爽，我都快昏過去了。她低頭說：「你念書的時候真的很皮哦，現在倒老實了。」我說我歷經滄桑，已經被磨去了稜角——這種不要臉的話她聽了非常有感觸，說：「我也是。」下課間歇，她摸黑去上廁所了，我坐在那兒暗暗得意，心想自己還不錯啊，居然有人給我扇扇子，而且她看上去很天真，完全不知道糖精操作工有多麼低賤。這時感覺到她回來了，坐在我身邊。我橫著斜過身體低聲問她：「你有男朋友了嗎？」她說：「路小路，哼。」我聽見這冷冷的聲音就跳了起來，白藍瞥了我一眼說：「你很可以啊，來，出來說話。」

我尾隨白藍走到黑漆漆的走廊，經過黑漆漆的小路，來到黑漆漆的樹林邊。我哭喪著臉，後來一想她也看不清，就把臉端了起來。她還走，我說：「你要把我帶哪兒去？前面是河。」白藍說：「我剛從上海回來，挺想你的，趕過來看看你，你就已經搭上小姑娘了。別解釋了，我在後面看了你半節課。」我說：「你這顯然是查崗。我告訴你，這不是搭上的，是我初中同學。」白藍說：「居然還給你扇扇子！」

我走過去拉她的手，她捏著拳頭不說話。我說咱們走走吧，這課我也不上了。這麼拉著她走，覺得她的手逐漸放鬆，逐漸地沒了脾氣。後來她說：「你能這樣我也挺高興的，說明你不是沒人要。以後機靈點，別得意忘形就好。」我自以為明白，其實完全沒聽懂她話裡的意思。

第二天到廠裡，他們告訴我，雞頭和王明搞起來了。

「搞」的意思容易被誤解，要說明一下，「搞上了」是指上床，「搞一搞」是指合作或者惡作劇，「搞飛機」是指胡鬧。至於「搞起來」，用北方人的話來說就是「槓上了」，充滿敵意但是還沒有到打架的程度，並且，雙方以打架為上限，一般不會真的去碰那條紅線。

事情非常簡單，前一天下班，雞頭去澡堂洗澡，王明打開了蒸汽閥，給浴池裡的水加熱，雞頭覺得九月裡的天氣不需要這麼熱，就走過去關上了蒸汽閥，王明覺得一個曾經的坦克兵在耐熱能力上遠遠超過電工，水涼了不爽，又打開蒸汽閥。兩個人左擰右擰，王明的力氣比較大，雞頭率先累趴，但雞頭有一幫手下，派了六根、小李、長腳等五個人輪番去擰，車輪大戰，王明也累趴了。由於雞頭是電工班長，王明絕不敢揍他，就瞪他。雞頭說你瞪個屁，老子今天沒帶猛人過來，最牛逼的瘋狂宇宙大雞巴元小偉參軍去了，最能打最扛打的神頭渾蛋路小路念書去了，這兩個任何一個在，都能讓你吃不了兜著走。

這麼一鬧，澡堂裡洗好的人出來咋呼。雞頭是很有號召力的，那幫阿姨端著臉盆下樓，聽了也覺得開心，就盼著雞頭被人痛打，可惜沒打起來。雞頭洗完了澡出來時嚇了一大跳，門口堵了二、三十個相好的阿姨，一致鼓動他：必須鎮住王明。

雞頭來找我，我正在收拾工具箱。雞頭說，今天跟我們一起去鎮王明吧。我很不耐煩，說：「出手個屁，我明天就調走了，你自己去鎮住他吧。我可不想像神經病一樣在澡堂子裡擰閥門。」雞頭說：「操，長腳說你練肌肉是為了對付王明，現在我看出來了，你這身肌肉是為糖精準備的。」我受不了這種羞辱，問雞頭：「你打算怎麼鎮吧？」雞頭說他打算反其道而行，今天的蒸汽閥別想關上。

下班我們一夥人提前來到澡堂，王明也進來了，我們一溜坐在浴池裡等他。那水有點涼，其他洗澡的工人本來要去開蒸汽閥的，我們不讓，非得等王明來了才行。他走過去擰閥，我們一起奸笑。水熱了起來，王明走過去關閥，雞頭跟著他，把閥門打開了。王明微笑著說：「噢，你今天不怕燙了。雞班長，我不跟你一般見識，我洗好了，再見。」雞頭失計，大聲說：「怕燙不是男人！」

這種話在我廠向來無效，糖精廠的男人會嘻嘻一笑說，傻逼，你去做熨斗好了。可是雞頭遇到了王明，王明聽了這句話，走回到閥門邊，把蒸汽閥擰到最大，然後對雞頭說：「我要是比你們之中任何一個先站起來，我就是你兒子。雞頭，你怎麼說？」雞頭說：「輸了我們全體喊你爸爸。」王明說：「不錯，可以。你要是賴帳，我把你光著揪出去給阿姨們開葷。」

加熱後的浴池從水面開始發熱，腳底下還是涼颼颼的，感覺很怪異，不過很快我的皮膚就失去了辨別冷熱的功能，水溫迅速達到隆冬季節所需要的級別。原先泡在池子裡的人全都受不了了，最初是科室幹部，他們不太耐熱，跟著是車間裡的操作工，人們稀里嘩啦往上爬，一邊咒罵著雞頭的可惡。我身邊的六根一直憋著，忽然大叫一聲跳上岸去，我再轉頭去看，電工班的人皆盡溜走，又不捨得離開，全都貼在牆上給自己降溫。池子裡只剩下寥寥數人，我和雞頭在東南角，王明在東北角，都他媽盡可能離那個蒸汽閥遠一點，以便多挨一點時間。池子中央還泡著兩個鍋爐房的師傅，他們才是真正的牛逼人物，一邊洗，一邊讚：「今天這水真是舒服。」我對他們說：「師傅，你們倆就別撐著啦，贏了也沒人喊你們爸爸的。」那兩師傅又洗了一會兒，說：「操，你們這群傻逼。」跑過去伸手把蒸汽閥關了，然後上岸，說：「想死就去硫酸池裡洗。」

他們是好心，但事實上延長了這場賭局，倘若蒸汽再開下去，我們就都熟了。如今閥門關掉，水溫保持在將死而不能的境界，雞頭忽然長歎一聲：「路小路，實在不行就跟著我喊爸爸吧。」說完嗷的一嗓子跳出水，猛撲向沖淋房，大喊道：「快給老子開涼水。」

於是這池水裡只剩下我和王明。

人們圍觀並哈哈大笑，說今天非得死掉一個才有勁。我和王明隔著浴池的邊線，起先還對視一眼，後來我也不想看他了，低頭看自己，在碧清的滾燙的水中，我的身體呈現出一個扁平的折射，感覺自己的毛孔已經膨脹到最大，隨便一擼就能把胸毛和腿毛都褪下來。我還能堅持得住，有人把氣窗打開，稍微涼快了些，但我無法感覺到水溫下降，相反，我的身體正在吸取著這一池熱水的能量，像一台超載的馬達。我深吸了一口氣，心想，所有人都以為我是在為雞頭賣命，只有我和王明知道，不是這樣，在我們赤裸的身體之間，泛起粼粼波光的水面上，漂浮著白藍的身影。

這中間還發生了一個插曲，倒B進來洗澡了，倒B不明所以，今天的池子太空了，按常識來說是水燙，但我和王明的存在讓倒B又產生了錯覺。反正他就直接跳進了池子裡，然後像倒放電影一樣又慘叫著退回了岸上。倒B說：「你們在幹什麼？」

我和王明已經沒法回答他了。

那天白藍在醫務室，本來等我下班一起去玩的，很久不見我過來，後來小嘛嘴來了。小嘛嘴說：「聽說路小路和王明在浴池裡泡著，打賭比誰耐燙呢。」白藍不在意地說：「真無聊。」工廠裡打賭，有各種各樣，我見過最牛逼的是打賭吃癩蛤蟆，直接送醫院急救了。總之都是別出心裁，吸引眼球。泡澡這件事，說大不大，說小不小，況且白醫生也沒法親自到男澡堂來看個究竟，她只覺得我又犯渾了，用這種無聊的方式贏取人生的微末榮譽。她有點生氣，關了醫務室的門，到車棚推自行車打算一個人走，聽見門房快樂地說：「真牛逼，那麼燙的水啊，我腳上長滿了老繭都伸不下去。」白藍到底是醫生，轉過身，騎車到澡堂門口。人們齊聲跟她打招呼：「喲，急救隊來了，這兩個人還在裡面呢。」白藍說：「趕緊拖上來吧，會死人的。」

那會兒我和王明神志都還清醒，只是行動緩慢，手軟腳軟。賭到這個份上，誰先出水已經不重要了。雞頭也不想出人命，雞頭說：「別玩了，我喊你們爸爸，總可以了吧？」我和王明一起搖頭，不高興。我知道自己已經到達臨界點了，但我絕不相信王明可以比我多撐一秒，估計王明的想法和我一樣。最後雞頭受不了了，他看見我一點點往水裡陷，就招呼了所有人，把我和王明拽上了浴池。

我說我沒事，看看自己通體發紅，像上過烙鐵一樣，心跳加速，腦袋發脹。我站起來走了幾步，覺得還好。那邊王明也站起來，立刻一腦袋栽倒在地。我不由得大喊起來：「耶，我贏啦！」

那時候，白藍問我：「你真覺得自己贏了？」

我說：「其實沒贏，我記得是一起被人從水裡撈出來的。但是最終他昏過去了，澆了一桶涼水才醒，我沒事。按程度來說，我可以比他多堅持一小會兒吧。」

白藍說：「知道自己為什麼會贏嗎？」

我搖搖頭，確實不知道，論身體素質，王明比我更好些呢。白藍說：「因為你年輕，你二十歲，而王明已經二十七歲了。」

我說：「這也差不了多少。」

白藍說：「差遠了。反正你記住，這麼玩，是要死人的，就算不燙死，心臟也會爆掉。我希望你二十七歲的時候不要這麼衝動、玩命。我可能看不見你那時的樣子，但是也不願意你早死。」

我說我無所謂，過了一會兒我又說：「能贏了王明，我還是很高興的。你不是害怕他嗎？你看，他也會熱昏過去，往他身上澆涼水的時候所有人都在笑他是個傻逼。我雖然也很傻，幹這種無聊的事情，但我確實挺住了。你知道一個男人光著身子躺在澡堂的地上被人澆涼水，然後醒了過來，然後抬頭看見一群赤裸的人圍著他，龜頭全都指著他，好像是在對著他撒尿——這有多麼可憐嗎？」

白藍翻著白眼說：「你也有過這種日子，忘記了？」

我說：「第一我沒光身子，也沒被龜頭指著，第二我去年才十九歲。這他媽是一回事嗎？」

說實話，我從不覺得自己所向披靡，因此每一次勝利我都很珍惜的。這件事算是記錄在我的光榮榜上。此後在廠裡遇到王明，我都占據了巨大的心理優勢，稍有些得意忘形。不久聽說王明在值班時巡查，走到甲醛車間，遇到了一種令他過敏的氣體，很詭異地生出了滿身紅瘡，怎麼都治不好。他消失了一陣子，據說是長病假。幾個月後，我在澡堂裡洗澡，看見一個像金錢豹一樣的人走進來，極其沉默地鑽進浴池，嘟噥說：「舒服。」

他就是王明。他再也沒有來廠裡上班，而是躺在家休養，每當他身上癢得受不了了，就跑到廠裡的浴池來泡著。他這個樣子，公共澡堂是絕對不敢接收的，而我廠的澡堂則必須接收他，因為是工傷。他跳進池子裡，所有人都連滾帶爬離開浴池，連我也不例外，大家只能像女人一樣去沖淋。他非常舒服地獨自泡著一池熱水，旁若無人，盡興而歸。他來了以後，澡堂裡口口相傳：今天金錢豹來過了，沖淋吧，別泡了。但他還算自律，並不是每天都來。有時他會扭過頭來看看我，我在糖精車間幹活，渾身發白，氣色欠佳。

他會嘟噥一句：路小路，不下來一起洗？

第十章

我的傷感的情人

回首十多年前，我在白藍家門口被她抱住親吻，在此之前我只親過一個女孩，在此之後我親過多少個，自己也數不清了。這些事情都不重要，重要的是，我得對她說「我愛你」，起初我說得很勉強，我不習慣說這句話，後來說多了也就順口了。有一天我發現，這句話總是我在對她說，她卻從來沒有對我說過。我問她，這是不是軍隊裡的口令，我是不是她的下級。她聽了就笑，她試圖把這句話說出來，但也失敗了。

我把廠報上發表的詩拿給她看，她懶洋洋地坐在體檢床上，對我說，已經看過了。我就做出很深沉的樣子問她，寫得怎麼樣。她說，反正也看不懂啊，好像不錯，有駱駝和鳥什麼的。後來她皺著眉頭說，你一個小電工，應該寫點燈泡和馬達，寫什麼駱駝和鳥啊。我聽了很生氣，照她這個邏輯，只有動物園的飼養員才能寫駱駝和鳥。但她不願跟我繞舌頭。我說，白藍，這些詩是獻給你的。她瞪大眼睛說，既然是獻歌，為什麼不在副標題上注明一下，反而要跑過來特地告訴她。我說我怕廠裡人碎嘴，而且這些報紙都用來擦屁股了，怕玷汙你的清白。她就笑我是個神經病，寫的詩那叫什麼玩意兒。

九三年廠裡換了新廠長，風紀為之一變，再也沒有阿姨敢在上班時間打毛線了，吃零食也是不允許的，洗胸罩尤其禁止。犯了事的，就被寫到勞資科的黑名單上，以便日後發配糖精車間。此後沒多久，白藍的醫務室裡又來了個廠醫，是個大嘴肥婆，屁股像麻將台一樣大，嗓門低沉雄渾，據說是新廠長的親戚。此人上馬，大家就猜測白藍也要去糖精車間了，因為醫務室本來就清閒，屬於冗員，放著兩個廠醫在那裡，不符合當前的管理原則。這個大肥婆令工人感到恐懼，她不太懂醫術，有一次小李眼睛裡飛進一粒鐵屑，疼得睜不開眼，跑到醫務室去治療，白藍正好不在，大肥婆把小李按倒在體檢床上，翻開眼皮吹了半天，還是不管用，她就用鑷子夾著一塊紗布，按在了小李的瞳孔上。李光南慘叫一聲，從體檢床上彈起來，捂著眼睛逃出了醫務室。

自從有了大肥婆，我就不能去醫務室了。誰要是去找白藍，大肥婆就會站在她身後，直勾勾地看著別人，這時候你會產生一種奇怪的念頭，到底是應該揍她的左眼呢還是右眼。這種念頭不能讓它發展下去，假如付諸行動，後果不堪設想。

我對白藍說，外面有傳聞，你也要去糖精車間。她就笑笑，也不回答我。後來我去問小噘嘴，勞資科到底什麼意思，廠醫也要去上三班嗎？小噘嘴說，現在廠裡的勞動力緊缺，本科生都要去上三班，以前的規矩都不算數了，全都亂了套啦。

我把這個消息告訴白藍，她說：「讓它去亂吧。」

九三年秋天，廠裡開大會，由勞資科長胡得力主持，幹部和工頭們都必須參加，普通職工也可以站在後面旁聽。開會的地點是在食堂樓上，那裡是一個大禮堂，有一個舞台，還有ＤＪ台。這地方平時是用來搞舞會的，或者聯歡會，或者卡拉ＯＫ大獎賽。據老師傅們說，以前不是這樣的，以前長年累月開思想鬥爭會，不搞娛樂，娛樂生活就是回家幹老婆。

那天我也站在後面，叼著香菸旁聽。台上坐著的是一群中層幹部，台下的情形是這樣的：

基層幹部坐在最前面，後面坐著工段長和班組長，再後面坐著先進工人，之後就是些叼著香菸嗑著瓜子的普通工人。普通工人全都站著，而且有一條白粉筆畫出來的線，就在腳底下，不許跨過這條線。這情景和卡拉ＯＫ正相反，娛樂的時候都是工人搶在前面，幹部被擠到後面。

我發現白藍坐在最後一排，但她沒回頭看我。

那次大會開得很順利，首先是慶祝全廠提前完成年度產值計畫，其次慶祝糖精車間擴產，再次慶祝新廠長走馬上任。最後是重申勞動紀律問題，胡得力先是不點名地批評了幾個基層幹部，然後點名批評了幾個懶散工人，其中就有路小路，上班時間調戲化驗室的小姑娘；另一個是水泵房的阿騷，至於她上班幹什麼壞事，倒是沒有明說。後來工人起鬨了，在下面大聲問：「胡得力，阿騷到底幹了什麼壞事？」胡得力不理，繼續對著麥克風說話。有個師傅揪著我問：「路小路，你調戲阿騷啊？」我說操你媽，長了個豬耳朵啊，我是調戲化驗室小姑娘，沒有調戲阿騷，我跟阿騷沒關係。周圍人聽了，哄堂大笑，將我一把推到白線以內。我要往後退，他們就往前推我，後來我索性就站到了前面去，孤零零地突出在人群之外。白藍回過頭來，她對著我看。那一刻我覺得自己像是個行將槍斃的人，站在刑場上，四面八方有很多人圍觀叫好，正前方是神情肅穆的劊子手，而她就是我的秘密情人，在潮水般的人群中向我觀望，不知是悲傷還是嘲弄。

胡得力見我站在人群前面，從他那個角度看去，我大概不像個槍斃鬼，倒像是鬧工潮頭目，起義軍的首領。胡得力對著麥克風大喝一聲：「路小路，你就要被送到糖精車間去了，還這麼囂張！」下面的工人聽了，面面相覷，送到糖精車間是最嚴厲的懲罰，廠裡調戲小姑娘的多得是，從來沒聽說被送去造糖精的。

我本來不想說話的，聽胡得力這麼說，我就用雙手攏在嘴巴上，對他喊：「胡科長，不要亂講話噢，這裡有很多糖精車間的人噢，去糖精車間我覺得很光榮噢。」工人們回過神來，有個糖精車間的阿姨說：「胡得力，操你媽，糖精車間就不是人了嗎？」這阿姨真可愛，要不是她身上散發著甜味，我簡直想擁抱她一下。

後來保衛科長站了起來，搶過話筒，指著我說：「把路小路拉出去，拉出去！」兩個廠警跑過來，扶著我的胳膊。我們都很熟了，他們也不好意思動真格的，就對我說：「老弟，好漢不吃眼前虧，先走吧。」我說：「不用你們架著，老子自己走。」但後面的工人卻堵著門，哈哈大笑，就是不讓廠警押我出去。我對廠警說：「我也沒辦法，除非你們把我從窗口扔下去。」那兩個廠警試圖扒開人群，忽然之間，帽子被人摘走了。後面的工人搶到了大蓋帽，就在半空中扔來扔去。廠警很尷尬，大家其實都是熟人，他們也不能發怒，就對我說：「都是你小子鬧的，明天你得請我們吃飯。」兩個廠警回過頭來，對著保衛科長揮手示意。保衛科長還在喊：「押出去！押出去！」廠警也火了，對他說：「操他媽，押個鳥啊！有本事你自己來押！」

會場一片大亂，後面的工人哦哦地起鬨，前面坐著的幹部和工頭也笑得前仰後合，只有舞台上的幹部都板著臉。保衛科長也下不來台，跳下舞台，打算親自來押我。我隔著很遠，指著他鼻子說：「雞巴，你敢過來，老子把你淹死在廁所裡。」這時大家想起方瞎子把保衛科長推到茅坑裡的事，簡直都笑翻了，有人大喊：「方瞎子拉電閘嘍！」幹部們大驚，紛紛抬頭看頂上的日光燈，燈都亮著呢，分明是造謠。

這時，胡得力拿起話筒，用足力氣大喊一聲：「不許胡鬧！！！」我們廠的禮堂，用的是兩個大音箱，就放在舞台兩側。冷不丁一聲大吼，音箱發出山呼海嘯般的巨響，坐在音箱前面的人齊聲大叫，向後倒下一大片。爬起來之後，有幾個幹部指著胡得力大罵：「胡逼！耳朵都被你震聾了！」

保衛科長這一邊，因為我揭了他的短，就撲過來要跟我拚命。我也覺得奇怪，他怎麼一下子變得這麼雄偉，好像最近吃多了激素，有這個閒工夫還不如去跟方瞎子較勁呢。事後白藍提醒我，保衛科長這是要在新廠長面前表現表現自己，也沒有像我這樣的，當眾揭短，他當然要拚命。我當時可不知道這些，擺好架子，等著他撲過來。我和他之間相距大約五十米，趁他跑過來的工夫，有個師傅朝我手裡塞了一根電工皮帶，對我說：「照他臉上抽，準保躲不開。」我身邊兩個廠警嚇壞了，一個攥著我的胳膊，一個抱著我的腰。我說見了鬼了，人家要打我，你們抱我幹什麼，拉偏架啊。廠警說：「把皮帶放下！」我把皮帶扔地上，可他們還是不放手。與此同時，後面的工人一哄而上，架住了狂奔過來的保衛科長。廠警對我說：「求你了，路小路，路小爺，你趕緊走吧！」

我對廠警說，本來是要走的，但他既然要衝過來打我，我就不能走，不然他還以為我怕他！別的幹部我不敢打，保衛科長我可不怕，打贏了他，我就能取而代之。廠警又好氣又好笑，說：「你當我們保衛科是山賊啊？」趁著身後的人群鬆動，他們兩個死命把我往外拽。那一瞬間保衛科長的上半身也突破了人群，身體呈四十五度角，兩個拳頭在我眼前亂舞，他媽的，這種拳法能打得死個鬼。

就在這時，舞台那頭一陣驚叫。眾人回頭去看，只見胡得力渾身精濕，目光呆滯，水泵房的阿騷拎著一個塑膠水桶站在他邊上。這塑膠水桶我們都認得，是清潔工用來拖地板的。胡得力被阿騷澆成了落湯雞，胡得力被拖地板的髒水從頭到腳澆了個透，胡得力被澆過之後居然一句話都說不出來。全場啞然，我和保衛科長也忘記了打架，都看著胡得力。在一片靜默中，阿騷阿姨鄙夷地說：「胡得力，你這個王八蛋。」然後她扔下水桶，輕盈地扭動著胯部，在眾人複雜的目光注視下揚長而去。

那次大鬧會場，白藍在大禮堂外面對我說：「路小路，你的政治生命徹底完蛋了。」後來她又說，這不應該叫政治生命，應該叫職業前途。我對她說，我的職業前途本來就是做工人，我該怎麼混，自己心裡清楚，不用你多插嘴。她說：「你這樣下去可不行，這不是找死嗎？」我不耐煩地說，我讀過一本書，叫《紅樓夢》，裡面有個叫襲人的，就這麼囉嗦。她說：「你就嘴硬吧。」說完就走了。

那天我還去參加了工會的卡拉ＯＫ比賽。廠裡本來安排在大會之後舉行這麼一次比賽，後來大會鬧成一鍋粥，幹部全都跑掉了，工會的人就很猶豫，打算取消比賽，但工人師傅不答應。工人師傅說，今兒個真高興，卡拉ＯＫ助興。工會的人說，不行啊，這是卡拉ＯＫ比賽啊，評委都跑光了還比個屁啊。工人問，評委是誰。工會的人說，當然是幹部啦。這下工人師傅都不幹了，說：上班要被他們管，唱他娘的卡拉ＯＫ也要他們管，簡直狗屁，我們自己做評委。就有幾個工人自告奮勇跑到主席台上去打分，後面有人把電視機混音器ＶＣＤ全都搬了出來。當時我在樓下，望著白藍的背影，心裡很不是滋味，後來六根拽著我的袖子，拖我上去唱卡拉ＯＫ。

倒退十多年，我所生活的戴城，滿大街都是唱卡拉ＯＫ的，不但家裡有卡拉ＯＫ，連飯館、茶館、澡堂裡都有。那時候也不去包廂，包廂太貴，通常是在一個大廳裡，兩塊錢唱一首歌，對著電視機輪流嚎叫。後來我也成了個卡拉ＯＫ迷，嚎叫誰不會啊？

那天在大禮堂，別人把我推上去比賽，我唱了一首〈吻別〉，又唱了一首〈風再起時〉，下面的工人嘩嘩鼓掌，還有一些比較騷的師傅，拖著阿姨在人群中跳交誼舞。兩曲唱畢，評委亮分，九點九九！工會的幹部在一邊直齜牙。我高舉右手，揮動，又撫著胸口做鞠躬告別狀。電工詩人路小路從此就要闊別白班舞台，去糖精車間上三班啦。比賽結束之後，我拿了個第二名。我還奇怪，九點九九怎麼還是第二名？六根說有個小阿姨上台唱歌時，把裙子撩了撩，昂頭挺胸撅屁股，評委師傅們都看傻啦，給了她十分，只能委屈我做第二名了，沒胸沒屁股的，第二名也該滿足了。我想想也對，去拿獎品，第一名是電鍋，第二名是熱水瓶，我只能提著個熱水瓶走了。出門的時候，天都快黑了，一群上中班的師傅們又闖進禮堂，對工會的人說：

「不許收攤，我們還沒唱呢。」工會的人都快昏過去了。據說一直搞到半夜，工人一茬接一茬地進來唱，後來把那片的電閘拉了，才算結束。這些場面我都沒看見，我回家了。

那次鬧過之後，我知道自己說話得罪了白藍，想請她吃飯。那天是我生日，她不知道。我搖了個電話去醫務室，她說晚上有事，不能來。我獨自在外面吃了一碗麵，加了一塊排骨和兩個荷包蛋，吃飽之後，無處可去，就騎著自行車到新知新村去閒逛，那是秋天的夜晚，一些枯葉掉落在我頭上，晝夜溫差很大，我穿著一件薄夾克衫有點頂不住。我把自行車鎖了，坐在她家樓下的台階上抽菸。

我想起自己已經二十週歲了，一事無成，坐在這裡，不久之後就要去上三班造糖精。這種生活不是我要過的，但我應該有什麼樣的生活，自己也不知道。我只能說，混到哪裡是哪裡吧，人活在世界上，無非是走一步看一步。後來我看見白藍從那裡過來，騎著自行車，邊上還有一個男的。我沒喊她，把香菸藏在身後，以免閃光的菸頭暴露我的行藏。她和那男的交談了幾句，相互道別，然後男的就走了。她鎖好自行車走進來，發現有個人坐那裡，定睛一看是我，嚇了一跳。

她說：「怎麼你在這裡？」

我說：「我等你。」

她想了想說：「好吧，你上來，我跟你說。」

我默不作聲地跟她上樓，在拐彎的地方被一個破箱子磕中了膝蓋，疼得要死，但我還是默不作聲，瘸著腿走了上去。進了房間，她拉亮電燈，關上門，然後她說：「那個是我複習班的同學。」

我問她：「什麼複習班？」

她說：「考研複習班。」然後她說：「不要到廠裡去說。」

那天，我看到了她的考研資料，厚厚的一摞，我全都看不懂。我問她，什麼時候考試，她說是在一月，錄取之後轉檔案，然後她就去讀研究生。

「去哪裡？」

「上海，或者北京。」

作為男朋友，我本來應該質問她，為什麼以前不告訴我這些。但我忘記質問了，我在這種時候總是懵頭懵腦，好像莊子夢裡的蝴蝶，事後回憶起來，又覺得很羞慚。用我媽的話說，卡車迎頭開過來也不知道躲一下。我什麼話都沒說，拉開門往外走，但她靠著門，不讓我走。她歪過頭問我：「還要再談戀愛嗎？」

我說：「談啊，為什麼不談？但我現在想回家睡覺。」我再次去拉那扇門，這次她沒攔我。我下樓的時候覺得膝蓋生疼，她以為我會像上次那樣一溜煙竄下去，但我其實是無聲地走掉了。

時光倒退到九三年秋天，我在車間裡玩我的電工刀。那把刀是紅色的塑膠刀把，刀刃有十公分長，這刀是不開口的，後來我在鉗工班的砂輪上把它打磨了一下，這就成了一把可以殺人的利器。我還想鏜出兩根血槽，但師傅們不肯幫我鏜，說是會闖禍。這把刀陪我走過很多城市，揣在兜裡，不算是管制刀具。天氣潮濕的時候它會生鏽，但蘸上水在磚頭上磨一下，它就會恢復往日的鋒利。

那天我玩刀子，我用它練飛刀，我能把刀子掄圓了飛出去，也能把刀子縮在袖子裡從肋下飛出去，五米之內必中靶心。我右手練完練左手，站著練完躺著練，還有犀牛望月、鳳凰展翅、小鬼拍門、老鷹捉雞等等姿勢。我很想找個活人來練練，不是往他身上戳，而是像馬戲團裡一樣，頂著個蘋果，我一刀飛過去準能把蘋果劈開，要是傷了他半根頭髮，我甘願抵命。但別人看到這種被打磨過的電工刀就哆嗦，死活不肯讓我試一下。後來我覺得無聊，把刀子收起來的時候，不小心在自己虎口上劃了一下，起初沒覺得疼，幾秒鐘後，血一下子湧了出來，把整隻左手都染紅了，傷口一跳一跳的劇痛。

我看著自己的手，有一種不可思議的感覺。我能把電工刀玩得像馬戲團一樣，但我竟然把自己的手割破了。我扔下刀子，掐住手腕並且高舉左手，去醫務室找白藍。一路上鮮血順著胳膊淌到了腋窩裡，路過的人都以為我是在振臂發飆，走近一看才知道又發生慘案了。出了這種事故是很糗的，但我無所謂，我馬上就要去造糖精了。

我在醫務室包紮時候，大肥婆在白藍身後站著，非常討厭。我看著白藍把紗布一層層纏繞在我手上，我問她，筋斷了嗎？她說沒有，然後拿了一塊毛巾替我把胳膊上的血跡擦乾淨。大肥婆說：「流好多血啊，真可惜，去獻血多好。」白藍就回過頭去瞪著她。我說：「化工廠的人不能獻血的，血裡面全是毒。」

白藍對我說：「想自殺？」我說：「不是。不小心的。」她說：「這樣子就像個亡命之徒了？」我說也不是，都不是。我不知道該怎麼回答她。

波赫士說，記憶總是固守著某一個點。我記憶中的二十歲，亡命之徒就是那個被固守的點。越是如此，它就越缺乏真實感，真正需要去亡命的時代早就過去了，我連獻血都沒人要，嫌髒。我在一個不必亡命的時代裡既不會殺人也不會被殺，我會被送去造糖精，犯了錯會被扣工資，如此而已。在這種時代我可以把自己殺掉，無論是故意的還是不小心的，我不會為了糖精和工資而自殺，也不會為了愛情，但是我可以毫無理由地去死，如此而已。

那天在醫務室裡，我坐在體檢床上，白藍搬了一把椅子坐在我對面，大肥婆站在我們中間，一會兒看看我，一會兒看看她。我他媽也不知道這肥婆想幹什麼，後來我覺得很好笑，就對著白藍笑起來。她平靜地看著我。我忽然覺得大肥婆也不那麼討厭了，就讓她在一邊待著吧，這樣很好。我的神經分裂的愛人終於無聲地站在了彼岸，與我遙遙對望。

秋天時鬧了一次地震，是東海海嘯引起的。晚上九點多鐘，我在家裡躺著，忽然覺得床架子發抖，我媽放在五斗櫥上的花瓶哐當一聲砸在地上，當時我媽在打毛衣，我從床上跳起來，拽著她就往外跑。到街上的時候，我爸爸也從樓上跑了下來，他在鄰居家裡打麻將。

街上全是人，各家各戶的燈都亮著，空氣中微微地飄著一些細雨。農藥新村再次發生了大規模的逃亡，這次是在夜裡，加之深秋季節，總算沒有人再光著身子往外跑了。周圍的人定下神來，都在看房子，有沒有歪，有沒有倒，後來他們說什麼都沒發生，估計是一次很小的地震。中途有人打電話到農藥廠去，問當班工人，有沒有什麼管子又洩漏了，當班工人根本沒感覺到地震，車間裡的設備本來就抖得跟七級地震一樣。我站在街上，發現自己只穿著短褲背心，凍得要死，就回家去穿衣服。等我穿好衣服出來，我爸爸帶著幾個鄰居也進了家門，開始搓麻將。我家是一樓，他們認為再發生地震的話，一樓跑起來比較容易。搓麻將就是為了等待第二次地震。

我把衣服和鞋子都換了，又從抽屜裡找出幾張鈔票，塞在口袋裡。我媽問我去哪裡，我說去一個朋友家拿東西，萬一再地震你就拿幾個包子鑽到麻將桌下面去，然後等我來救你。我說完，扔下我媽，騎上自行車往新知新村去，路上全是人，打著傘的，穿著雨衣的，頂著臉盆的，雨越下越大，從細微的潮濕變成冰冷的針尖，扎在我臉上。在文化宮門口，有一輛汽車撞在樹幹上，城市雖然比平時混亂，但馬路上並沒有停電，汽車還在開，幽微的路燈照射在地面上，泛著一攤攤的光。我穿過戴城大學，門衛不知去向，很多學生站在道路上吃東西聊天，還有爬在鐵欄杆上乾嚎的。我繞過密集的人群，在一個狹窄的小門口停下自行車，那門虛掩著，我一腳踹開門，再穿過去，前面就是新知新村。

新知新村的街道上同樣擠滿了人，知識分子不唱卡拉ＯＫ，但一樣怕死，這事情無關文化修養。但這種躲地震的方式非常可笑，四面全是樓房，他們就聚在樓房之間，那麼多人，掉個花盆下來都能砸死好幾個。

我在人群之中尋找白藍，找了一圈，發現她正趴在自家窗台上看熱鬧，還叼著香菸，比我更吊兒郎當。白藍對著我招手，我扔下自行車，三步兩步竄上去，進門之後一看，不得了，這娘們穿著一身白色絲綢睡衣，胸開得很低，赤腳坐在書桌上，嘴裡含著一根咖啡色的摩爾菸，最不可思議的是她腦袋上頂著十幾個紅紅綠綠的塑膠髮卷。我想了半天，覺得在哪裡看見過，後來想起來了，電影裡那些國民黨軍官的姨太太就是這麼個打扮。

我衝她喊：「地震了，你不知道？」

她不理我，兩根手指夾著香菸，那隻手在窗台前比劃了一下，好像偉人指點江山，大聲說：「鐘山風雨起，倉皇百萬雄師，過大江。虎踞龍盤，今升西天返地府，慨而慷，宜將剩勇追。窮寇不可沽名，學霸王天，若有青天亦老人……」我不知道她在亂唱些什麼，好像是詩詞，又聽不太懂。她轉過頭來，嘴巴裡噴出一股酒氣，問我：「怎麼樣？」

「什麼怎麼樣？」

「詩怎麼樣？」

「氣勢還可以。聽著很熟，忘記是誰寫的了。」

「還他媽詩人呢，這都不知道。這是我爸爸寫的。」她吐了一口煙在我臉上，「今天地震我就想起我爸爸。」

我用手指在她眼前晃了晃，試了一下，還好，只是有點喝多了，不是爛醉。我將她攔腰抱起，扛在肩上。不是我要占她便宜，而是窗台上太危險，一個小震動就能把她掀到樓下去。我將她礅在床上的時候，她的胸脯猛烈地起伏。我說可能還有餘震，這破樓萬一倒了，我們就全死在裡面了，到底跑不跑。她看著我，嫣然一笑，把腦袋上的塑膠發髻一個一個摘下來，鬈髮披散下來，非常好看。後來她把絲綢睡衣脫了，睡衣從床上滑落到水泥地坪上，她站起來，順腳將它踢開，就這麼開始吻我。

她說，捲頭髮的時候聽到動靜，起初沒在意，後來鄰居都跑了出來，高呼地震。她也想出來，但穿著睡衣感覺有幾分淫蕩，她就留在了屋子裡。她從書櫃上拿了半瓶紅酒，倒在杯子裡，只喝了一杯就覺得身上發燙，頭開始飄。以前她的酒量沒這麼差。這種感覺令她忘乎所以，好像漂浮在河流中。後來她哭了，不知道為什麼。她哭的時候我正騎著自行車在戴城的街道上狂馳，形同亡命之徒。再後來，她看見我在樓下，就向我招手。

她說一九七六年她媽媽帶著姐姐去唐山探親，她媽媽也是醫生，地震發生以後，她們兩個都被埋在了裡面。這些事情我都沒聽她說起過。她問我，鬈髮好看嗎？我說很好看。她說：「我媽是天生的鬈髮，我不是。」

她說她爸爸是語文老師，七六年那會兒，她爸爸整夜整夜地不睡覺，也不說話，到了秋天，頭髮全都白了。她被寄養在親戚家，偶爾看到爸爸，覺得他像一棵發瘋的樹。她說：「後來熬了十年，熬不過去，走了。」

她說完這些，又說，她不怕地震，不怕自己毫無理由地去死。她說她比我更像個亡命之徒，只是別人不知道。然後她抱住我，風從窗口猛烈地吹入，吹在我的背上，也吹在她的腿上。我感到她身上起了一層寒慄，像是死亡從她的身體中走過。我進入她身體的時候，她發出一聲輕喚，向我拱起上身，好像一條緩慢地躍出水面的海豚。她的雙腿用力夾住我的腰，這次我不再感覺到自己是個被夾住的老鼠，而是一艘順流而下的船，她的腿是岸。

後來她說，換個位置。我就躺平在床上，讓她覆蓋我，這時她仰起身體，緊閉雙眼，筆直地伸出一隻手來，她的手指也像樹枝一樣緊繃著。我看到天花板上黴點，在她頭上，作為一種背景被深深地印入了我的腦子裡。

我在她身下顛著她，她忽然問：「這樣好嗎？」問的時候還是閉著眼睛。我故意說，不好。她睜開眼睛，對我說：「那你喜歡什麼樣？」我說不是的，像目前這種姿勢，萬一天花板砸下來，首先是令她腦漿迸裂，我將眼睜睜地看著她死掉，這樣很不好，萬一我沒死會被嚇成個陽萎。我情願用開始時的姿勢，天花板砸在我的背上，說不定還能救她一命。

她哈哈大笑，繼續在我身上起伏。她說這樣也不好，路小路的眼珠子會被砸出來，掉在她嘴裡。然後她從我身上跨下來，伏下身子，從床沿上抄了一個枕頭墊在腹部。她說這樣就好了，你被砸出腦漿我也看不見。我再次進入她的身體，那感覺有一點特別，因為失卻了她身體的包圍，我不再是河流中的船，而是在濃霧中狂駛的摩托車。後來她說，要命，輕一點。然後繼續呻吟。

她的那地方非常緊，俯身之後更緊。她說這樣太快了，放慢一點。她讓我躺著，再次跨上我的腹部，然後用手把我拉起來，我的頭被她抱在胸口。她說這樣也很好，天花板掉下來，兩個腦漿一起迸裂。我就說，既然一起迸裂，你就不用把我腦袋抱那麼緊，我他媽都喘不過來啦。

後來我們又回到最初的姿勢，我把她的腿舉高，我們都不再說腦漿迸裂這件事，因為體會到近似腦漿迸裂的感覺，只是位置不同而已。我射精的瞬間，她用力喊了一聲，與此同時我感覺到床架子劇烈抖動，身後的玻璃窗發出嘩啦啦一片撞擊聲，樓下像炸了鍋一樣：「快跑啊！又震啦！」我用盡全力覆蓋在她身上，雙手撐住床沿。我這個亡命之徒，和她這個亡命之徒，在第二次地震的時候到達了高潮。等到我的精液全部射出，等到陰冷而酷烈的死亡穿過我們的身體，我喘得像一台生鏽的馬達，而她卻凝固在我身下。房間裡，吊燈影子在微微晃動，樓下一片嘈雜，哭爹喊媽。這時床架子停止了抖動，她閉著眼睛，長長地吁了一口氣，問我：「不震了？」

我說：「本來就沒震。是我們幹得地動山搖。」

她嗤嗤地笑：「我現在知道一件事。」

「什麼事？」

「一次地震的時間，相當於一次射精。」

那天，事畢之後，我們坐在床上，背靠著牆壁抽菸。床沿緊貼的那一堵牆上，用圖釘釘著一塊布。她抽她的摩爾，我抽我的紅塔山，菸缸放在我的肚子上。她對我說，幹得不賴啊，以前幹過這個事嗎？我說沒有，但我看過不少黃色錄影帶。她就問我，看錄影帶的時候手淫嗎？我說也沒有，看的時候是一群人，不太好手淫，只能回家閉著眼睛回憶錄像裡的畫面，然後手淫。這樣幹法，記憶很深刻，黃片裡的動作全都背下來了。

她怪不好意思地說，自己長那麼大，從來沒看過黃片。我心想，媽的，這不是在暗示我，你那些上上下下的姿勢都是實戰學來的嗎？不過我也沒怎麼在意，剛幹完就揪著姑娘要她交代前科，這不是我的做派。我告訴她，那些黃片大多數是歐美的，女的聲音低沉，好像胸口有一面鼓，這種粗臀豪乳型的女人非我所愛。有一次我看到一部日本片，那個女的是個護士，身材勻稱，叫聲就像你一樣，彷彿母貓在說夢話。我還是喜歡醫生護士。她打了我一下，這感覺不錯啦，像是情侶了，兩個人並排靠在牆上抽菸實在有點像監獄裡的難友。

她說：「剛才很危險，真要砸下來，兩個肯定一起死掉。」

我說：「死就死吧，明天不用上班了。」

她說：「我以為你會跑。」

我說：「這樣不好，我都快射了，如果光著身子跑出去，一邊跑一邊射，太難看。我情願死在床上。」

她說：「這樣死了也不好，連在一起，別人分不開我們。」

我說：「不會的，他們會用鋸子把我的雞巴鋸斷，然後就分開了。我的雞巴留在你的身體裡，就當我留給你一個紀念吧。」

她說：「萬一我沒死，那還得我自己拿一小刀片鋸斷它，太殘忍了，這辦法不好。」

我說：「對你而言這應該不是問題啊，你不是醫生嗎？沒割過這個嗎？」

她說：「我要是中醫就好了，割下來泡在酒裡，每年清明節拿出來喝一口，壯陽。」

我說：「你丫壯什麼陽？你還是留給別人壯陽吧，間接地體會到我的魅力。」

她聽了這話，再也忍不住，把我肚子上的菸缸挪開，就這麼赤身裸體地代替了那只菸缸。然後壞壞地對我一笑，說：「再來一次。」

那天幹完第二次，外面的風越來越大，雨水打在樓下人家的雨篷上，發出有節奏的噗噗聲。樓下很安靜，沒有第三次地震。假如再來一次地震，我估計我的神經也受不了，大概會赤身裸體地逃到樓下去。鶯聲初啼，對人生驟然有了信心，不甘心就這麼被砸死。

我說，我要給你起個綽號，叫抽水機。她說，你他媽終於把綽號起到老娘頭上了，說完又打我。打過之後，我從床上跳下來，到窗口張望，樓下一個人都沒有了，怪不得這麼安靜。天色濃黑，從這濃黑中降下的雨也應該是墨汁吧，我也不知道原先樓下的人是跑光了呢，還是都回家睡覺去了。後來一看鬧鐘，凌晨三點半，對面樓裡的燈倒是還都亮著，好像除夕守歲。白藍問我：「你要不要回家去看看？你媽媽還在家裡吧？」我說沒關係，既然新知新村的破樓沒塌，那麼農藥新村的破樓一定也還矗著呢，我媽比你機靈多了，稍有風吹草動就跑了，這都是在農藥新村練出來的。她說：「那你媽就不擔心你？」我想想也對，就說，要是家裡有電話就好了，這會兒雜貨店的公用電話肯定是沒人接了，等雨小一點我就回家。我說完這話時，她已經穿好衣服了，沒辦法，我也只能穿衣服。

她說：「這麼安靜，好像什麼都沒發生過。」

我說，本來就沒發生過什麼嘛。我說完這句話，覺得自己中了她的套，就回過頭去看她。她也在看著我，目光很難捉摸。我訕訕地在房間裡轉了一圈，隨手翻她的書，一摞很厚的考研教材，我也看不懂，都是些很深奧的東西。我對她說：「你不會酒醒了就不認帳吧？」

她說：「我要認什麼帳？」

我不好意思地說：「我以後還想和你做愛。」

她看著我，忽然笑了，說：「你想吃泡麵嗎？我是餓了。」

我說：「我也餓了，太消耗體力了。」

吃泡麵的時候，我對白藍講起一個人，這個人是我嫂子，也就是我堂哥的女朋友。白藍不解，我為什麼會沒來由地說起她，其實我也不知道，後來我說，既然談到黃片，我就想起我嫂子了。

我是跟著我堂哥他們一起看黃片的，當時就是錄影帶，他們幾個小青年關在屋子裡偷偷地看。那時我才讀初三，不過也發育了。我去找我堂哥，結果撞上了，他們幾個小青年就讓我跟著一起看。後來有一天，我嫂子忽然從外面進來了，見了這場面就朝我堂哥沒頭沒臉打過去，說他們把我帶壞了。我堂哥哈哈大笑，讓她把我領走。我嫂子帶著我走出去的時候，我心裡很不高興，又不能說，只能裝出懵懂無知的樣子，以騙取她的寬容。我看見她的乳溝，很深地嵌出一條縫，當時就起了壞念頭。但她並不知道，她以為我還是個不大懂事的小孩。後來她拍著我的頭說，小路，你長大了不能學你堂哥，你要做個有出息的男人。

我經常想起我嫂子，別人都叫她阿娟，我也跟著叫，她不喜歡，讓我叫她阿嫂。她是開服裝店的，沒讀過幾年書，但我覺得自己很愛她。她曾經對我堂哥很好，給他零花錢，為了他墮胎。北環幫和小公園幫火拚的時候，她為了救我堂哥，拿著一根水管敲開了對方的腦殼，被稱為那一帶的紅星十三妹。為此，她的店都被人砸了，但她也沒說什麼。後來我堂哥打她，打得那叫一個狠啊，她受不了了，就獨自跑到南京去做羊毛衫生意。我從此再也沒有見過她。

我之所以愛她，是因為我覺得，在她身上的那種東西就是愛。我對愛的理解是有偏差的，這無所謂。我嫂子也給過我零花錢，她甚至說，等我長大了她要把自己的妹妹介紹給我做女朋友。她去南京以後，我就不大和我堂哥來往了，我從心裡覺得他王八蛋，後來他腦袋上被人砍了六刀，再也沒人替他擋著了。

我對白藍說，所謂有出息，這是一個很虛幻的詞，我不知道什麼叫有出息，但我知道什麼叫沒出息，並且知道，沒出息的人不可愛。但是，我活了二十歲，仍然有人長久地愛著我，也有些人短暫地愛過我，這些我都不會忘記。

那天我說完這些，就回家了。我很想和她睡在一起，但忽然有了一種很挫敗的感覺，好像腦子裡的精液也都射光了。現在我回憶的時候，知道那種感覺叫作虛無，當時卻無法表達。我不知道自己為什麼會一下子挫敗了，如果當時知道那是虛無，大概也不會難過了，虛無就是這麼突然出現突然消失的。

下樓的時候我覺得腰裡有點酸，心想，這該不是腎虧吧，如果二十歲就腎虧，到四十歲肯定變成陽萎啦。腦子一走神，我在樓梯上絆了一下，直刺刺地摔了下去。那塊絆腳石哇哇大叫。我點亮打火機一看，媽的，二十多個人全都蹲在樓道裡打瞌睡。這也難怪，外面下雨，又沒有防震棚。我連聲喊抱歉，這些人全都醒了，對著我看。有個教授模樣的老頭說，哎呀，誰家唱了大半夜的卡拉ＯＫ啊。我再不是東西，這時候臉也不由紅了紅，知識分子就是厲害，損人都這麼有藝術感。

回憶九三年，那次地震之後，糖精廠巋然不動，只是塌了河邊的泵房，那裡平時沒人，就砸死了很多耗子，剩下的耗子全跑了出來，在大街上巡遊。這些耗子都很囂張，而且聰明，比如牠們過馬路的時候，先是一隻耗子溜過去，蹲在馬路邊上吱吱地叫幾聲，後面就有一串大大小小的耗子，氣定神閒地向牠走去。這麼有組織有紀律的耗子，我們根本不敢打，怕招致嚴重的報復。

我和白藍發生關係之後，陸續還做過幾次，地點都是在她家。新知新村的房子，隔音效果很差，差到什麼程度呢？我在她家衛生間蹲著，可以聽見隔壁衛生間裡小便的聲音，當然是男人小便，要是女人小便都能聽見，那簡直就等於是布簾子了。白藍說，七〇年代造的房子，都是用預製板拼起來的，雖然不夠私密，但是這種房子很牢靠，特別防震，剛搬進去的時候都樂壞了。我可以證明，有一些年份裡，中國人特別怕地震，大概是被震出心理障礙了。

在那種房子裡做愛，如果當時沒有喝醉酒，就會有另一種心理障礙，怕隔壁鄰居趴在牆壁上偷聽卡拉ＯＫ。我知道很多種偷聽的辦法，最簡單的就是拿個玻璃杯子杵到牆上，耳朵湊到杯子口。但是這種把戲在新知新村幾乎不需要，這裡的情況恰好相反，如果你不想聽見隔壁的聲音，最好把自己的耳朵套起來。

我把那天老頭損我的話告訴白藍，白藍說，無所謂啊，隨便他去說吧。但真的做愛的時候，她又不由得克制住自己的呻吟。她還問我，這樣是不是有點掃興，我說挺好的，我喜歡那種克制克制最後克制不住的聲音，寫詩也是這樣，一上來就「啊」的詩歌，多半是拍領導馬屁的，沒有真感情在裡面。

幹過之後，我還問她，為什麼隔壁做愛的聲音我聽不到，難道他們也這麼克制嗎？白藍說，隔壁是老頭老太太，老頭以前是右派，都克制了一輩子了。我追問道，那麼老太太呢，老太太不是右派啊。白藍說，你真煩，管那麼多幹什麼。我就說，這裡真不一樣，不像我們農藥新村，全是造反派。

我們後來做愛，聲音一直都很輕，而且還戴著橡膠套子。我問她，這個套子是不是從醫務室裡偷出來的，她說不用偷，一抓一大把。她把橡膠套子裝在一個飯盒裡。有時候她自告奮勇給我戴套，有時候讓我自己套，她在一邊看著。還有一次，她把套子含在嘴裡，就這麼給我套上了，技術非常高明，一般醫生都不會這一手。幹完之後，她讓我用手指捏住套子根部往外抽。

發生關係之後，有一些微妙的變化，比如說在廠裡互相看到，眼神就會不一樣。我們廠裡有那麼幾對，談了戀愛之後，經常在廠裡摟著肩膀量地皮，從甲醛車間晃到糖精車間，從司機班晃到鍋爐房，十分招搖。師傅們站在窗口，看到他們走過來，就會大驚小怪地說：「壓路機來了。」然後對著他們品頭論足。這些待遇我都沒有，一則是她不願意跟我在工廠裡壓馬路，二則我也覺得在甲醛和糖精之間卿卿我我，實在是沒什麼可自豪的。事實上，我連中飯都不跟她一起吃，她是幹部餐，我是工人餐。我們就用眼神交流，我和她都是大眼睛，交流起來很有美感。

只有一次，她鬧牙疼。我在廠裡遇到她，直接問她：「還疼嗎？」這時正好倒B從我們身邊走過，聽到這句話，就扭過頭來打量我們。白藍做出很疼的樣子，指了指腮幫子，好像講不出話來。後來在醫務室裡，大肥婆不在，白藍對我說：「你說話注意點，什麼疼不疼的，讓人誤會。」我滿不在乎地說：「不會誤會的，只有處女才疼。」說完這話，冷不防臉上被她抽了一下，生疼。我低頭一看，她用來抽我的竟然是一副橡膠手套！她還問我：「你疼嗎？」那次我真的怒了，我說，咱們倆這麼濃厚的交情，為了一句笑話，你丫竟然用婦檢手套抽我！她就說：「乾淨的。」

我聽我奶奶講過，男人要是被女人抽了耳光，就會連倒三年楣，唯一的辦法是把耳光抽回去。但是，像這麼一個敢咬老虎的女人，她準保會把耳光再抽回來，那就抽來抽去沒個完，有這種閒情，還不如躺到床上去做愛呢。倒楣就倒楣吧。

有關我和白藍之間的事，廠裡沒人知道。白藍不希望別人對著她指指點點，我更是吃夠了寫詩和看胸罩的虧，再也沒那麼傻了。回想我剛進廠的時候，跟著老牛逼到處招搖，一點便宜都沒占到。工廠生活有一條原則，隱秘之處最安全，只要沒人注意你，就能年復一年地混下去。可惜我明白這個道理已經太晚了，而且運氣不好，最終還是得去上三班。

其實，我和白藍對外保密，還有一個原因是，我和她都知道這場愛情最終將會以什麼形式來收場。她曾經問我：「要是咱們分手了，你覺得廠裡哪個姑娘合適你？」我想了想說：「我覺得勞資科的小嘛嘴不錯啊，以前對我很凶，現在好多了。」白藍說：「那姑娘有什麼凶的，小丫頭一個。」我說：「人家也就比你小一歲，哪裡小丫頭了？」白藍說：「找秦阿姨說合說合吧。」我說：「不行的，她是李光南的老婆，朋友妻不可欺。」白藍說：「那倒也是。我把我表妹介紹給你，還在讀中專。」我說：「長得跟你像嗎？不像我不要。」白藍說：「那就難了，跟我像的，那就是電影明星了。」

現在我知道，這種調侃的方式，其實是一種暗示。在我當時看來，離別總之是傷感的，因為傷感，所以不能用言語來表達，好像春天裡綿密的細雨，用肉眼都分辨不出雨絲，不知道該不該打傘。我所感到的，就是那樣一種傷感，只能相互暗示，用調侃來安慰自己。

她還對我說：小路，很難想像你將來娶的老婆會是什麼樣啊，如果笨嘴拙舌的肯定被你欺負死。我就說：我倒是能想像你的老公是什麼樣，一定很溫和，很有文化，看見流氓就逃跑的。她不無嘲笑地看著我說：「你三十歲以後，看見流氓，大概也會跑吧。」那時候我不承認，我以為自己會一輩子剽悍，真是太幼稚了。照白藍的說法，我三十歲以後只能是一個啤酒肚的禿頂男人，牙齒被香菸熏得烏黑，長期上三班會有眼袋和黑眼圈，臉色青黃，肝功能異常，騎著自行車穿著工作服在大街上，一看就是個窮光蛋和倒楣鬼。流氓只會欺負我，而不會欺負她老公。

那時候在她家裡做愛，我時時都能感到一種奇怪的氣氛，考研的複習資料就堆在書桌上，有時候她幹完之後會隨手摘過一本書，翻幾頁，嘴裡嘀咕幾句，再把書放回去。我問她，這麼複習功課，有何效率可言。她說，功課早就複習得差不多了，只是慣性地再看幾眼。這時我就不再說話，也順手撈過書來看幾眼。她問我：「你的會計學得怎麼樣了？」我就懶洋洋地回答她：「還沒開始學會計，現在在學高等數學。」她就笑著說：「高等數學你都敢學。」我說，自從我做了鉗工和電工之後，就明白了數學的可貴之處，相反，語文是一門很操蛋的科目，數學使人越來越聰明，語文使人越來越笨。我基礎太差，所以學高等數學很累，但我漸漸開始喜歡這門功課了。

那次，她把朝北的房間打開，這間房間一直都是鎖著的，我從來沒有進去過。我發現裡面有一排書架，有一台電唱機，最操蛋的是裡面竟然有一張雙人床！我說：「你也太不夠意思了，明明有大床，你還讓我在小床上練雙槓！」她說：「這是我爸爸的床。」我說：「那就算了，我惹不起你爸爸。」

她讓我看那些書，很多小說，很多古代漢語，很多文集，都是些舊書，散發著比房間本身更為濃重的霉味。她說：「這些都是我爸爸的書。」我說，你丫真幸福，從小就能看那麼多書。我回想我小的時候，家裡只有兩本大書，《董存瑞》和《茶花女》，都是殘書，《董存瑞》沒結尾，《茶花女》沒開頭。這還算運氣，要是倒過來，那他媽有多麼殺風景啊。我從八歲開始就看這兩本書，到了十五歲還是看這兩本書，在革命烈士和法國妓女之間徘徊了好多年，不知道自己該成為哪一種人。假如當時我也有這麼多書，就不會那麼困惑了。她說：「你喜歡這裡哪本書，你就拿走吧。以後別賣了就行。」

她打開電唱機，從櫃子裡取出一張黑膠木唱片，說這是貝多芬的克魯采，歐伊斯特拉赫演奏的，是非常珍貴的版本。我說，不至於給我古典音樂吧。她說這些唱片都不會給我，她要自己留著，但可以放給我聽聽。我想，聽聽古典音樂也不是什麼壞事，我常年聽的都是香港四大天王。她把電唱機搗騰了一通，喇叭裡發出咔嚓咔嚓的聲音，後來音樂出來了，我就坐在大床上，安靜地聽完了克魯采。

我對她說，我要做一個有情有義的人，所謂的情，就是和你上床，所謂的義，就是為你去打人。這兩件事對我來說是分開的。但你把你爸爸的書送給我，這件事是既有情又有義，所以我要記住一輩子。

那年冬天，我獨自坐在一所中學的校門口。裡面在考研，我就坐在一個花壇上，也是點著菸，看著自己的手指發呆。天色陰霾，後來飄下幾縷雪花，落在我臉上。我的臉被風吹得冰冷，過了許久，才感覺到雪在臉上融化成水珠。

那天，大街對面的音像店在放張楚的〈姐姐〉，放了一遍又一遍。我安靜地聽著這首歌，等到老闆切換到另一首歌時，我扔下菸頭，走過去買了那盒磁帶。

後來她從操場那邊走過來，頭髮被風吹得歪歪斜斜。她問我：「今天夜班？」

我說：「不，今天請假。都考完了？」

「是啊。」她說，「去我家吧。」

那陣子因為臨考，她不再和我做愛，也不讓我去她家。我在糖精車間倒三班，倒得天昏地暗，性欲一下子沒了，也懶得去找她。到她家之後，她給我煮了兩個雞蛋，放了點糖，讓我吃下去。這是所謂補身體的辦法，那陣子她自己也就吃麵條，圖方便。她說我精神不振，看上去瘟頭瘟腦的。我說：「大姐，我夜班下來還沒睡，我當然精神不振。」她有點失望。我說：「你是不是要做愛啊？」她說：「呸，你還是先睡會兒吧。」我聽了她的話，加上肚子裡有了兩個熱雞蛋襯底，睡意當頭砸來，倒在她床上就開始打呼。

我醒來時，天都黑了，搞不清自己是在哪裡。我睡醒時候總是這樣。後來想起來，是在白藍家，我躺在她的床上。她正在燈光下聽錄音機，聲音很低，把耳朵湊在那裡聽著。我問她：「你聽什麼呢？」她說：「你的磁帶啊。其他歌都不好聽，就那首〈姐姐〉好聽。」我說：「就是衝著這首歌買的，你要喜歡就送給你吧。」她說：「真好聽。」

她還問我：「你衣服上是什麼味道啊？像咖啡，又像燒過的炭。」我說：「這你就不知道了，這叫甲酯，是我們車間的原料。我就是管甲酯的。那玩意的味道，沾在毛衣上，洗都洗不掉。」她說：「還好，不難聞。」我說：「這是我唯一感到幸運的地方。就算是個流氓，也不能渾身發臭。」

我問她，接下來打算怎麼辦。她說過了春節就辭職，然後等錄取通知，錄取了就去讀研究生，這是最簡單的程序。我說：「萬一沒錄取呢？」她說：「那我也不想幹了，開春以後，新車間造好了，聽說要調很多人去造糖精。」我點頭說：「確實不用去受那份洋罪。」她說：「早點辭職，把檔案調到街道上，廠裡就沒辦法卡我檔案了。」我問她，什麼叫卡檔案。她說就是拖著不把檔案發出去，等到開學之後，檔案還沒到學校，就自動取消入學資格。這種事情很普遍，單位裡故意這麼幹的。我說：「不會的，誰敢卡你檔案，我就把他腦袋卡下來。」她笑了，搖頭說：「又來了。」我打了個呵欠說：「我說真的。」

那時候我想像的是，廠裡卡她檔案，而我拎著幾根雷管跑到辦公大樓。其實我也不知道應該跑到哪個科室，但雷管是會說話的。然後她被送去讀研究生，我被送去坐牢。我這個行為是個十足的反社會分子，仇視一切，乃至變態。照白藍的說法，路小路，你還是少幻想一點這種事情，你知道哪裡去買雷管嗎？

她告訴我，辭職以後她要去北方，坐上長途列車，沿著京滬線到北京，再去唐山。她一直想去唐山看看。隨後她將往西到敦煌，取道格爾木進入西藏，她將在西藏停留，去見一個朋友，然後經過成都到上海，再返回戴城。她在一張中國地圖上畫出了一個四方形的路線。她說：「回到戴城，應該是五月了。」

我半躺在床上，一言不發，看著她在地圖上指指畫畫。她問我：「小路，跟我一起去西藏？」我搖搖頭說：「西藏有什麼好玩的？我也請不出那麼長的假，還要去讀夜大。」她覺得跟我簡直沒什麼好多談的，我越來越像一個上三班的工人了，一睡醒就去上班，一下班就想睡覺，而且永遠睡不夠。她托著腮幫子觀察我，而我接二連三打呵欠，我不是擺譜，我確實不知道西藏有什麼好玩的。後來別人告訴我，西藏是文藝青年的聖地，有生之年一定要去西藏。我嚮往得不行，同時也感到後悔。人一輩子錯過的東西太多，也不值得為之捶胸頓足，但是，二十歲那年沒有陪著她去西藏，想起來還真是很遺憾。

她問我：「小路，你活到這麼大，最害怕什麼？」我說我最怕上三班，日夜顛倒，幹得我神志不清，青春痘死灰復燃，臉色好像從棺材裡爬出來一樣。她說：「那我們要是分手了，你害怕嗎？」她問得很奇怪，分手了只會難過，怎麼會害怕呢。我想了想說：「起初大概會害怕吧，以後就好了。上三班會永遠害怕下去，所以還是上三班比較可怕吧。」她就用手摸了摸我的頭，說：「可憐的路小路。」

她還說，我在糖精廠大鬧會場的時候，她其實很愛我，可是她又很清楚，我這麼幹是找死。假如我只能永遠上三班，那麼，我的這種囂張就是一件很糟糕的事。我說我無所謂，再說我也並不囂張，我大多數時候都很溫和的。

她說：「你不要自暴自棄就好。」

我說：「好的。」

那年冬天在我印象中特別長，天空總是灰濛濛的，想不出有什麼晴朗的日子。有一部分時間，我用來睡覺，剩下的時間就在車間裡造糖精，車間裡光線很差，即使是晴朗的天空也被隔離成灰色暗淡的。我就像一個生活在北極的人，據說白夜會使人得憂鬱症，性欲減退，生育率是負數。當時我就是這種情況，到了白藍家裡，看見那張床特別親切，倒下去就睡著了。

春節之前，廠裡發了很多年貨。工人都很高興，整箱整箱地往家裡搬速食麵和橙子。最喜慶的是發魚，兩尺多長的大魚，用卡車運到廠裡，發到各個班組。魚是有大有小，大家抽籤，然後排隊挑魚。九三年春節，我還在鉗工班，手氣不錯，抽到第二位。當時德卵抽到第一位，結果這個傻逼學雷鋒，挑了一條最小的魚。輪到我的時候，鉗工班的師傅都瞪著我，我心裡發虛，也挑了一條小魚，只有一尺來長。排在我後面的老牛逼占了大便宜，毫無愧色地拿了一條兩尺半長的大魚。到了九四年春節，我很想報這個仇，結果發魚的那天我正好是上夜班，晚上十點鐘到了車間裡一看，有一條不足一尺的小魚掛在休息室裡。別人告訴我，那就是我的魚，抽籤結果我是排在最後一位。我問他們，誰他媽的替我抽的籤。他們說，別人都抽好了，剩下最後一個當然就是你。我也不知道他們到底抽了多少次，把我抽到了最後一位去。

那年還發兔子，活的。廠裡擴產徵地，把附近農村的一大片地皮吃了下來，那地方正好有個養兔場，養著千把隻兔子。農民沒地方安置兔子，乾脆全都賣給了我們廠。上千隻兔子在養兔場裡，無人照看，像奧斯威辛集中營的猶太人一樣，成批地死去。死兔子很難處理，又不能吃，又不能扔到垃圾桶裡，別人會以為鬧鼠疫。廠裡沒轍，把兔子發到職工手裡，讓我們拿回家，或殺或養，自行處理。中班回家的路上，我自行車龍頭上倒掛著一隻活兔子，用麻繩綁著，牠很難受，一路上不停地踢蹬。我不知該拿牠如何處置，我沒吃過兔子肉，不知道自己愛不愛吃，它剝了皮又不夠做一條圍脖的。我把自行車騎到白藍家，她應該也有一隻兔子，兩個兔子在一起也許就不那麼難受了。結果自行車騎到新知新村，拐彎拐得太厲害，那兔子一頭扎進車輪裡，咔嚓一聲，脖子被絞斷，終於不再踢蹬了。

我有點沮喪，拎著死兔子上樓，那已經是晚上十點多了，進門之後，只見桌上一堆骨頭，盤子裡還有幾塊殘肉。她剔著牙說：「哎喲，你還特地送兔子過來？我都把我那隻吃掉了。」我說：「白藍，你也太殘忍了，就這麼把兔子吃了？誰給你殺的？」她滿不在乎地說：「自己殺的。」我不信，她能把一隻活生生的兔子開膛破肚。白藍說：「呿，我解剖過的兔子比你見過的還多。」後來她還表揚我：「路小路，挺能幹啊，把兔子摔死了。」我說：「不是摔死的，是絞到輪胎裡死掉了。」她捲著袖子說：「兔子就是要摔死才對，絞到輪胎裡，異曲同工。我再給你做一個麻辣兔肉，保證你連兔頭都吃個精光。」

我吃兔子的時候，忍不住問她：「白藍，你說你到底是個溫情的人，還是一個殘忍的人？」她在一邊托著腮，看我吃，聽我這麼問，便懶洋洋地回答說：「都是啊。」

我說：「我不覺得溫情和殘忍會在同一個人身上體現出來。」

她說：「你不也一樣嗎？你又寫詩，又要綁雷管，搞得一會兒崇高一會兒暴力，我也不覺得這兩件事可以在一個人身上體現出來。」

我吃完了兔子，擦擦嘴。她指指盤子裡的兔頭。我說吃飽了，兔頭吃不下，再說那玩意兒有點像人頭，何必為了一個兔頭把吃下去的兔腿再嘔出來呢？她說：「不吃就不吃吧，別再提什麼兔子了，像兩個神經分裂。」

有關她的溫情，我都品嘗過了，有關她的殘忍，我只是從兔子身上間接地體會到。我對她說，我不想領教你的殘忍，我總覺得你有一天會把我殺掉的。說這句話的時候，我赤條條地躺在被窩裡，毫無睡意，非常清醒。白藍披著一條毯子，抱腿坐在床上。她吸了一口菸說：「我不知道你在說些什麼。」後來她又說：「如果你是想為我去死，那沒什麼價值。如你所說，何必為了一個兔頭把吃下去的兔腿再嘔出來呢？」

那是我們最後一次做愛，竟然沒有什麼甜言蜜語。我的sweet不知道跑到哪裡去了，而且做愛也不大成功，時間很短。我歸咎於三班顛倒，內分泌失調，但她也好像有點蔫，做愛中途還突然睜開眼睛看我，把我嚇了一跳，當場失控，這種射精幾乎等於是遺精。我覺得當時在她眼裡看到的是一種殺人犯的眼神，但也可能是我看錯了。我想我自己也好不到哪裡去，總而言之，會有一點絕望吧。事後她還安慰我，說每個男人都會出現這種情況，遺精，射精，早洩，陽萎，都是必然要經歷的。

我曾經對她說，我會去火車站送她，不管她去哪裡。她覺得這樣很好，很像電影裡的場景。後來她真的坐上火車去北方了，我卻沒能送她，那天我在車間裡造糖精，把反應釜裡的硫酸和水放錯了順序，應該是先放水後放硫酸，我心煩意亂搞錯了，結果那個反應釜發出轟轟的聲音，好像燒開了一鍋水，帶著硫酸味的蒸汽全都冒了出來。工人們一聲發喊，悉數逃光，有個女工在逃跑的時候從樓梯上滾了下去，摔掉了兩個門牙，揚言要讓她老公來砍了我。後來她老公衝過來揪我領子，他是甲醛車間的工段長，老婆遭了難，當然第一時間出現在現場。我任由他揪著，看著他把拳頭舉起來，但最後他竟沒有打我。他私下裡說：「這小子的眼神就像個殺人犯。」

他們把我送到安全科，寫檢查，寫事故報告，一直搞到夜裡才放我走。我想到她拎著旅行袋獨自上火車的樣子，我覺得這一幕也很像電影，我自己也說不清到底哪一幕電影更令我難過。我就這麼錯過了送白藍的機會。

五月的時候，我還見到她一次，她到廠裡來辦手續，順便到糖精車間來找我。她黑了許多，穿著一件西藏的斗篷，樣子很洋氣。她把一頭長髮都剪掉了，像個男孩一樣，而我剃著光頭，活像個判了徒刑的。

她說自己被上海一所醫學院錄取了，九月份開學，這段日子她要去上海進修一個英語班。說完，她很愛憐地摸了摸我的光頭，說：「怎麼搞成這樣了？」我搖了搖頭，無言以對。那次見面的時間很短，我正在把一袋袋的亞硝酸鈉往鍋子裡倒，滿頭滿臉的灰塵，顧不上跟她說話。我們兩個都是風塵僕僕的樣子。後來她就走掉了，我再去找她的時候，她家裡沒人。我也搞不清她的行蹤，以後一直都沒再見過她。

有時我下班經過新知新村，在她家樓底下張望，窗戶都是關著的，陽台上沒有任何晾曬的衣服。她已經不住在這裡了。我想這是一種最好的離別方式吧，最不傷感，就像在霧中走散了一個朋友，事後回憶起來，只有一點點惘然。

大約六月底，我收到一張明信片，是四月間從西藏寄出的，上面寫著：走了幾千公里路，都不能忘記你。給我的小路。這張明信片被貼在傳達室的玻璃窗後面，人人得而見之，但事實上沒有人去看它。我在凌晨四點下班時才發現了它，當時頭很暈，明信片正面是布達拉宮和藍天白雲。我看著背面的字，又看著正面的布達拉宮，翻來覆去地看。天色濃黑，只有廠門口的一盞白熾燈亮著，許多蠓蟲繞著燈在飛，馬路上一個人都沒有。此時此刻，全世界都在安睡，我愛著的人也在安睡，在她的夢境中路過天堂。我一時失控，眼淚落在幾千公里的鋼筆字上。

有時候我想，那年白藍考研，然後和我做愛，又把她爸爸的書送給我，最後辭職離開戴城，我覺得都是她計畫好的，她做事情乾淨俐落，有條不紊，和我不一樣。但我後來想想，我一個上三班的小廝，別人還要計畫好了才跟我上床，這也太抬舉自己了。在所有的計畫中，大概只有和我上床這一節，算是一個意外吧？所以也沒什麼可留戀的。

她曾經對我說，路小路，真搞不清楚我為什麼會愛上你。我也很奇怪，居然有人愛我，還心甘情願和我上床，這事情傳到工廠裡，簡直不會有人相信。大概連我媽都不會相信吧。我問她：「你知道什麼叫奇幻的旅程嗎？」和你去西藏一樣，我也有我的奇幻旅程，只是你不知道。我說，在我一生中能走過的路，有多少是夢幻的，我自己不能確定，但是有多少是狗屎，這倒是歷歷在目。正因如此，凡不是狗屎的，我都視之為奇幻的旅程。我這麼去想，並非因為我幼稚，而是試圖告訴自己，在此旅程結束之時，就等同於一個夢做完了。我就是這麼想的。

我說，那年送德卵去醫院，我把他背進急診室，我的心臟都快爆掉了，假如我當時發心臟病死了，別人還以為我是為了德卵而死。雞巴，我活了二十歲，最後為了一個鉗工班的傻班長而送命，傳出去被人笑死。其實真相是：我是為了我的奇幻旅程而死。在那一幕大雨中，我像一個演員，因為你的存在，故此扮演著我的亡命的角色。

我說，很長一段日子，我都認為自己無人可愛，所以只能愛你。我為這種愛情而羞愧，但在這樣的旅程中我無法為自己的羞愧之心承擔責任，假如無路可走，那不是罪過。但我也不想睜著無辜的雙眼看著你，你既不在此岸也不在彼岸，你在河流之中。大多數人的年輕時代都被毀於某種東西。像我這樣，自認為一開始就毀了，其實是一種錯覺，我同樣被時間洗得皺巴巴的，在三十歲以後，晾在我的小說中。

我說，我不再為這種愛情而羞愧，在我三十歲以後回憶它，就像一顆子彈射穿了我的腦袋，可惜你看不到我腦漿迸裂的樣子了。

千禧年的秋天，我在上海郊區的一個賓館裡遇到個女的，她三十歲上下，梳著一個乾淨俐落的抓髻，穿著PRADA的裙子，挎著個香奈兒小包。當時是在電梯上，我覺得她很面熟，我對她說：「白藍，好久不見。」她從墨鏡後面看著我，她看著我，很久之後她說：「你認錯人了。」

我笑了笑說：「我大概認錯了，我記性不太好。」後來有一個外國男人走過來，很親切地叫她Lisa，並且吻了她的臉。我看得出來，這是一種禮節性的吻。這種吻在我年輕的時候從未有機會表達過。

她就跟著這個外國男人上了一輛別克商務。

我曾經對她說過，將來我再遇見你，一定會毫不猶豫地喊你的名字，因為有情有義，不能裝作從來沒認識你。你在河流中看到岸上的我，這種短暫的相遇，你可以認為是一種告白，我在這個世界上無處可去所以又撞見了你。她說，你一個小工人搞得這麼傷感幹嘛？她後來又說，你不會無處可去的，你也不會再遇到我。這些對話我早就忘了，我有時候回憶起它們，覺得這是我血液中的沉渣，也就是血栓，要是堵住腦子就會死掉。

半夜裡，我躺在賓館的床上，中間陸續有幾個雞打電話進來。我敷衍了幾句，把電話掛了，然後等著它再次響起。我想著她當年說過的話。一直等到凌晨，電話鈴聲在一片靜默中輕響，我拎起話筒，她在電話那頭說：「我退房了，趕飛機回英國。」

我問她：「你生日是哪天？」

她說：「幹嘛問這個？」

我說：「不知道問什麼好。隨便問問吧，一直想不起你的生日。」

後來我掛了電話，點起一根香菸，在微弱的火光中我注視著自己的手指。我忽然想起很久以前我也有過同樣的姿態，注視著手指和香菸，坐在一個花壇邊等待她，聽著張楚的〈姐姐〉，一場雪即將來臨。我就這麼坐著，注視著，彷彿這個世界上空無一人。

第十一章

去吧，SWEET HEARTS！

糖精廠的一年之中，數冬天最慘。這裡的樹木平時都是病懨懨的，到了冬天則迫不及待地枯死，好像是受不了這個地方，情願自殺。這季節跑到廠裡一看，草木凋蔽，萬馬齊喑，地上的泥土都是五顏六色的，有的還結著一層鹽霜。窨井裡的廢水冒著白色的蒸汽，不知道的人還以為是火山噴發的前兆。這季節最慘的就是上三班的工人，其中尤以糖精車間為甚。甲醛車間尚且有一個密封操作室，電子程式控制，還有攝影機監控反應釜內部運轉。糖精車間卻是又破又爛，完全靠人工操作，如果想監控，只能把腦袋伸進反應釜的洞口裡去看。我每天都要伸進去看幾次，起初覺得很夢幻，如臨岩漿，近似一部科幻電影，但看多了就覺得恐怖，而且那洞口太小，經常把我的下巴卡住，伸都伸不出來。糖精車間的休息室，只有很小的一間，工人可以在裡面吃吃瓜子聊聊天，但不能抽菸，因為會炸。冬天的時候，一根蒸汽管通過休息室，裡面很暖和，但不能總是躲在休息室裡吧？如果跑到車間裡，那地方冷得像冰窖，穿兩件棉襖都頂不住。

糖精車間很大，從原料倒進去攪拌，直到白色的糖精流出來，需要經過好幾道工序，每一道工序又分為好幾步，由各個班組把守。工段長是這裡的工頭，芝麻綠豆的小官，但不能得罪，否則能把你整得生不如死。

我去糖精車間上班之前，長腳和小李請我吃飯。長腳哭了，說：「小路，都怪我不好。」我喝著白酒，說：「關你鳥事啊？」長腳說：「我去考夜大，你也跟著去考夜大，然後你就被送去上三班了。」我說：「你神經病，我去上三班是因為我調戲化驗室小姑娘，而且被廠長抓到了。這跟你沒關係。」長腳還是不能釋然，只管哭。後來我們被他哭煩了，小李說：「反正明年還有一大批人要去糖精車間。」我說：「我先走一步，在那兒等你們。」長腳睜大眼睛說：「我不去！我情願辭職也不去！」

我舉杯說：「為了我即將成為一個甜人而乾杯。」他們兩個都舉不起杯子，我就獨自把酒喝了下去。後來我們都喝醉了，怎麼回家都忘了。

冬天的時候，我去糖精車間報到，穿著那身不藍不綠的工作服。之前我做電工，總是穿著槍駁領西裝去車間裡幹活，後來去造糖精，造糖精是不能穿西裝的，只能又把工作服穿上身。我跑到車間裡，車間管理員說我被安排在前道工序。我不知道什麼叫前道工序，管理員說：「前道就是最初的原料投放，後道工序就是出成品了。」我問她：「前道好還是後道好？」她很智慧地告訴我：「前道很累很髒，但是你不會變成一個甜人。後道比較輕鬆，但你會渾身發甜。你喜歡哪一種？」我說：「我無所謂。」她搖搖頭說：「你要是還沒結婚，那還是前道比較好，雖然累一點，但還能找到女朋友。」

我跑到工段上，有個叫翁大齙牙的工段長接見了我，他穿著一件到處都是補丁的牛仔衫，衣服拉鍊也壞了，就用一根麻繩紮在腰裡，這副樣子要多慘有多慘。翁大齙牙蹲在一條鐵凳子上，也沒問我名字，也沒帶我參觀車間，他對我說：「小逼樣，去扛二十袋亞鈉。」我很討厭他的腔調，就問他：「什麼是亞鈉？」他說是亞硝酸鈉，還怪我沒文化，連亞鈉都不知道。我按他說的，跑到行車邊上，二十公斤一袋的亞硝酸鈉，一次扛兩包。翁大齙牙在休息室裡看著我，等我扛完了，他說：「拆包，全部倒進鍋子裡。」我不動聲色，拔出電工刀，把紅藍塑膠袋拉了一道口子，將二十包東西悉數倒進去。翁大齙牙說：「過兩個鐘頭來叫我。」

我問他：「現在我該幹什麼？」

他說：「你就站在旁邊看著。」

我站在那裡，環顧糖精車間，黑乎乎的全是些反應釜，還有腸子一樣蜿蜒虯結的管道，冷冰冰的閥門和法蘭。車間窗玻璃上蒙著一層黑灰，沒有蒙灰的地方必定是窗玻璃被砸掉了。我坐在一堆原料袋上，等著那二十包亞鈉反應成別的東西。後來翁大齙牙又跑出來，告訴我，必須把腦袋伸到反應釜裡去檢查。我說不要扯淡，這個我見識過，只要把臉湊上去看就可以了，不必把腦袋伸進去。翁大齙牙說：「讓你伸進去，你就伸。你有什麼廢話回去跟你媽說。」

那時候我經常把腦袋伸到反應釜裡去，看著那些漿糊狀的原料起反應，熱氣騰騰的，也檢查不出個鬼。我知道翁大齙牙存心整我，但不知道是誰指示的。那個洞很小，腦袋伸進伸出很不方便，我就剃了個光頭。車間裡有個叫四毛的工人，這個人腦子經常犯病，看見我把頭伸進去，就會用一根鋼管捅我的肛門。我腦袋在反應釜裡，毫無反抗之力，等我伸出來之後，他就哈哈大笑地跑掉了。我不能追他，否則就是擅自離崗。後來我抽了個冷子，見到他和翁大齙牙都在休息室裡，我跑進去，掐住四毛的脖子，照著他臉上打了三拳，分別打在嘴上、眼上、鼻子上，打得四毛在地上滾。我又用勞動皮鞋在他腦袋上踩了幾腳，四毛嗚哇亂叫。我打完之後，擼了擼光頭，對著翁大齙牙看。他叼著一根牙籤，也看著我，不說一句話。

我曾經告訴自己，我是一個沒有電工天賦也沒有鉗工天賦的人，但我知道，造糖精是不需要天賦的。造糖精唯一需要的就是體力和耐性。翁大齙牙先是用二十袋亞鈉考驗了一下我的體力，然後讓四毛來考驗我的耐性。我剃了光頭打過四毛之後，青磣磣的頭皮下爆著一根Y型的血管，臉上卻掛著一絲笑，翁大齙牙就再也沒來找過我的麻煩。

我和翁大齙牙之間的事，都發生在白天。夜班就看不到他了，總算可以清淨一點。但我也討厭夜班，半夜出門，通宵幹活，天亮前回家，假如我是個鬼，過的就該是這種日子。

當時和我搭班的工人，是個落腮鬍子的大漢。他是禿頂，我是光頭，兩個人一起走在工廠裡很引人注目。他綽號郭大酒缸，真名我想不起來了。此人常年在口袋裡揣一瓶二鍋頭，常年喝得稀里糊塗出現在車間裡，他醒著的時候打人很厲害，喝醉了則相反，隨便別人怎麼打他都無所謂。他喝醉了就遲到曠工，但絕不早退，一般都是睡醒了才搖搖晃晃下班。在這種情況下，所有的活都得我一個人幹。有時候他酒醒了，就很抱歉地對我說：「兄弟，對不住。」然後就把口袋裡的酒瓶掏出來，要跟我共用。

很多中班夜班，我都是坐在休息室裡，忍受著他身上散發出來的酒味。有一度，我很想打他一頓，給自己消消氣，但我從來沒打過醉鬼，這不是男人幹的事，但要找到他清醒的時候又談何容易？

有一天半夜，一個女人打電話到休息室，我接的電話。這女人在電話裡喊：「郭大酒缸呢？他答應今天跟我去結婚的，怎麼沒來？」此時郭大酒缸正躺在地上打呼呢，我踢了他一腳，他紋絲不動，我只能對那個踩空了樓梯的新娘說：「他喝醉了，我叫不醒他，有本事你自己來弄醒他吧。」

後來等他醒了，我告訴他這件事。他抽了自己一個耳光說：「該死，把登記結婚的事情忘記了。」然後他握著我的手說：「兄弟，你真夠意思。」我的手被他一雙糙手捏著，也不知道該說什麼好。反正我從來沒把他當兄弟看，我只當他是個會說話的酒缸。

有一天，郭大酒缸很清醒地跑到我眼前說：「小路，我辭職啦。」我說：「你是被開除了吧？」他搖頭說：「我真的辭職啦，我發財啦！」我很不解，他就說：「你是我兄弟，我只告訴你一個人。我女人買股票發財啦，現在我也發財啦。」那時候我聽說很多人買股票發財的，他女人是做服裝生意的，手面上有點小錢，買了股票，小錢就會變成大錢。我問他：「發了多少財啊？」郭大酒缸伸出三根手指說：「三百萬。」我嚇了一跳，三百萬！那確實不用再來上班了。後來他拍著我肩膀說：「兄弟，再見，以後混不下去就來找我。」我心想，操，你這個王八蛋也不請我吃頓飯，就這麼跑了。

二〇〇四年的時候，我回到戴城去看我媽。半夜裡出去辦事，回家路上，有個喝醉的人抱著電線桿在吐。那天風很大，我走路的時候有點走神，結果他吐出來的東西飄到了我的褲子上。我大怒，把他揪過來一看，竟然是郭大酒缸。這時有個穿西裝裙的姑娘從酒樓裡跑出來，連聲對我說抱歉，然後扶住郭大酒缸，喊他：「郭總！郭總！」郭大酒缸醉得連話都說不出來了。我問那姑娘：「什麼郭總啊？開什麼公司的啊？」姑娘說：「房產公司。」我說：「我操，發大了。我問你，你是他老婆還是二奶？」姑娘紅著臉說：「我是助理。」

我看她挺漂亮的，而且會害羞，就笑著說：「這個鳥人以前我認識，天天喝醉，現在還喝二鍋頭？」姑娘說：「喝的是茅台，今天陪投資商的人吃飯，郭總很少喝醉的。真是抱歉啊，既然是老熟人，那您留張名片吧，我轉交給他。」我說：「不用啦。」我把郭大酒缸扶正，端起他的臉，他已經認不出我了。我說：「不錯啊，西裝是阿瑪尼的，領帶是什麼牌子的？」姑娘說：「不知道。」我想了想，本來應該抽他兩個大嘴巴，以示留念，但我一時找不到當年在糖精車間打人的心情，我輕柔地拍了拍他的臉。打人和做愛一樣，十年前欠下的債，十年之後必然是一筆勾銷。我曾經想抽自己一個嘴巴，現在想想也算了。

那時候，我在工廠裡倒三班。深夜的工廠是另一個模樣，走在廠裡，周圍一個人都沒有，一些暗淡的燈光照射著路面，遠處的貯槽影影綽綽。被燈光照射的蒸汽，在一片迷離中升起並且消散。機器的持續轟鳴和遠處馬達的聲音，構造出工廠夜晚獨有的寂靜。假如我忘記自己是個造糖精的，而是一個攝影師，一個導演，一個畫家，這種景色其實也是很迷人的。

夜班總是半夜九點騎著自行車出門，十點不到，我就進車間，把衣服換了，然後去交接班。我上夜班從來不遲到，因為必須交接班，假如我不去上班，別人就不能下班，這是工廠的規定。郭大酒缸是根本指望不上了。在我前面的那個班組是兩個女工，讓女工深夜回家是件極其缺德的事，會遇到強姦犯。我再壞也不能做強姦犯的同謀。

夜班很輕鬆，只要完成三批產量就能下班。我是前道工序，不用等別人，倒是別人經常催我幹得快一點。那時候也有偷工減料的，明明應該攪拌兩個小時的，就縮短個二十分鐘，反正最後也查不出來，生產出次品也不會扣工人獎金，最多車間主任被撤掉。夜班沒人管，只要不在車間裡抽菸，抽菸會把大家都炸上天，對誰都沒好處。

凡在工作間隙，我們就找地方睡覺。本來可以睡到休息室的，但那裡太窄，男男女女都擠在一起睡覺，很不成體統，況且還有一個郭大酒缸在那裡散發著惡臭。只要不是很冷的冬天，我們就會找一個角落瞇一會兒，或者是在貯槽後面，或者是在配電箱旁邊，總之是一些黑暗而乾燥的地方，又能睡覺，又不會被值班幹部抓到。

夜班時候，廠裡會配備兩個幹部值班，他們在辦公大樓裡。每到凌晨一點，幹部就拎著個手電筒出來查崗，查到有人睡覺，就扣其一個月的獎金。有些幹部很懶，或者跟工人交情不錯，也可能就不出來查崗，有些比較麻煩的幹部，比如胡得力和倒B，就需要大家打起精神來對付。那時候上夜班，第一件事就是到門房去問一聲，今天哪個幹部值班，門房的老頭一報名字，我們就知道今天晚上能不能睡覺了。

廠幹部抓工人睡覺猶如一場遊戲，具體來說，幹部通常是零點時候走出辦公大樓，最先去的地方肯定是配電站，配電站的值班師傅接受檢查完畢，就會打一個電話通知後面的化肥車間，然後他們自己就躺下來睡覺。化肥車間的師傅接到電話，就畢恭畢敬地等待檢查，完畢之後，就打一個電話通知後面的甲醛車間，然後他們自己也睡覺。這樣就形成了一個像烽火台一樣的警報系統，幹部走到哪個位置，工人心裡都很清楚。這種辦法在工人和幹部之間也形成了默契，假如遇到胡得力和倒B這種人，事情就非常麻煩，他們不惜繞路，先去檢查甲醛車間，然後去糖精車間，然後再一個回馬槍殺返甲醛車間，搞得鬼神莫測，工人非常頭疼。每逢胡得力和倒B值班，車間裡就得加派一個放哨的，通常是學徒工放哨，如果沒有學徒就派實習大學生放哨，如果都沒有，就只能抓鬮。放哨的人站在車間門口，一見到人影，就會喊口令：晚飯吃什麼！如果說：「吃海鮮的。」那就是自己車間的人，如果沒說海鮮，哨兵就撒腿狂奔，一路奔，一路用棍子敲打管道，這個聲音沿著管道傳到車間的四面八方，睡覺的人就從各個角落裡像殭屍一樣站了起來，非常恐怖。即便如此，像胡得力和倒B這樣的混蛋，仍然防不勝防，他們有時候會從貨梯那裡上來，抄我們的後路。這是不要命的做法，因為貨梯很滑，沒有扶手，很容易掉下去摔死。

被幹部抓到睡覺，工人就會狡辯。睡覺有很多種姿勢，到底哪種是睡覺，很值得辯一辯。我也是到了車間裡才瞭解這門學問的，如果有研究睡覺的學者，我可以透露給你們，這門學問相當深奧。具體來說，坐在椅子上打瞌睡，如果幹部喊一聲你就醒了，那不算睡覺，只算養神，如果幹部喊了兩聲以上你還沒醒，那就是睡覺。趴在桌子上打瞌睡的，如果流下了口水，那就是睡覺。躺在地上的人，不管醒著還是睡著，一律都算睡覺，除非你能證明自己是在發羊癲瘋。至於站著睡覺的人，不管你有沒有睡著，那都不算睡覺，因為你實在太牛了，能站著睡，超越了人類的本能，你是一匹馬。

在糖精車間所有的工人中，只有郭大酒缸敢於明目張膽地睡覺，連胡得力都拿他沒辦法。郭大酒缸睡下去了就不會醒，一百個幹部喊他都沒有用。等他醒了，不但忘記自己被幹部抓到，而且忘記了自己曾經喝醉過。發獎金的時候他倒是很清醒，要是少了一毛錢就會去砸車間主任辦公室。

九四年我曾經被倒B抓到過一次，凌晨四點，連哨兵都睡著了，倒B從貨梯那裡躡手躡腳走上來。這純屬變態，這個時間我們都把產量完成了，機器也都關了，打個盹是天經地義。倒B之所以贏得倒B的綽號，就是這個原因，他老犯賤。他進了車間以後，在幾個角落裡分別找到了睡覺的工人，他都沒叫醒他們，後來他在配電箱邊上看到了我。我坐在地上，抱著雙膝，腦袋深埋在胸口。本來，這個睡姿是不足以讓倒B把我認出來的，但誰讓我剃了個光頭呢！倒B喜出望外，往我身上連踢了幾腳，嘴裡還喊：「路小路，抓住你睡覺了！」我詐屍一樣跳起來，附近睡覺的工人也醒了，紛紛從地上站起來。倒B單指著我一個人，說：「跟我走，去辦公室寫檢查！」

我迷迷糊糊跟著倒B往外走，走出車間腦子才轉過彎來，媽的，原來我落在了倒B手裡。他喊了好幾年，我他媽竟然讓他得手了。照廠裡的規矩，抓住一次睡覺，就要扣當月獎金，半年獎和年終獎也要受影響。我有點心疼，走在路上很想找根鐵管把倒B的腦袋敲開，我要是把他敲成一個失憶症就好了，但是，我下手沒輕沒重，萬一打成植物人那就慘了，我得養他一輩子，還有他老婆孩子。砸人是很不好的，或許我應該把自己砸昏過去才對。

到了辦公室，倒B非常開心，完全不知道剛才的一瞬間他將可能變成植物人。倒B說：「可算親手抓到你了。」

我說：「我被抓到過很多次了，遲到早退，調戲小姑娘。」

倒B說：「可我沒親手抓到過你，你是以身試法，我是以身執法。今天我心情非常好。」

我說：「你這個王八蛋從鉗工班的時候就想抓我，抓了快兩年了，你還好意思說。」

倒B說：「你那時候還敢對我掄銼刀！」

我說：「王八蛋，還去勞資科告狀，說我要用銼刀砍你，哈哈！」

我左一個王八蛋右一個王八蛋，倒B一點都不介意，他從抽屜裡拿出一疊紙，對我說：「把你的檢查寫在上面，然後寫上你自己的名字，不然扣你獎金沒證據。」

我說：「這還要什麼證據？我人都在這裡了。」

倒B說：「白紙黑字才是證據。」

我聽了這話，就拿過筆來，慢慢地寫我的檢查。我先是嫌圓珠筆不出水，又把稿紙寫破了，還有很多字不知道怎麼寫，這麼磨蹭著，一份檢查寫了一個多小時。後來倒B要尿尿，跑到廁所裡去了。正中下懷，我跳到門背後，倒B的外套就掛在那裡，我從他上衣口袋裡掏出了兩張一百塊的鈔票，還有一把毛票[1]，全都塞進了自己褲兜裡。我迅速寫完檢查，簽上名字，

1 面值一元以下的紙幣之俗稱。

等他回來就把那張紙遞給了他，然後我就走了。我心想，倒B先生，你慢慢地去找證據吧。

有關我九四年的私生活，用一句話來表述：性生活非常緊張，處於大澇之後的大旱。這種滋味非常難受，如果還是個處男大概會好過一點。倒三班使我的性欲降低到了一定程度，但我畢竟不是太監，適應這種節奏之後，加上春天適時地來臨，我又成了一個性苦悶，只是苦悶的內容不一樣，過去是想像，現在是回憶。

那年我二十一歲了，照正常的標準，我可以找女朋友，但還不能及時地與之發生性關係，只能逛逛馬路，看看電影，談談理想。這一點很讓我悲痛，曾經大澇難為水，有幾個親戚想給我介紹女朋友，都被我回絕了。我可沒心思再陪姑娘逛馬路，我逛夠了。我媽很著急，問我，是不是倒三班很累，連女朋友都談不動了。我說不累，但我又要上三班又要讀夜大，時間不夠分配的。我媽就很感動，認為我開始懂得珍惜時間了，她對我的支持就是給我洗內褲，洗到特別髒的，也不說我下流，因為這是不談女朋友的代價。

九四年春天，我在廠裡上三班，晚飯和夜宵都是在食堂裡吃一碗麵，並不是我愛吃麵，而是那米飯沒法吃，全是白天的剩飯，又硬又冷，吃下去胃痙攣。其實那麵也很差，都是食堂裡用軋麵機軋出來的，粗的地方像筷子，細的地方像釣魚線，咬在嘴裡完全不是那麼一回事，但它畢竟是熱的，而且還帶點湯水。

有一天傍晚，我去食堂裡吃麵，周圍稀稀拉拉有幾個上中班的工人。我把搪瓷盆子扔進窗口，又扔進去幾張塑膠飯票，過了一會兒，一碗熱氣騰騰的麵就出來了。我坐在那裡稀里嘩啦吃面，吃到一半的時候，發現湯水之中還有一塊排骨。我覺得很納悶，對著排骨看了半天，然後就把它吃了下去。第二天傍晚，照樣如此，一碗麵之下藏著一塊排骨，我沒再猶豫，乾淨利索地幹掉了它。到了第三天，我吃完了排骨，剛想拎著盆子走人，秦阿姨出現在我的面前。

秦阿姨說：「路小路，排骨好吃嗎？」我一聽這話就知道完蛋了，秦阿姨不知道給我物色了一個什麼樣的對象。秦阿姨說：「那個下麵的小姑娘，你認識嗎？」我說我不認得下面的，也不認得上面的。秦阿姨說：「不是上面下面，是下麵條的小姑娘。」我繼續搖頭，下麵條的我也不認識，我就認識你們那操蛋的麵條，到死也不會忘記。

秦阿姨說：「就是那個胖胖的短頭髮的，臉上有點雀斑的，她叫蒯麗。」我捧著腦袋用力想了想，好像是有一個姑娘站在爐子旁邊下麵條，全身都被熱氣包圍著。我不可能看到她的雀斑。秦阿姨說：「就是她！人家小姑娘對你很好啊，免費給你吃排骨。」我說：「噢，排骨就是她放的啊，我還以為天上掉下來的呢。」秦阿姨說：「你不要裝傻充愣的，告訴你，蒯麗是我們食堂的一枝花，她看中了你。你呢？就是一個造糖精的……」我說：「對啊，我一個造糖精的，她為什麼要看中我？」

秦阿姨湊在我耳朵邊上說：「那次你大鬧會場，蒯麗都看見了，她很喜歡你這樣的。」我嚇了一跳，以為自己聽錯了，天下還有喜歡殺胚的姑娘，真出乎意料。秦阿姨說：「我也勸過她，她就是喜歡你這種類型的，沒辦法，青菜蘿蔔各有所愛。」我只能敷衍說：「是啊，敢愛敢恨也是一個優點。可這都去年的事情啦，怎麼今年才託你來說合？」秦阿姨說：「去年她有男朋友的，今年被人家甩了。」我聽了這話，雙眼一閉，心裡覺得悲慘不堪。

秦阿姨說：「路小路，你爽氣一點，給我個說法。」我心想，真操蛋，老太婆有你這麼說媒的嗎？顯然秦阿姨對我的印象非常糟糕，完全不把我當根蔥，連蒯麗這樣的姑娘，她都認為我配不上。這要是六〇年，食堂的姑娘我也就認了，可惜九四年國家糧食儲備很豐富，為了吃塊排骨就把自己送到食堂去做駙馬爺，實在犯不上。這些刻薄的話，我都藏在了肚子裡，沒對她說。我只告訴秦阿姨：「我已經有女朋友了。」秦阿姨說：「啊？哪個車間的？」我心頭一怒，說：「她在上海讀研究生。」說完這話，我又覺得很淒涼，拎著飯盆就走掉了。

後來我再去吃麵，排骨就沒有了，而且食堂對我的態度非常惡劣。我把飯盆放進去，過了一會兒，哐當一聲被扔在窗口，裡面稀稀拉拉幾根麵條，連大蒜都不放一星半點。我端著這盆麵，想起了蒯麗是一個敢愛敢恨的姑娘，這丫頭要是在我飯盆裡放一把耗子藥，我就死得硬邦邦的，毫無懸念可言。那陣子我只能去廠外面吃燒餅，夜班連燒餅都吃不上，只能自帶乾糧，幾個月下來，瘦了一大圈。

我後來知道，悲慘的生活往往是不自知的，得通過一些具體的人和事來告訴你，這些等同於鏡子，悲慘是藉由鏡子映照出來的。當然，世界上比我悲慘的人有很多，我沒有理由為之耿耿於懷。在我年輕的時候，悲和慘是分開的，有時候悲而不慘，有時候慘而不悲，唯獨在蒯麗和秦阿姨身上，我照見了自己又悲又慘的樣子。為什麼會是由她們來告訴我悲慘的真相？我的神難道依附在她們的身上？這一點真是很奇怪，很久以來一直想不明白。

九四年我還遇到過一個女孩，在一次詩歌朗誦會上。先是一個夜大的同學給了我一張油印的傳單，說是戴城詩歌青年聚會，傳單上寫著一串詩人的名字，還有時間地點，還有一段很抒情的話，我都記不得了。我這個同學在第四人民醫院工作，但他不是醫生，而是個花匠，他平時的工作就是把黃豆漚成肥料，澆在花木下。他還教了我很多種做肥料的方法，也不管我愛不愛學。夜大的學生來自各行各業，有營業員，有屠夫，有乘務員，工人和小科員更多，但花匠就他一個。我的這位花匠同學平時也寫點詩，還發表在晚報副刊上，他經常拿出一張《戴城晚報》，然後指著上面的一小串字，說這就是他寫的詩。由於他用的是筆名，而且不止一個，所以可信度甚低，大家只當他在吹牛。

有一天花匠詩人對我說：「我馬上要去參加一個朗誦會了。」然後拿出傳單在我面前晃，我什麼都看不清，接過來仔細看才知道是文藝青年的聚會。他主動要帶我去，我也就同意了。我很想看看詩歌朗誦會是什麼樣子，從來沒見識過。到了那一天下午，他打電話到我車間裡，說自己吃壞了肚子，拉稀拉得腿都軟了，只能讓我一個人去了。

晚上我獨自去城西的一個工廠俱樂部，那裡是個舞廳，我以前去過。跑進去發現有很多長頭髮的男青年坐在那裡，還有很多女青年，紮堆抽菸，喝著啤酒。室內光線很暗，點著不少蠟燭，台上有人拿著麥克風在大聲朗讀，這個場面很熟悉，要是把耳朵塞起來，簡直以為是在唱卡拉ＯＫ。我鬼頭鬼腦地觀察了一通，沒發現我們廠的海燕，便找了個角落，靠在牆上，也沒人搭理我。

後來我遇到個女孩，她就站在我旁邊。她對我說：「能麻煩你替我看管一下衣服嗎？」我很久沒遇到這麼有禮貌的姑娘了，臉上微微發紅，就點了點頭，接過她的大衣和皮包。這是一件紅色的駝絨大衣，手感很舒服，領口有點破了。後來她走到台上，從口袋裡拿出一張紙，用很輕的聲音把她的詩讀完，鞠躬，下台。下面也沒掌聲，我也沒鼓掌，看著她從那裡走過來，把衣物交還給她。她吐了吐舌頭說：「寫得很差啊？」我說：「你聲音太輕了，別人都聽不見。」她說：「下次我注意。」

那天詩歌朗誦會的氣氛很熱烈，有個男的跑上去朗誦了十來首詩，每一首都有《神曲》那麼長。大家像是等公共汽車一樣等著他把詩念完，然後又有一個人跑上去，念了幾首詩，掏出打火機把詩稿燒掉了。下面的人大聲叫好，也有人罵娘，鬧成一團。再後來，主持人跳上台去，對下面說：「把你們的青春都亮出來吧！」此時鐳射燈球開始旋轉，音箱裡傳出猛烈的迪斯可音樂，一夥人全都紮到了舞池裡。我看著影影綽綽的人群，被燈光閃得像群魔復活，那時我還是靠在牆上，不是為了裝酷，而是我實在不知道該怎麼跳迪斯可。

那個女孩一直站在我身邊，起初她很激動，指著台上的詩人說，這是老K！我問她，有皮蛋嗎？[2]她哈哈大笑說：「你肯定是混進來的，連老K都不知道，他是著名的詩人。」後來她又指著另一個人說：「這是風馬，他去過西藏的！」我心想，老子要不是為了上三班，這會兒也在西藏呢。我想到這裡就覺得沒勁。女孩說：「我太想去西藏了！」我當時就很擔心，別又遇到一個要拖我去西藏的，那也太捉弄人了。

後來，詩人們開始跳舞，我對女孩說：「我要走了。」她說：「我們一起走吧，我也不愛跳舞。」我們沿著黑漆漆的道路往外走，那是一個金屬加工廠，地上全是鐵屑鐵絲，走出去的時候她微微牽住了我的手，我的手指被她的小手捏著，到了有路燈的地方，她又把手放回了口袋裡。我再次注意到她的領口，有一個小小的破洞，彷彿她所有的溫柔都被集中在了那裡。

我送她回家。她說，她叫小堇，是麵粉廠的科員。她問我的情況，我說我在糖精廠造糖精，一個小工人，但我不是混到詩歌朗誦會來看熱鬧的，我自己也寫一點。她說：「給我看看你的詩。」我說我沒帶，以後給你看吧。她說：「你背一首來聽聽吧。」我吸了一口氣，最後還是說：「背不出來，算了。」

我一直把她送到家門口。她家很遠，在郊區的一個新村裡。我們交換了通信地址，她說：「謝謝你送我。」我說不用客氣，然後目送她像一隻小貓般刺溜鑽進了樓房裡。那天我騎車回家，足足用了一個小時，路程太遠。麵粉廠就在我家附近，我想起這麼一個溫和的女孩，每天要花兩個小時上下班，心裡有一點傷感。

大概一個禮拜之後，我收到小堇的信，是一個檔案袋，裡面是她的詩，用複寫紙寫在幾張信紙上。女孩的字很美。在某一首詩旁邊，她特地用紅筆註明：這首詩發表在《星星》詩刊上

2 老K、皮蛋，為撲克牌中對K、Q的暱稱。

的。我捏著她的詩，讀了很久，後來我把她們放進了抽屜裡。

我一直都沒有回信給她。

九四年春天，我下早班，那是下午兩點。我看見一大群人圍著廠裡的公告欄，那地方平時貼些先進職工的照片，專門用來引人發笑，那天卻有不少人在歎氣，還有哭的。於是我停下自行車，跑過去看熱鬧。我看見一張鮮紅的宣傳紙上，寫著一長串的名字，一問才知道，這是即將被送去造糖精的職工名單。九四年春天，嶄新的糖精車間已經快要造好了，第一批下車間的名單就被公布在這張紅紙上。非常古怪的是，上面還寫著：「此排名不分先後。」

這張名單幾乎鬧出了人命。有個看倉庫的女工說自己懷孕了，死也不肯去上三班，廠裡不答應，不上三班就下崗，女工一聽這話，一頭撞到廠辦負責人的懷裡，把人家撞岔了氣。岔氣不會死人，她自己卻因此而流產。那陣子廠裡的標語也換成了新的，以前是「高高興興上班，平平安安回家」，現在換成了「服從大局，爭創先進」，還有「今天不努力工作，明天努力找工作」之類，就差「一人下崗，全家光榮」了。工人看見這種標語嚇得要死，看看若干年前「工人階級領導一切」的標語還在小紅樓上，真如一場春夢啊。

那天還有人打架。紅紙上寫著一個名字叫「張偉」，我廠有五個張偉，其中三個在上三班，剩下的兩個，一個在食堂燒菜，一個在汽車班開車，按說這兩位都不應該去上三班。兩個張偉站在那裡，互相說是對方上了紅紙，結果打了起來。後來保衛科的人跑過來說，不許打，再打就一起送去上三班，他們就不打了。上三班猶如咒語，真他媽靈驗。

我湊在人群裡看熱鬧，我是最沒有心理負擔的人，早已經中了咒語。沒看到長腳的名字，還覺得挺高興，後來小李走到我身邊，臉色慘白慘白的。我問他：「你被調過來了？」小李搖搖頭，在我耳朵邊上說：「小嘛嘴下車間了。」

我有點發懵，小嘛嘴是勞資科的科員，表現一直不錯，她怎麼也會被送去上三班？晚上我們幾個一起吃飯，小嘛嘴也是臉色慘白，吃了兩口菜，放下筷子，哇的一聲哭了。我和長腳不知所措，小李勸了半天，她還是哭。我問他：「小嘛嘴不是幹部嗎？幹部也上三班？」

小李說：「這次調動很大呀，廠裡勞動力不夠。另外為了安撫人心，特地調了一批基層幹部到車間裡去，就是做榜樣的。」

小嘛嘴一臉淚痕，說：「胡說！就是廠長家的親戚要到勞資科來，所以把我調出去了！」

小李說：「這也是一個原因呀。」

既然是廠長要她下車間，那就沒什麼可多說的了。我只能勸她，想開點吧，我也一樣上三班，時間長了就習慣了。小嘛嘴說：「我跟你不一樣！」我聽了這話有點生氣，她接著說：「我以前在勞資科得罪了那麼多工人，我還不被他們整死？」我心想，你總算是還有點自知之明。長腳說：「那就辭職吧，要是調我去上三班，我就辭職。」小嘛嘴又是一串眼淚奪眶而出，說：「你起碼還會修管子，可我什麼都不會呀！」

小李說，小嘛嘴學的是企業管理，而且是中專文憑，這種學歷和專業在工廠裡其實就是個屁，什麼用場都派不上。如果去外資企業，那地方連大學生都在車間裡做流水線，還不如我們廠呢。

我和小李出去尿尿，我們兩個站在牆根，他對我說：「小嘛嘴要是嫁一個科長，就不會被送到車間裡去了。」我說：「你這是廢話，人生沒有假設。」他說：「這不是假設，而是很容易做到的事。」

那時候我想，我也經常會做些白日夢，比如我假設自己是亡命之徒，假設自己有了錢，假設白藍沒有離開我，假設我和小堇談戀愛。這些事情都可以去想，可以去為之快樂或痛苦。但我不會去假設自己不上三班，這種假設沒有任何意義。理想之高，不必高到去拯救全人類，理想之低，也不應該低到不想上三班。如果有個女科長可以讓我娶回家，然後我就可以調回去上白班，雞巴，我情願一輩子造糖精。人可以沒追求，但不能因此等而下之，去追些狗屎回來供著。這就是我的底限，我不為這種事情傷腦筋。

小嘛嘴到糖精車間，做的是車間管理員，其實就是抄抄表，接接電話，很清閒。唯一辛苦的就是要倒三班，但她不用造糖精。車間樓下有一間髒不拉嘰的調度室，專供管理員辦公，裡面的辦公桌都是黑乎乎的，要是伸舌頭去舔一下，會發現那裡的一切都帶著點甜味。小嘛嘴很快也變成了一個甜人，我叫她 sweet heart，她聽了就笑。小嘛嘴那時候像是變了個人，再也沒有勞資科時候的裝模作樣了，看見我就喊我「路師傅」，搞得像真的一樣。那時候我問她，有沒有想過跟小李分手，嫁個科長什麼的。小嘛嘴說，哈，嫁個市長得了，我把廠長調來造糖精。我很喜歡她講話的這種口氣，讓我想起從前有個廠醫也是這樣。

小嘛嘴忽然就變成一個剽悍的姑娘，我們都覺得很奇怪，我還以為她會像個祥林嫂一樣天天掛著一串眼淚呢。後來我知道，有些人受了刺激之後，腦垂體分泌異常激素，性格就會發生天翻地覆的改變。

小嘛嘴自己倒不在乎這種變化，她騎著自行車進生產區，車速飛快，兩鬢的短髮像松針一樣撐著。生產區是不能騎自行車的，她不管，有時看見我在路上走，她還衝我喊：「路師傅，我捎你一段！」我就跳到書包架上，她騎了一會兒就說：「你太沉了，你來踩踏腳，我扶龍頭。」我們兩個就像馬戲團一樣，騎著車子一直進車間。這事情被小李知道了，還挺吃醋，問我說：「她到底是誰的女朋友？」我對小李說：「你的還是你的。她不但捎過我，還捎過長腳，不信你去問！」小李說：「算了算了，管不了她。」

小嘛嘴不但騎車在生產區招搖，還偷偷地學開叉車，叉車師傅看見她都豎大拇指。她沒有叉車駕駛證，這也是違章，但生產區沒有人管這些，幹部都在很遠的大樓裡呢。自從她學會了這個，我也手癢，跳到叉車上開了小半圈，把一棵小樹給撞斷了。小嘛嘴說：「路師傅，你不行，沒這天賦。」我說：「原來你的天賦是做司機，我還真沒看出來。」小嘛嘴說：「你愛信不信，我五分鐘就學會開叉車了。」

有關天賦，我說過，我既不會修水泵也不會爬電線桿，現在又被證明不會開叉車。我只能腆著臉說自己的天賦是寫詩，但這種話說給一個叉車女司機聽，無異於自取其辱。我對小嘛嘴說，你做我的sweet heart就夠了，開什麼叉車呀！

那陣子她跟我一個班次，雖不能一起上班，但可以一起下班。起初，中班夜班小李都會來接她。小李白天要上班，晚上還得出來，搞得神經衰弱，有一次出去修電路，糊里糊塗摸到了電門上，差點死了。後來小李請我們幾個吃飯，對我說：「我老婆勞駕你下班送送，你正好順路。我給你鞠躬。」我說沒問題，我把你老婆當自己老婆護著，說完這話，被他們三個沒頭沒臉地打。

那陣子我們廠附近出了個變態，此人騎一輛二十八吋的自行車，專門跟蹤下中班的女工。女工都是小輪子的自行車，跑不過他，他也不幹壞事，你騎得快他也騎得快，你累了他也放慢速度，始終跟在女工身後一米處。最可怕的是，他幹這個事的時候，一不說話二不調笑，非常之嚴肅。這就不是流氓，而是變態，女工都嚇得要死。小噘嘴雖然剽悍，對變態還是有點忌憚的，我上班都會先去她家樓下，接她一起到廠裡上班，下班更是把她護送到樓下。這麼幹久了我懷疑自己會喜歡上她，後來我真的喜歡上了她，但是我沒說。

小噘嘴沒遇到那個變態，但是另一個變態卻出現在她身邊，糖精車間的翁大齙牙看上了她。翁大齙牙是個鰥夫，誰也搞不清他老婆是怎麼死的，有人說是被他弄死的，有人說是受不了他弄，所以自殺了。總之，這些謠言都暗示著他是個變態。翁大齙牙上白班，白班人多，不太好下手，他就主動地免費加班，中班時候趁著辦公室沒有人，就往小噘嘴那裡一鑽，蹲在她面前，叼著一根牙籤，對著她詭笑。小噘嘴很討厭他，藉故跑到車間裡，往我身邊一站。翁大齙牙跟在她後面一起過來，小噘嘴一指他，對我說：「他欺負我。」這時我就抄起一根撬棒，掄圓了砸在反應釜上，敲出一連串的火星。火星和菸頭一樣，都會炸，翁大齙牙也不敢過來，用手指指我，走了。後面工人就問：「路小路，你是她什麼人啊？給她出頭？」我還在猶豫，小噘嘴摟著我的胳膊，大聲宣布：「他是我男朋友！」我不防她這麼奔放，只能硬著頭皮喊道：「翁大齙牙，你要是再欺負我馬子，我找十個人把你門牙都掰下來！」

事後我對小噘嘴說，這樣很不好，一則是小李會誤會，以為我真要搶他女朋友，二則是我名聲太臭，廠裡知道我和你談戀愛，一定會讓你跟著我一起造糖精的。小噘嘴說：「你還當真了。實話說吧，我下個月就要調走了。」我愣了片刻，問她：「調去哪裡？」小噘嘴說：「去水務局。」我說：「那就好。」

小噘嘴說：「小路，你挺好的。謝謝你這麼多天一直接送我。」我說：「我這叫有情有義，不能對不起哥們。」小噘嘴說：「你不能光把小李和長腳當哥們，你也得把我當哥們。」我說：「我一輩子把你當哥們。」

那時候我就覺得，小噘嘴特別可愛。人的可愛是一時的，不可能一輩子都可愛，我能在她最可愛的時候做她的哥們，是很幸福的。我很想看到她和小李結婚，我是伴郎，長腳可以做伴娘，這樣的場景在我腦子裡像一幅畫，如果永遠都能如此，那我們就會永遠可愛下去，彷彿不存在於這個世界上一樣。

九四年夏天，小噘嘴快要調走的一個夜晚，我在澡堂洗澡，洗得渾身發紅。洗完之後我覺得很舒服，拎著毛巾肥皂往車棚方向走，忽然看見有一輛救護車開進廠門。這是下中班的時候，都在交接班，這個時候出工傷事故是很少見的。後來有個糖精車間的阿姨對我喊：「路小路，你還不過去看看，你女朋友出事了！」我先是沒反應過來，隨後想起她指的是小噘嘴。我扔下毛巾，順著她指的方向狂奔過去。救護車先於我到達了出事地點，我跑到那裡的時候，只見一群人七手八腳把一個人抬上了車子，車門砰地關上，隨即呼嘯而去。

我整個人像冰棍一樣立在那裡，邊上的工人很同情地看著我說：「杜潔結束了。」所謂的「結束」，是我們那邊的切口，就是完蛋的意思。我問他們：「死了？」他們說：「倒也死不了，除非她自殺。」

那天小噘嘴是下中班，她騎著自行車往澡堂方向去，路上有一個窨井沒上蓋。那個窨井平時都有蓋的，正好白天有個農民工疏通了一下，他就忘記蓋上了。窨井很淺，口也很小，像我這麼一條大漢就是想鑽都鑽不進去。半夜裡，小噘嘴騎著自行車經過，前輪正磕在窨井上，她翻落在地，然後就掉了進去。她太嬌小，那個窨井的直徑彷彿就是為她量身定做的。那麼小的姑娘掉到了窨井裡，下面流的都是從車間裡排放出來的八十度以上的沸水。小噘嘴就這麼掉進了沸水裡。

所有人都說，小噘嘴太倒楣了，假如她沒騎自行車，假如民工把蓋子蓋上，假如她不是那麼嬌小，假如這是冬天（冬天沸水會冒出熱氣）。假如假如，人生沒有假如。

她掉進去以後，大聲慘叫，有幾個過路的師傅把她從水裡撈了上來。上來之後已經完全不像樣子了。有人告訴我：「臉上沒事，但胸口以下全完了。」我看著那個黑沉沉的井口，假如它是一根煙囪，我會用錘子砸了它，但它是個窨井，它深陷於地表，我除了拿一堆土去填平它，別無辦法。我無法發洩我的仇恨。後來我用腳把窨井蓋子踢到它本該在的位置上，我騎上自行車去小李家報信。

有關小嘰嘴的事情，廠裡最終是這麼判定的：她在生產區騎自行車，所以這起工傷的責任由她自己承擔。廠裡沒有賠一毛錢。那次小嘰嘴的媽媽哭到廠裡來，說好歹求廠裡給她買一台空調吧。她渾身燙傷，為了治病，七月天穿著一件橡皮衣服，把身上都綁了起來，那種滋味不是一個正常人能想得出來的，她又疼又熱又癢，天天哭著說不想活了。廠裡說，那就照顧你一次，把勞資科的那台舊空調拆回去吧。

她媽媽就哭著走了。

假如讓我回憶我的一九九四年，我會說，那一年彷彿世界末日，所有心愛的事物都化為塵土，而我孤零零地站在塵土之上，好像一個傻逼。我年輕的時候不是什麼好東西，結了很多私仇，冤有頭債有主，這些私仇都可以用磚頭木棍去解決，不管是我解決別人還是別人解決我。可是到了白藍和小嘰嘴這裡，你就算送我一挺機關槍，我都不知道該去射誰。那時候我想，人活在世界上，找不到所愛的人，尚且能愛愛這個世界，可是找不到所恨的人，要去空泛地恨這個世界，這件事太荒謬。

二〇〇四年，我去戴城的一家網吧，進門之後我就看見一個電線桿子戳在座位上，玩的是CS。此人用一把AK47，槍法極爛，但他就是不死，閃轉騰挪，東躲西藏，三個人圍捕他都沒用。我看得好笑，從前他在廠裡被師傅們圍捕，這手功夫在十年之後居然還沒忘。後來他跑到了一個死胡同裡，想回頭也來不及了，被人用機關槍打成了篩子。我又想起他從前的樣子，被逮住以後，一臉愁容好像堂吉訶德，管工班的師傅們看見這種表情，淫心大發，十幾個巴掌在他頭上亂拍。跟他玩CS，我也會有一種把他打成篩子的衝動。

後來他扭頭看我，第一眼沒把我認出來，我想這會兒手頭上要有塊毛巾就好了，照著他的雞巴抽去，他就知道我是誰了。再後來，他從座位上跳起來，要和我擁抱。我說：「長腳，他媽的，你不要在我身上摸來摸去。」長腳說：「你不要叫我長腳，好多年都沒人這麼叫我了。」

長腳把我拖到帳台前面，我把帳台拍得山響，女掌櫃從後面探出頭來，她還是像從前一樣，小小的臉蛋，細細的眼眉，但嘴巴卻不噘了。她一看見我就發出一聲尖叫，跑出帳台摟著我的胳膊。她戴著一副黑手套，我注意到了。她說：「Sweet heart！喝酒去！」

那天在飯館裡喝酒，他們說我來得不巧，小李帶著兒子去南京了。我問小噘嘴：「你怎麼嘴巴不噘了？整容了？」說完「整容」我就想抽自己嘴巴，她卻不生氣，說：「都三十歲了，還噘著嘴，成尖嘴婆了。」

我說：「這下麻煩了，我喊你『小噘嘴』都喊習慣了，你現在既不小也不噘嘴。」她說：「你叫我sweet heart啊，你在現在天天嘴裡夾著英語說話吧？」我說：「別取笑我了，我現在天天夾著操他媽說話。」

我故意問長腳：「長腳，你現在還在修管子？」長腳說：「去你的，我現在是網吧的投資人，電腦公司的老闆。」我說：「還是修管子好，外國叫水喉工，到人家家裡去修水管，經常能有豔遇。」長腳說：「我不要豔遇，有了豔遇就拿不到工錢了。」我說：「你可以跟她們在家裡捉迷藏，肯定逮不住你。」

小嘛嘴說：「你不要欺負長腳了，他剛剛遭受了人生第一次失戀。」我說：「三十歲的人才第一次失戀？」長腳說：「操，討厭！」小嘛嘴說：「長腳愛上了隔壁服裝店的女老闆，正使勁追呢，人家忽然拎了個小孩在他面前，說是自己的兒子，長腳要娶她還得搭上做小孩的爸爸。」我說：「這不挺好嗎？」長腳說：「你看我像是做爸爸的人嗎？我得衡量衡量，我沒有失戀！」

當時我說，長腳，你就去做這個小孩的爸爸嘛，這件事情很偉大，值得你去做一做，再說你當年被我們抽雞巴，很可能抽出不孕症呢。長腳就撲過來掐我脖子，三十多歲的男人了，那雙手冰涼而細長，搞得我直起雞皮疙瘩。

後來我們都喝醉了，長腳率先溜到桌子底下。我和小嘛嘴呆頭呆腦的看著對方，小嘛嘴忽然說：「你太不夠哥們了，我出了事以後，你都沒來看過我。」

我說：「我那時候心腸軟，見不得你的樣子。你們結婚都沒請我嘛。」

「壓根就沒辦喜事，他爹媽不同意。」小嘛嘴說，「後來我們去上海治病，再回到廠裡一看，你已經跑了。」

「你得原諒我。我待不下去了。」

「我呀，我知道你那時候喜歡的是白藍，我還以為你去找她了。」

「我去了。她走了。」

「她去哪裡了？」

「外國。」我說。我不想再談白藍，我對小嘛嘴說：「我那時候想，要是李光南不肯娶你，我就娶你算了。可惜這混蛋不鬆口。」

小嘛嘴說：「我才不要嫁給你！」說完，她也溜到了桌子底下。

九四年秋天，我收到白藍的最後一封信，信寫得非常簡短，好像是電報一樣。她說她有一個機會去國外，所以不讀研究生了，並聲稱與我再見。照她以前的脾氣，再見之前還會說幾句鼓勵的話，那次卻沒有，大概她也覺得這個做法很多餘吧。

我想去上海找她，但沒抽出時間，那陣子廠裡在趕產量，據說是跟外國人簽了合同，要是生產不出糖精，就得把我們全都賣到馬來西亞去做豬仔。這當然是工人們胡說八道。那年秋天，新車間造好了，環境不錯，有程式控制操作室，有空調和暖氣，樓上樓下都有廁所。可是我還得在老車間幹活，老車間又髒又破，是給犯了事的工人繼續改造的。我早就猜到是這種結果，估計我得改造一輩子了。兩個車間一起開足馬力，產量指標壓得我喘不過氣，車間裡派了督戰隊下來，一個幹部看守一個工段，我去小便都要打報告。幹部還提醒我，少喝點水，爭取早日完成產量，為國家創匯。我說：「媽的，你乾脆讓老子直接尿在反應釜裡吧，反正也嘗不出有尿。」幹部說：「你當你是在演《紅高粱》啊？」

我還遇到過一個女幹部，四十多歲，長得非常嚴厲，但其實很怕我們這夥大老粗。我們在幹活，她也不能做閒事，只能在車間裡踱來踱去，一言不發。我舉手要求上廁所，她就很細心地問我：「大解還是小解？」我說：「我要小便！」女幹部就對我說：「那你快點回來。」這種話惹得周圍的工人哈哈大笑，好像我跟她睡在一起的樣子。

我在糖精車間還遇到了魏懿歆，他仍然是個結巴，我還以為他升上去做幹部了，結果他告訴我，他也被調過來造糖精了。那個什麼機電一體化的大專徹底白讀，從此淪為三班工人。我還問他：「你不是會修水泵嗎？你怎麼也來造糖精了？」魏懿歆說，別別別提了。他結結巴巴說了一串，我才搞明白，原來廠裡從各個班組抽調人手，鉗工班分配到了一個名額，從生產技術上說，該班組最爛的是歪卵師傅，應該他來上三班，結果糖精車間的幹部一聽是歪卵，連連搖頭，不敢要他。那陣子魏懿歆恰好找了個女朋友，是糖精車間的管理員，於是就把魏懿歆送來造糖精了，和他女朋友一個班次。領導還說，這是照顧他們，讓他們二十四小時在一起，要是把他們分在不同的班次上，那就恰好相反，兩個人幾乎見不到面，相遇在一起的時間得用函數才算得清。

魏懿歆說，路小路我我我比你還倒楣。我不理解他的意思。他說，你你你幹了那麼多壞事，最後是上三班，我我我什麼壞事都沒幹，最後也是上三班。我聽了這話很不高興，後來我想起我媽講過的一個故事，說一群刑事犯關在牢裡，看見了政治犯被抓了進來，就很高興。當時我就像個刑事犯，看見魏懿歆這個政治犯，我確實應該高興才對。

有一次夜班，我連續兩個白天睡不著，到了第三天夜班時，我實在頂不住了，把當天產量完成以後，我就想找個地方去睡覺。因為有幹部在，我不能去休息室裡睡，也不能在車間裡睡，就借小便之名跑到貨梯下面的原料堆裡，那裡堆著如山一樣的原料包，黑漆漆的，人縮在後面打瞌睡，別人根本找不到。我屁股一著地，眼皮也跟著合上了，完全不顧那地方氣味難聞。我本想打個瞌睡就醒過來的，誰知一路做夢，睡得死死的。後來我覺得有人在我身上澆水，順著脖子流了下去，我就算是個豬，這時候也醒過來了，睜眼一看，有條黑影站在原料包上，正對著我尿尿呢。我大喊一聲：「操你媽！」那人嚇得半死，怪叫一聲，端著雞巴就跑。我豈能讓他跑掉，猛竄起來，躍過那堆原料包，一把揪住他後頸。這個人就是魏懿歆。

當天魏懿歆還在後道工序出成品，尿急了，就跑出來方便。為了趕產量，他來不及去廁所，就近跑到原料包這裡，也是半夜裡迷迷糊糊，根本沒發現後面還躺著個路小路。這件事本來是值得原諒的，但我當時不這麼想，都被人尿在頭上了，以後傳出去就別混了，人人都可以在我頭上尿尿。我大喝一聲：「不許走！」順手揪住魏懿歆的皮帶，不讓他把雞巴放回去。當時我並不想打他，我只是要保護現場，他那個暴露在外的雞巴就是證據。

魏懿歆非常害怕，以為我要行凶，把他閹了。他猛烈地掙扎，並且對著車間大喊救命，裡面的人一哄而出，看到這個情景，笑得前仰後合，都快昏過去了。後來，魏懿歆的女朋友撲了過來，為了保護他，她也揪住了皮帶，並且用力往後拉。我更不肯鬆手了，這婆娘很不善，被她拉回去了，一定抵賴得一乾二淨。當時的情景是：我拉住魏懿歆的皮帶，而魏懿歆和他女朋友也拉著皮帶，好像拔河一樣。在六隻手中間，魏懿歆的雞巴可憐巴巴地垂在那裡，三個人似乎都覺得，在這樣複雜的情況下去碰它，很不禮貌，所以大家都盡量避免去觸動它。周圍的工人都笑翻了，活色生香的場面啊，還有人喊加油。

最可笑的事情發生在我鬆手時。我鬆手是因為覺得很好笑，我跟他們兩個廝打在一起，搞得像是要搶雞巴，這也太不堪了，我應該讓魏懿歆把雞巴放回去，然後到廠外面去單挑。我鬆手之前沒跟他們打招呼，根據牛頓第一定律，魏懿歆和他女朋友的手產生了猛烈的慣性。一聲慘叫之後，魏懿歆捂著下體痛苦地躺在他女朋友的懷裡。這件事情是很有教育意義的，它的意義在於：不管你是愛一個人還是恨一個人，都要記得牛頓第一定律，那些突然撒手的傢伙都會對別人造成傷害，甚至比打一拳更嚴重。那年我又學會了一個新詞，叫「睪丸挫傷」，假如不是魏懿歆做標本，我簡直會以為是「搞完磋商」。

第二天我去保衛科交代問題，我還堅持說這起事故的責任人是魏懿歆的女朋友，我親眼看見那娘們的手砸在魏懿歆的下體（我對保衛科的人不用「雞巴」這個詞），但大家都在笑，認為我在這種時候還栽贓，腦子不正常。

後來保衛科長找我談話。這個科長已經不是原來那個科長了，原來的科長，據說因為在大會上跟我打架，賣力得過了頭，廠長很看不慣他，就把他調走了。新科長對我態度不錯，這也是應該的，沒有我犧牲自己，哪裡會有他的今天？新科長說：「路小路，你在原料堆後面做什麼？你的工作不在原料堆後面。」我不防他用推理手法來處理問題，立刻語塞。新科長笑了笑說：「如果把這件事定性為打人事件，那你和魏懿歆都要受處分。你打人，他對著生產原料小便。一個是行凶耍流氓，一個是搞破壞。」他說這個話的時候，科室裡就我跟他兩個人。我也聽出了他的意思，就說：「科長，你說該怎麼處理吧？」

保衛科長說：「算你們上班時間打鬧，就什麼事都沒了。他的醫藥費得由你出，你被尿在身上就只能自認倒楣了。」

我說：「就照你說的辦吧。」

保衛科長拍拍我肩膀說：「回去吧。回家替我問你爸爸好，路大全的兒子嘛。」

我聽了這話，恍然大悟，只好擼著光頭出來了。後來我還提著一籃水果去看魏懿歆，魏懿歆說：「路小路，我我我沒出賣你，我沒說你你你睡覺。」我當時一陣心酸，想說他夠意思，結果他女朋友進來了，二話沒說就把我轟了出去。我也沒怪她小心眼，要是我的雞巴報廢了，我老婆的心情也不會好到哪裡去。

九四年的時候，由於擔心廠裡買斷工齡[3]，我爸爸早早地退休了，拿五百塊錢一個月，每天在麻將桌上度過他的無聊光陰。他很快長出了白頭髮，陳年的腰傷發作，漸漸變成一個佝僂著身體的老人。我沒想到他會老得如此迅速，好像一棵秋天的喬木，一夜之間就改變了面目。我想我到老了也會如此，或者如白藍所說，未老先衰，那樣就不必忍受突如其來的衰老的煎熬了。我爸爸以前揍過我，後來我跟他對打，再後來我就沒有碰過他。我再也不會去揍我的爸爸了。

我爸爸退休之前，託人找到糖精廠的保衛科長，他們是老同事。保衛科長答應把我調到門房裡去做廠警，這事情我沒同意。我聽白藍說過：「小路，將來你無論做什麼，都不要去做看大門的。」我問她為什麼，她說：「那樣你就真的未老先衰了，我會傷心的。」

後來保衛科長說，不做廠警也可以，把路小路借調到聯防隊去，那兒更清閒。我也沒答應，眾所周知，在某些年份裡，聯防隊的名聲很難聽。

那一年，我抽空去上海找白藍，我手裡只有一個地址而已。我坐上火車，沿著滬寧線往東，到上海的時候已經是中午。我坐上公共汽車，到醫學院去找白藍。宿舍的人告訴我，白藍上個星期就走了，去哪裡不知道。我失去了目標，也不知道該去哪裡，只能一個人在醫學院裡逛，看看這個地方，感受一下她的理想。我走了很久，每一條道路彷彿都很熟悉，地上的落葉也很熟悉，我想起她說過的，每一片枯葉都只能踩出一聲咔嚓，這是夏天的風聲所留下的遺

3　企業安置旗下人員的一種辦法，即參照員工在企業的工作年限等條件，一次支付員工一定數目的酬庸，從而解除企業和員工之間的勞動關係。

響。我想你是一個多麼詩意的人，可惜詩意對人們來說近乎是一種缺陷。我好像已經有幾輩子沒見到她了。

後來我走進了一條黑暗的走廊，一個人都沒有，兩旁放著很多瓶子，瓶子裡全是人體器官標本。再往前走，有很多怪胎標本，都是被扭曲得慘不忍睹的胎兒。一切都是那麼地怪異，好像是有人在召喚我往前走。一直走到一扇門前，門鎖著，我通過小窗向裡面張望，看見幾具屍體擺放在那裡，用布蓋著，如此安靜地，我好像是走到了人世盡頭。猛然之間，我毛骨悚然，返身狂奔而去，那寂靜之中的笑聲告訴我，所謂奇異的旅程在此已經畫上句號。

那天晚上我回到火車站，打算回戴城，在北廣場上遇到了三個人，發生了一點口角，這三個人不由分說圍著我就打。我被他們揪住，無法脫身，當時我聽見其中一個人竟然操著戴城口音，真是氣不打一處來，在對打中我的一個槽牙掉在了地上，臉上全是血。後來這三個人揚長而去，我也不敢去追，只能跑進火車站，在廁所裡洗了把臉，免得警察把我請進去。我對著鏡子照了照，發現自己的半邊臉腫得跟豬頭一樣，完全失去了從前的瀟灑風采，與我在醫學院看到的怪胎相去無幾。

那天我上了火車，是站票，火車非常擁擠。我被打得昏頭昏腦，實在站不動了，就跑到餐車那裡，要了一杯十八塊錢的綠茶，然後我就可以坐在餐車上了。我非常想睡覺，頭暈得像在坐旋轉木馬，但我又不敢睡，怕坐過站。後來，對面有一個女孩問我：「你去哪裡？」

我說：「去戴城。」

她說：「你睡一會兒吧，到站我叫你。」

我睜著一隻眼睛看著她（另一隻眼睛腫著），她對我笑笑，這是一個微胖的女孩，眼睛很大。我心想，只要老子不死，我一定找你做我的女朋友。後來我倒在桌子上就睡著了。不知過了多久，她拍我的肩膀，說：「戴城到了。」我醒來覺得頭痛欲裂，站起身打算下車，見她不動彈，我問她：「你不下車？」

她說：「我去南京，我是南京人。」

那天我跌跌撞撞下車，心亂如麻，我想我就這麼失去了最愛的人，這個南京的姑娘，我也要記住她一輩子。

很多年以後，我坐在上海的馬路牙子上，對著張小尹講這些故事。後來她成了我老婆，我講這些故事時候她很開心，我決定每天給她講一點，但有關工廠的故事已經被我講完了。所有的故事都應該有一個結尾，即使你有一個《百年孤獨》式的開頭，那個結尾也有可能很爛，但總比沒有結尾好。

我對張小尹說，我確實做過很多壞事，那年我在上海火車站被人打，回去就加入了聯防隊。我真他媽想找一群人來揍揍，甚至是拿電警棍往人身上戳。結果聯防隊發給我一根手電筒，雖然也是用電的，但效果相差太大。我拎著手電筒在街上晃悠，心裡很不爽。那時我媽很擔心，讓我不要太賣命，真的把命賣掉了就要不回來了。我對我媽說：「怕什麼？聯防隊專門欺負好人的。」

我還記得自己在清晨的街道上巡視，吃早點，跟幾個同伴說笑，後來有個買菜阿姨跑過來，對我們說：「那邊有人耍流氓！」我們跑過去一看，是一個年輕的民工在人行道上睡覺，他只穿著一條褲衩，由於晨勃，他的器官直刺刺地伸出褲管，指向天空。那根東西又粗又紅，亮晶晶的，過路的女人看見了都很不好意思，繞著道走。我們也不知道該怎麼辦，那個買菜阿姨說：「這種鄉下人你們聯防隊管不管？」我們沒轍，只好把那個民工踢醒，然後把他當流氓抓進了聯防隊。我不知道自己為什麼要抓他，我和他有什麼仇，有什麼恨，可以去干涉他夢裡的性事。這些事情說起來都很王八蛋。

我也記得自己在夜晚的街道上喊：「注意小偷！注意煤氣！鎖好門窗！」現在都是用電喇叭自動播音，那時候全靠嗓子喊。他們說我拿過卡拉ＯＫ二等獎，所以由我來喊是最合適不過。後來我們遇到個偷自行車的小偷，他一見我們就跑，我們五、六個人在後面追，我他媽一跤摔在地上，把褲子都摔破了。當然，聯防隊不是擺炮的，把小偷抓住以後，我們非常高興，簡直像扛著年貨回家一樣。到了隊裡，小偷嚇哭了，我拿著銅頭皮帶嚇唬他。再後來，我們押著小偷去喊街，他的聲音太慘，附近的人都反映說做了噩夢。我也不知道這麼幹有什麼意義，難道用銅頭皮帶抽打一個小偷就能改變我的人生嗎？

張小尹說，這些故事都很好玩啊，聯防隊的故事。我說沒錯，我能把它們講得很好玩，好像春節聯歡晚會上的小品一樣，但我偏不。我不覺得這些故事有什麼好玩。

張小尹問我：「那麼你後來為什麼決定辭職了呢？」

我說，是這樣的。有一天黃昏，化工廠附近來了一條野狗，有戶人家的小孩把那隻狗叫了過來，牠以為有吃的，就湊了過去，結果那小孩用鐵籤捅進了野狗的肛門。那狗當場就瘋了，一口咬過去，從小孩屁股上啃下了一塊肉。當時我正在值班，叼著香菸在街上閑晃。小孩的媽跑了過來，一把將我揪了過去。那小孩趴在地上大哭。小孩的媽說：「你是聯防隊，你去打那條瘋狗，瘋狗咬人啦！」我順著她手指的方向看去，那條狗正衝著我齜牙，非常嚇人。小孩的媽對我說：「你到底管不管？你不是聯防隊嗎？」我咬了咬牙，抄起一根枯樹枝，那狗非常聰明，返身就逃。小孩的媽說：「追牠！追牠！」

我沿著河追去，那條狗跑得飛快。我追不上了，牠就停了下來，好像在等我。我追過去時，牠又拔腿逃跑。我追牠的時候經過了糖精廠的大門，幾個工人正蹲在門口抽菸，大聲叫好，「路小路，追狗啊？今天晚上吃狗肉？」我不理他們，悶頭追去，跑了半裡地，那狗被我逼到了一個小碼頭上，除非牠跳河，否則跑不掉。我衝著牠獰笑，想把牠趕到河裡去，據說瘋狗都怕水。那狗朝我看了一眼，其實牠不是瘋狗，至少在那一刻還不是。但牠顯然也不想下水，河水太髒，下去會得皮膚病。牠嚎叫一聲，竟然向我撲來，照著我的小腿就啃。

那天我是心驚膽寒，被瘋狗咬傷了，自己也會變成個瘋狗。我拔腿就跑，狗在我身後狂追。這時我們又經過了化工廠的大門，工人們都笑岔了氣，對我喊：「路小路，你和牠到底誰是聯防隊啊？」我還是不理他們，繼續跑我的。跑到小孩那邊，小孩的媽對我說：「你個慫卵，怎麼被狗追回來了？」我回頭望去，那狗也累了，蹲在遠處朝我看呢。

我從附近的修車攤上抄起一根鋼管，說：「操他媽，我今天非把你打死不可。」那狗真是聰明，見我抄起鋼管，返身就跑。這他媽哪裡是條瘋狗？我揚著鋼管，尾隨牠追去，我們再次經過糖精廠的大門，這時候已經圍了四、五十個人在看我追狗。這回牠不往碼頭上跑了，而是沿著街道小跑，還回過頭來看我。那一瞬間，我與這條野狗心意相通，牠在問我：「你他媽到底想幹什麼？」我對牠說，老子就是要打死你。後來我覺得，牠問了我一個更深奧的問題：「你他媽到底為什麼活著？」我回答不上來。這個問題由一條瘋狗向我提出，也不知道究竟是誰得了狂犬病。我扔下鋼管，我也不明白自己為什麼活著，如此荒謬地，在這個世界上跑過來跑過去。

有關我辭職，其實也是一件可笑的事情。我跑到勞資科，拍出一張小紙片，這就是我的辭職書。結果他們告訴我，我是合同工，跟廠裡簽了五年合同，我這不叫「辭職」，而是違約，我必須寫一份「違約申請書」，然後由廠裡裁度。假如廠裡不批准，我也可以不來上班，那就等著被開除。

很遺憾，我在勞資科沒遇到胡得力。後來我拎著一把三角刮刀，闖進車棚，找到了胡得力的自行車。我用刮刀在他的自行車輪胎上捅了幾個洞，心裡還覺得不過癮，就把輪胎整個地剝了下來，只剩下兩個鋼圈。幹完這些，我就回家了，第二天我再去勞資科，他們就同意我違約了，而且講話也很客氣。我一直沒見到胡得力。

我回家以後，躺在床上，我媽坐在床邊問我：「以後你打算怎麼辦？」

我說：「先混著吧。讓我歇一陣子。」

我媽歎了口氣，我以為她要抱怨，不料她說：「你以後洗澡成問題了。」

我說：「什麼？」

我媽說：「你以前天天在廠裡洗澡，現在辭職了，只能到澡堂裡去洗了。洗一個澡五塊錢，你又不可能天天去洗。」

我說：「那怎麼辦呢？」

我媽說：「你每天洗屁股洗腳吧，跟你上學時候一樣。個人衛生最重要，髒不拉嘰的，姑娘看不上你的。」

我聽了這話，哈哈大笑。我研究過一點星相學，我媽是射手座，這就是十足的傻大妞，而且一輩子都很樂觀。因為有了她，我看這個世界猶如喜劇。這是我命中註定的好運。後來過了些年，我獨自去上海謀生，我媽送我到家門口，我還挺傷感的，我媽說：「你不要去占人家小姑娘便宜。」我一句話都說不出來，她說：「當然，也不要讓人家占你便宜！」她就用這句話把我打發走了。她養兒子如同養狗，就怕我身上長跳蚤，就怕我出去招惹異性。我愛她猶如愛這世上的一切鮮花和白雲。

尾聲

巴比倫

小時候寫作文，老師讓我描述戴城，我就說它位於上海和南京之間，這裡的人都有幾個上海親戚，也有一部分蘇北親戚。上海親戚可以託他們買縫紉機和呢子大衣，蘇北親戚帶來的則是鹹鴨蛋。我這麼寫作文，老師很不滿意，認為我思路混亂，把戴城描寫得很猥瑣。

我的老師說，戴城是一座偉大的城，它建造於偉大的春秋戰國時代。有一天，一個國王帶著他的寵妃跑到這裡來，站在山丘上，眺望天下。寵妃指著遠處河汊縱橫的一塊平地，對國王說，她要在這裡造一座城。後來，國王派遣了許多奴隸，許多軍隊，許多天才的設計師，將這座城造了起來。這裡有寬闊而宏偉的城樓，婉約動人的小橋，環繞城市的護城河，以及幽謐古樸的園林。國王和寵妃就住在這城的中心，有時候出城郊遊，他們去附近的山上，那裡有一口井，寵妃對著井照見了自己絕代的容顏。她並不知道，後山葬著很多奴隸的屍體。

在這個城裡，國王與寵妃像無數黃金時代的領袖一樣享受著權力，看著城樓下的奴隸歡呼，看著遠征的軍隊凱旋而歸。直到有一天，另一個國王帶著部隊衝進城來，把原先的國王殺掉，寵妃被人像春捲一樣裹起來，扔到了河裡。故事說，這座城有一種千古的傷感，好像一個人活了一千年只為了追憶他早夭的戀人。

後來這裡造了很多廠，很多運輸船穿過河道，運走絲綢、大米、蔬菜和茶葉，當然還有我的糖精。那已經是過了兩千五百年之後的事情了，我的戴城就是一個妃子用她的容顏換來的城市，最後她被殺掉了，城市歸於他人，容顏歸於流水。那麼詩意的傳說，想深了就覺得沒意思。

我二十歲那年，文史館的人宣布，今年戴城建城兩千五百週年，要為之慶祝。我對於兩千五百年沒有什麼概念，這座城不是羅馬，不是耶路撒冷，不是雅典，它缺乏所有關於出生的證據，所有當初的宮殿、城樓、橋梁全都沒有了，只是留下來一個傳說。這裡還保留著一些民國時候的破房子，如果在高處俯瞰，這些房子平鋪在老城區裡，一律破舊陰暗搖搖欲墜，耗子和蟑螂橫行，家裡沒有廁所，動不動就著火。總之，它們雖然沒有兩千五百年的證據，但看起來還是很像一口棺材。

後來真的搞慶祝，還搞了一個旅遊節，招徠了很多日本人參觀。廠裡發給每人一個紀念章，要我們都別在胸口。這個胸章是鋁製的，上面有一圈像地圖上的長城一樣的圖案，中間是一個女人的側影，據說她就是那個討到大紅包的寵妃，她為我們這些後來人出賣自己，連命都賠上了，所以我們要紀念她。這個徽章我就別在了胸口，聽說有個師傅粗手大腳，別徽章的時候用力過猛，別針橫穿乳頭，只能到醫務室去搶救。

在我生活過的戴城，人們到這裡來旅遊，總會帶走一種土特產，叫做「棗泥麻餅」。這種餅甜得要死，很不適合糖尿病人食用，而且它發音古怪，經常會被讀成「操你媽逼」。櫃檯上的營業員老是跟外地顧客打架，為的就是這個。但它也不可能改名字了，只能帶著操你媽逼回家，以示到此一遊。

我在戴城混跡了好多年，我不喜歡這個地方，但它充滿了我二十歲時候的證據，要想推翻它們，除非把這座城鏟平了。後來我想，大可不必這麼偏激，這些證據根本無人關心，我又不是那個出賣自己的寵妃，不值得這麼幹。我的二十歲，我自己記住就可以了。

後來我在上海遇到張小尹。我們認識的時候，是在一個很破的工廠裡，那地方在復旦大學附近，專門搞些搖滾演唱會。這顯然是個效益很差的廠，沒什麼工人，堆得像小山包一樣的鐵絲鐵屑，在陽光下招搖著它的鏽跡。我到這個地方就想起自己從前的工廠。這一年我快三十歲了，汗流浹背地蹲在人群中，和二十歲的姑娘小夥一起聽搖滾。在我年輕的時候，我只能在戴城唱唱卡拉ＯＫ，那地方沒有搖滾。我蹲在那裡，聽搖滾，做著我年輕時代沒有去做的事情。

我從來沒有這麼安靜地，回憶我的戴城，我的奇幻的旅程。

在我將近三十歲的時候，我坐上火車去上海謀生，我想起自己曾經去過上海，到醫學院去找一個人。這些久遠的事情被回憶起來，好像迎頭撞上一塊玻璃。火車經過某個路段時，我甚至看見了糖精廠那冒著蒸汽的樓頂，很多年以前，我曾經站在那裡，眺望著列車去往上海。

那天天氣晴朗，火車很空，整個車廂裡就我和另一個人坐著，那是一個二十來歲的少年，戴著一副眼鏡。他坐在我左前方，靠在座位上，眼睛望著窗外。後來，他莫名其妙地哭了，他摘下眼鏡痛哭。我坐在那裡看著他，不能去安慰他。他哭得如此之傷心，淚水洶湧，仿佛把我二十歲那年的傷感也一起滴落在了路途上。

沒有人蜷腿躺在
高高的行李架上

並且沒有人想過
在疾行的列車中倒下
農田飛奔，以及樹木和雲
這一切多像是悲劇
那些沿途追逐的人
很年輕時就嬉水而死
這一切，多像悲劇的開始
乘務員穿行在八十公里時速中
優游自在
激流中的魚停靠在岸上
赤裸鮮豔
那些搭乘悲劇的人在凌晨驚醒於噩夢
她們年僅十七
她們手捧糖果
她們的制服早就歪斜在
黑暗中
衰老可能來得更慢一些嗎

當代名家・路內作品集1

少年巴比倫

2017年12月初版　　定價：新臺幣350元

著者	路內
編輯主任	陳逸華
叢書編輯	張彤華
校對	施亞蒨
	果明珠
封面設計	兒日

出版者	聯經出版事業股份有限公司
地址	新北市汐止區大同路一段369號1樓
編輯部地址	新北市汐止區大同路一段369號1樓
叢書主編電話	(02) 86925588轉5305
台北聯經書房	台北市新生南路三段94號
電話	(02) 23620308
台中分公司	台中市北區崇德路一段198號
暨門市電話	(04) 22312023
台中電子信箱	e-mail：linking2@ms42.hinet.net
郵政劃撥帳戶第	0100559-3號
郵撥電話	(02) 23620308
印刷者	世和印製企業有限公司
總經銷	聯合發行股份有限公司
發行所	新北市新店區寶橋路235巷6弄6號2樓
電話	(02) 29178022

總編輯	胡金倫
總經理	陳芝宇
社長	羅國俊
發行人	林載爵

行政院新聞局出版事業登記證局版臺業字第0130號

本書如有缺頁，破損，倒裝請寄回台北聯經書房更換。　ISBN 978-957-08-5047-5 (平裝)
聯經網址： www.linkingbooks.com.tw
電子信箱：linking@udngroup.com

國家圖書館出版品預行編目資料

少年巴比倫/路內著．初版．臺北市．聯經．
2017年12月（民106年）．360面．14.8×21公分
（當代名家・路內作品集1）

ISBN 978-957-08-5047-5（平裝）

857.7　　106021930